U0437095

1Q84

A Novel

BOOK2 7月~9月

〔日〕村上春树 著

施小炜 译

南海出版公司

新经典文化股份有限公司
www.readinglife.com
出 品

1Q84

A Novel

BOOK2 7月~9月

目 录
Contents

1	第1章	青豆	那是世界上最无聊的地方
19	第2章	天吾	除了灵魂一无所有
38	第3章	青豆	无法选择如何出生，但可以选择如何死
56	第4章	天吾	这种事也许不该期待
66	第5章	青豆	一只老鼠遇到素食主义的猫
79	第6章	天吾	我们拥有很长很长的手臂
98	第7章	青豆	你即将涉足之处
108	第8章	天吾	一会儿猫儿们就该来了
128	第9章	青豆	作为恩宠的代价送来的东西
141	第10章	天吾	提议遭到拒绝
158	第11章	青豆	平衡本身就是善
176	第12章	天吾	用手指数不完的东西

190	第13章	青豆	如果没有你的爱
206	第14章	天吾	递过来的礼物
218	第15章	青豆	终于,妖怪登场了
237	第16章	天吾	就像一艘幽灵船
251	第17章	青豆	把老鼠掏出来
266	第18章	天吾	沉默而孤独的卫星
278	第19章	青豆	当子体醒来时
298	第20章	天吾	海象和发疯的帽子店老板
303	第21章	青豆	我该怎么办?
313	第22章	天吾	只要天上浮着两个月亮
323	第23章	青豆	请让老虎为您的车加油
334	第24章	天吾	趁着暖意尚存

第1章 青豆
那是世界上最无聊的地方

梅雨季节还未正式宣告结束，天空却已湛蓝一片，盛夏的骄阳尽情灼照着大地。绿叶繁茂的柳树在时隔多日之后，又在路面上摇曳着浓密的阴影。

Tamaru 在玄关迎接青豆。他身穿暗色调的夏季西服，白衬衣上系着素色领带，没流一滴汗。像他那样的大块头男人，却无论天气怎样炎热都不出汗，青豆一直觉得很不可思议。

Tamaru 见到青豆，只是微微颔首致意，含糊地短短问候一声，便一言不发了。也没有像往常那样两个人随意交谈几句，而是头也不回地在前面带路，踱过长长的走廊，将青豆领到老夫人正在等待的地方。大概他无心与别人闲聊吧，青豆推测。也许是狗的死亡带给他的打击太大。"需要再找一只看门狗。"他在电话里对青豆说，像谈论天气一般。但连青豆都明白，那并非他的真心话。那只雌的德国牧羊犬对他而言是个重要的存在，多年来彼此心心相通。那只狗莫名其妙地忽然死去，他视之为一种对个人的侮辱或挑战。望着 Tamaru 那教室里的黑板一般宽阔缄默的后背，青豆能想象出他心中安静的愤怒。

Tamaru 打开客厅的门，请青豆入内，自己则立在门口等待老夫人的指示。

"现在我们不需要饮料。"老夫人对他说。

Tamaru 无言地轻轻颔首，静静地带上房门。老夫人和青豆留在屋子里。老夫人坐的扶手椅旁的茶几上，放着一只圆形玻璃金鱼缸，里面游着两条红金鱼。是那种寻常可见的普通金鱼、随处皆是的普通金鱼缸，水中像是理所当然般浮漾着绿色的水藻。青豆曾多次造访这间端庄宽敞的客厅，但看到金鱼是头一次。空调似乎设得很弱，肌肤不时感到微微的凉风。她身后的桌子上，摆着一个插了三枝白百合的花瓶。百合很大，仿佛沉湎于冥想的异国小动物般低垂着头。

老夫人招手示意，让青豆坐在身旁的沙发上。朝向庭院的窗户拉着白蕾丝窗帘。夏季午后的阳光格外强烈，在这样的光线中，她显得异乎寻常地疲惫，细细的胳膊无力地撑着面颊，身体深埋在宽大的椅子里。眼睛凹陷，颈部皱纹增多，嘴唇无色，修长的眉毛似乎放弃了对万有引力的抵抗，眉梢微微向下垂去。也许是血液的循环功能下降的缘故，皮肤处处都像喷上了一层粉末，看上去泛白。与上次见面时相比，她至少衰老了五六岁。而且今天，这样的疲惫公然泄露在外，老夫人似乎并不介意。这可是不寻常的事。至少据青豆的观察，她永远注意仪表整洁，动员体内全部力气保持挺拔端正的姿势，收敛表情，努力不泄露一丝衰老的迹象。这样的努力总是收到令人刮目相看的成果。

青豆想，今天，这座宅第中的许多事情都和平时很不一样啊。甚至连屋内的光线，都被染成了不同以往的颜色。还有这平淡无奇的金鱼和金鱼缸，与天花板极高又摆满了优雅的古典家具的房间微微有些不配。

老夫人静坐不动，半晌没有开口。她将手臂支在椅子扶手上托着腮，凝望着青豆身旁空中的某一点。但青豆明白，那一点并没有浮游着特别的事物。她不过是需要一个地方暂时落下视线。

"你口渴吗？"老夫人用平静的声音问。

"不，我不渴。"青豆答道。

"那儿有冰红茶。不介意的话，你自己倒在玻璃杯里喝吧。"

老夫人指指房门边的餐具台。那儿有一只广口瓶，盛着加了冰块和柠檬的冰红茶，旁边有三只不同颜色的雕花玻璃杯。

"谢谢您。"青豆说，但没有改变姿势，等着下面的话。

但好一阵子，老夫人保持着沉默。是有话非说不可，然而一旦说出口，其中隐含的事实或许会变得更确凿。若有可能，宁愿把那个时刻向后拖延。沉默便包含着这种意义。她瞥了一眼身边的金鱼缸，然后似乎放弃了努力，终于从正面注视着青豆的脸。嘴唇抿成一条直线，两端有意地微微上挑。

"庇护所的看门狗死了，Tamaru 告诉你了吧？死得很蹊跷，无法解释。"老夫人问。

"我听说了。"

"在那之后，阿翼不见了。"

青豆微微扭脸。"不见了？"

"忽然失踪了。恐怕是昨天夜里的事。今天早上人就不在了。"

青豆噘起嘴，想寻找恰当的词，但没能立刻找到。"不过……上次我听您说，一直有人跟阿翼睡在一起，在同一个房间里，为了慎重起见。"

"没错。不过那位女子睡熟了，据她说从来没有睡得那么沉过，根本没觉察到阿翼离开。天亮时，床上已经没有阿翼了。"

"德国牧羊犬死了，而第二天阿翼就不见了。"青豆像确认似的说。

老夫人点头道："现在还不知道这两件事是否有关联。不过，我认为恐怕是有。"

没有明确的理由,青豆却看向桌上的金鱼缸。老夫人也追逐着她的视线,把目光投向那里。两条金鱼微妙地扇动着几片鳍,在那玻璃做成的池塘中不经意地游来游去。夏日的光线在鱼缸里呈现出奇怪的折射,让人生出似乎在凝视一小片充满神秘的深海的错觉。

"这金鱼是为阿翼买的。"老夫人望着青豆的脸,解释道,"麻布的商店街在举办小小的庙会,我就带着阿翼去那儿散步。心想一直闷在房间里对她的身体不好。当然,Tamaru 也一块儿去了。从那儿的夜市上连鱼缸带金鱼一起买回来的。那孩子好像被金鱼深深地吸引,把它放在自己的房间里,毫不厌倦地从早到晚盯着看。那孩子不见了,我就把它拿到这里来。我最近也经常盯着金鱼看。什么事也不做,只是盯着它们看。奇怪得很,好像真的百看不厌。以前我可是从来没有热心地看过金鱼。"

"阿翼大概会去什么地方,您有没有线索呢?"

"没有线索。"老夫人答道,"那孩子也没有亲戚家可以投奔。据我所知,在这个世界上,她是个无依无靠的孩子。"

"有没有可能是被什么人带走了?"

老夫人仿佛在驱赶肉眼看不见的小苍蝇,神经质地微微摇头。"不会的,那孩子只是从那儿走出去了。并不是有人来把她强行带走的。如果是那样,周围的人都会醒来。住在那里的女子睡眠本来就很浅。我认为阿翼是自己决定离开那儿的,蹑手蹑脚地走下楼梯,不声不响地打开门锁,推开门走出去。我可以想象出那光景。就算那孩子出去了,狗也不会叫。狗在前一天晚上就死了。她走的时候连衣服也没换。尽管身旁就是叠得好好的衣服,她却穿着睡衣就出走了,身上应该连一分钱也没带。"

青豆的脸扭得更歪了。"孤身一人,穿着睡衣?"

老夫人点点头。"是的。一个十岁少女,孤身一人穿着睡衣,连一分钱也不带,大半夜的能到哪儿去呢?从常识角度来看很难理解。但不知为何,我并不觉得这件事有什么奇怪。不,这会儿我甚至觉得,这其实是该发生的事。所以我没去找那孩子的下落,无所事事,就这么盯着金鱼看。"

老夫人瞥了金鱼缸一眼,随即再次直视青豆的脸。

"因为我知道现在在这里拼命找也无济于事。那孩子已经去了我们找不到的地方。"

她说完,不再用手撑着面颊,而是缓缓地吐出体内积蓄已久的气息,双手整齐地放在膝头。

"可是,她为什么要离开这里呢?"青豆说,"待在庇护所里可以得到保护,而且她又没有别的地方能去投靠。"

"我不知道理由。但我觉得,那只狗的死亡好像就是导火索。来到这里后,孩子非常喜欢那只狗,狗也跟那孩子特别亲近,她们俩就像好朋友。因此那只狗的死亡,而且是那样血腥而怪异的死亡,让阿翼受到了巨大的冲击。这也是理所当然的。住在那里的人都受到了冲击。但现在想一想,那只狗悲惨的死,也许就是向阿翼传递的口信。"

"口信?"

"它告诉阿翼:不许你待在这里。我们知道你藏在这里。你必须离开。不然,你周围的人身上还会发生更悲惨的事。就是这样的口信。"

老夫人在膝盖上细细地刻记着虚拟的时间。青豆等着她继续说下去。

"恐怕那孩子理解了这则口信的意思,便主动离开了这里。她肯定是不情愿离开,而且是明知无处可去,却只能离开。一想到这些,我就心如刀绞。一个只有十岁的孩子,竟然不得不下这样的决心。"

青豆想伸手握住老夫人的手,然而作罢了。话还没说完。

老夫人继续说道："对于我，这不用说是个巨大的冲击。我感觉就像身体的一部分被人撕去了，因为我在考虑正式收她为养女。当然，我明白事情不会那么轻易地解决。明知会困难重重，我还是希望这样做。所以就算进展不顺利，也没理由找谁诉苦。不过说老实话，在我这把年纪，这可是十分严酷的事。"

青豆说："不过，也许过上一阵子，阿翼哪天就忽然回来了。她身上没带钱，也没有别的地方好去。"

"我也希望能这样，可惜大概不会。"老夫人用有些缺乏抑扬的声音说，"那孩子只有十岁，却很有自己的想法，她是下了决心离开这里的，恐怕不可能主动回来。"

青豆说了声"对不起"，站起来走到门边的餐具台前，往蓝色雕花玻璃杯中倒了冰红茶。其实她并不口渴，只是想借离席制造短暂的停顿。她重新坐回沙发上，喝了一口冰红茶，将杯子放在茶几的玻璃板上。

"关于阿翼的话题暂时告一段落。"老夫人待青豆在沙发上坐好后说，并且像在为自己的情绪划定章节，挺直脖颈，双手搁在身前，手指紧紧交叉。

"接下来我们谈谈'先驱'和那个领袖吧。我要告诉你我们获知的关于他的情况。这是今天请你来的最重要的目的。当然，这件事说到底还是和阿翼有关。"

青豆点点头。这也是她预料之中的事。

"上次我也告诉过你，这位被称作领袖的人物，我们是不论遇到什么困难也必须处置的。就是说，要请他到那个世界去。你也知道，此人已经习惯强奸十岁左右的少女。那都是些还未迎来初潮的少女。为了将这种行为正当化，他们随意编造教义，利用教团体系。我尽量详细地对此进行了调查，是委托有关方面去做的，花了一笔小小的钱。

这并不容易，比事前预想的需要更多费用。但不管怎样，我们确认了四个被这家伙强奸过的少女。第四个就是阿翼。"

青豆端起冰红茶，喝了一口。没有味道，就像嘴巴里塞了一团棉花，把一切滋味都吸收了。

"还没有弄清详细情况，不过四个少女中至少有两个，至今仍然生活在教团里。"老夫人说，"据说她们作为领袖身边的亲信，担任巫女的角色，从来不在普通信徒前露面。这些少女究竟是自愿留在教团里的，还是因为无法逃脱只好留下的，我们不得而知。她们是否仍然与领袖保持着性关系，这也无从得知。但总而言之，那个领袖好像和她们生活在一起，就像一家人。领袖居住的区域完全禁止入内，普通信徒一律不得靠近。许多东西都笼罩在迷雾中。"

茶几上的雕花玻璃杯开始出汗。老夫人稍作停顿，调整呼吸后继续说道：

"有一件事是确切无疑的。在这四个人当中，最早的一位牺牲者，是领袖的亲生女儿。"

青豆皱起了脸，面部肌肉自作主张地抽动起来，七扭八歪。她想说什么，但词句没能变成声音。

"是的。可以确认那家伙第一次下手，就是奸污自己的亲生女儿。七年前，在他女儿十岁的时候。"老夫人说。

老夫人拿起对讲机，请 Tamaru 送一瓶雪利酒和两只杯子来。其间两人缄默不语，各自整理着思绪。Tamaru 用托盘将一瓶未开启的雪利酒和两只雅致纤细的水晶玻璃杯送进来。他把这些摆在茶几上，然后像拧断鸟脖子一般，用干脆利落的动作启开瓶盖，咕嘟咕嘟地倒进酒杯。老夫人背过身去，Tamaru 鞠了一躬，走出房间。他依旧一声不响，甚至没有发出脚步声。

青豆心想，不仅是那条狗，少女（而且是老夫人最疼爱的少女）就在自己眼前消失了，这深深地伤害了Tamaru。准确地说，这不是他的责任。他夜间并不住在这里，只要没有特殊情况，到了晚上他就回到徒步约十分钟开外的家里睡觉。狗的死亡和少女的失踪，都发生于他不在的夜间。两者都是无法预防的。他的工作仅仅是负责老夫人和柳宅的警卫，位于院落之外的庇护所的安全，他顾不过来。尽管如此，这一连串事件对Tamaru来说，却是他个人的过失，是对他的不可容忍的侮辱。

"你做好处置此人的准备了吗？"老夫人问青豆。

"做好了。"青豆清晰地回答。

"这件工作可不容易。"老夫人说，"当然，请你做的工作，每一次都不容易。只不过这一次尤其如此。我这方面会尽力而为，把能做到的事情都做好。但究竟能在何种程度上确保你的安全，连我也说不准。只怕这次行动会比以往的更危险。"

"我心里明白。"

"上次我也告诉过你，我不愿意送你去危险的地方。但说老实话，这一次，我们选择的余地非常有限。"

"没关系。"青豆说，"反正不能让那家伙活在这个世界上。"

老夫人端起酒杯，啜饮了一口雪利酒，细细品味，然后盯着金鱼看了片刻。

"我以前一直喜欢在夏日的午后喝点常温的雪利酒，不太喜欢在炎热的季节里喝冰冷的饮料。喝了雪利酒，过一小会儿再躺下来打个盹，不知不觉就睡着了。等到从睡眠中醒来，炎热就会稍微消退。我很希望有朝一日能这样死去。在夏日的午后喝一点雪利酒，躺在沙发上不知不觉睡去，就这样不再醒来了。"

青豆也端起酒杯，喝了一小口雪利酒。她不太喜欢这酒的滋味，却很想喝点什么。与喝冰红茶不同，这次多少感觉到一点味道。酒精强烈地刺激着舌头。

"希望你坦率地回答我。"老夫人说，"你害怕死吗？"

说出回答并没有花时间。青豆摇摇头。"不怎么害怕，如果和我作为自己活着相比。"

老夫人的嘴角浮出无力的笑意。和刚才相比，她似乎变得年轻了一些，嘴唇也恢复了生气。也许和青豆的谈话刺激了她，也许是少量的雪利酒发挥了效用。

"你应该有个意中人呀。"

"是的。不过我和他结合的可能性无限地接近零，所以就算我在这里死去，失去的东西也只是同样无限地接近零。"

老夫人眯起眼睛。"有没有具体的理由让你认为自己不可能与他结合？"

"没有特别的理由。"青豆答道，"除了我是我自己以外。"

"你不打算对他采取什么行动，是不是？"

青豆摇摇头。"对我来说，至关重要的，是自己从心底深深地渴求他的事实。"

老夫人凝视着青豆的脸，深为感佩。"你这个人考虑问题真是又干脆又爽快。"

"因为有这个必要。"青豆端起雪利酒，只是在嘴唇上碰了碰，"倒不是刻意这样。"

半晌，沉默溢满了房间。百合依旧低垂着头，金鱼继续漫游在折射的夏日阳光中。

"可以创造一个让你和那位领袖单独相处的机会。"老夫人说，"这件事不容易，恐怕也要花些时间，不过最终肯定能做到。然后你只要照老样子做就行了。只是这一次，你在事后必须隐踪埋迹。你得接受整容手术，辞去现在从事的工作，隐匿到遥远的地方去。名字也要换掉。迄今为止你作为你拥有的一切，都必须统统抛弃。你得变成另外一个人。当然，你会得到一大笔报酬。其他事情都由我负责处理。你看这样行吗？"

青豆答道："就像刚才说的那样，我没有什么东西可以失去。工作也好，姓名也好，现在在东京的生活也好，对我而言并没有什么大不了的意义。我没有异议。"

"包括面容将彻底改变？"

"会比现在好看吗？"

"如果你希望，当然可以。"老夫人带着认真的表情答道，"肯定有个程度的问题，但可以按照你的要求做一张脸。"

"顺便连隆胸手术一起做了也许更好。"

老夫人点点头。"这也许是个好主意。当然是为了掩人耳目。"

"我是开玩笑。"青豆说，表情随即松弛下来，"虽然不足以炫耀，但我觉得胸像现在这个样子也没问题。轻巧便携。而且事到如今，再买其他尺寸的内衣实在太麻烦。"

"这种东西，你要多少，我就给你买多少。"

"这话也是开玩笑。"青豆说。

老夫人也露出了微笑。"对不起。我还不习惯你开玩笑。"

"我对接受整容手术没有抵触。"青豆说，"迄今为止，我没想过要做整容手术，不过现在也没有理由拒绝。这本来就不是一张令人满意的脸，也没有人对它感兴趣。"

"你还得失去朋友呢。"

"我没有可以称为朋友的人。"青豆说，随即，她忽然想起了亚由美。如果我不声不响地消失，亚由美也许会感到寂寞，或者有遭到背叛的感觉。但要将亚由美称为朋友，却从一开始就有点为难。想和警察做朋友，这条路对青豆太危险了。

"我有过两个孩子。"老夫人说，"一个男孩和一个小他三岁的妹妹。女儿死了。以前我告诉过你，是自杀。她没有孩子。儿子呢，由于种种原因，长期以来跟我相处得不太好。现在我们几乎连话都不说。有三个孙子，却很久没有见过面了。但假如我死了，我拥有的大部分财产恐怕会被遗赠给唯一的儿子和他的孩子们。几乎是自动地。近来和从前不一样了，遗嘱这东西没什么效力。尽管如此，眼下我还有不少可以自由支配的钱。我想，如果你顺利完成这次工作，要把大部分赠送给你。请你不要误会，我绝对没有拿钱收买你的意思。我想说的是，我把你看作亲生女儿一样。我想，如果你真是我的女儿就好了。"

青豆平静地看着老夫人的面庞。老夫人像忽然想起来了，将端在手上的雪利酒杯放到茶几上，随即扭头向后，凝望着百合光洁的花瓣，嗅着那浓郁的芬芳，然后再次看着青豆的脸。

"刚才我说过，我本来打算收阿翼为养女，结果却失去了她。也没能为那孩子尽点力，只能袖手旁观，目送她独自一人消失在深夜的黑暗中，现在又要把你送到前所未有的险境中去。其实我并不想这么做。遗憾的是，眼下我们找不到其他方法达成目的。我能做到的，不过是进行现实的补偿。"

青豆缄默不语，侧耳倾听。当老夫人沉默下来，从玻璃窗外传来清晰的鸟鸣声。鸟儿鸣啭一阵，又不知飞去了何方。

"不管会发生什么事，都必须除掉那个家伙。"青豆说，"这是目前最重大的事。您如此看重我疼爱我，我感激不尽。我想您也知道，我是一个因故抛舍了父母的人，一个因故在儿时被父母抛舍的人，不得不走上一条和骨肉亲情无缘的路。为了独自生存下去，我只能让自己适应这种感情状态。这可不是容易的事。有时我觉得自己就是渣滓，是毫无意义的肮脏渣滓。所以，您能对我说这样的话，我非常感激。不过要改变想法、改变活法,现在有点太晚了。可阿翼就不一样了,她应该还有救。请您不要轻易放弃,不要丧失希望,要把那孩子夺回来。"

老夫人点点头。"好像是我的表达有问题。我当然没有放弃阿翼。无论发生什么,我都要倾尽全力把那孩子夺回来。但你也看见了,现在我实在太累了。没能帮上那孩子,所以被深深的无力感困扰,需要一段时间恢复活力。也可能是我年龄太大了。也许不管等多久,那活力都不会回来了。"

青豆从沙发上站起来,走到老夫人身旁,坐在椅子的扶手上,伸手握住她那纤长优雅的手。

"您是一位无比坚毅的女性,能比任何人都坚强地活下去。现在您只是感到失望、感到疲倦罢了。应该躺下休息休息,等到醒来,肯定就会复原了。"

"谢谢你。"老夫人说着,也握住青豆的手,"的确,也许我该稍微睡一会儿。"

"我也该告辞了。"青豆说,"等着您的联系。我还得把身边的琐事处理完。其实我也没有太多行李。"

"请做好轻便转移的准备。如果缺少什么东西,我这边立刻能替你筹办。"

青豆松开老夫人的手,站起身。"晚安。一切都会顺利的。"

老夫人点点头,然后坐在椅子上闭起眼睛。青豆再次将视线投向茶几上的金鱼缸,吸了一口百合的芬芳,离开了那间天花板很高的客厅。

在玄关,Tamaru 正等着她。已经五点了,太阳还高挂在空中,势头丝毫未减。他那双黑色的科尔多瓦皮鞋照例擦得锃亮,炫目地反射着天光。天上处处能看见白色的夏云，但云朵瑟缩在角落里，不去妨碍太阳。离梅雨季节结束还有一段时间，可最近这几天连连骄阳高照，令人想起夏天。蝉鸣从庭院的树丛中传来，还不太响亮，有点畏畏缩缩的感觉，却是确凿的先兆。世界的构造依然维持原样。蝉儿鸣叫，夏云流漾，Tamaru 的皮鞋上没有一点污痕。世界一成不变。但在青豆看来，不知为何却觉得很新鲜。

"Tamaru 先生，"青豆说，"可以跟你说几句话吗？你有没有时间？"

"可以啊。"Tamaru 不动声色地答道，"时间倒有的是。消磨时间就是我的工作之一。"他坐在了玄关外的园艺椅上。青豆也在相邻的椅子上坐下来。向外伸出的屋檐遮断了阳光，两人身处凉爽的阴影中。空气中飘漾着嫩草的气息。

"已经是夏天了。"Tamaru 说。

"蝉也开始叫了。"青豆说。

"今年蝉叫得好像比往年早一点。这一带接下去又该喧噪起来了，吵得耳朵都疼。我在尼亚加拉大瀑布附近的小镇小住时，就像这样喧噪，从早一直吵到晚，没有停下来的时候。那声音简直像一百万只大大小小的蝉在叫。"

"原来你去过尼亚加拉呀。"

Tamaru 点点头。"那里可真是世界上最无聊的地方。我一个人在那里住了三天，除了倾听瀑布的轰鸣，没有任何事可做。喧响震天，连书都看不成。"

"你一个人在尼亚加拉，三天都做什么了？"

Tamaru 没有回答她的问题，只是轻轻摇头。

片刻，Tamaru 和青豆一言不发，侧耳聆听微弱的蝉鸣。

"我有件事要请你帮忙。"青豆说。

Tamaru 的胃口似乎有点被吊起来了。青豆可不是那种轻易开口求人的类型。

她说:"这个忙可有点不平常。我希望你不会不愉快。"

"我不知道能不能帮得上,但可以听一听。无论如何,作为礼貌,来自女士的请求是不会让我不愉快的。"

"我需要一把手枪。"青豆用机械的声音说,"大小能放进小手提包那种。后坐力要小,但要有一定程度的杀伤力,性能值得信赖。不能是用模型手枪改造的,也不能是菲律宾造的那种仿制品。我就算用它,也只会用一次。有一颗子弹大概就够了。"

一阵沉默。Tamaru 的目光没有从青豆脸上移开,他的视线纹丝不动。

Tamaru 叮咛般地问:"在这个国度里,普通市民携带手枪,在法律上是禁止的。你知道这个吧?"

"当然。"

"为了慎重起见,我得告诉你,迄今为止我从没被追究过刑事责任。"Tamaru 说,"换句话说,就是没有前科。也许是执法方有所疏漏。对此,我不否认。不过从档案上看,我是个十分健全的公民,清白廉洁,没有一个污点。虽然是个同性恋,但这并不违反法律。税金叫我交多少就交多少。选举时也去投票,只不过我投的候选人从来没当选过。违章停车的罚金也在期限内全部缴清。因为超速被抓的情况,这十年间从未有过。国民健康保险也入了。NHK 的收视费也通过银行转账支付。持有美国运通卡和万事达卡。虽然目前没有计划,但如果我愿意,连期限三十年的房贷也有资格申请。身处这样的位置,我常常感到欣喜。你是面对着这样一位可说是社会基石的人物,请他去弄把手枪来。这一点,你明白吗?"

"所以我不是说了嘛,希望你不会不愉快。"

"是啊,这话我听见了。"

"我觉得十分抱歉,但除了你,这种事我想不出还能找谁帮忙。"

Tamaru 在喉咙深处发出一声小而含混的声响,听上去仿佛被压抑的叹息。"假如我处于能办到此事的角度,按常识思考,恐怕会这么问:你究竟打算用它打谁?"

青豆用食指指着自己的太阳穴。"大概是打这里。"

Tamaru 毫无表情地望了那只手指一会儿。"恐怕我会进一步问:理由呢?"

"因为我不想被活捉。我不怕死。进监狱非常不愉快,但我想还能忍受。不过,我不愿意被一帮莫名其妙的家伙活捉,受到拷问,因为我不想说出任何人的名字。你明白我的意思吧?"

"我想我明白。"

"我并不打算用它打什么人,也不打算去抢银行。所以不需要二十连发半自动那样张扬的东西。小巧,后坐力小的就好。"

"也可以选择药。和弄把手枪相比,这更现实。"

"药得掏出来吞下去,需要时间。如果在咬碎胶囊前被对方伸手插进嘴巴,我就动弹不得了。但用手枪的话,就可以一面牵制对方,一面下手。"

Tamaru 想了一下,右边的眉毛微微上挑。

"我呢,如果可能的话,不愿意失去你。"他说,"我觉得比较喜欢你。我是说在私人层面上。"

青豆微微一笑。"是当作一个女人喜欢吗?"

Tamaru 不露声色地答道:"男人也好,女人也好,狗也好,能让我喜欢的东西并不多。"

"那当然。"青豆说。

"但同时,保护夫人的安宁和健康是我目前最重要的任务。怎么说我也是个专家。"

"那还用说。"

"从这个观点来看，我想调查一下，看看自己能做点什么。我不能保证。但弄不好，也许能找到一个可以满足你要求的熟人。只是这件事非常微妙，和邮购电热毯之类可不一样。可能得花上一个星期，才给你答复。"

"那没关系。"青豆说。

Tamaru眯起眼睛，仰望着响起蝉鸣的树丛。"我祝你万事如意。如果是稳妥的事，我会尽力帮你。"

"谢谢你。我想下一次恐怕是我最后一次工作了。或许以后再也不会见到你了。"

Tamaru摊开双手，掌心向上，宛如一个立在沙漠正中央等着雨水落下的人，但没发一言。那是一双又大又厚的手掌，布满伤痕。说是躯体的一部分，不如说更像巨大的重型机械的零件。

"我不太喜欢说再见。"Tamaru说，"我连向父母说声再见的机会都没有。"

"他们去世了吗？"

"连他们是死是活，我都不知道。我是在战争结束前一年生在萨哈林的。萨哈林南部当时被日本占领，叫作桦太，一九四五年夏天被苏军占领，我的父母当了俘虏。父亲好像在港口工作。日本俘虏中的平民绝大部分没过多久便被遣送回国了，但我父母是作为劳工被抓到萨哈林去的朝鲜人，所以没被送回日本。日本政府拒绝收留。理由是随着战争结束，朝鲜半岛出身者已经不再是大日本帝国的臣民了。太残忍了。这岂不是连一点爱心也没有吗？如果提出申请，可以去朝鲜，但不能回南边，因为苏联当时不承认韩国。我父母出生于釜山近郊的渔村，他们不想去北边。北边连一个亲戚朋友都没有。当时我还是个婴儿，被托付给归国的日本人，来到了北海道。当时的萨哈林粮食问题糟糕透顶，苏军对待俘虏又很残酷。父母除了我还有好几个小孩，在那里很难养活我。他们大概以为先让我一个人回北海道，以后还能重逢，或者只是不露痕迹地甩掉包袱。详情不明。总之我们再也没有重逢，我父母恐怕现在还待在萨哈林。我是说，如果他们还没死的话。"

"你不记得父母吗？"

"没有任何记忆，因为分手时我才一岁多一点。我由那对夫妇抚养了一段时间，就被送进了函馆近郊山里的一家孤儿院。大概那对夫妇也没有余力一直养育我。那处孤儿院由天主教团体运营，可真是个艰难的地方啊。战争刚结束时孤儿多得要命，粮食也不够，暖气都不足，想活下去，就不得不干各种各样的事。"Tamaru 瞟了一眼右手的手背，"于是我办了个徒有形式的过继手续，取得了日本国籍，起了个日本名字。田丸健一。我只知道自己原来姓朴，而姓朴的朝鲜人就像天上的星星一样多。"

青豆和 Tamaru 并排坐在那里，各自倾听蝉鸣声。

"最好还是另养一条狗。"青豆说。

"夫人也这么跟我说，说那边的房子需要新的看门狗。可我怎么也没那个心情。"

"我理解你的心情，但最好还是再找一条。虽然我没有资格给别人忠告，但是这么认为的。"

"我会的。"Tamaru 说，"还是需要一条受过训练的看门狗。我尽快和驯狗公司联系。"

青豆看了一眼手表，站起身来。离日落还有一段时间，然而天上已微微露出黄昏的迹象，蓝色中开始混入其他色调的蓝。身体里残留着少许雪利酒的醉意。老夫人还在熟睡吗？

"契诃夫这么说过，"Tamaru 缓缓地站起来，说，"如果故事里出现了手枪,它就非发射不可。"

"这话怎么说?"

Tamaru与青豆面对面,站着说话,他的个子只比青豆高出几厘米。"他的意思是说,在故事里不要随意搬出不相关的小道具。如果里面出现了手枪,它就有必要在某个场景中射出子弹。契诃夫写小说时喜欢删掉多余的修饰。"

青豆理好连衣裙的袖子,将挎包挎在肩上。"于是你忧心忡忡:如果有手枪登场,只怕会在某个地方开枪。"

"按照契诃夫的观点来看的话。"

"所以你就想,如果可能的话,不帮我弄枪。"

"既危险,又违法。而且契诃夫是个值得信赖的作家。"

"可这不是故事。我们说的是现实世界。"

Tamaru眯起眼睛,直直地盯着青豆的脸,然后不紧不慢地开口说:"这种事情谁知道?"

第 2 章　天吾
除了灵魂一无所有

把雅纳切克的《小交响曲》唱片放在转盘上，按下自动播放钮。小泽征尔指挥的芝加哥交响乐团。转盘以每分钟三十三转的速度开始转动，拾音臂朝着内侧移动，唱针沿着唱片的沟槽推进。于是继开场鼓号曲之后，定音鼓的华丽乐音从喇叭里传出来。这是天吾最喜欢的部分。

天吾一边听音乐，一边对着文字处理机的显示屏打字。每天清早听雅纳切克的《小交响曲》是他平日的习惯。高中时作为速成打击乐手演奏过这支曲子后，它对天吾来说就成了具有特殊意义的音乐。这音乐总是激励着他，护佑着他。至少天吾这么感觉。

有时会和年长的女朋友一起听雅纳切克的《小交响曲》。

"相当不错。"她说。但比起古典音乐，她更喜欢爵士乐老唱片，好像是越老越好。对她那个年代的女子来说，这是有点与众不同的爱好。她尤其喜欢年轻时的路易·阿姆斯特朗把 W.C. 汉迪[①]的蓝调作品

[①] William Christopher Handy（1873-1958），美国作曲家，人称蓝调音乐之父。

汇集起来所演唱的专辑。由巴尼·毕加德①演奏单簧管，特朗米·杨②吹奏长号。她把这张唱片送给了天吾，但与其说是让天吾听，不如说是给自己听。

两人在做爱之后，常常躺在床上听这张唱片。她对这盘音乐百听不厌。"路易的小号和演唱当然非常出色、无可挑剔，但要是问我的意见，在这儿你该用心聆听的，再怎么说也是巴尼·毕加德的单簧管。"她说。话虽如此，其实在这张唱片中，巴尼·毕加德独奏的机会少之又少，而且每次的独奏都只有主题乐段，很短。说到底，这毕竟是一张以路易·阿姆斯特朗为主角的唱片。但她将毕加德那少之又少的独奏，每一句都满怀怜爱地记在心里，总是伴着它们轻声哼唱。

她说，可能还有比毕加德更优秀的爵士单簧管演奏家，不过能像他那样温柔细腻地演奏的人，在哪儿都别想找到。他的演奏——当然是说精彩的时候——总是化作一道心灵风景线。尽管她这么说，可此外还有哪些爵士单簧管演奏家，天吾一无所知。然而这张唱片中收录的单簧管演奏拥有优美的形态，毫不盛气凌人，并且富于滋养和想象力，听了一遍又一遍，天吾也逐渐能理解了。但想理解这一点，得全神贯注地侧耳聆听，还需要一个能干的向导。只是漠然地随意听听，便会听漏。

"巴尼·毕加德就像一个天才二垒手，演奏得非常优美。"她有一次说，"独奏当然也很精彩，但他的美好品质得到最充分的体现，还是在他退隐于幕后烘托别人的时候。这非常难，他却能轻易做到。其真正价值，只有细心的听众才能听出来。"

每一次，当密纹唱片 B 面的第六支曲子《亚特兰大蓝调》开始，

---

① Barney Bigard（1906－1980），原名 Albany Leon Bigard，美国爵士单簧管和次中音萨克管演奏家。
② James Trummy Young（1912－1984），美国长号演奏家。

她总是握住天吾身体的某个部分,对毕加德吹的那段简洁而又精妙的独奏赞不绝口。这段独奏夹在路易·阿姆斯特朗的独唱和小号独奏之间。"听听,好好听听。先是像小孩子发出的呼叫声,长长的,令人心颤。是惊讶,是喜悦的迸发,还是幸福的倾诉?它随即化作愉悦的叹息,沿着美丽的水路蜿蜒前行,被某个端庄而不为人知的场所干脆地吸纳了。听到没有?这样让人心跳不已的演奏,除了他,谁也吹不出。吉米·努恩[1]、西德尼·贝歇[2]、皮·维[3]、贝尼·古德曼[4],都是优秀的单簧管演奏家,但这种精致的工艺品般的演奏,他们基本做不到。"

"你怎么对老爵士乐这么熟悉?"有一次,天吾问。

"我有许多你不知道的过去。任何人都无法改写的过去。"她说着,用手掌温柔地抚弄天吾的睾丸。

做完早晨的工作,天吾散步到车站,在售货亭买了报纸。然后走进咖啡馆,要了一份黄油吐司加白煮蛋的早餐,在等待店员做好送来之际,一边喝着咖啡,一边摊开报纸。正如小松预告的那样,社会版上登着关于深绘里的报道。文章不太长,刊登在版面下部、三菱汽车广告的上方。标题写道:"备受瞩目的高中生作家或许失踪。"

　　如今已成为畅销书的小说《空气蛹》的作者"深绘里",亦即

---

[1] Jimmy Noone(1895–1944),美国爵士单簧管演奏家。
[2] Sidney Bechet(1897–1959),美国爵士单簧管和高音萨克斯演奏家。20世纪40年代与路易·阿姆斯特朗齐名。
[3] Charles Ellsworth Russell(1906–1969),绰号 Pee Wee Russell,美国爵士单簧管演奏家。
[4] Benny Goodman(1909–1986),原名 Benjamin David Goodman,美国爵士单簧管演奏家。

深田绘里子（十七岁）行踪不明一事，已于××日下午得到证实。据向青梅警局提交搜寻申请的监护人、文化人类学家戎野隆之氏（六十三岁）说，自六月二十七日晚间起，绘里子便没有再回到青梅市家中，也没有去东京市内另一处住所，联络也完全断绝。戎野氏在接受电话采访时称，最后见到绘里子时，她一如平素，并无异常，健康无恙，也想不出任何需要隐匿行踪的理由。迄今为止，她从未发生擅自外出不归的情况，因此担心她是否被卷入某种不测。出版《空气蛹》的××出版社责任编辑小松佑二氏则表示："该书连续六周在畅销书排行榜上名列前茅，广受瞩目，但深田小姐不喜欢在传媒面前公开露面。此次失踪是否与本人这种意向有关，本社尚未掌握确切讯息。深田小姐年轻又极富才华，是一位前途无量的作家，我盼望尽早看到她平安健康的身影。"警方已将数种可能性纳入考虑范围，正在加紧侦破。

现在这个阶段，报纸上能写的大概就这么多吧，天吾想。如果小题大做，处理得耸人听闻，万一两天后深绘里安然无恙地晃回家了，写报道的记者势必大大丢丑，报社也将颜面尽失。至于警方，情况也基本相同。双方都先发表探测气球般简洁中立的声明，暂时观望事态发展，窥察世间动向。事情闹大，应该是在周刊杂志插手进来、电视新闻开始炒作之后。在那之前，还有几天的余裕。

但或迟或早，事态都会愈演愈烈，这已经没有置疑的余地。《空气蛹》成了畅销书，作者深绘里是个引人注目的十七岁美少女，如今又行踪不明。风波不可能闹不大。知道她并非被别人绑架，而是独自潜藏于某地的，这世上恐怕只有四个人。她自己当然知道。天吾知道。戎野老师和他女儿阿蓟也知道。此外便再也没人知道，这场失踪闹剧原来是为了吸引世间注意制造的骗局。

知道真相，天吾不知自己是应当喜悦还是忧虑。大概应当喜悦吧，因为不必担心深绘里的安全了。她在安全的场所。但与此同时，自己无疑又被置于袒护这个复杂阴谋的立场。戎野老师使用撬杠，将巨大而不祥的岩石撬了起来，让阳光照在上面，摆好了架势守候着，看看究竟会有什么从岩石下爬出来。天吾尽管不情愿，却不得不站在他身边。究竟会爬出什么，天吾并不想知道。如果可能，他根本不想看那东西。爬出来的肯定不是好东西，只会是棘手的麻烦。但他又觉得不看恐怕不行。

天吾喝了咖啡，吃了吐司和鸡蛋，搁下读完的报纸走出咖啡馆。回到家里，刷牙，洗了个澡，准备去补习学校。

补习学校午间休息时，天吾接受了一位陌生人的拜访。上午的课程结束后，他在教员休息室里稍作休息，正打算翻阅几份还未看过的早报。理事长秘书走过来说：来了一个人，说是想见你。她比天吾大一岁，是个精明能干的女子。头衔虽然只是秘书，可有关补习学校经营的各项事务都是她在处理。要称为美人，容貌有点欠端正，但身材袅娜，穿着打扮的品位也很高雅。

"是一位姓牛河的先生。"她说。

这个姓氏从未听说过。

不知为何，她稍微皱了皱眉。"他说事关重大，可能的话想单独跟你谈一谈。"

"事关重大？"天吾惊讶地说。在这所补习学校里，来找他讨论重大事情的情况基本不可能发生。

"会客室正好空着，我先把他领到那里去了。像你这样的小人物，本来是不能随便使用这种地方的。"

"谢谢你了。"天吾道了谢，还奉上一个珍藏的微笑。

然而她对这种东西看都不看一眼，身上阿尼亚斯贝的夏季新款西服衣裙翻飞，快步走得不知去向了。

牛河是个矮个子，大概四十五岁左右，肥胖得连躯干都已失去所有曲线，喉咙周围都开始长赘肉。但对于他的年龄，天吾毫无自信。由于他相貌特异（或说不寻常），推测年龄所需的要素难以采集。既像年龄更大一些，又像更年轻一些。从三十二岁到五十六岁之间，说他是任何一个年龄，你都只能乖乖听信。牙齿排列不齐，脊骨弯成奇怪的角度。大脑袋顶上秃成了不自然的扁平状，周围歪歪扭扭。那片扁平让人想起建在有战略意义的窄坡顶上的军用直升机场。在越南战争的纪录片中看过这种东西。扁平不正的脑袋周围，像死缠不放般残留着又粗又黑的鬈发，长度超出了必要，漫无边际地垂到耳边。那头发的形状，恐怕一百个人中有九十八个会想到阴毛。剩下的两个人会想起什么，天吾就不知道了。

此人从体形到面容，似乎一切都长得左右不对称。天吾一眼看去，首先发现了这一点。当然，人的躯体多少都有点不对称，这个事实并不违背自然法则。他自己的眼睑，左边和右边的形状就不太相同。左侧的睾丸也比右侧的稍低一些。我们的躯体并非在工厂里按统一规格批量制造的产品。但在此人身上，这种左右的差异却超出了常识范围。那种显而易见、有目共睹的失衡，不容分说地刺激着与他相对的人的神经，让人感觉如坐针毡，似乎站在了一面扭曲（那程度明显得令人生厌）的哈哈镜前。

他身上那套灰色西服布满无数细小皱纹，令人想起被冰河侵蚀的大地。白衬衣的衣领有一边翘到了西装外，领带上打的那个结扭着身子，似乎难以忍受不得不待在此处的不快。西装、领带和衬衣的尺寸一点点地互不相配。领带的图案或许是笔法拙劣的学画的学生根据臆想描画出的烂面条。每一样都像是从廉价商店里凑合着淘来的便宜货。

尽管如此,看得久了,竟渐渐觉得被他穿在身上的衣服实在可怜。天吾对自身的穿着几乎从不讲究,却生来对别人的衣着格外介意。如果让他从这十年间遇见的人中选出衣着最不得体者,这个人无疑得进入那极短的名单。还不只是衣着不得体,甚至给人一种印象:他是刻意亵渎服饰的概念。

天吾刚走进会客室,对方便站起来,从名片夹中取出一张名片,鞠了一躬,递给他。递过来的名片上写着"牛河利治",下面印着一行罗马字 Ushikawa Toshiharu①,头衔写作"财团法人　新日本学艺振兴会　专任理事"。协会地址为千代田区麴町,并印有电话号码。这个"新日本学艺振兴会"是怎样的团体,专任理事又是怎样的职位,天吾当然不太明白。但名片上还印着凸起的徽标,十分华美,不像是临时印出来应付的。天吾盯着名片看了一会儿,再次抬眼瞧了瞧那人。和"新日本学艺振兴会专任理事"头衔的印象相差如此之远的人物,怕是绝无仅有吧,他暗忖。

二人各自坐在单人沙发上,隔着低矮的茶几看着对方的脸。那男人用手帕使劲擦了几次脸,然后将那块可怜的手帕塞回上衣口袋。负责接待的女职员为两人送来茶,天吾向她致谢。牛河一言未发。

"打搅您休息了。事先也没和您联系,呃,实在是十分抱歉。"牛河向天吾致歉。遣词用字倒客气,但语气中有一种奇妙的随便感。天吾有些反感。"啊,您用过午餐没有?您不介意的话,要不咱们到外面边吃边谈?"

"我工作时不吃午饭。"天吾说,"我会在下午上完课后,再简单地吃点东西。所以您不必在意吃饭的事。"

"明白啦。那就在这儿谈吧。在这儿好像可以舒服而安静地聊聊。"

---

①牛河利治四字的日语发音。

他仿佛估算价格似的，环视了会客室一圈。这是间不怎么样的会客室。墙上挂着一大幅油画，画着一座山。除了用去的颜料只怕相当重，并不能让人萌生特别的感慨。花瓶中插的好像是大丽花，是那种让人想到蠢笨的中年女人的笨拙的花。补习学校为何需要这样阴郁的会客室？天吾不太清楚。

"自我介绍做得晚了。就像名片上写的，我姓牛河。朋友们都管我叫'牛'。从来没人规矩地喊我牛河君。无非是一头牛罢了。"牛河说着，浮出了微笑。

朋友？到底是什么样的人，会主动做这种家伙的朋友？天吾忽然生出疑问。这纯粹是出自好奇心的疑问。

假如老实说出自己的第一印象，牛河这个人让天吾想到的，是某种从地底黑洞爬出来的令人毛骨悚然的东西。某种滑溜溜的、真相不明的东西。某种原本不该出现在光天化日下的东西。说不定，这个男人就是戎野老师从岩石下面引诱出来的东西之一。天吾无意识地皱起眉头，将依然捏在手中的名片放在茶几上。牛河利治，就是这个男人的姓名。

"川奈先生您一定也很忙，所以我闲话少说，直言不讳。只拣重要的话题说了。"牛河说。

天吾微微点头。

牛河喝了一口茶，然后开口道："我想，川奈先生大概还没听说过'新日本学艺振兴会'这个名字。（天吾点头）这是一个新近设立的财团法人，我们主要的活动是选拔活跃于学术和艺术领域的、独具特色的年轻一代，尤其是社会上还不为人知的人，并援助他们。一句话，在日本现代文化的各个领域培育下一个时代领军人物的幼苗，便是我们的宗旨。在每个部门，我们都与专业调查员签约，物色候选者。每年有五位艺术家或研究者被选拔出来，领取资助金。为期一年，可以任意做自己喜欢的事。没有任何附加条件。只需在年末提交一份形式上的报告，简单说明一下这一年中做了哪些事、取得了哪些成果即可。报告刊登在本财团发行的杂志上。不会有任何麻烦事。因为这项活动刚开始实施，无论如何，我们最重要的工作是先留下有形的实绩。也就是说，现在还处于播种阶段。具体说来，每年向每个人发放三百万元资助金。"

"好大方啊。"天吾说。

"想创造出重要的东西，或者说想发现重要的东西，既需要时间，又需要金钱。当然，并非只要投入时间和金钱就能完成伟大事业。但这两者不管是哪一样，都不会成为累赘。尤其是时间，总量是有限的。时钟此时此刻就在嘀嗒嘀嗒地记录时间，时间正在飞快地流逝，机会正在失去。可是，如果有钱，就可以用来买时间。只要想买，就算是自由也能买到。时间与自由，对人来说是可以用钱买到的最宝贵的东西。"

天吾听他这么说，几乎是条件反射地看了一眼手表。的确，时间在嘀嗒嘀嗒永无休止地流逝。

"占用了您的时间，实在不好意思。"牛河慌忙说。他似乎将这个动作当成了给他看的表演。"我长话短说。固然，现在靠着一年区区三百万无法过上奢侈的日子，但对年轻人的生活应该算是不小的补助。不必为了生活忙碌，可以在这一年内集中精力潜心于研究或创作，这就是鄙财团的本意。在年度末审核时，只要理事会认定在这一年内取得了可观的成果，资助就不止是一年，还有继续下去的可能。"

天吾不言不语，等着下面的话。

"日前，我听了整整一小时您在这所补习学校讲的课。"牛河说，"哎呀，非常有趣。我在数学上完全是个外行，这一直是我最不擅长的科目，念书时对数学课也是讨厌得不得了。只要听到数学这两个字，就要头疼得满地打滚、溜之大吉。可是您的课，哎呀，实在是太有意思了。当然，微积分的理论我是一窍不通，不过，仅仅听了您一节课，我就开始想，原来数学是如此有趣，我是不是从现在起干脆也学点数学呢。实在太了不起了。川奈先生，您有异乎寻常的才能。一种也许该说是吸引人心的才能。听说您在补习学校里是深受欢迎的老师，这也是理所当然。"

牛河是在何时何地旁听自己讲课的，天吾毫不知情。他讲课时总是仔细观察教室里有什么人。虽然记不住所有学生的面容，但如果其中有像牛河这样外貌奇特的人物，绝不可能看不见。他肯定会像砂糖罐里的蜈蚣一样引人注目。但天吾没有追究。话本来就够长了，追究起来只会更长。

"如您所知，我不过是个受雇于补习学校的教师。"天吾为了多少节约点时间，主动开口了，"并不是在从事数学研究。我只是向学生有趣易懂地说明已作为知识普及的东西，并教授一些比较有效的解答大学入学考试题的方法。我也许适合做这样的工作，但在很久以前就放弃了做专业研究者的想法。固然有经济方面的原因，但主要是觉得自己没有足以在学术界成功的素质和能力。所以，我不可能对您有任何帮助。"

牛河慌忙举起一只手，将手心正对着天吾。"不不，我不是那个意思。也许是我把话说复杂了，向您道歉。您的数学课的确非常有趣，实在是别出心裁、富有创意。不过，我今天来这里不是为了说这些。我们关注的，是您作为小说家的活动。"

天吾出其不意地被对方攻击，有数秒说不出话来。

"作为小说家的活动？"他问。

"是的。"

"您的话我不明白。的确，这几年我是在写小说，不过还一次都没印成铅字发表过。这样的人应该不能称作小说家。又怎么会引起你们的注意呢？"

牛河看到天吾的反应，似乎十分得意，嘻嘻一笑。他一笑，那满口歪歪扭扭的牙齿便暴露无遗。就像几天前刚被巨浪冲刷过的海边木桩，那些牙齿扭向各种角度，摸索着各种方向，呈现出各种肮脏。事到如今，想矫正牙齿大概不可能了，但至少该有个人教教他正确的刷牙方法。

"这些方面嘛，恰恰是本财团的独到之处。"牛河得意扬扬地说，"本财团的签约调查员，常常会留意世间其他人士尚未留意的地方。这也是我们的目的之一。的确如您所说，您还没有以完整的形式发表过一篇作品。我们对此很清楚。但您迄今为止每年都用笔名投稿应征文艺杂志的新人奖。遗憾的是还没有得奖，但几次入围最后一轮评审。理所当然，有不少人阅读过您的作品。其中有几位对您的才华倍加瞩目。在不久的将来，毫无疑问，您终将摘取新人奖，作为作家正式登场，这就是我们的调查员得出的评价。如果说成买期货，未免有些难听，但就像我刚才说的那样，'培育下一个时代领军人物的幼苗'正是本财团的意图。"

天吾端起茶杯，喝了一口稍有些变冷的茶。"我作为一个刚出道的小说家，成了资助金的候选者。是这个意思吗？"

"完全正确。虽说是候选者，其实几乎等于已经决定。只要您告诉我愿意接受，我一个人就可以最终决断。只需要您在文件上签个名，三百万元立刻会汇到您的银行账户上。您就能从这所补习学校休职一年半载，专心写小说了。听说您正在写长篇小说，这不正是个好机会吗？"

天吾皱起眉。"我在写长篇小说的事，您是怎么知道的？"

牛河再次露出牙笑了。但如果仔细看，他的眼中根本没有笑意。瞳孔深处的光始终是冷冰冰的。

"本财团的调查员既努力又能干。他们挑选出几位候选者，从所有方面彻底调查。您眼下正在写长篇小说的事，周围应该总有几个人知道吧。不管什么事都会泄漏。"

天吾在写作长篇小说的事，小松知道。他那个年长的女朋友也知道。此外还有谁呢？大概再也没有人知道了。

"关于贵财团，我想问几个问题。"天吾说。

"您请。随便什么问题都行。"

"你们运用的资金来源于何处？"

"是由某个人提供的资金，也可以说是由他拥有的团体提供的。就现实层面而言——这话就不能张扬了——这么做也起到了节税的作用。当然与此无关，他对艺术和学术深感兴趣，愿意支持年轻人。至于更具体的内容，我不便在此多言。他，包括他拥有的团体，希望不要公开他们的名字。运营完全委托财团委员会。本人也是这个委员会的一员。"

天吾思考了一下。其实没什么值得考虑的事，只是将牛河的话在脑子里整理一番，就那样排成行而已。

"我抽支烟可以吗？"牛河问。

"请。"天吾说，把烟灰缸推过去。

牛河从上衣口袋里取出一包七星，在嘴里衔了一支，用金质打火机点上。那是一只细长的、似乎价格不菲的打火机。

"您觉得如何，川奈先生？"牛河问，"能不能请您接受本财团的资助金？说句老实话，以我个人而言，自从听了您那堂愉快的课，就对您今后会追求怎样的文学世界很有兴趣呢。"

"您愿意这样向我提议，我非常感谢，"天吾答道，"实在不胜荣幸。但我不能接受这份资助金。"

牛河手中夹着烟雾缭绕的香烟，眯眼盯着天吾的脸。"您的意思是……"

"首先，我这个人不愿接受素不相识的人的钱。第二，目前我并不是特别需要钱。每周三天在补习学校教书，此外的日子集中精力写写小说，过得还算舒心。我不想改变这样的生活。这两点就是理由。"

第三，牛河先生，我无心和你发展任何个人层面的关系。第四，这资助金怎么想都疑云重重。条件好得过分，肯定有什么隐情。我当然不是世界上直觉最敏锐的人，但这种事从气味就能感觉到。当然，天吾没把这些说出口。

"哦。"牛河说，然后将一大口烟吸入肺里，似乎美味异常地吐出来，"原来如此。您的考虑我完全可以理解。您说的理由也合乎情理。不过啊，川奈先生，这件事您不必非在这里回答不可。您回到家，好好考虑三天如何？然后再慢慢下结论也不晚。本财团并不着急。请您花点时间考虑考虑。这不是件坏事嘛。"

天吾干脆而简短地摇头。"您这么说，我非常荣幸，但最好还是在这里把话说清楚，双方都可以免得浪费时间和功夫。能被选为资助金的候选者，我感到十分荣幸。您这样特地前来，也让我过意不去。不过，这次请允许我谢绝。这就是最后的结论，没有重新考虑的余地。"

牛河连连点头，恋恋不舍地在烟灰缸里掐灭只吸了两口的烟。

"行了。您的意思我完全明白了。我愿意尊重您的意见。倒是我，耽误了您的时间。非常遗憾。今天我不再坚持，这就回去了。"

但牛河根本没有要站起来的意思，不停地搔着后脑勺，只顾眯着眼睛。

"只不过啊，川奈先生，您自己也许还没注意到，您是一位前途无量的作家。您有才华。数学和文学也许没有直接的关系，但您的数学课很有趣，简直像在听故事一样。那可不是普通人能轻易做到的。您拥有某种特别的东西，值得讲述给别人听。连我这样的人看来，这也是一目了然。所以请您珍重自己。恕我多言，请您不要卷进不相干的事里去，把持住自己，只管走自己的路才好。"

"不相干的事？"天吾反问道。

"比如说，您和写《空气蛹》的深田绘里子小姐似乎有点关系。或者说，呃，迄今为止至少见过几次面。对不对？而且今天的报纸说——我刚才偶然读了那篇报道——她现在好像下落不明。媒体肯定要大肆炒作吧。这可是极具轰动效应的事件啊。"

"就算我和深田绘里子小姐见过面，难道就有什么特殊意义？"

牛河再次把手掌对准天吾。手很小，指头却圆滚滚的很粗壮。"啊哈，请您不要这么感情用事嘛。我这么说并不是出于恶意。不不不，我想说的是，为了生活零售才华和时间，是不可能有好结果的。这话说出来也许显得冒昧——我不想看到像川奈先生这样稍加琢磨就能成大器的优秀人才，却被无聊的琐事烦扰，受到伤害。如果深田小姐和川奈先生之间的事传到外边，肯定会有人找上门来，恐怕还会纠缠不休，找出些真真假假的事。要知道他们可是一帮死缠烂打的家伙。"

天吾一言不发，默默盯着牛河的脸。牛河眯着眼睛，不停地挠着大耳垂。他耳朵很小，只有耳垂大得异样。此人的躯体构造，怎么看都有看不厌的地方。

"您别担心。我绝对不会泄露出去。"牛河重复道，还做了个在嘴巴拉上拉链的手势，"我向您保证。您别瞧我这副模样，我可是守口如瓶。人家都说我会不会是蛤蜊转世呢。这件事，我会好好地藏在肚子里，以示我个人对您的善意。"

牛河说完，终于从沙发上站起来，扯了几下西服，要拉平上面细小的皱纹。这么做了，也没有拉平皱纹，只是让它们变得更加引人注目而已。

"关于资助金的事，如果您想法有变，请随时打名片上的电话跟我联系。时间还很充裕。就算今年不行了，呃，还有明年。"说着，他用两根食指比画地球绕着太阳转动的情形，"我这边并不着急。至少我们已经得到了这样跟您交谈的机会，将我方的信息传达给您了。"

然后牛河再次咧嘴一笑，像炫耀般展示着那毁灭性的齿列，扭头走出会客室。

下一节课开始前，天吾一直在回味牛河的话，试着在脑海里再现他的台词。这家伙似乎摸清了天吾参与过炮制《空气蛹》的计划。他的语气中含有这种暗示。**为了生活零售才华和时间，是不可能有好结果的。**牛河故弄玄虚地说。

我们什么都知道——这大概就是他们传达的信息吧。

我们已经得到了这样跟您交谈的机会，将我方的信息传达给您了。

难道他们是为了传达这样的信息，仅仅是为了这个目的，将牛河派到自己这里，奉上一年三百万元的"资助金"吗？这未免太不合情理了。不必准备如此周密的计划，对方已经抓住我方的弱点，如果想威胁我，只要一开始就抛出那个事实即可。要不就是他们试图利用那笔"资助金"来收买自己？不管怎样，一切都太像做戏。首先，所谓他们到底是谁？这个叫"新日本学艺振兴会"的财团法人是否和"先驱"有关？这个团体是否真的存在？

天吾拿着牛河的名片，去找那位女秘书。"嗨，还有件事想求你帮忙。"

"什么事？"她坐在椅子上没动，抬起脸问天吾。

"我想请你给这里打个电话,问他们是不是'新日本学艺振兴会',再问那个姓牛河的理事在不在。对方应该会说不在,你再问问几点回来。如果对方询问你的名字,你就随便编一个好了。我自己打也无所谓,只是万一对方听出我的声音来,不太好办。"

她按下号码。对方接了电话,应答得体。那是专业人员之间的交谈,凝练而简洁。

"'新日本学艺振兴会'的确存在。接电话的是前台的女子,年龄大约不到二十五岁,应答相当得体。姓牛河的人的确在那里工作,预定三点半返回办公室。她并没有问我的姓名。如果是我,当然会问。"

"那当然。"天吾说,"总之,谢谢你了。"

"不客气。"她把牛河的名片递到天吾手上,说,"那么,牛河先生就是刚才的人吗?"

"是啊。"

"我只是瞥了一眼,呃,这个人长相很吓人啊。"

天吾把名片装进皮夹。"就算你花上时间慢慢看,我想那印象大概也不会改变。"

"我不愿以貌取人,以前因此失误过,以致追悔莫及。不过,这个人一眼望去就觉得不可信。我现在仍然这么认为。"

"这么认为的,不止你一个人。"天吾说。

"这么认为的不止我一个人。"她仿佛在确认这个句子的结构有多准确,重复道。

"你的上衣真漂亮。"天吾说。这话倒不是讨好对方,完全是由衷的感受。领教过牛河那身皱纹密布的廉价西服,这件剪裁别致的亚麻上衣,简直像在无风的午后从天堂飘落下来的美丽织锦。

"谢谢。"她答道。

"不过,就算有人接电话,'新日本学艺振兴会'也不一定真的存在。"天吾说。

"那倒是。当然也可能是精心设计的骗局。只要拉上一条电话线，雇上一个接电话的人就行了。就像电影《骗中骗》一样。但是，干吗要费这么大的劲呢？天吾君，我这么说有点那个，你好像也没有那么多钱让人家勒索呀。"

"我可是一无所有。"天吾说，"除了灵魂。"

"怎么像是个靡菲斯特①要登场的故事。"她说。

"也许该亲自到这个地址去一趟，亲眼看看他们的办公室到底在不在。"

"搞清楚结果后，告诉我一声哦。"她眯起眼睛，检视着指甲上涂抹的甲油。

"新日本学艺振兴会"果真存在。下课后，天吾乘电车赶往四谷，从那里步行去了麴町。找到名片上的地址一看，四层楼的入口处挂着一块写有"新日本学艺振兴会"的金属牌。办公室位于三楼。这一层还有"御木本音乐出版社"和"幸田会计事务所"。从这幢建筑的规模看，办公室应该不会太大。看外观，哪一家的生意好像都不太兴隆。然而单看外表不可能明白内情。天吾还想过乘电梯上三楼。很想看看究竟是怎样的办公室，只看一眼门面也行。然而，万一在走廊上撞到牛河，可有点麻烦。

天吾换乘电车回到家后，给小松打了个电话。极其罕见，小松居然在公司里，立刻接了。

"现在不太方便。"小松说，比平时语速要快，音调有点偏高，"对不起，现在我不方便说话。"

---

①歌德代表作《浮士德》中的魔鬼。

"这件事非常重要。小松先生。"天吾说，"今天补习学校来了个奇怪的家伙，对我和《空气蛹》的关系好像知道些什么。"

小松拿着电话沉默了几秒钟。"我二十分钟后可以打给你。你在家里吗？"

是的，天吾回答。小松挂断了电话。天吾在等待来电之际，用磨刀石磨了两把菜刀，烧开水，泡了红茶。正好二十分钟后，电话铃响了。在小松来说，这实在罕见。

面对着电话，小松的声调比刚才镇定多了。像是移到了一个安静的地方，在那儿打的。天吾把牛河在会客室里说的那番话扼要地告诉了小松。

"新日本学艺振兴会？从没听说过啊。说要给你三百万元资助金，这也是莫名其妙的事。当然，你终有一天会成为前途无量的作家，我对此也很看好。可是，你现在连一部作品都还没发表。这话无从说起。背后肯定有鬼啊。"

"这也是我的看法。"

"给我一点时间。那个什么'新日本学艺振兴会'，让我查查看。等查明白了，我会跟你联系。但总而言之，那个叫牛河的家伙知道你和深绘里的关系喽？"

"好像是。"

"这可有点麻烦。"

"有什么开始动了。"天吾说，"用撬杠把岩石撬起来倒无所谓，不过看样子，好像有个无法想象的东西从下边爬出来了。"

小松在电话那端长叹。"我这边也被人家穷追不舍。周刊杂志在吵吵嚷嚷。电视台也来凑热闹。今天一大早警察就到公司来了，向我了解情况。他们已经掌握了深绘里和'先驱'的关系。当然包括她那行踪不明的父母。媒体恐怕也会连篇累牍地报道这些吧。"

"戎野老师现在怎么样了?"

"戎野老师从前些时候开始,就失去了联系。电话打不通,也没有跟我联系。他那边或许也闹得不可开交呢,要不然就是在悄悄谋划什么。"

"不过小松先生,我问一句不相干的话,我正在写长篇小说的事,你有没有告诉过别人?"

"没有呀,这件事我没告诉过任何人。"小松立刻答道,"到底有什么必要跟别人说呢?"

"那就好。我只是问一问。"

小松沉默了一会儿,说:"天吾君,事到如今再说这话有点那个,不过,咱们弄不好是踏进了一个讨厌的地方。"

"不管是踏进了什么地方,事到如今,已经没有回头路走了,只有这一点好像是不容置疑的。"

"如果没有回头路走,那么不论发生什么事,都只能一直向前了。就算你说的那无法想象的东西爬出来也一样。"

"最好系上安全带。"天吾说。

"就是。"小松说完,挂断了电话。

漫长的一天。天吾坐在桌边,喝着冷了的红茶,想着深绘里的事。她独自一人藏在那个隐蔽所,整天都干什么呢?当然,深绘里到底在干什么,谁都不知道。

小小人的智慧和力量也许会伤害老师和你。深绘里在磁带里这样说过。**在森林里面要小心。**天吾不禁环顾四周。没错,森林深处是他们的世界。

第3章 青豆
无法选择如何出生，但可以选择如何死

七月将近结束的那个夜晚，遮蔽天空多日的厚云层终于散去，两个月亮鲜明地浮现在空中。青豆在家中的小阳台上遥望着那光景。她很想立刻给谁打电话，告诉那个人："请从窗口伸出头，抬脸看看天空。怎样？天上浮着几个月亮？从我这里可以清楚地看到两个月亮哦。你那边怎样？"

然而她没有可以打这种电话的人。或许可以打给亚由美。但青豆不愿让自己和亚由美的关系变得更深。她是个现役警察。而青豆恐怕在不久后还得再杀掉一个男人，然后易容、改名、移居他乡，销声匿迹。和亚由美当然无法再相见了，也不能联系。一旦和什么人亲密起来，要割断这份情谊自然让人难过。

她走回房间，关上玻璃门，打开空调，又拉上窗帘，隔开月亮与自己。浮在天空中的那两个月亮，让她心烦意乱。它们仿佛微妙地打乱了地球引力的平衡，对她的身体产生了某种作用。虽然离生理期还有一段时间，身体却奇妙地倦怠沉重。皮肤干燥粗糙，脉搏不自然。青豆想：不要再多想月亮了！即使那是不得不想的事。

为了排遣倦怠，青豆在地毯上做起了舒展运动，将日常生活中几乎没有机会使用的肌肉一一召唤出来，按程序彻底整治一番。这些肌肉发出无声的悲鸣，汗水滴落在地板上。她自己设计了这套舒展程序，日复一日地不断更新，使之变得更加激烈而有效。这是一套完全为她自己制定的程序，在体育俱乐部的班级里不能使用。一般人根本忍受不了这样的痛苦，连做体育教练的同事们也大多会出声呻吟。

她一面做着舒展运动，一面播放着由乔治·赛尔指挥的雅纳切克的《小交响曲》。《小交响曲》大约二十五分钟播完，用这点时间，大致能有效地将肌肉充分运动一遍。既不太短，又不太长，时间恰到好处。待一曲终了，转盘停下，拾音臂自动返回原位，大脑和身体都进入了被绞干的抹布般的状态。

如今青豆能记住《小交响曲》的每个细节。一面将身体伸展到临近极限的状态，一面倾听音乐，她会奇妙地变得心绪宁静。在这个时候，她是拷问者，同时又是被拷问者；是强迫者，同时又是被强迫者。这样一种通向内部的自我完结性，才是她想要的东西，而且也抚慰了她。所以，雅纳切克的《小交响曲》成了行之有效的背景音乐。

晚上十点前，电话铃响了。拿起听筒，传来 Tamaru 的声音。

"明天有什么安排？"他问。

"六点半下班。"

"下班后能来这里一趟吗？"

"可以。"青豆回答。

"很好。"Tamaru 说。传来用圆珠笔在日程表上写字的声音。

"对了，你找到新的狗了吗？"

"狗？哦，我还是找了一条雌的德国牧羊犬。它的性格还没了解透彻，不过基础训练做得很好，好像也很听话。十天前来的，差不多已经适应了。狗来了以后，那些女人也安心了。"

"太好了。"

"这家伙只要喂普通的狗食就行了。很省事。"

"一般的德国牧羊犬不会吃菠菜。"

"那只狗的确有点古怪。有些季节，菠菜又不是很便宜。"Tamaru仿佛充满怀念地抱怨道，随后停顿了数秒，改变话题："今天月亮很美。"

青豆对着电话皱眉。"怎么忽然谈起月亮了？"

"我偶尔也会谈谈月亮嘛。"

"那是当然。"青豆说。但你不是那种明明没必要，却在电话里大谈风花雪月的人。

Tamaru在电话那端沉默了一下，开口说："上次你在电话里提到月亮。你还记得吗？从那以后，月亮不知为何总在脑中萦绕。于是刚才看了看天空，没有一片云，月亮很美。"

那么，有几个月亮呢？青豆差点问出声来，但忍住没问。这太危险。Tamaru上次将自己的身世告诉了我。关于他是个连父母的长相都不知道的孤儿。关于他的国籍。Tamaru说那么多话还是头一次。他原本是个不愿多谈自己的男人。在私人层面上，他很喜欢青豆，不那么提防她。但他毕竟是个职业保镖，受过直取捷径达成目的的训练。自己最好别说多余的话。

"下班后，我大概七点能到你那儿。"她说。

"很好。"Tamaru回答，"你恐怕会肚子饿。明天厨师休息，拿不出像样的晚餐招待你。如果不介意，我倒可以为你准备三明治。"

"谢谢你。"青豆说。

"需要驾驶执照、护照和健康保险证。请你明天带来。还想要一把你房间的钥匙。能准备好吗？"

"我想可以。"

"还有一件事。关于上次那件事,我想单独和你谈谈。希望你能在跟夫人谈完之后,留出一点时间。"

"上次那件事?"

Tamaru 沉默了一下。那是像沙袋一样重甸甸的沉默。"你应该是想弄到一样东西。忘了吗?"

"当然记得。"青豆慌忙答道。她还在大脑的一角想着月亮的事。

"明天七点钟。"说完,Tamaru 挂断电话。

第二天夜里,月亮的数量仍然没有变化。下班后匆匆洗了澡,走出体育俱乐部时,东方还很亮的天空中并排浮着两个颜色浅浅的月亮。青豆站在跨越外苑西大街的人行天桥上,倚着栏杆对着那两个月亮看了一会儿。然而除了她,没有人特意眺望月亮。走过身畔的人们,见青豆站在桥上望着月亮,只是颇觉诧异地投去一瞥。他们似乎对天空和月亮都毫无兴趣,步履匆匆地直奔地铁站。望着月亮,青豆再次感到和昨天一样的倦怠。她想,不能再这样仰望月亮了,这样不会对我有好影响。然而,无论怎样努力不看,皮肤也很难觉不出月亮们的视线。就算我不去看它们,它们也在看我。我今后要做什么,它们一清二楚。

老夫人和青豆用古典风格的杯子喝了又热又浓的咖啡。老夫人沿着杯口倒入很少一点奶油,不搅拌,就这么喝,也不放糖。青豆则一如平日地喝黑咖啡。Tamaru 照约定做了三明治送来,切得小小的,正好可以一口吃下。青豆吃了几块。只是在黑面包里夹了黄瓜和奶酪,虽然极简单,却口味清雅。Tamaru 把这种不起眼的饭菜做得非常优雅。刀工精细,能把所有食材恰到好处地切成统一的大小和厚薄。他知道按怎样的顺序进行操作。仅仅这一点，就能使饭菜的味道发生惊人的变化。

"你的行李都整理好了吗？"老夫人问。

"不必要的衣服和书都捐出去了。新生活需要的东西，都已经装进包里，随时可以拎了就走。房间里剩下的，只是眼前生活所需的家电、炊具、床和被褥、餐具之类。"

"剩下来的东西，由我们妥善处理。租房合同之类的琐碎手续，你都不用考虑。你只要带上必不可缺的随身物品，一走了之就行。"

"该不该和工作的地方打一声招呼？忽然无影无踪了，也许会引起怀疑。"

老夫人静静地将咖啡杯放回茶几上。"这件事，你也不必考虑。"

青豆默默地点点头，又吃了一块三明治，喝了一口咖啡。

"对了，你在银行里有存款吗？"老夫人问。

"活期存款有六十万元。还有二百万元定期存款。"

老夫人考虑了一下这个金额。"活期存款你分几次取，取出四十万元不会有事。定期存款就不要动了。这时忽然解约不太合适。他们也许在调查你的私生活。我们应该慎之又慎。这些以后会由我来补偿你。此外你还有什么可以称为财产的东西？"

"以前您给我的那些，都原封不动地放在银行保险箱里。"

"你把现金从保险箱里拿出来，但不要放在家里。你自己想个适当的保管场所。"

"明白。"

"我想请你做的事，眼下就这些。再就是，一切都按照以前进行，不改变生活方式，不做引人注目的事。另外，重要的话尽量不在电话里说。"

说完了这些，就像用光了能源储备，老夫人将身体深深沉入椅子。

"日期定下来了吗？"青豆问。

"很遗憾，我们还不知道。"老夫人回答，"正在等待对方的联络。已经订好计划，但对方的日程安排总是到最后一刻才决定。可能是一个星期后，也可能是一个月后。地点也不明。你也许会觉得无所适从，但只好请你就这样待命了。"

"等待倒不要紧。"青豆说，"不过，制订的是怎样的计划，能不能告诉我大体情况？"

"你要给那人做肌肉舒展。"老夫人说，"就是你平时常做的事情。他的身体有某种问题。虽然还不致命，但听说是相当麻烦的问题。他为了解决这个'问题'，至今为止接受过种种治疗。除了正式的医疗，还有指压、针灸、按摩等，他都试过。但眼下还没有明显的效果。这个身体'问题'，才是这位号称领袖的人物身上唯一的弱点，这对我们来说正好是突破口。"

老夫人背后的窗子上挂着窗帘，看不见月亮。但青豆感觉月亮们冷漠的视线投射在皮肤上。它们共同谋划的沉默，似乎悄悄钻进了房间。

"我们在教团里有内应。我通过这人散布消息，说你是肌肉舒展方面的优秀专家。这么做不太困难。因为你的确是。那人对你很感兴趣，一开始想把你请到山梨县的教团里去。但你由于工作关系怎么也无法离开东京——我们是这样安排的。反正那人有事要办，大概每个月来一次东京，悄悄住进市区的宾馆。在宾馆的一个房间里，他会接受你的肌肉舒展。你只要照老样子行动就可以了。"

青豆在脑海中想象那幅情景。在宾馆房间，瑜伽垫上，那个男人横躺着，青豆为他舒展肌肉。看不见面部，男人俯卧着，后颈毫无防备地冲着她。她伸出手，从提包中取出那把冰锥。

"能让房间里只有我和他两个，对吗？"青豆问。

老夫人点点头。"那位领袖不让教团内部的人看到自己身体上的问题,因此肯定不会有其他人在场。只有你们两个。"

"我的姓名和工作的地方,他们已经知道了吗?"

"对手都是警惕性很高的人,恐怕事先会对你的背景进行周密调查,不过好像没发现问题。昨天他们联系说,想请你前往他在市区投宿的地方。说是一旦地点和时间定下来,就通知我们。"

"我常常出入这里,我和您的关系会不会被怀疑呢?"

"我只是你供职的体育俱乐部的会员,在家里接受你的个人指导。没有理由认为我和你有更深的联系。"

青豆点点头。

老夫人说:"这位号称领袖的人物离开教团外出时,身边总是跟着两个保镖,都是信徒,有空手道段位。不清楚他们是否随身携带武器。但两人好像武艺相当高超,也每天坚持训练。只是要让 Tamaru 说的话,他大概会说,不过是业余水平罢了。"

"不能跟 Tamaru 先生相比?"

"不能跟 Tamaru 相比。Tamaru 从前是自卫队特种部队的。受过训练,为了完成任务,能毫不犹豫地在转瞬之间下手。不管对手是什么人,都不会踌躇。而业余的就会踌躇不决了,尤其当对手是个年轻女子时。"

老夫人将头向后仰去,靠在椅背上深深叹一口气,然后再次端正姿势,笔直地注视着青豆。

"你为那个领袖治疗时,那两个保镖肯定会在宾馆套间的另一间屋子里待命。于是你可以和那个领袖单独待一个小时。目前计划是这么安排的。话虽这么说,到时实际会发生什么,谁也无法预料。事态变化莫测。那位领袖直到最后一刻才会公布自己的行程。"

"他年纪多大?"

"五十五岁左右,听说是个身材魁梧的人。很遗憾,除了这些,我们还没有了解更多的情况。"

Tamaru 等在玄关。青豆把钥匙、驾驶执照、护照、健康保险证交给他。他退回里间,将这些证件复印下来,确认复印件齐全之后,把原件还给青豆。然后,Tamaru 把青豆领进玄关旁边自己的房间。一间狭窄的正方形小屋,没有可称作装饰的东西,对着院落,开着一扇小得像敷衍了事的窗子。壁挂式空调发出轻微的响声。他让青豆坐在一张小木椅上,自己在写字台前的椅子上坐下。四台监视屏沿墙排成一列,可以根据需要调整监视镜头的角度。还有数目相同的录像机,录着屏幕上拍摄的影像。屏幕上映出了围墙外的情形,最右边是女子们居住的庇护所玄关的情景,还出现了新看门狗的身影。狗伏在地上,正在休息。和原来那条狗相比,显得多少小一些。

"没有狗死去的情形,带子里没有录下来。"Tamaru 抢在青豆提问前说,"当时,狗并没有系绳子。狗是不可能自己把绳索解开的,大概是有人解开了。"

"一个走近了,狗也不会叫的人。"

"没错。"

"真奇怪。"

Tamaru 点点头,但没说话。此前,他不知独自思索过多少次其中的缘由。事到如今,已经没有东西值得向人说了。

然后,Tamaru 伸手拉开身旁柜子的抽屉,取出一个黑塑料包。包中装着一条褪了色的蓝浴巾,摊开一看,露出一个闪着黑光的金属制品。是一把袖珍自动手枪。他一言不发地将手枪递给青豆。青豆也一声不响地接过来,在手中掂了掂分量。远比看上去要轻,这么轻的东西竟能置人于死地。

"就在刚才,你犯了两个重大错误。你知道是什么吗?"Tamaru 说。

青豆回忆自己刚才的举动,却不明白是哪儿错了。她只是把递过来的手枪接下而已。

"我不知道。"她说。

Tamaru 说:"第一,当你接过手枪时,没有确认枪里有没有装子弹;如果装了子弹,就要看枪有没有关上保险。还有一个,你把枪接过去之后,尽管只有一瞬间,却曾经把枪口朝向我。两个都是绝不容许的错误。还有,你不打算开枪时,手指最好不要伸进扳机护圈。"

"明白了。今后我会当心的。"

"除非有紧急情况,在摆弄、交接、运送枪支时,原则上枪膛里不能有一粒子弹。而且,你只要一看见枪支,原则上就该认为它是装好子弹的,直到你弄清的确没装为止。枪制造出来,就是为了杀人伤人的。你怎么小心都不为过。也许会有人嘲笑我这么说是太谨慎了。但真会发生无谓的事故,因此丧命或受重伤的家伙,总是那些嘲笑别人太谨慎的人。"

Tamaru 从上衣口袋中取出一只塑料袋,里面装着七发崭新的子弹。他把这些放在桌上。"你看清楚了,现在子弹没有装进去。弹匣虽然装在枪上,里面却是空的。枪膛里也没有子弹。"

青豆点点头。

"这是我个人送给你的礼物。只是,如果你最后没有用,希望你原样还给我。"

"那当然。"青豆用干涩的声音应道,"你一定是花了一笔钱才弄到手吧?"

"这种事你不必介意。"Tamaru 说,"你必须介意的事还多着呢。我们来谈谈这些。你开过枪吗?"

青豆摇摇头。"一次也没有。"

"其实比起自动手枪,左轮手枪用起来更容易。尤其是对外行来说。它构造简单,用法又简便易记,还很少失误。只是性能较好的左轮手枪太占地方,不方便携带,所以还是自动手枪方便。这是赫克勒－科赫的HK4。德国造,卸去子弹后重四百八十克。又小又轻,九毫米短弹却威力极强,而且后坐力小。虽然在射程较长时,对命中率不能有太高期望,但正好适合你考虑的那种目的。赫克勒－科赫尽管是一家战后才成立的枪械制造商,HK4的原型却是战前就广为使用、得到公认的毛瑟HSc。从一九六八年生产至今,仍然广受好评,所以值得信赖。这把枪虽然不是新枪,但用的人好像很懂行,保养得很好。枪就像汽车一样,和崭新的新货相比,反倒是恰到好处的二手货更可以信赖。"

Tamaru从青豆手上接过手枪,将使用方法告诉她——如何关上和打开保险。如何打开弹匣卡榫,退出弹匣,再装上去。

"在退出弹匣时,一定要先关上保险。打开弹匣卡榫,退出弹匣,把套筒往后拉,退出枪膛里的子弹。现在枪膛里没有子弹,当然不会有东西弹出来。然后套筒会一直呈拉开状态,这样扣一下扳机,套筒就会闭合。这时击锤仍然处于待发状态。你再次扣动扳机,击锤就会下来,然后再装上新弹匣。"

Tamaru熟练地迅速完成这一连串动作,然后又做了一次,这一次是缓慢地确认每一个动作。青豆目不转睛地看着。

"你来试试看。"

青豆小心翼翼地退出弹匣,拉开套筒,清空枪膛,放下击锤,再次装上弹匣。

"这样就行。"Tamaru说,然后从青豆手中接过枪,退出弹匣,将七发子弹谨慎地装填进去,咔嚓一声装上弹匣。再拉动套筒,将子弹送进枪膛。然后推下枪身左侧的推杆,关上保险。

"你把刚才那些动作再做一遍。这次是装满了实弹。枪膛里也有一发。虽然已经关上保险,但照样不能将枪口朝向别人。"Tamaru说。

青豆接过装满子弹的手枪,感觉重量有所增加,不像刚才那么轻了。其中不容置疑地飘漾着死亡的气息。这是为了杀人精心制造出来的器具。她腋下渗出汗水。

青豆再次确认保险已经关上,打开卡榫退出弹匣,放在桌上。然后拉开套筒,弹出枪膛里的子弹。子弹发出啪嗒一记干燥的声响,掉在木地板上。她扣动扳机合上套筒,再次扣动扳机,将打开的击锤复位,随后用颤抖的手拾起掉在脚边的九毫米子弹。喉咙发干,呼吸时感到丝丝疼痛。

"对第一次做的人来说不算坏。"Tamaru一面把那颗掉下去的九毫米子弹再次压进弹匣,一面说,"不过还必须进行大量练习。你的手也在发抖。这个装卸弹匣的动作,你每天都得反复练习好多遍,让身体牢牢记住枪的触感。要像刚才我做给你看的那样,得心应手地迅速完成动作,哪怕在黑暗中也不出错。虽然你不需要中途更换弹匣,但这个动作对摆弄手枪的人来说是基本中的基本,必须牢牢掌握。"

"不需要进行射击训练吗?"

"你并不是要用它射杀别人,而是开枪打自己,是不是?"

青豆点头。

"那就不必进行射击训练。你只要学会怎样装子弹,怎样打开保险,以及熟悉扳机的分量就行了。别的不说,你打算在哪儿练习射击呢?"

青豆摇摇头。她想不出可以练习射击的地方。

"另外,你说要开枪打自己,那你准备怎么开枪?演示给我看看。"

Tamaru将装好子弹的弹匣装在枪上,确认保险装置已关上,递给青豆。"保险关上了。"他说。

青豆把枪口贴在太阳穴上，有一种钢铁的冰凉。Tamaru看了，缓缓地摇了几下头。

"我不是说难听的：最好别冲着太阳穴开枪。要想从太阳穴这里打穿脑浆，可比你想象的困难得多。一般来说，在这种情况下人的手肯定会发抖，而手一发抖，产生反作用力，弹道就会偏斜。头盖骨被削去了半边人却没死，这种情况居多。你不想变成那个样子吧？"

青豆默默地点头。

"战争终结之际，东条英机在眼看要被美军抓获时，将枪口对准了自己，打算射穿心脏，结果一扣扳机，子弹却射偏了打中腹部，没死成。好歹也做过职业军人的最高指挥官，居然连用手枪自杀都做得不像样！东条立即被运往医院，在美国医生小组的精心照料下恢复了健康，被送上法庭处以绞刑。死法好狼狈。对一个人来说，临终之际可是大事啊。无法选择如何出生，但可以选择如何死。"

青豆咬了咬嘴唇。

"最可靠的是把枪身塞进嘴巴，从下往上把脑浆打飞。就像这样。"

Tamaru从青豆手上接过枪，实际演示给她看。明知已关上保险，这光景还是让青豆紧张，仿佛喉咙被什么东西堵住了，呼吸困难。

"这样也不是万无一失。没死成却落得个悲惨下场的家伙，我就认识一个。在自卫队里，我们曾经在一起待过。他把来复枪塞进嘴巴，把汤匙捆在扳机上，用双脚的大拇指踩了下去。大概是枪身抖动了一下，他没能爽快地一死了之，反而变成了植物人。就那样活了十年。一个人要了断自己的生命并不容易。这和电影可不一样。在电影里，人人都是说自杀就自杀，也不觉得疼，就轻易地一命归西。现实却不是那么回事。人没死成，躺在病床上，大小便一淌就是十年哦。"

青豆又默默地点头。

Tamaru从弹匣和枪膛里取出子弹，放进塑料袋收好，然后将枪和子弹分开交给青豆。"没装子弹。"

青豆点点头,接过来。

Tamaru说:"我不说难听的。想办法活下去才是最聪明也最现实的。这是我的忠告。"

"明白。"青豆用干涩的声音答道,然后用头巾把粗糙的机械般的赫克勒－科赫HK4裹好,放在挎包底层。装有子弹的塑料袋也收进了挎包夹层。挎包猛增了五百多克重量,形状却毫无变化。果然是把小巧的手枪。

"业余人士不该摆弄这种东西。"Tamaru说,"从经验来看,大多不会有好结果。不过你大概应付得了。你有些地方很像我。到了紧要关头,能让规则优先于自己。"

"大概是因为自己其实不存在吧。"

Tamaru一句话也没说。

"你在自卫队里待过?"青豆问。

"待过。是在最严格的部队里,被迫吃过老鼠、蛇和蝗虫。不是不能吃,但绝不是好吃的东西。"

"后来又干过什么?"

"各种各样的事。保安,主要是警卫。有些时候说成保镖更贴切。我不适合团队作战,因此主要是自己干。迫不得已时还在黑社会混过,虽然时间不长。在那里见识了各种各样的事,那种普通人一辈子连一次都不可能见识的事,总算没有陷得太深。我一直小心翼翼,不让自己一脚踩偏。我这个人性格十分谨慎,也不喜欢黑社会。所以我告诉过你,我的经历是清白的。然后我就到这里来了。"Tamaru笔直地指着脚下的地面说,"从此,我的人生在这里安定下来。虽然我活着并不仅仅是为了追求生活的安定,但只要有可能,就不想失去现在的生活,因为想找到喜欢的职位可没那么简单。"

"当然。"青豆应道，"但是，我真的可以不付钱吗？"

Tamaru摇摇头。"不要钱。这个世界不是依靠钱，而是依靠情分转动的。我讨厌欠别人的情，所以要尽量施恩与人。"

"谢谢你。"青豆说。

"万一警察追问手枪的来源，不希望你说出我的名字。就算警察来找我，我也会全部否认，哪怕严刑拷打，也不可能得到任何东西。但是，如果夫人被卷进去了，我可就丢脸了。"

"我当然不会说出你来。"

Tamaru从口袋里取出一张折叠的纸片，递给青豆。那张便条纸上写着一个男人的名字。

"你在七月四日这天，在千驮谷车站附近一家叫'雷诺阿'的咖啡馆里，从这人手中收下了手枪和七发子弹，并付给他五十万元现金。你想搞到一把手枪，这人是听说后主动联系你的。如果警察找到他，他会爽快地承认罪行，然后在监狱里待上几年。你不必说得更多了。只要证实手枪的来源，警察就算挣足了面子。然后，你或许会以违反枪械管制法的罪名被判短期徒刑。"

青豆把纸片上的名字记下来，又还给Tamaru。他将纸片撕得粉碎，扔进垃圾桶。

Tamaru说："刚才我也告诉过你，我性格十分谨慎，难得信赖别人，就算信了，也不会百分之百地信任。做事绝不会顺其自然。不过我最希望的，还是手枪原样再回到我这里。那样给谁都不会带来麻烦。谁都不会死，谁都不会负伤，谁都不会去坐牢。"

青豆点点头说："你是说，要和契诃夫小说的写法反着干，是吗？"

"是的。契诃夫是位了不起的作家，但是，他的方法当然不见得是唯一的方法。故事里出现的枪不一定都得开火。"Tamaru说，随后仿佛想起了什么，微微歪了一下脸，"哎呀，差点把大事忘了。我得给你传呼机。"

他从抽屉里取出一个小小的装置，放在桌上，上面安着一个用来夹在衣服或裤带上的金属夹。Tamaru拿起电话听筒，按了一个三位数的快捷键，响起三次呼叫声，传呼机接收到信号后，开始发出断续的电子音。Tamaru将音量调到最大，按下开关关掉了呼叫声。他眯着眼确认发信人的电话号码显示在了画面上，便递给青豆。

"尽量一直带在身上。"Tamaru说，"至少不要离它太远。铃声一响，就说明我有讯息给你。重要讯息。我不会为了寒暄拨这个号码。你马上给上面显示的号码打电话，一定要用公共电话打。还有一件事：如果你有什么行李，最好存放在新宿车站的投币式寄存柜里。"

"新宿车站。"青豆复述道。

"这话也许不用多说了——尽量轻便一点。"

"当然。"青豆回答。

青豆一回到家，就把窗帘拉得严严实实，从挎包中取出赫克勒－科赫HK4和子弹，然后坐在餐桌前，反复练习装卸空弹匣。随着一次次重复，速度越来越快。动作中产生了节奏，手也不再抖了。然后她把手枪裹在穿旧的T恤中，藏进一只鞋盒，塞到壁橱深处。装着子弹的塑料袋则放进衣架上挂的雨衣的暗袋。喉咙渴得厉害，便从冰箱里拿出冰镇大麦茶，一口气喝了三杯。肩膀的肌肉由于紧张而僵硬，腋下散发出和平时不同的汗味。仅仅是意识到自己如今持有一把手枪，对世界的看法便不一样了。周围的风景平添了一抹未曾见惯的奇异色彩。

她脱去衣服，冲了个澡，冲去令人生厌的汗味。

不一定每把枪都得开火。青豆一边淋浴，一边这么告诫自己。枪不过是道具而已，而我生活的并不是故事世界。这是一个充满了破绽、矛盾和扫兴结尾的现实世界。

之后的两个星期平安无事地过去了。青豆一如既往，去体育俱乐部上班，教授武术和肌肉舒展。不能改变生活模式，老夫人要她做的，她尽量严格遵守。回到家里，一个人吃完晚饭后，便将窗帘拉上，坐在餐桌前独自练习操作赫克勒－科赫HK4。那份重量、硬度和机油的气味，那份暴力性与静寂，渐渐化作她躯体的一部分。

她还用丝巾蒙住眼睛练习操作手枪，并学会了不用眼睛看，也能迅速装填弹匣、关上保险、拉开套筒。每个动作生出的简洁而富于节奏感的声响，听上去十分悦耳。在黑暗中，她渐渐分辨不出手中的道具发出的声响，与听觉认知的东西有何不同。她这个存在与她的动作之间，界线变得越来越模糊，最终无影无踪。

每天一次，站在洗手间的镜子前，将装填实弹的枪口塞进嘴里。牙齿前端感受着金属的坚硬，脑中浮想起自己的手指扣动扳机的情形。就这么一个小小的动作，她的人生便告终结。在下一个瞬间，她已经从这个世界消失。她对着镜中的自己说：几个必须注意的要点，手不能颤抖，牢牢承受住后坐力，不害怕。最重要的是不犹豫。

青豆想，想下手的话，此刻就能做到。只要将手指向内侧移动一厘米即可，简单至极。真想这么做。但她改变了主意，把手枪从嘴中抽出，让击锤复位，关上保险放到洗脸台上，在牙膏和发刷之间。不，现在还太早。在此之前我还有事非做不可。

她按照Tamaru的叮嘱，一直把传呼机别在腰间，睡觉时则放在闹钟旁。准备不管它何时响起，都能立即行动。但传呼机毫无响动。又过去了一个星期。

鞋盒里的手枪。雨衣暗袋里的七颗子弹。始终保持缄默的传呼机。

特制的冰锥。足以致命的尖细的针尖。塞在旅行包中的随身物品。还有等待着她的新面孔、新人生。放在新宿车站投币式寄存柜中的一捆捆现金。青豆在这些东西的氛围中，送走了盛夏的一个个日子。人们进入了真正的暑假，许多商店都放下了铁制卷帘门，路上行人寥寥，车辆也大大减少，街头静悄悄的。似乎常常会迷失自己，不知身在何处。这是真正的现实吗？她问自己。然而，假如这不是现实，又该去何处寻找现实？她一无所知，因此只能暂且承认这就是唯一的现实，并倾尽全力，设法度过这眼前的现实。

死并不可怕。青豆再次确认。可怕的是被现实超在前面，是被现实抛在身后。

已经准备就绪，精神也整理就绪。只要来自Tamaru的指令一到，随时都能马上出门。然而指令迟迟不来。日历上的日期已经接近八月底。夏天很快就要过去，窗外，蝉正在挤出最后的鸣声。分明感觉每个日子都长得可怕，但为何一个月竟如此迅速地逝去了呢？

青豆从体育俱乐部下班回到家，立刻把吸足汗水的衣服脱下扔进洗衣篮，只穿着短背心和短裤。午后下了一场猛烈的阵雨。天空一片漆黑，小石子大小的雨粒发出响声敲击着地面，一时雷声轰鸣。阵雨过去，留下了被水浸漫的道路。太阳卷土重来，竭尽全力蒸发着雨水，都市被游丝般的蒸汽笼罩。傍晚云朵再度出场，用厚厚的幕幔遮蔽了天空，看不见月亮的身影。

开始准备晚餐前，需要休息一会儿。她喝下一杯冰凉的大麦茶，吃着预先煮好的毛豆，在餐桌上摊开晚报，从头版开始浏览新闻，依次逐页翻阅。没发现令人感兴趣的报道，一如平时的晚报。然而，翻开社会版时，亚由美的头像首先飞进她的眼帘。青豆倒吸一口冷气，脸扭曲了。

起初她想，这不可能。我把一个面容相似的人误认为亚由美了。

亚由美不可能如此张扬地被报纸大肆报道，甚至还配上照片。但无论怎么看，这都是她熟悉的那位年轻女警察的脸，是偶尔一起举行小小性爱盛宴的搭档。在这张照片里，亚由美面带一丝微笑。那是一种生硬的人工式微笑。现实中的亚由美会露出一脸更自然、更爽朗的微笑。而这张照片看上去似乎是为官方的影集拍摄的，那生硬中仿佛隐含着某种险恶的因素。

如果可能，青豆不愿读这篇报道，因为看一眼照片旁的大标题，就大体知道发生了什么事。但她不得不读。这就是现实。不管是什么样的事，都不能绕过现实，视若无睹。青豆深深地呼了一口气，读完了那篇文章。

中野亚由美，二十六岁，单身，家住东京市新宿区。

在涩谷某宾馆的房间内，她被人用浴袍腰带勒住脖颈杀害。全身赤裸，双手被手铐锁在床头。为了防止她喊出声，口中还塞着她的衣物。宾馆工作人员中午前去检查客房时发现了尸体。昨夜十一点前，她和一个男人进入宾馆客房，男人在黎明时分单独离开了。住宿费是预付的。在这个都市里，这样的事件屡见不鲜。大都市里聚集着形形色色的人，便产生热量，有时会演化为暴力的形式。报纸上充斥着这一类事件。但其中也有不寻常的部分。遇害女子是在警视厅供职的警察，而被认为是用于性游戏的手铐，是正式的官方配给品，并非情趣用品商店里出售的那种粗陋的玩具。理所当然，这成了令人瞩目的新闻。

第4章 天吾
这种事也许不该期待

她此刻在何处？在做什么？仍然是"证人会"的信徒吗？

最好不是，天吾想。固然，信不信教是每个人的自由，不是他应该一一关心的事。但在他的记忆中，无论怎么看，对于身为"证人会"信徒一事，少女时代的她都不像是感到快乐的样子。

读大学时，天吾曾经在一家酒类批发公司的仓库里打过工。工资不错，干的却是搬运粗重货物的累活。完成一天的工作后，就连以体格健壮为傲的天吾都会觉得浑身酸痛。恰好有两个年轻的"证人会第二代"也在那里干活。那是两个礼貌周全、感觉不错的年轻人，和天吾同龄，工作态度很认真，干起活来从不偷懒，从不抱怨。曾经有一次，三人干完活后一起去小酒馆里喝生啤酒。他们两人从小一起长大，几年前因故抛弃了信仰，于是一同脱离教团，踏入现实世界。但在天吾看来，这两人似乎还未适应新世界。出生后便一直在密不透风的狭隘共同体内长大，所以很难理解和接受这个更广阔的世界里的规则。他们屡屡在判断力上丧失自信，困惑不已。抛弃信仰让他们体味到了解放感，同时又无法放下怀疑：自己是不是做出了错误的决定？

天吾不能不同情他们。如果是在清晰地确立自我之前、在孩提时代就摆脱那个世界，他们完全拥有被一般社会同化的机会。一旦失去这个机会，便只能继续在"证人会"这个共同体内，遵从其价值观生活下去了。不然，就只能付出相当大的牺牲，凭借自身力量改变生活习惯和意识。天吾和他们两人交谈时，想起了那个少女，并且在心中祈愿，希望她不必体味相同的痛苦。

那个少女终于松开手，头也不回地快步跑出教室后，天吾呆立在那里，一时动弹不得。她用了很大的力气紧握他的手。他的左手上鲜明地残留着少女手指的触感，一连几天都没有消失。时间流逝，直接的触感逐渐淡化，烙在他心里的印记却一直留下来。

在那之后不久，有了第一次遗精。勃起的阴茎前端流出一点液体，比尿多了些黏性的东西，而且伴随着微弱的疼痛。那便是精液的预兆，但天吾并不知道。他从没见过这种东西，因此感到不安。说不定在自己身上发生了什么不寻常的事，但不能去找父亲商量，又不能向同学打听。半夜里从梦中醒来时（他想不起那是什么梦了），短裤微微有些潮湿。天吾觉得，简直像是被那位少女握过手，某种东西才被拉了出来。

从此以后，和那位少女再也没有接触过。青豆在班级里一如既往地保持着孤立，和谁都不说话，在吃午饭前照例用清晰的声音念诵那段奇妙的祈祷词。即便和天吾擦身而过，也像什么都没发生过一样，面不改色，仿佛天吾的身影根本没有映入眼帘。

然而天吾一有机会，就尽量不被别人觉察，偷偷仔细观察青豆的身姿。细细看去，原来她是个容颜端庄清丽的少女。至少容貌足以让人产生好感。身材细弱，总是穿着颜色褪尽的不合身的衣服。身穿体操服时，便能知道她的胸部还未隆起。她脸上缺乏表情，几乎从不开口说话，眼睛似乎总在遥望远方。从她的瞳孔中感觉不到生气，这让天吾觉得很奇怪。那天，当她笔直地凝视他的眼睛，那对瞳孔分明是那样澄澈，熠熠生辉。

被她握过手之后，天吾知道这位瘦削的少女身上潜藏着非同一般的强韧力量。握力大得惊人，但不止这些，她在精神上似乎具备更强大的力量。平时，她将那种力量悄悄藏匿在其他同学看不到的地方。在课堂上被老师点名回答问题时，她也是只说必要的话（有时连这些也不说），公布的考试成绩却不算坏。天吾推测，如果她真有这个心思，一定能取得更好的成绩。她可能是为了避免引人注目，写答案时刻意疏漏。这大概是她那种处境的孩子的生存智慧，是为了将所受的伤害降到最小限度。尽量将身体缩得小小的。尽量让自己变得透明。

如果她是个处境普通的女孩，如果可以和她畅所欲言，那该多好！天吾暗想。那样一来，两人说不定能成为要好的朋友。十岁的少男和少女成为要好的朋友，无论如何都不是简单的事。不，也许是世界上最艰难的事之一。但不时找个机会，友好地说说话，这总可以做到。但这样的机会最终没有到来。她并不是处境普通的女孩，在班里孤立无援，无人理睬，顽固地保持缄默。天吾也选择了暗中与想象和记忆里的她，而不是强行与现实中的她保持关系。

十岁的天吾对性还没有具体印象。他对少女的希冀，不过是盼望她能再次握住他的手。盼望她能在一个只有他们两人、没有别人的地方，用力地握着自己的手，说说她的事，什么事都行。盼望她能小声向他倾诉她作为她、作为一个十岁少女的秘密。他一定会努力理解这一切。于是，一定会由此萌生出什么东西，尽管天吾还想象不出那个东西究竟是什么样子。

四月来临，升入五年级时，天吾和少女被分到不同的班级。两人不时在学校的走廊里擦肩而过，在公交车站偶然相遇。然而少女一如既往，仿佛对天吾的存在毫无兴趣，至少在他看来是这样。即便天吾就在身旁，她也连眉毛都不动，也不会将视线移开。那双瞳仁毫无变化，依旧缺乏深邃感和光芒。那时在教室里发生的那一幕究竟是怎么回事？天吾苦苦思索，有时竟觉得那只是一场梦，没有在现实中发生过。但另一方面，他的手上还鲜明地感觉到青豆那超出常人的握力。对天吾来说，这个世界充斥着太多谜团。

当他回过神来，那个姓青豆的少女已经离开了这所学校。据说是转学了，但详情不明。那位少女搬去了哪里，谁也不知道。由于少女的消失而心中有所悸动的，在这所小学里，恐怕只有天吾一人。

自那以后有好长一段时间，天吾为自己的行为后悔不已。说得更准确些，他是为自己没有行动后悔不已。如今他能想出许多应该向那位少女倾吐的话语。很想告诉她的话，必须告诉她的话，就藏在他心中。事后再回头想，要找个地方喊住她，把这些告诉她，其实不是难事。只要找一个机会，鼓起一缕勇气就行了。但天吾没能做到，于是永远失去了机会。

小学毕业升入公立初中后，天吾仍常常想起青豆。他开始更频繁地体验勃起，还不时一边在心里想念着她，一边自慰。他总是用左手，仍留着那握手的感觉的左手。在记忆中，青豆是个胸脯还未隆起的瘦弱少女，然而他能一边想象她穿体操服的样子一边射精。

考进高中后，也偶尔和年龄相仿的少女约会。她们把崭新的乳房的形状醒目地凸现在衣服上。看见这种身姿，天吾感觉呼吸困难。尽管如此，入睡前躺在床上，天吾还是一边想象青豆那连隆起的暗示都没有的平坦胸脯，一边动着左手。于是他每次都会产生深刻的罪恶感。天吾想，自己身上肯定有邪恶的扭曲之处。

但考进大学后,他便不再像以前那样频繁地想起青豆了。主要是因为他已经和活生生的女人们交往,真实地发生性关系。他在肉体上已经成长为一个成熟的男人,自然而然地,裹在体操服里的瘦弱的十岁少女形象,和他的欲望对象多少有些距离了。

然而,在小学教室里被青豆握住左手时那种剧烈的心灵震撼,天吾自那以后再也没有体验过。无论是在大学时代,还是在走出校门之后,他迄今为止邂逅的女人中,再也没有一个能像那位少女一样,在他内心烙下那般鲜明的烙印。在她们身上,天吾无论如何也找不到他真正追求的东西。她们当中有美丽的女子,也有温柔的女子,更有珍惜他的人。但最后,仿佛羽毛五彩斑斓的鸟儿在枝头栖息,又不知飞向何方,女人们来了,又离他而去。她们没能让天吾满足,天吾也没能让她们满足。

然后天吾觉察到,在将满三十岁的现在,当无所事事、惘然若失的时候,自己竟会不知不觉浮想起那位十岁少女的身影,便感到震惊。那位少女在放学后的教室里紧紧握住他的手,用清澈的瞳仁直视着他的眼睛。或是瘦弱的躯体裹在体操服里。或是在星期天的早上,跟在母亲身后走过市川的商店街,双唇总是闭得紧紧的,眼睛望着空茫之处。

看来我的心思怎样也离不开那个女孩了。这种时候,天吾会这么想,并为没有在学校走廊里主动和她说话懊恼——如果当时勇敢地找她说说话,我的人生也许会和现在截然不同。

他会想起青豆,是因为在超市里买了毛豆。他一边挑着毛豆,一边极其自然地想到了青豆。于是失魂落魄地拿着一把毛豆,仿佛陶醉在了白日梦中,恍惚地呆立着,不知道这样伫立了多久。"对不起。"一个女人的声音让他惊醒过来,因为他那高大的身躯拦在了毛豆货架前。

天吾停止遐想，向对方道歉，将手中的毛豆装进购物篮，和其他商品——虾、牛奶、豆腐、生菜、咸饼干——一起拎到收银机前，然后挤在附近的主妇中，排队等着结账。恰好是黄昏的拥挤时段，收银员又是个新手，手法笨拙，客人排成了一条长龙，但天吾并不在意。

如果在这等着结账的队伍中就有青豆，我能一眼就认出她来吗？能吗？要知道已经二十年没见面了，两个人认出对方的可能肯定很小。要是在马路上相遇，心想"咦，这会不会是她"，我能上前和她打招呼吗？他没什么自信。也许我会胆怯，不声不响地擦肩而过，事后又深感后悔：为什么没在那儿和她打声招呼呢？

天吾君你欠缺的，就是激情和积极性。小松常这么说，或许真像他说的那样。每当犹豫不定时，天吾就想："得了，算了吧。"最终放弃了。这就是他的性格。

但万一两人在某个地方相遇，并幸运地认出了对方，我大概会坦率地向她倾诉一切，毫不隐瞒，原原本本。应该会走进附近的咖啡馆里（当然对方得有时间，而且肯接受他的邀请），相对而坐，边喝咖啡边说。

他有许多话要向青豆诉说。在小学教室里你握过我的手，我至今还清楚地记得。从那以后，我一心想成为你的朋友，想了解你更多，却怎么也做不到。有种种理由，但最大的问题是我的怯懦。我一直为此后悔不已，现在依然后悔，而且常常想起你。一边想象着她的身姿一边自慰的事，他当然不会提。这和坦率是性质完全不同的事。

这种事也许不该期待。或许最好不要重逢。天吾想，如果真见了面，没准会失望。如今她也许成了一个满面倦容、令人生厌的事务员，成了一个声嘶力竭地斥骂小孩、怨天尤人的母亲。说不定连一个共同话题都找不到。当然有这种可能。如果是这样，天吾便会永远失去一直珍藏在心中的某个贵重的东西。但他有种信心：大概不会那样。那个十岁少女决然的眼神和倔强的侧影，让人相信她不会轻易容许时间的风化。

相比之下，自己又怎样呢？

想到这里，天吾不安起来。

见面后会失望的，恐怕是青豆。小学时天吾是个公认的数学神童，几乎各门功课成绩都名列第一，加上身材高大魁梧，运动能力出众，连老师也对他另眼相看，寄予厚望。也许在她眼里，他就像个英雄。但如今他不过是个补习学校聘请的教师，这甚至不能称为固定职业。工作当然轻松，对单身汉来说没有不便，但与社会的中流砥柱毕竟相差太远。虽然在补习学校教书的同时还写小说，但还没达到印刷刊行的水平。还为女性杂志打工，写些信口胡诌的星座占卜的短文。声誉倒不错，但老实说那都是胡说八道。没有值得一提的朋友，也没有恋人。和年长十岁的有夫之妇每周幽会一次，几乎成了他唯一的人际关系。迄今为止仅有一件可以夸耀的功绩，就是作为代笔者将《空气蛹》炮制成了畅销书，但这是嘴巴被撕了也不能说出口的。

恰好想到这里，收银员拿起了他的购物篮。

抱着纸袋回到家。然后换上短裤，从冰箱里取出罐装啤酒，一边站着喝，一边用大锅烧水。在水烧开之前，把毛豆从豆荚上摘下来，放在砧板上，撒上盐匀匀地揉透，然后扔进沸腾的开水。

为什么那位十岁的瘦弱少女，会一直在我心头萦绕、永不逝去？天吾寻思。她在下课后跑过来，握了我的手。其间她一句话也没说。仅此而已。但就在那个时候，青豆似乎把他的一部分拿走了。心灵或躯体的一部分。取而代之的，是把她心灵或躯体的一部分留在了他的体内。就在那短短一瞬间，便完成了这个重大的交换。

天吾把很多生姜用菜刀切细，接着把西芹和蘑菇切成适当大小，芫荽也切得细细的。剥去虾壳，用自来水冲洗干净。再摊开厚纸巾，像士兵列队似的，整齐地把虾仁一个个排在上面。等毛豆煮熟后，倒在笊篱里冷却。然后把大号平底锅烧热，倒入白芝麻油，让它匀开，用小火缓缓翻炒切好的生姜。

天吾再次想，要是现在能立刻见到青豆就好了。就算让她失望，或者我自己稍感失望也没关系。总之天吾盼望见到她。从那以后，她走过了怎样的人生，此刻又在哪里，怎样的事能让她喜悦，怎样的事会令她悲伤，哪怕就是这些琐事，他也很想知道。因为不管两人变化多大，甚至已经失去结合的可能，这个事实也不会改变——他们许久之前，曾在放学后的小学教室里交换过某种重要的东西。

切好的西芹和蘑菇放进了平底锅。将火势调到最大，一边轻轻摇动平底锅，一边用竹铲频频翻动里面的菜，稍微撒入一些盐和胡椒。在蔬菜快要炒透时，放入已沥干水分的虾仁。再撒上盐和胡椒，喷上一小杯清酒，刷地浇上一点酱油，最后撒上芫荽。这些操作，天吾是在无意识中完成的，像把飞机的操纵方式切换成自动驾驶一样，几乎没考虑自己此刻在做什么。这原本不是做法复杂的菜。他的手按步骤动着，脑中却一直想着青豆。

虾仁炒蔬菜做好后，从平底锅盛到大盘里。从冰箱里拿出一罐啤酒，坐在餐桌前，一边沉思，一边吃着热腾腾的菜。

这几个月间，我身上好像在发生有目共睹的变化，天吾想。也许是精神上正在成长。都快三十岁了，这才……可真够了不起的！天吾端着喝了几口的啤酒，自嘲地摇摇头。实在太了不起了。照这个速度走下去，要迎来通常所说的成熟，还得多长时间呢？

但不管怎样，这种内在的变化似乎是《空气蛹》带来的。改写深绘里的故事之后，天吾想把内心的故事写成作品的欲望愈发强烈，心中生出一种可称为激情的东西。这新的激情中，似乎也包含着寻找青豆的渴望。最近这段时间，他不知为何频频思念青豆。一有机会，他的心便被拖回二十年前那间午后的教室，仿佛一个站在海边、被强劲的落潮吞噬了双脚的人。

结果天吾的第二罐啤酒剩下了一半，虾仁炒蔬菜也剩了一半。他把剩下的啤酒倒进洗碗池，把菜肴盛进小碟子，用保鲜膜包好，收进冰箱。

吃完饭，他坐在桌前，接通文字处理机的电源，调出未写完的小说的界面。

天吾切身感受到，对过去进行改写的确没什么意义。正如年长的女朋友指出的那样。她是对的。无论如何热心细致地改写过去，现状的主线也不会发生变化。时间这东西拥有强大的力量，足以一一消除人为的变更。它一定会在强加的订正之上再作订正，将流向改回原样。纵然细微的事实多少会变更，但说到底，天吾这个人走到哪里都只能是天吾。

天吾非做不可的，大概是站在"现在"这个十字路口，诚实地凝望过去，如同改写过去一样书写未来。除此之外，没有其他路可走。

忏悔与愧疚，
折磨着这颗负罪的心。
愿我落下的泪珠，
能化成美好的香油来膏抹你，
贞信的耶稣。

这是往日深绘里唱过的《马太受难曲》咏叹调的歌词。天吾难以释怀，第二天便重新听了一遍家里收藏的唱片，查阅了歌词译文。这是受难曲开头关于"伯大尼受膏"的咏叹调。耶稣在伯大尼城访问麻风病人的家时，有个女人将极贵的香膏浇在他头上。身边的门徒齐声斥责这种无谓的浪费，说不如把香膏卖掉，换回钱施舍给穷人。然而耶稣制止了愤慨的门徒。他说：这样就好，这位女子做了善事，她是在为我的葬礼作准备。

这个女子知道，知道耶稣不久后必将死去。所以她像倾洒自己喷溢的眼泪一般，情不自禁地将那贵重的香膏浇在耶稣头上。耶稣也知道，知道自己不久后必会踏上黄泉之路。他说："普天之下，无论在什么地方传这福音，也要述说这女人所行的，作个纪念。"

他们当然没能改变未来。

天吾再次闭上眼睛，做深呼吸，在脑中排列适当的语言，更换语言的顺序，使形象更加鲜明，节奏更加确切。

他就像坐在崭新的八十八个琴键前的弗拉基米尔·霍洛维茨①，让十个手指静静在空中起伏舞动，然后放松心态，开始将文字打在文字处理机的显示屏上。

他描绘了黄昏东方的天空浮着两个月亮的世界，那里的风景，生活于那里的人们，流逝过那里的时间。

"普天之下，无论在什么地方传这福音，也要述说这女人所行的，作个纪念。"

---

① Vladimir Horowitz（1903 – 1989），生于乌克兰的美国著名钢琴家。

第5章　青豆
一只老鼠遇到素食主义的猫

暂且接受亚由美已死的事实后，青豆在内心做了一番近似意识调整的活动。这些告一段落之后，她才开始哭泣。双手掩面，不发出声音，肩膀微微颤抖，静静哭泣。那样子仿佛是不愿让世界上任何人觉察到她在哭。

窗帘紧闭，没有一丝缝隙，但谁也不知道有没有人在暗中窥视。那个夜晚，青豆在餐桌上摊开晚报，面对着它不停地哭泣。时时会克制不住，呜咽出声，但其余时间她都在无声地哭，泪水顺着手臂流到报纸上。

在这个世界上，青豆绝不轻易哭泣。遇到想大哭一场的事，她宁可动怒——冲着某个人，或是冲着自己。所以她流泪实在是极其罕见的事。但正因如此，泪水一旦夺眶而出，便无休无止。这样长久地哭泣，在大冢环自杀之后还是第一次。那是几年前？她想不起来，总之是很久以前了。反正青豆那一次也是哭得没完没了，连着哭了好几天。不吃饭也不出门，只是偶尔补充一下化作眼泪流失的水分，像一头栽倒在地般睡上片刻，此外的时间一直哭个不停。自那以来是第一次这样哭。

这个世界上已经没有亚由美了。她变成了没有体温的尸体，此刻大概正送去做司法解剖。解剖完毕后，再重新缝合起来，也许会举行简单的葬礼，之后便运往火葬场付之一炬。化作青烟袅袅升腾，融入云中。然后再变成雨，降落到地表，滋润着某处的小草。默默无语的无名小草。但青豆再也不可能看到活着的亚由美了。她只能认为这违背了自然的流向，是可怕的不公平，是违背情理的扭曲之念。

自从大冢环离开人世，青豆能怀着一丝近似友情的感觉对待的人，除了亚由美再没有别人。遗憾的是，这份友情是有限度的。亚由美是个现役警察，青豆却是连环杀人案的凶手。尽管是个坚信自己代表正义的有良心的杀手，杀人也毕竟是杀人，从法律的角度来看，她不容置疑就是犯罪者。青豆属于应被逮捕的一方，亚由美则属于实施逮捕的一方。

所以亚由美希望建立更深层的关系时，青豆却不得不硬着心肠，努力不去回应。一旦形成在日常生活中需要彼此的亲密关系，便不免显露出种种矛盾和破绽，这对青豆来说很可能会致命。她大体上是个诚实率真的人，学不会一边在重大的事上对人撒谎、隐瞒真相，一边又和对方维持诚实的人际关系。这种状况会让青豆产生混乱，而混乱绝非她追求的东西。

亚由美肯定也在某种程度上有所领悟，明白青豆有某些不可告人的私密，才有意与自己保持一定距离。亚由美的直觉敏锐过人。那看来十分直爽的外表，有一半其实是演戏，背后潜藏着柔嫩而容易受伤的心灵。青豆明白这层道理。自己采取的戒备姿态可能让亚由美感到寂寞。也许她觉得被拒绝、被疏远。这么一想，青豆就觉得心头像针扎一般疼。

就这样,亚由美遇害身亡。大概是在街头结识了一个陌生男人,一起去喝了酒,然后进了宾馆,随即在昏暗的密室中展开精心的性爱游戏。铐上手铐,堵起嘴巴,蒙住眼睛。那种情景仿佛历历在目。男人用浴袍腰带勒紧女人的脖颈,观察对方痛苦的挣扎,于是兴奋,射精。然而此时,那紧抓着浴袍腰带的双手用力过猛。本应在极限时放手,他却没有及时停止。

亚由美肯定也担心有一天会发生这样的事。她定期需要激烈的性事,她的身体——只怕还有精神——渴求着这种行为,但不愿要一个稳定的恋人。固定的人际关系令她窒息,令她不安,她才和偶遇的男人逢场作戏地欢愉。其中的隐情和青豆不无相似。只是比起青豆,亚由美身上有一种常常深陷其中的倾向。亚由美更喜欢危险奔放的性爱,也许是无意识地期盼着受伤害。青豆则不同。她为人谨慎,不让任何人伤害自己。遇到那样的可能,她大概会激烈抵抗。亚由美却是只要对方提出要求,不论是什么都有应允的倾向。反过来说,她也期待着对方给自己带来些什么。这是危险的倾向。再怎么说,那些人都是萍水相逢的男人。他们到底怀着怎样的欲望,暗藏着怎样的想法,到时候才能知道。亚由美当然明白这种危险,因此才需要青豆这样安定的伙伴。一个能适时地制止自己、小心地呵护自己的伙伴。

青豆也需要亚由美,亚由美有几种青豆不具备的能力。比如说她那让人安心、开朗快活的性情,她的和蔼可亲,她那自然的好奇心,她那孩子般的积极好动,她风趣的谈吐,她那引人注目的大胸脯。青豆只要面带神秘的微笑站在一旁即可。男人们渴望了解那背后到底隐匿着什么。在这层意义上,青豆和亚由美是一对理想的组合,是无敌的性爱机器。

不管发生过怎样的事,我都该更多地接纳她,青豆想。应该理解她的心情,紧紧拥抱她。这才是她渴望的东西。她渴望无条件地被接受，被拥抱，哪怕只是一刹那，能得到一份安心就行了。但我没能回应她的要求，因为自我保护的本能太强大，不愿亵渎对大冢环的记忆的意识也太强烈。

于是，亚由美没有约青豆做伴，独自一人走上深夜的街头，惨遭勒杀。她被冰冷的真手铐铐住双手，蒙住眼睛，嘴巴里塞入不知是连裤袜还是内裤的东西。亚由美平日忧虑的事就这样成为现实。假如青豆能更温柔地接纳亚由美，她那天也许就不会独自走上街头。她会打电话来约青豆。两人在更安全的地方相互照应，和男人们寻欢作乐。但亚由美大概不好意思惊动青豆，而青豆一次也没主动打电话约过她。

凌晨四点之前，青豆一个人在家里再也待不住了，便穿上凉鞋出了门。短裤和背心，就这么一身打扮，漫无目的地走在黎明的街头。有人喊她，她连头都不回。走着走着，感到喉咙发干，便走进通宵营业的便利店里，买了大盒的橘子汁当场一口气喝光，然后回到家里又哭了一场。其实我是喜欢亚由美的，青豆想，我对她的喜欢远远超过自己的想象。既然她想抚摸我，不管是哪儿，当时任她抚摸该多好。

第二天的报纸上也登了"涩谷宾馆女警察被勒杀事件"的报道。警察正在全力以赴，追查那个离开现场的男人的踪迹。据报道称，同事们都困惑不已。亚由美性格开朗，深受周围人的喜爱，责任感和工作能力都很强，是一位成绩出色的警察。包括她的父亲和兄长，亲戚中有许多人都担任警察，家族内的凝聚力也很强。没有一个人理解为何会发生这种事，大家都不知所措。

没有一个人明白，青豆想，然而我明白。亚由美内心有一个巨大的缺口，那就像位于地球尽头的沙漠。无论你倾注多少水，转瞬间便会被吸入地底，连一丝湿气都不留。无论什么生命都无法在那里扎根。连鸟儿都不从上空飞过。究竟是什么在她内心制造出了如此荒凉的东西？这只有亚由美才知道。不对，连亚由美自己也未必知道。但毫无疑问，周围的男人强加给她的扭曲的性欲是重要因素。仿佛要掩藏那致命的缺口，她只好将自己伪装起来。如果将这些装饰性的自我一一剥去，最后剩下的只有虚无的深渊，只有它带来的狂烈的干渴。无论怎样努力忘却，那虚无都会定期前来造访，或是在孤独的下雨的午后，或是在从噩梦中醒来的黎明。这种时候，她就不能不去找男人做爱，什么男人都行。

青豆从鞋盒里取出赫克勒－科赫HK4，手法娴熟地装填弹匣，打开保险装置，拉开套筒将子弹送进枪膛，扳起击锤，双手握紧枪把，瞄准墙上的一点。枪身纹丝不动，手也不再颤抖。青豆屏住呼吸，集中精神，然后大大呼了一口气。放下枪，再次关上保险，掂量枪的重量，凝视着它那钝重的光。手枪似乎成了她身体的一部分。

一定得抑制感情，青豆告诫自己。就算惩罚了亚由美的叔叔和哥哥，只怕他们也不明白自己是为什么受罚。而且事已至此，无论我做什么，亚由美都不可能回来了。尽管可怜，但或迟或早，这总有一天会发生。亚由美朝着致死的旋涡中心，缓慢但不可避免地接近。纵使我下定决心，更温柔地接纳了她，起的作用也很有限。不要再哭了，必须重新调整姿态。要让规则优先于自己，这很重要，就像Tamaru说的那样。

传呼机响起来，是在亚由美死后第五天的清晨。青豆正听着收音机的整点新闻，在厨房里烧开水准备泡咖啡。传呼机就放在桌子上。她看了看显示在小小屏幕上的电话号码，是个从未见过的号码。但毋庸置疑，这是来自Tamaru的指令。她到附近的公共电话亭拨了那个号码。铃声响过三次，Tamaru接了电话。

"准备好了吗？"Tamaru问。

"当然。"青豆答道。

"这是来自夫人的话:今晚七点,在大仓饭店主楼大厅,准备完成老一套的工作。忽然通知你,不好意思。因为直到刚才,事情才确定下来。"

"今晚七点,在大仓饭店主楼大厅。"青豆机械地复述道。

"我很想说祝你好运,但由我来祝福,只怕也不起作用。"

"因为你是个从不依靠好运做事的人。"

"就算我想依靠,也不知道它是什么模样。"Tamaru说,"我又没见过那东西。"

"你不必为我祝福,倒是有件事想请你帮忙。我房间里有一盆橡皮树,想请你照看。本该扔掉的,没扔成。"

"交给我好了。"

"谢谢你。"

"照看橡皮树,可比照看小猫和热带鱼省事多了。别的呢?"

"别的什么都没有了。剩下的东西全帮我扔掉。"

"工作结束后,你到新宿车站去,从那里再给这个号码打电话。到时会给你下一个指令。"

"工作结束后,从新宿车站再给这个号码打电话。"青豆复述道。

"尽管你肯定明白,我还是得再说一遍:电话号码不要写下来,传呼机在出门时弄坏扔掉。"

"知道了。我会照办。"

"所有的程序都已安排妥当。你不必有任何担心。以后的事全交给我们好了。"

"我不担心。"青豆说。

Tamaru沉默了一会儿。"可以说说我的真实想法吗?"

"请说。"

"我无意说你们做的事是白费力气。那是你们的问题，不是我的问题。不过说得客气一点，也是太鲁莽了，而且永远不会有完的时候。"

"也许是的。"青豆答道，"但这是无法改变的事。"

"就像到了春天要发生雪崩一样。"

"大概吧。"

"可是，有常识的人不会在可能发生雪崩的季节，走近可能发生雪崩的地方。"

"有常识的人，原本就不会和你讨论这种话题。"

"这也有可能。"Tamaru 承认，"对了，你有没有发生雪崩时要通知的家人？"

"没有家人。"

"是原来就没有呢，还是有名无实？"

"有名无实。"青豆回答。

"好。"Tamaru 说，"无牵无挂最好。说到亲人就只有橡皮树，这样最理想。"

"在夫人那里看见金鱼，我忽然也想要金鱼了，觉得家里有这个东西也许不错。又小，又不说话，好像也没有太多要求。第二天就到车站前的商店去买，但看到水槽里的金鱼，忽然又不想要了。就买了这盆卖剩下来的寒碜的橡皮树，没买金鱼。"

"我觉得这是正确的选择。"

"金鱼说不定永远买不成了。"

"也许。"Tamaru 说，"还买橡皮树好了。"

短暂的沉默。

"今晚七点，在大仓饭店主楼大厅。"青豆再次确认。

"你只要坐在那儿等就行。对方会来找你。"

"对方会来找我。"

Tamaru轻轻地清了声嗓子:"哎,你知道素食主义的猫和老鼠相遇的故事吗?"

"不知道。"

"想不想听?"

"很想。"

"一只老鼠在天棚上遇到一只很大的公猫。老鼠被逼到了无路可逃的角落,吓得浑身颤抖,说:'猫大人,求求您。求您不要吃我。我一定得回到家人身边去。孩子们都饿着肚子在等我。求求您放了我吧。'猫说:'不用担心。我不会吃你的。老实跟你说——这话不能大声说——我是个素食主义者,根本不吃肉。你遇到我可是太幸运了。'老鼠叹道:'啊,这是多么美好的一天!我是多么幸运的老鼠!居然遇到了一只素食主义的猫!'但就在这一瞬间,猫猛然扑向老鼠,用爪子牢牢按住老鼠的身体,锋利的牙齿咬进了它的喉咙。老鼠痛苦地使出最后的力气问猫:'你不是说你是素食主义者,根本不吃肉吗?那难道是谎言?'猫舔着嘴唇说:'是啊,我不吃肉。这并不是谎话。所以我要把你叼回去,换生菜吃。'"

青豆想了一下。"这个故事的要点是什么?"

"没有特别的要点。刚才说起幸运的话题,我偶然想到了这段故事。仅此而已。当然,寻找要点是你的自由。"

"温暖人心的故事。"

"还有一件事。我想他们事先会搜身和检查行李。那帮家伙警惕性非常高。这一点你要记住。"

"我会记住的。"

"那么,"Tamaru说,"下次见。"

"下次见。"青豆条件反射似的重复。

电话挂断了。青豆盯着话筒看了一会儿,轻轻歪了一下脸,放下话筒。然后把传呼机上的号码牢牢铭刻在脑中,便删除了。下次见。她在脑中重复了一次。但她明白,从今以后,自己和Tamaru恐怕再也不会见面了。

将早报的每个角落都浏览了一遍,已经找不到关于亚由美遇害事件的报道了。看样子侦破工作似乎没有进展。可能用不了多久,周刊杂志就会将它和猎奇事件放在一起报道。现役年轻女警察,在涩谷的情人旅馆里用手铐大玩性爱游戏,结果一丝不挂地被人勒死。但青豆丝毫不想阅读这种追求趣味的报道。自从事件发生以来,她甚至连电视都不开。她不愿听到新闻播音员故意扯着尖嗓门宣告亚由美死去的事实。

她当然希望抓获凶手。凶手无论如何都该受到惩罚。然而,就算凶手被逮捕,送上法庭,杀人细节大白于天下,那又如何呢?不管做什么,亚由美也不会复活了。这是明摆着的事。反正那判决会很轻,恐怕不会判作杀人,而是当作过失致死来处理。当然,即使判处死刑也于事无补了。青豆合上报纸,手肘撑在桌上,双手掩面。半晌,心想着亚由美。但泪水没有流出来,她只是感到愤怒。

离晚上七点还有很长时间。在那以前青豆无事可做。她没有安排体育俱乐部的工作。小旅行袋和挎包已经按照Tamaru的指示放进新宿站的投币式寄存柜。旅行袋里装着几捆现金和几天的换洗衣物。青豆每隔三天到新宿站去一次,投入硬币,并将里面的东西检查一遍。房间也不必打扫,就算想做菜,冰箱也几乎是空的。除了橡皮树,屋子里几乎没留下一件散发着生活气息的东西。与个人信息有关的东西全清除了。所有的抽屉都空着。明天,我就不在这里了,身后恐怕不会留下一点我的痕迹。

将今天傍晚要穿出去的衣服整齐地叠好,摞在床上。旁边放着蓝色健身包,装着肌肉舒展所需的整套用具。青豆再次仔细盘点一遍。一套运动服,瑜伽垫,大小毛巾,以及装有细长冰锥的小盒。一应俱全。从小盒中取出冰锥,摘去小软木块,用指头轻触尖端,确认它依旧保持着足够的尖锐。尽管如此,她还是慎之又慎,用最细的磨刀石轻轻地磨了磨。她想象着这针尖像被吞没一般,无声地沉入男人颈部那特殊的一点。如同以往,一切都将在一瞬间结束。没有悲鸣,也不会出血,只有转瞬即逝的痉挛。青豆再次将针尖插在软木块上,小心翼翼地收进盒子。

然后将裹在T恤里的赫克勒-科赫从鞋盒里取出,手法娴熟地在弹匣里装填上七发九毫米子弹。发出干涩的声响将子弹送入枪膛,打开保险,然后关上,再用白手帕将它裹好放进塑料小袋。在上面塞进换洗的内衣,这样就看不见手枪了。

还有什么事非做不可呢?

什么都没想出来。青豆站在厨房里,烧开水泡咖啡,坐在餐桌前喝着,吃了一个羊角面包。

青豆想,这大概是我最后一件工作了,而且是最重要、最困难的工作。完成这件任务后,就再也不需要杀人了。

青豆并不抵触将要失去身份的事。这在某种意义上反而是她想要的。她对自己的名字和容貌都毫无眷恋,失去后会感到惋惜的往事,也一件都想不起来——重新设定人生,也许正是我梦寐以求的事。

说来奇怪,如果有可能的话,自己身上不愿失去的竟是一对瘦弱的乳房。青豆从十二岁至今,一直对乳房的形状和尺寸不满,常常想:如果胸再大一点,也许能度过比现在更安逸的人生。但真给她机会,让她改变尺寸时(非这么选择不可的时候),她才发觉自己根本不希望这样的改变。现在这样也无所谓，这大小正合适。

她隔着吊带背心摸了摸两只乳房。和平时毫无区别，那形状就像要做面包却弄错了配方没发酵好的面团，左右的大小还有微妙的差异。她摇摇头。不过没关系，这才是我。

除了乳房，还会给我留下什么呢？

当然，有关天吾的记忆会留下。他那手掌的触感会留下。心灵的剧烈震撼会留下。祈盼被他拥入怀中的渴望会留下。纵然我变成了另一个人，谁也别想从我心中夺走对天吾的思念。这是我和亚由美最大的不同，青豆想，深藏在我这个存在核心的，并不是虚无，并不是荒凉干涸。深藏在我这个存在核心的是爱。我始终不渝地思念着一个叫天吾的十岁少年，思念着他的强壮、他的聪明、他的温柔。在这里，他并不存在。然而不存在的肉体便不会消亡，从未交换过的约定也不会遭到背弃。

青豆心中的三十岁的天吾，不是现实的天吾，他不过是一个假设。一切也许都是她想象的产物。天吾仍保持着他的强壮、聪明和温柔，而且如今拥有大人粗壮的手臂、厚实的胸膛和强健的性器官。如果青豆希望，他随时都在身旁，紧紧拥抱她，抚摸她的头发，亲吻她。两人所在的房间总是昏暗的，青豆看不见天吾的身姿。她能看见的，只有他的眼睛。哪怕是在黑暗中，青豆也能看见他温柔的眼睛。她凝视着天吾的眼睛，在那深处可以看见他眺望的世界。

青豆有时忍不住要和男人睡觉，或许就是为了纯粹地守护在心中培育出来的天吾这个存在。她大概是想通过和陌生男人放纵地做爱，将自己的肉体从欲望的禁锢中解放出来。她渴望在这种解放之后到访的寂静安宁的世界中，与天吾两个人度过不被任何东西干扰的亲密时光。这也许正是青豆的期盼。

午后的几个小时，青豆是在对天吾的思念中度过的。在狭窄的阳台上,她坐在铝制椅子上仰望天空,听着汽车的噪音,不时用手指捏捏那寒酸的橡皮树叶,思念着天吾。下午的天空中还看不见月亮。月亮出来,要在好几个小时后。明天这个时候,我会在哪里?青豆思忖着。无法想象。但这些都无关紧要,如果和天吾就存在于这个世界的事实相比。

青豆给橡皮树浇了最后一次水,然后把雅纳切克的《小交响曲》放在唱机上。手头的唱片全处理了,只有这张一直留到了最后。她闭上眼睛,倾听音乐,想象着拂过波西米亚草原的风。如果能和天吾在这种地方尽情漫步,那该多好!她想。两人当然是手牵着手。只有风吹过,柔曼的绿草和着风无声地摇曳。青豆能清晰地感觉到自己手中有天吾手心的温暖。像电影的大团圆结局一样,这情景静静地淡出画面。

然后青豆躺在床上,蜷着身子睡了大约三十分钟。没有做梦。这是不需要梦的睡眠。醒来时,时针指着四点半。她用冰箱里剩下的鸡蛋、火腿和黄油做了火腿蛋,直接对着嘴喝厚纸盒装的橘子汁。午睡之后的沉默莫名地沉重。打开调频广播,维瓦尔第的木管乐协奏曲流淌出来。短笛演奏着小鸟鸣啾般的轻快颤音。青豆感觉,那似乎是为了强调眼前现实的非现实性而演奏的音乐。

收拾好餐具,淋了浴,换上几个星期前就为这一天准备的衣服。淡蓝棉布裤子,朴素的短袖白上衣,式样简单,便于行动。头发盘了上去,用拢子固定住。首饰之类一律不戴。换下来的衣物没再扔进洗衣篮,而是一起塞进了黑塑料垃圾袋。剩下的事 Tamaru 会处理。她将指甲剪干净,仔细地刷了牙,还掏了耳朵。用剪子修整眉毛,脸上涂上一层薄薄的乳霜,脖颈上洒了一点香水。站在镜子前左顾右盼,检查面部细节,确认了没有任何问题,然后拎起印有耐克标志的健身包,走出房间。

在门口,她最后回头看了一眼,心想以后再也不会回到这里了。这么一想,房间便显得无比寒酸,就像只能从里面反锁的牢狱。一幅画也没挂,一只花瓶也没放。只有取代金鱼买来的减价品——那棵橡皮树,孤零零地站在阳台上。在这样的地方,自己居然连续多年,毫无不满与疑问地送走了一天又一天,真是难以置信。

"再见。"她轻声说出口,不是对房间,而是对曾经存在于此的自己告别。

第6章　天吾
我们拥有很长很长的手臂

此后一段时间，情况没有进展。天吾处没有任何人联系过。小松、戎野老师，以及深绘里都没有送来任何口信。也许大家都忘了天吾，到月球上去了。天吾想，如果真是这样，倒也无话可说。但事情不可能这样凑巧地发展。他们不会到月球上去，只是非做不可的事情很多，每天忙得不可开交，没有多余的时间和心情特意告诉他一声。

天吾按照小松的指示，坚持每天读报，但至少在他阅读的报纸上，已经不再刊登有关深绘里的报道。报纸是一种对"突发"的事件积极报道，而对"持续"的事件态度相对消极的媒体。所以，这肯定是一种无声的讯息，表明"目前没发生什么大不了的事"。而电视新闻对这起事件又是如何报道的，没有电视的天吾自然无法知道。

至于周刊杂志，几乎每一家都报道了这起事件。只是天吾没有读过这些文章。他不过是在报纸上看到了杂志广告，其中连篇累牍地充斥着诸如《美少女畅销作家神秘失踪事件真相》、《〈空气蛹〉作者深绘里（十七岁）消失于何处》、《失踪美少女作家"隐秘"身世》之类耸人听闻的标题。好几种广告中甚至还登着深绘里的肖像照，都是在记者见面会上拍的照片。里面都写了些什么，天吾不是不感兴趣，但要特意出钱把这些杂志搜罗齐全，他却没那么高的兴致。如果里面写到了天吾非关注不可的内容，小松应该会立刻跟他联系。他没来联系，就说明目前并没有令人耳目一新的进展。换言之，人们还没觉察到《空气蛹》背后（说不定）还有一位代笔者的事。

从标题来看，媒体的兴趣目前似乎集中在深绘里的父亲曾是著名过激派活动家、深绘里系在山梨县深山与世隔绝的公社里长大、现在的监护人是戎野老师（曾经的著名文化人）这些事上。而且，一方面这位美少女作家仍下落不明，一方面《空气蛹》的畅销势头有增无减。目前，仅凭这些内容便足以吸引世人耳目。

然而，如果深绘里的失踪拖延更久，调查之手伸向更广泛的周边恐怕只是时间问题。这样一来，事情说不定会有点麻烦。比如说，如果有谁到深绘里曾就读的学校去调查一番，她患有阅读障碍症，以及因此几乎没上过学之类的问题，只怕会一一曝光。她的国语成绩、写的作文——假如她写过这种东西——也许会接连披露。理所当然会产生这样的疑问："一个患有阅读障碍症的少女，居然能写出如此漂亮的文章，岂非太不自然？"等到了这一步，再提出"弄不好有别人代笔"的假设，并不需要天才般的想象力。

首当其冲会受到这种质疑的人，当然是小松。因为他是《空气蛹》的责任编辑，有关出版的一切事务都由他负责。但小松肯定始终一问三不知。他大概会若无其事地声称，只是将投寄来的应征稿件原样转交了评委会，其写作过程与自己毫无关系。经验老到的编辑多少都练就了这套本事。小松善于面不改色地撒谎，大概转身就会打电话找天吾："哎，天吾君，这下火烧到屁股了。"那腔调就像演戏一样，简直是在享受灾祸。

也许他真是在享受灾祸。天吾有这种感觉。在小松身上有时能发现某种类似追求毁灭的渴望。说不定他真在心底盼望着整个计划彻底败露，一起鲜活的丑闻壮观地炸裂，相关人士统统被炸飞到九霄云外。小松身上不无这种倾向。但同时，小松也是个冷静的现实主义者。渴望归渴望，先放在一旁。实际上，他不太可能草率地逾越界限，跨入毁灭。

也许小松已有胜算：无论发生什么，自己都能安然无恙。天吾不知道他打算如何摆脱这次的困境。小松这个人，只怕不管什么——令人生疑的丑闻也好，毁灭也好——都能巧妙地利用，是个不好对付的家伙，没理由对戎野老师说三道四。但总而言之，关于《空气蛹》的写作过程，如果有疑云在地平线上浮起，小松肯定会跟自己联系。在这一点上，天吾有相当的信心。之前，他对小松来说的确起着便利好用的工具般的作用，但现在又成了小松的"阿喀琉斯之踵"。假如他把事实和盘托出，小松无疑将陷入困境。他成了不容忽视的存在。因此，他只要静等小松的来电即可。只要电话不来，就表明还没有"火烧到屁股"。

戎野老师究竟在做什么？天吾反而对此更感兴趣。戎野老师一定在和警察一起推动某种事态。他肯定在拼命向警察宣扬，"先驱"很可能和深绘里的失踪事件有关，试图以这起事件为撬杠，撬开"先驱"坚硬的外壳。警察是否正朝这个方向行动？恐怕是的。媒体已经在大肆炒作深绘里与"先驱"的关系了。警察如果袖手旁观，后来万一在这条线上发现重大线索，势必被指责为怠慢工作。但不管怎样，侦破工作肯定是在暗中悄悄进行。就是说，阅读周刊杂志也好，观看电视新闻也好，真正的新讯息不可能出现。

一天，天吾从补习学校下班回到家，见信箱里塞着一只厚厚的信封，寄信人是小松。在印有出版社标志的信封上，盖着六枚快件邮戳。天吾走回房间，打开一看，里面装着《空气蛹》的各种书评复印件。还有小松的一封信，字照例写得东倒西歪，他费了很长时间才看明白。

天吾君：

目前还没有什么特别大的动静。深绘里依然下落不明。周刊杂志和电视报道的，主要是她的身世问题。所幸还未波及我们。书倒越来越畅销。到了这个地步，已经难以判断是否该庆贺了。社里可是非常高兴，社长发给我一份奖状、一笔奖金。我在这家出版社干了二十多年，受到社长表彰还是头一次。等到真相大白，这帮家伙会是怎样的表情，我还真想看看。

随信寄上迄今为止的《空气蛹》书评和相关报道。为将来着想，空闲时不妨一读。里面肯定有些你感兴趣的东西。如果想开怀一笑，其中还有些令人发笑的东西。

上次谈到的"新日本学艺振兴会"，我托熟人做了调查。该团体在几年前成立，得到过正式批准，的确在开展活动。也设有办公处，并提交年度会计报告。每年挑选几个学者和作家，向他们提供资助金。至少协会本身是如此宣称的。其钱款来路不明。总之，那位熟人坦率地表示觉得十分可疑。那也可能是为了节税设立的冒名公司。如果进行详细调查，也许还能搞到些信息，只是费时费事，我们没有这份余力。无论如何，就像我上次在电话里跟你说过的，这个团体打算向默默无闻的你提供三百万元，这件事太蹊跷，只怕有什么不可告人的目的。不容否定，也可能是"先驱"插了一脚。真是如此的话，说明他们已嗅到你和《空气蛹》有关。不管怎样，聪明的抉择恐怕是避免与该团体发生关系。

天吾将小松的信放回信封。小松为什么特地写封信来？也许只是在邮寄书评时，顺便塞了封信，可是，这不像小松的一贯做法。如果有事要说，像往常那样打个电话不就行了吗？写这种信可是要落下证据的。处事谨慎的小松不可能想不到。也许和落下证据相比，他更担心电话可能被窃听。

天吾瞥了一眼电话。窃听？自己的电话可能被窃听，这种事他连想也没想过。但这么一想，这一个多星期，还真是一个人也没来过电话。这台电话遭到了窃听，也许已经是世人皆知的事实。就连酷爱打电话的年长女友，都罕见地连一个也没打过。

不仅如此。上个星期五，她没有到天吾家来。这可是从未有过的事。如果因事来不了，她肯定会事先打个电话。孩子感冒了没去上学，忽然来月经了，大多是这类理由。但那个星期五，她没有任何联系，就是人没来。天吾做了简单的午餐等她，结果白等了一场。也许是忽然有急事，但是事前事后都不来任何联系，就有些不寻常了。但他不能主动联系她。

天吾不再思考女朋友和电话的事，坐在餐桌前，将寄来的书评复印件依次读下去。书评按日期顺序排好，左上角的空白处用圆珠笔写着报纸和杂志的名称与发表日期。也许是让打工的女孩整理的，小松怎么也不会干这种麻烦活。书评内容大多充满好意，许多评论者都高度评价故事内容的大胆和深刻，认为文章用字准确。有几篇书评写道："简直难以置信这竟是一位十七岁少女的作品。"

不错的推测，天吾想。

"呼吸过魔幻现实主义空气的弗朗索瓦兹·萨冈[①]"，也有文章这

[①] Francoise Sagan（1935－2004），法国著名女作家，18岁时以《你好，忧愁》一举成名，代表作还有《某种微笑》《一月后，一年后》等。

么评论道。虽然通篇遍布保留意见和附加条件，文义不太明确，不过从整体氛围看来，倒像是在褒扬。

但关于空气蛹和小小人究竟意味着什么，不少书评家都大感不解，或是难下判断。"故事写得趣味盎然，引人入胜，然而若问空气蛹是什么、小小人又是什么，我们直至最后依然被丢弃在漂满神秘问号的游泳池里。或许这正是作者的意图，但将这种姿态看作'作家的怠慢'的读者肯定为数不少。对于这样一部处女作，我们先暂且认可，但作者准备今后作为小说家发展的话，恐怕在不久的将来就得真诚地检讨这种故弄玄虚的姿态了。"一位批评家得出这样的结论。

读了这篇文章，天吾不禁觉得奇怪：既然作家成功地"将故事写得趣味盎然、引人入胜"，谁又能指责这位作家怠慢呢？

但老实说，天吾并不敢直抒己见。说不定是他的想法有误，批评家的主张是对的。天吾曾专心埋头于《空气蛹》的改写，几乎不可能再用第三者的眼光客观审视这部作品。如今，他将空气蛹和小小人当作存于自己内部的东西看待。老实说，天吾也不太清楚它们意味着什么。但对他来说，这不是重大问题。是否接受它们的存在，才有至关重要的意义。天吾能毫不抵触地接受它们的存在，才能全心全意埋头于《空气蛹》的改写。如果不能把这个故事当成不言自明的东西接受，不论塞来多少巨款，或是威逼恫吓，他肯定都不会参与这种欺诈行为。

话虽如此，这说到底只是天吾的个人见解。不能原样强加给别人。对那些读完《空气蛹》后"依然被丢弃在漂满神秘问号的游泳池里"的善男信女，天吾不由得满怀同情，眼前浮现出紧抓着五颜六色救生圈的人们一脸困惑，在漂满问号的宽大泳池里漫无目标地漂游的光景。天上始终闪耀着非现实的太阳。作为将这种状况散布于世的责任者之一，天吾并非毫无责任感。

但究竟谁能拯救全世界的人？天吾想。把全世界的神统统召集起来，不是也无法废除核武器，无法根绝恐怖主义吗？既不能让非洲告别干旱，也不能让约翰·列侬起死回生，不但如此，只怕众神自己就会发生分裂，开始大吵大闹。于是世界将变得更加混乱。想到这种事态会带来的无力感，让人们暂时在满是神秘问号的游泳池里漂一会儿，也许算罪轻一等吧。

天吾把小松寄来的《空气蛹》书评读了一半，剩下的又放回信封里，不再读了。只要读上一半，其余的写了些什么就可想而知。《空气蛹》作为一个故事，吸引了众多的人。它吸引了天吾，吸引了小松，也吸引了戎野老师，而且吸引了数量多得惊人的读者。此外还奢求什么呢？

电话铃是在星期二晚上九点多响起的。天吾正在边听音乐边读书。这是他最喜欢的一刻。睡觉前尽兴地读书，读得疲倦了就这样沉入梦乡。

时隔多日后又听到电话铃声，他却从中感觉到了某种不祥。这不是来自小松的电话。小松的电话有另一种响声。天吾犹豫了片刻，不知该不该拿起听筒。他等电话响了五声，才抬起唱针，拿起听筒。说不定是女朋友打来的电话。

"是川奈先生家吗？"一个男人问，是个中年男子的声音，深沉柔和，从未听过。

"是的。"天吾小心地回答。

"这么晚了，很抱歉。敝姓安田。"男人说。声音十分中立，不是特别友好，也不含敌意。并不事务性，又不亲切。

安田？安田这个姓氏，他毫不记得。

"有一件事想转告您，所以才给您打电话。"对方说，接着像在书页里夹上书签似的，顿了一顿，"我太太已经不能再去打搅您了。我想告诉您的就是这件事。"

于是，天吾猛然醒悟过来。安田是他女朋友的姓。她的名字叫安田恭子。她在天吾面前大概没机会提到自己的名字，所以他一下子没反应过来。这位打电话的男子就是她的丈夫。他感觉自己喉咙里仿佛堵着什么东西。

"您听明白了吗？"男人问。声音里不含任何感情，至少天吾没听出类似的东西。只是语调中带有地方口音，不是广岛就是九州，大约是那一带。天吾辨别不出。

"不能再来了。"天吾重复道。

"是的。她不能再去打搅您了。"

天吾鼓足了勇气问："她出什么事了吗？"

沉默。天吾的提问没得到回答，漫无着落地浮游在空中。然后对方说："因此，您和我太太，今后恐怕再也不会相见了。我想告诉您的就是这件事。"

这个男人知道天吾和自己妻子偷情的事，知道这种关系每周一次，持续了大概一年。这一点，天吾也明白了。不可思议的是，对方的声音里没有愤怒也没有怨恨。其中蕴含的是某种不同的东西。说是个人的情感，不如说是客观情景般的东西。比如说遭到废弃而荒芜的庭院，或是大洪水退去之后的河滩，这一类的情景。

"我不太明白……"

"那么，就随它去吧。"那男人像要阻拦天吾开口似的说，从他的声音里能听出疲劳的影子。"有一件事很清楚。我太太已经丧失了，无论以何种形式，都不可能再去拜访您了。就是这样。"

"丧失了。"天吾茫然地重复对方的话。

"川奈先生，我也不愿给您打这种电话。但如果提也不提就让它过去，连我也会睡不好觉。您以为我喜欢和您谈这种话题吗？"

一旦对方陷入沉默，听筒里便没有任何声音传来了。这个男人像是在一个异常寂静的地方打电话。要不就是他胸中的感情起着真空般的作用，将周围所有的音波都吸纳了。

我总得问他几句，天吾想。不然一切都会这样充满着莫名其妙的暗示结束了。不能让谈话中断。但这个男人原本不打算把详情告诉天吾。面对一个无意说出实情的对手，到底该怎样提问才好？面对一片真空，该迸出怎样的话语才好呢？天吾还在苦苦思索措辞，那边的电话却毫无预告地挂断了。那男人一声不响地放下听筒，从天吾面前走开了。大概是永远。

天吾依然把死去的听筒放在耳边听了片刻。如果电话被人窃听，大概能听到些动静。他屏息倾听，却根本听不到丝毫可疑的响动。他听见的，只有自己心脏的跳动。听着这心跳声，他觉得自己似乎变成了卑劣的盗贼，半夜溜进别人家中，躲在阴暗处屏住呼吸，等着家中众人静静睡熟。

天吾为了镇定情绪，用水壶烧了开水，沏了绿茶，然后端着茶杯坐在餐桌前，把两人在电话中的话按顺序从头回想了一遍。

"我太太已经丧失了，无论以何种形式，都不可能再去拜访您了。"他说。无论以何种形式——尤其是这个表达方式让天吾困惑。他从中感受到了一种阴暗潮湿的黏液般的感觉。

安田这个人想传达给天吾的似乎是：即使他的妻子希望再次与天吾见面，也不可能实现。为什么？究竟是在怎样的语境中，这是不可能实现的？所谓"丧失了"又是什么意思？天吾的脑海里浮现出安田恭子的身影：她遭遇事故身负重伤，或是患上了不治之症，或是遭受暴打脸部严重变形。她不是坐在轮椅上，就是缺了部分肢体，再不就是身上裹满绷带动弹不得。甚至像狗一样，被粗大的铁链锁在地下室里。但无论是哪一种都太过离奇。

安田恭子（天吾现在用全名来想她了）几乎从未谈起她的丈夫。她丈夫从事什么职业？今年多大年龄？脸长得怎样？性格如何？何时结婚？对这些，天吾一无所知。他是胖是瘦？是高是矮？是否英俊？夫妻关系和不和睦？这些也不知道。天吾知道的，只是她在生活上没有困难（她好像过着优裕的生活），她似乎对和丈夫做爱的次数（或质量）不太满足，仅此而已。但就连这些，其实也只是他的推测。天吾和她在床上聊着天消磨了一个个下午，她丈夫却一次也没成为话题。天吾也不是特别想知道这种事。如果可能，最好不要知道自己究竟从怎样的男人手中抢走了妻子。他觉得这是一种礼貌。但如今事情到了这个地步，他又为从不曾打听她丈夫的情况深感后悔（如果打听，她肯定会坦率地回答）。这个男人是否嫉妒心很重？是否占有欲很强？是否有暴力倾向？

天吾想，暂且当成自己的事考虑一下看看。如果处于相反的角度，我自己会有何感受？就是说，假设自己有妻子，有两个小孩，过着平凡而安定的家庭生活，却发现妻子每周一次和别的男人睡觉，对方还是个比自己年轻十岁的男人，这种关系已经持续了一年多。假设自己处于这种境遇，又会怎样想？会有怎样的感情支配着内心呢？是极度的愤怒？是沉痛的失望？是茫然的悲哀？是漠然的冷笑？是现实感的丧失？还是无法判别的多种情感的混合物？

无论怎么思索，天吾也找不到这种情况下自己可能抱有的情感。通过这样的假设浮上脑际的，是母亲身穿白衬裙、让一个陌生的年轻男子吮吸乳头的身姿。乳房丰满，乳头变得又大又硬。她脸上陶醉地浮出性感的微笑，嘴巴半开，眼睛微闭。那微微颤动的嘴唇令人联想起湿润的性器官。天吾在一旁睡着。他想，简直就像因果循环。那个谜一般的年轻男子也许就是今天的自己，而自己搂在怀中的女人便是安田恭子。构图一模一样，只是人物调换了。这样说来，我的人生难道只是将内心的潜在意象具象化，将其描摹下来的过程？而且，对于她的丧失，我究竟该承担多大责任？

天吾根本睡不着。那个姓安田的男人的声音一直回响在耳边。他留下的暗示沉甸甸的，说出的话带着奇妙的真实感。天吾琢磨着安田恭子，浮想着她面容和身体的细节。最后一次见到她，是两周前的星期五。两人一如既往，花时间做了爱。但接到她丈夫的来电之后，他感到这一切似乎是发生在很久以前的事，就像一幕历史场景。

她为了和他一起躺在床上听，从家里带来的几张密纹唱片，还放在唱片架上。都是年代久远的爵士乐唱片。路易·阿姆斯特朗，比莉·荷莉黛①（在这张唱片里，巴尼·毕加德作为伴奏参加了演出），二十世纪四十年代的艾灵顿公爵②。每一张都听过无数遍，保存得十分细心。封套由于岁月的流逝多少有些褪色，但里面的东西看上去和新的没两样。把这些封套拿在手上看着，一种真实感渐渐在天吾的心中成形：大概今后再也见不到她了。

当然，准确地说，天吾并不爱安田恭子。他从不曾想过要和她共同生活，并不觉得和她分手令人心酸，从未感到过剧烈的心灵震撼。但他已经习惯了这位年长女朋友的存在，对她有自然的好感。每周一次像日程安排一般，在自己家中迎接她的到来，两人肌肤相亲，他盼望着这些。在天吾来说，这是比较少见的情况。他并非对很多女人都有这种亲密的感觉。不如说，不管有没有性关系，大部分女人都让天吾感到不快。为了抑制这种不快，他只好精心守护着内心某个领域。

---

① Billie Holiday（1915-1959），美国爵士乐女歌手。
② Duke Ellington（1899-1974），本名 Edward Kennedy Ellington，美国爵士乐作曲家、钢琴家，爵士音乐史上的重要人物。

换个说法，就是只好把心中的房屋牢牢关上几间。但对方是安田恭子时，就不需要这么复杂的做法了。天吾想要什么，不想要什么，她似乎能心领神会。能遇上她，天吾觉得是一种幸运。

但不管怎样，出事了，她丧失了。出于某种理由，无论以何种形式，她都不会再到这里来了。而且据她丈夫说，不管是那理由还是那结果，天吾最好都不要知道。

天吾无法入睡，正坐在床上，将音量放得低低地听艾灵顿公爵的唱片，电话铃又响了。墙上的挂钟正指着十点十二分。这个时间打电话来的，除了小松，他想不出还会有谁。但那电话铃的响法不像小松。小松来的电话，铃声更加匆促、性急。也许是那个姓安田的男人忽然想起有事忘记告诉天吾。如果可能，他不愿接这个电话。根据经验，这种时候打来的电话不会令人愉快。尽管如此，考虑到自己的处境，他除了拿起听筒别无选择。

"您是川奈先生吧？"一个男人说。不是小松，也不是安田。声音无疑是牛河的。那是一种口中的水分——或莫名其妙的液体——就要溢出的说话方式。他那奇妙的相貌、走形的扁平脑袋，条件反射般浮现在天吾的脑海里。

"呃，这么晚了还打搅您，实在不好意思。我是牛河。上次冒昧拜访，耽误了您的时间。今天也是，要是能早点给您打电话就好了，可谁知来了件急事得办，等缓过神来，就到了这种时候。哎呀，川奈先生您是早睡早起的，我非常了解。实在了不起。拖拖拉拉地熬夜不睡觉，根本没一点好处。天一黑就赶快钻进被窝，早上跟着太阳一起醒来，这样再好不过。不过，啊，这大概算直觉吧，川奈先生，我忽然感到您今晚可能还没睡下。尽管知道这么做很失礼，可您看，我还是给您打了电话。怎样，是不是给您添麻烦了？"

牛河的一通话，让天吾很不高兴。他居然知道自己的电话号码，这也让天吾很不开心。再说，这哪是什么直觉。他是明明知道天吾睡不着，才打电话来的。只怕牛河知道他的房间里还亮着灯。这个房间是不是被什么人监视着？他眼前浮现出热情又能干的调查员端着高性能望远镜，躲在某处窥望自己房间的情景。

"今晚我真的还没睡。"天吾说，"你的直觉很正确。也许是刚才喝多了浓茶。"

"是吗？那可不好。不眠之夜往往会让人琢磨些无聊的事。怎样？我跟您聊一会儿可以吗？"

"如果不是让我更睡不着的话题。"

牛河纵声大笑，像是觉得很可笑。在听筒的那一端——这世界上的某个角落——他那不规则的脑袋正不规则地摇晃着。"哈哈哈，您说话可真有趣，川奈先生。这话听起来当然不可能像摇篮曲一样舒服，但也不至于严重得让人睡不着。请您放心，您只需要回答 Yes 还是 No 就可以。嗯，就是那笔资助金的事。一年三百万的资助金。这不是好事吗？怎样？您考虑好了没有？我这边也该向您要最终答复了。"

"资助金的事情，上次我也明确表示过谢绝了。我感谢您的器重。不过我并没有对自己的现状不满，经济上也不感到拮据，如果可能，我宁愿坚持现在的生活节奏。"

"不愿依靠任何人。"

"说得直白些，就是这个意思。"

"嗬，这可真叫用心良苦，让人佩服。"牛河说着，轻轻发出一声响动，像是在清嗓子，"您是想自己干，不想和任何组织产生关系。您这种心情，我完全理解。可是川奈先生，我又得恳切地说您几句了。您看看这世道。谁知道什么时候会出什么事。所以怎么说都需要个保险一样的东西，可以倚靠，可以避风。要是没这个东西，您总会不方便。恕我直言，川奈先生，您现在，嗯，没有任何能倚靠的东西。您周围的任何人，都不能成为您的后盾。一旦有事，如果风头不对，他们只怕个个都会扔下您不管，只顾自己逃命，您身边好像只有这种人，不是吗？常言道，有备无患。为了以防万一，给自己加上一道保险，不是很重要吗？这可不只是钱的问题。钱嘛，说到底只是个象征罢了。"

"您的话，我不太明白。"天吾说。第一次见到牛河时体味到的不快一点点苏醒了。

"啊，是呀，您还年轻，精力充沛，也许还不太懂这种事。比如说，是这样的。超过了一定年龄，所谓人生，无非是一个不断丧失的过程。对您的人生很宝贵的东西，会一个接一个，像梳子豁了齿一样，从手中滑落下去。取而代之落入您手中的，全是些不值一提的伪劣品。体能，希望、美梦和理想，信念和意义，或是您所爱的人，这些一样接着一样，一个人接着一个人，从您身旁悄然消逝。他们或是跟您告别再离去，或是有一天忽然不告而别。而且一旦消失，您就再也别想重新找回，连找个代替的东西都不容易。这可真够呛。有时简直像是拿刀子在身上割，苦不堪言。川奈先生，您马上就要三十岁了，接下去快要踏入人生的黄昏阶段了。这个，呃，就是所谓的上年纪。这种丧失了什么的痛苦感受，您也该渐渐有体会了。是不是？"

难道这家伙是在暗示安田恭子的事？天吾想。也许他知道我们每周在这里幽会一次，知道她出于某种理由离开了我。

"您对我的私生活好像知道很多嘛。"天吾说。

"不，可没那回事。"牛河说，"我只是就人生泛泛而谈。真的。您的私生活，我不太了解。"

天吾沉默不语。

"希望您痛快地接受资助金,川奈先生。"牛河夹着叹息声这样说,"坦率地说,您目前的处境稍微有些危险。一旦遇到麻烦事,我们可以做您的后盾,可以将救生圈扔给您。如果再这么下去,事态说不定会发展到进退两难的地步。"

"进退两难的地步?"天吾说。

"对。"

"说得具体些,是怎样的地步?"

牛河微微顿了一下,然后说:"我跟您说,川奈先生,有些事还是不知道的好。有种讯息会从人们身上夺走睡眠。那可远远不是浓茶能比的。也许它会永远从您身上剥夺宁静的睡眠。呃,我想说的就是这个意思。请您这么考虑好了:就像您自己还没弄清真相,便拧开了一个特殊的水龙头,把特殊的东西放出来了。这给周围的人带来了影响。一种难说会令人满意的影响。"

"小小人和这有关系吗?"

天吾半是瞎猜,牛河却半天沉默不语。那是一种重甸甸的沉默,仿佛一块沉没在极深的水底的黑石头。

"牛河先生,我希望弄清楚。请您别再像猜谜一样说话,咱们说得更具体一点。她到底出了什么事?"

"她?我听不懂您在说什么。"

天吾长叹一声。要在电话里谈论这个话题,未免太微妙了。

"对不起,川奈先生,我不过是个跑腿的。这是来自客户的话。目前指派给我的任务,是原则性的问题要尽量说得婉转一些。"牛河用慎重的声音说,"好像惹得您心焦了,很对不起。可是,这件事只能用暧昧的语言来谈。而且说老实话,我自己拥有的讯息也很有限。但不管怎样,那个'她'是怎么回事,我可不太明白,如果您不说得更具体一点的话。"

"那好,小小人究竟又是什么?"

"我说啊,川奈先生,那个什么小小人,我也完全不明白是怎么回事。自然,除了那东西在小说《空气蛹》里出现过以外。不过您看,照这么说,好像您哗啦一下,把什么东西给放出来了,连您自己都没弄清那是什么。那也许会成为非常危险的东西。那到底有多危险,又是怎样的危险,我的客户心中很清楚,还掌握某些应对这种危险的知识。所以我们才向您伸出了援助之手。坦率地说,我们拥有很长很长的手臂,又长又强壮的手臂。"

"您说的客户到底是谁?是不是和'先驱'有关系?"

"很遗憾,我没被授予向您公开客户姓名的权利。"牛河不无遗憾地说,"总而言之,我的客户拥有相当的力量。不容轻视的力量。我们可以成为您的后盾。您看,这可是最后一次提议了,川奈先生。接受还是不接受是您的自由。不过一旦做出决定,想走回头路可没那么容易了。所以请您好好想想。而且您看,假如您不站在他们这一边,十分遗憾,说不定他们伸出来的那两只手臂,会带来让您不快的后果。"

"你们那两只长手臂,会给我带来什么不快的后果?"

半天,牛河没有回答。像从嘴角吸口水般的微妙声响,从电话线那端传过来。

"具体的事我也不清楚。"牛河说,"他们没有告诉我这些,所以我只是泛泛而谈罢了。"

"再说,我到底又把什么东西给放出来了?"天吾问。

"这个我也不清楚。"牛河回答,"又要重复一下了,我只是个谈判代理人,对详细的背景没什么了解。客户只给了我有限的信息。那个信息的源泉本来水量丰沛,只不过流到我这里来的时候,就变成了沥沥的细流。我不过是从客户那里获得有限的授权,原样向您转告他们的指示。也许您会问:为何客户不直接同您联系,这样不是更快吗？为何得弄个莫名其妙的家伙做中介呢？为何要这样做，我也不明白。"

牛河清了一下嗓子，等待着对方的提问。却没有提问，于是他继续说下去：

"那么，您是问把什么东西给放出来了，是吗？"

天吾说是。

"我总觉得，川奈先生，恐怕不能随便回答说：'看，就是这样。'那答案怕得由您自己满头大汗地去找。不过，等您历尽千辛万苦终于弄清是怎么回事，也许已经晚了。呃，在我看来，您具有特殊的才能，非常出色而美好的才能，一般人不具备的才能。这一点确切无疑。正因如此，您这次做的事有不容忽视的威力。而我的客户似乎对您这种才能评价很高，这次才会提出向您提供资助金。可是，就算有才华也不够。弄不好，拥有不怎么出色的才华，反而比什么都没有更危险。这就是我从这次事件中得出的模糊印象。"

"另一方面，您的客户却拥有足够的知识和能力，是吗？"

"不不，我可说不准。究竟是足够还是怎样，这种事谁也没法断言。对啦，您想一想新型传染病好了。他们手中掌握与之相关的技术，就是疫苗。目前也已判明，这疫苗能产生某种程度的效果。但病原菌是活的，还在时刻强化和进化。这是一群聪明顽强的家伙，拼命想凌驾于抗体的能力之上。疫苗的效力究竟能维持多久，没人知道。储备的疫苗数量是否充足，也没人知道。恐怕正因如此，客户的危机感才不断增强吧。"

"为什么那些人需要我？"

"允许我再次用传染病类比，这话说得失礼了——你们只怕在发挥主要带菌者的作用。"

"你们？"天吾问，"是指深田绘里子和我？"

牛河没有回答这个问题。"呃,借用一个古典式的表达,也许该说,你们是把潘多拉的盒子打开了。于是许多东西从盒子里飞到了这个世界。把我的印象综合一下,这好像就是我客户的考虑。你们两个虽是偶然邂逅,却是一对远远超出您想象的强大组合,有效地弥补了彼此的不足。"

"但这在法律意义上并不是犯罪。"

"完全正确。在法律意义上,在现世意义上,呃,当然不是犯罪。但如果引用乔治·奥威尔的伟大经典,或者说是作为伟大出处的小说,这恰恰是接近'思想犯罪'的东西。今年正巧又是一九八四年。也许是机缘巧合吧。不过川奈先生,我今晚好像说得有点多了。而且我说的许多话,只是自己胡乱猜测罢了。纯属个人猜测,没有确凿的证据。因为您问了我,我就粗略地谈了谈自己的印象,仅此而已。"

牛河沉默了。天吾思考着,纯属个人猜测?这家伙的话究竟有多少是可信的?

"我也该告一段落了。"牛河说,"事关重大,所以我再给您一点时间,但不能太长。要知道,时钟此时此刻就在宣告时间的流逝,嘀嘀嗒嗒,永无休止。请您再次仔细考虑一下我们的提议。过几天我们恐怕还会跟您联系。晚安。能再次和您交谈,我非常高兴。呃,川奈先生,祝您好好睡一觉。"

自顾自地说完这一大通,牛河毫不迟疑地挂断了电话。天吾默默地凝视了一会儿手中死去的电话机,像一个农夫在干旱的季节,凝视着拾在手中的干瘪青菜。这一阵子,好多人都是自顾自地结束和他的对话。

一如所料,安稳的睡眠没有来访。直到微弱的晨曦染上了窗帘,都市里顽强的鸟儿睁开眼又开始了一天的劳作,天吾始终坐在床上靠着墙,思考着年长女朋友的事,还有那不知从何处伸来的、又长又强壮的手臂。但这些念头不会将他带往任何地方。他的思考只是绕着同一个地点漫无目标地兜圈子。

天吾环视四周，喟然长叹。然后，他觉察到自己完全是孤零零一个人。也许的确像牛河说的那样，能倚靠的东西，在自己四周荡然无存。

第7章 青豆
你即将涉足之处

大仓饭店主楼的大堂十分开阔，天花板也高，光线微暗，让人想起巨大而雅致的洞穴。坐在沙发上的人交谈的声音，听上去像被取出了五脏六腑的生物在叹息，发出空洞的声响。地毯又厚又软，令人遥想起极北海岛上远古的苍苔，将人们的足音吸进积蓄的时间之中。在大堂里走来走去的男男女女，看上去似乎是一群自古以来就被某种魔法束缚在那里、无休无止地重复着被赋予的职责的幽灵。男人们像裹着铠甲一般身穿无懈可击的西装。年轻纤细的姑娘们为了某个大厅举办的仪式穿着典雅的黑礼服。她们戴在身上的小巧但昂贵的首饰，仿佛追求鲜血的吸血鸟，为了反射追逐着微弱的光线。一对身材高大的外国夫妇像盛时已逝的老国王和王妃一般，在角落的宝座上休息着疲惫的躯体。

青豆的浅蓝棉布裤、式样简单的白上衣、白球鞋和蓝色耐克健身包，在这样一个充满了传说与暗示的场所，显得异常不合时宜。看上去大概像客人喊来服务的临时保姆。青豆坐在宽大的扶手椅上消磨时间，这样想着。不过没办法。我可不是来这里拜访的。正坐着，她产生了一种奇妙的感觉：有人在看着我。但怎样环视四周，也没有发现像对手的身影。随他去吧，她想，爱看的话尽管看好了。

表针指向六点五十分，青豆站起身，拎着健身包走进洗手间，用肥皂洗了手，再次检视一遍，确认仪表毫无问题。随后面对着光洁明亮的大镜子，连着做了几次深呼吸。宽敞的洗手间内空无一人。很可能比青豆住的公寓房间还要大。"这是最后一件工作。"她对着镜子小声说。等顺利完成这件工作，我就要消失了。噗的一下，像个幽灵一般。此刻我还在这里，明天就不在了。几天后，我就会拥有另一个名字、另一张脸。

回到大厅，再次在椅子上坐下。健身包放在旁边的茶几上。里面放着七连发袖珍自动手枪，还装着用来刺男人脖颈的尖针。得镇定情绪，她想。这是至关重要的最后一件工作。我得是平时那个冷静坚强的青豆才行。

但青豆不可能注意不到，自己并非处于平时的状态。莫名其妙地感到呼吸困难，心跳过快也令她不安。腋下薄薄地出了一层汗，皮肤微微生疼。不仅是紧张，我预感到了某种东西。那个预感在向我发出警告，在不断敲打我的意识之门。现在还不晚，赶紧逃离此地，把一切都统统忘掉！它这样呼喊。

如果可能，青豆宁愿听从这个警告，放弃一切，就这样从饭店大堂离去。这地方有种不祥的东西，飘溢着隐晦的死亡气息。宁静而缓慢，却无处逃避的死亡。但她不能夹起尾巴一逃了之。这不符合青豆一贯的性格。

漫长的十分钟。时间停滞不前。她坐在沙发上不动，调整呼吸。大堂里的幽灵们一刻也不休息，口中不断吐出空洞的声音。人们仿佛是探寻归宿的灵魂，在厚厚的地毯上无声地移动。女侍者手拿托盘送咖啡时发出的声音，是唯一偶尔传入耳鼓的确切的声响。但在这声响里也包含着可疑的歧义。这不是良好的倾向。从现在开始就如此紧张，到了关键时刻必然失手。青豆闭上眼睛，几乎是条件反射地念诵起祈祷词来。从懂事起，每日三餐前都得念一遍。尽管已是多年前的往事了，但一字一句都记忆犹新。

　　我们在天上的尊主，愿人都尊你的名为圣，愿你的国降临。愿你恕我们的罪。愿你为我们谦卑的进步赐福。阿门。

这段曾经仅仅意味着痛苦的祈祷词，如今居然支撑着自己。青豆尽管很不情愿，也不得不承认这一点。那些语句的余韵抚慰着她的神经，将恐怖拒之门外，让呼吸平静下来。她用手指按住眼睑，将这段祈祷词在脑中反复念了许多遍。

"您是青豆女士吧？"一个男子在身旁问。是个年轻男子的声音。
听见这句话，她睁开眼，缓缓抬起脸，望着声音的主人。两个年轻男子站在她面前。两人身穿相同的深色套装。看质料和做工便知道不是价格昂贵的东西，大概是在哪家超市里买来的成品，某些细处的尺寸微微地不合身。但一丝皱纹都没有，令人叹为观止。可能每次穿过后都仔细熨烫。两人都没系领带。一个人将白衬衣的纽扣一直扣到最上面，另一个在上衣底下穿了件灰色T恤般的衣服，足蹬冷漠的黑皮鞋。

穿白衬衣的男子身高大约一米八五，头发梳成马尾。眉毛修长，仿佛曲线图一般，角度好看地向上挑起。他五官端正，神态从容，完全可以去当个电影演员。另外一个身高大约一米六五，剃着光头，鼻子短而多肉，下巴蓄着一小撮胡须。那仿佛是偶然贴错了的阴影。右眼旁边有一处小小的划伤。两人都身材瘦削，面颊消瘦，晒得黝黑。

浑身上下看不到一块赘肉。从西装肩胛处的宽厚程度，能推断出那下面隐藏着牢靠的肌肉。两人的年龄大概在二十五岁到三十岁，目光都深邃锐利，像正在猎食的野兽的眼球，绝不表露出多余的活动。

青豆条件反射般从椅子上站起，看了一眼手表。表针准确无误地指着七点。他们真是严守时间。

"是的。"她答道。

两人脸上没有一丝表情。他们迅速用目光检查青豆的装束，望了望旁边茶几上放着的蓝健身包。

"行李就这么一点？"光头问。

"就这么一点。"青豆回答。

"很好。咱们走吧。您准备好了吗？"光头问。马尾只是无言地注视着青豆。

"当然。"青豆答道。两人中，这矮个子大概要年长几岁，是头儿。她心中有了目标。

光头在前头领路，缓步横穿大堂，走向客用电梯。青豆手提健身包跟在他身后。马尾则隔开两米左右的距离，走在最后。青豆落入被他们夹在中间的态势。非常熟练！她暗想。两人的身子都挺得笔直，步伐坚定有力。老夫人说过，他们是练空手道的。假如同时和他们正面交手，想取胜怕是绝无可能。青豆长年练武，当然明白这种事。但从他们身上，感觉不到Tamaru周身飘散出的那种压倒性的凶狠，并非不可战胜的对手。想拖入僵持状态，必须先把矮光头打得失去战斗力。他是指挥塔。如果只剩下马尾一个对手，也许能对付过去，当场逃脱。

三人乘上电梯，马尾按下七楼按钮。光头站在青豆身旁，马尾则面对着二人，站在对角线的一隅。一切都在无言中完成，有条不紊，像一对以双杀为人生乐趣的二垒手和游击手搭档。

这么想着，青豆忽然发现，自己的呼吸节奏和心脏律动都已恢复正常。不必担心，她想。我依然是平日的我，还是那个冷静坚强的青豆。一切都会顺利。不祥的预感已经荡然无存。

电梯门无声地开启。马尾按着"开"的按钮，光头率先走出去。接着青豆出去，最后马尾松开按钮，走出电梯。然后光头在前面领路，走过走廊，身后跟着青豆，马尾照例殿后。宽阔的走廊不见人影，处处安静，处处整洁。到底是一流饭店，处处都十分留心，不会将客人吃完后放在门前的餐具搁置太久。电梯前的烟灰缸里没有一只烟蒂。花瓶里插着的花像是刚剪来的，散发着新鲜的香味。三人转过几个弯，来到一扇门前站住。马尾敲了两下，随后不等回应便用门卡打开门，走进去环顾四周，确认没有异常，冲着光头微微颔首。

"请。请进。"光头用干涩的声音说。

青豆走进去。光头随后进入，关上门，从内侧挂上链锁。房间很宽敞。和普通的客房不同，这里配有会客用的全套大型家具，还有办公用的写字台，以及大型的电视机和冰箱，应该是套间的会客室。从窗口可以将东京的夜景尽收眼底，大概会向他们收昂贵的房费。光头看看手表确认了时间，请她在沙发上落座。她依言坐下，将蓝色健身包放在身旁。

"您需要换衣服吗？"光头问。

"如果可以的话。"青豆回答，"因为换上运动服干起活来更方便。"

光头点点头。"请您允许我们事先检查一下。实在抱歉，这是我们的工作之一。"

"没问题。你们随意检查。"青豆说。那声音里没有掺入丝毫紧张，甚至还能听出对他们的神经质的讥笑。

马尾走到青豆身旁，伸出双手检查她的身体，确认她身上没藏着可疑物品。只是薄薄的布裤子和上衣而已，不必检查，那下边什么东西都藏不了。他们不过是按规定程序行事。马尾似乎很紧张，双手僵硬。就算想恭维一下，也没法说他得心应手，大概没什么给女性搜身的经验。光头斜倚着写字台，瞧着马尾干活。

搜身结束后，青豆主动将健身包打开。包里有一件夏季薄开衫、一套工作时穿的运动服，还有大小毛巾。简单的化妆品，文库本。珠编小袋，装着皮夹、零钱包和钥匙串。青豆把这些东西一件件拿出来，递给马尾。最后取出一只黑色塑料小包，拉开拉链。里面装的是替换用的内衣、卫生棉条和卫生巾。

"会出汗，所以我需要换内衣。"青豆说，并取出一套带白蕾丝的内衣，摊开打算让对方检查。马尾微微红了脸，接连轻轻点头。那意思是说：知道了，行了。这家伙别是不会说话吧，青豆怀疑。

青豆把内衣和生理用品慢慢放回小包，拉上拉链，仿佛什么事都没发生过一样收进健身包。这两个家伙是业余水平，她想。看见可爱的女人内衣和生理用品都要脸红的话，实在不配当保镖。假如是Tamaru来做这件工作，即使对方是白雪公主，他恐怕都会彻底搜身，一直搜到大腿根。哪怕要把能装满一间仓库的胸罩、吊带背心和内裤逐件翻遍，他肯定也会一直查到小包底部。对他来说，这种东西——当然和他是个多年的同性恋者不无关系——不过是一堆破布。就算不至于这样，他起码会把小包拿起来掂一掂。那么裹在手帕中的赫克勒－科赫手枪（重量约为五百克）和硬盒子里的特制小冰锥，就必然会露馅。

这两个家伙是业余的。空手道水平或许不低，对那位领袖也绝对忠诚，但业余说到底还是业余，正如老夫人预言的那样。青豆估计他们不会动手检查装满女性用品的小包，果然猜中。当然，这类似于赌博，但她并没有想过预想落空时的情形。她能做的不过是祷告而已。但她知道——知道祷告一定会奏效。

青豆走进宽敞的卫生间,换上一身运动服,将上衣和棉布裤叠好,收进健身包。对着镜子确认头发仍然扎得好好的,往嘴里喷了些预防口臭的净口液。从小包中取出赫克勒－科赫,为了防止声响传到门外,先放水冲马桶,然后拉动套筒将子弹送进枪膛。剩下的只是打开保险了。装冰锥的盒子也放到了健身包最上层,伸手就可以拿到。做好这些准备后,她对着镜子抹去脸上紧张的表情。不要紧,到目前为止,我都冷静地应付下来了。

走出卫生间,只见光头以立正的姿势背对自己,冲着电话小声说话。一看见青豆的身影,他就中断了对话,静静地放下听筒,上下打量着换了一身阿迪达斯运动服的青豆。

"您准备好了吗?"他问。

"随时可以开始。"青豆回答。

"在此之前,还有一件事想拜托您。"光头说。

青豆象征性地微微一笑。

"今天晚上的事,希望您不要说出去。"光头说,然后停顿一下,等着这个信息在青豆的意识中扎根,就像等待泼出去的水渗入干涸的地面、退去痕迹一般。青豆一声不响,注视着对方的脸。光头继续说下去:

"这么说也许很失礼,我们打算付给您足够的酬金,今后也许还得多次劳驾您光临。所以今天发生在这里的事,希望您全忘掉——您看到听到的一切。"

"您看,我从事的是和别人的身体有关的职业。"青豆用多少有些冰冷的声音答道,"保密的义务,我自以为还是了解的。不论是什么情况,有关个人身体的讯息都不会传出这个房间。如果您是说这种问题,那么不必担心。"

"很好。这正是我们想听的。"光头说,"但我还得再说两句。希望您能认识到,这要比一般的保密义务更严格。您即将涉足之处,可以说是像圣地一样的场所。"

"圣地?"

"您听了也许觉得很夸张,但这绝不是夸大事实。您的眼即将看到的,您的手即将触到的,是神圣的东西。除此之外没有贴切的表达方式了。"

青豆不发一言,只是点点头。在这里还是少说话为好。

光头说:"对不起,我们对您周围的情况做过调查。您也许会不高兴,但有这么做的必要。我们有必须慎重行事的理由。"

青豆一边听他说话,一边观察马尾。马尾坐在门边的椅子上,上身挺得笔直,双手放在膝盖上,下颌收紧。简直像摆好了姿势要拍纪念照一般,保持着这个样子一动不动。他的视线毫不懈怠,始终注视着青豆。

光头仿佛在检查黑皮鞋的磨损程度,看了一眼脚下,再次抬起脸望着青豆。

"从结论来说,没发现任何问题。今天我们才请您大驾光临。听说您是非常优秀的教练,周围的人对您的评价其实也很高。"

"谢谢夸奖。"青豆说。

"我们听说,您曾经是'证人会'的信徒,是吧?"

"是的。我的父母是信徒,我当然也从一生下来就成了信徒。"青豆说,"那不是我自己的选择,而且我很久以前就不是信徒了。"

他们那个调查,有没有查出我有时会和亚由美一起在六本木轰轰烈烈地追猎男人呢?不,这种事无所谓。就算查出来了,他们好像也没认为有何不妥,所以我现在才能在这里。

男人说:"这些我们也知道。您曾经有一段时期生活在信仰之中,而且是在感受性最强的幼儿期，因此您肯定能理解神圣意味着什么。所谓神圣，不管在何种信仰里，都是信仰最根本的东西。在这个世界上，有一个我们不能涉足、不该涉足的领域。认识到这样的存在并接受它，对它表示绝对的敬意，是一切信仰的第一步。我想表达的意思，您明白吧？"

"我想我明白。"青豆说道，"就是说，至于是否接受，是另外的问题。"

"那当然。"光头说，"当然，您不必接受。那是我们的信仰，不是您的信仰。不过今天，恐怕不管您是信仰还是不信，都将亲眼看到特别的事物。一个异乎寻常的存在。"

青豆默默不语。一个异乎寻常的存在。

光头眯起眼，估量了一会儿她的沉默，然后不紧不慢地说："不管您看到了什么，都不能对外人说起。如果泄露到外界，神圣性将蒙受无法挽回的污秽，就像美丽清澈的池水受到异物的污染一样。不论红尘俗世如何思考，也不管现世法律如何看待，这是我们自己的感受方式。这一点希望您理解。只要您能理解，并且信守约定，刚才我跟您说过了，我们可以付给您足够的酬金。"

"明白了。"青豆答道。

"我们是个小小的宗教团体，但拥有坚强的心灵和很长的手臂。"光头说。

你们拥有很长的手臂，青豆想。那手臂到底有多长，我接下去就要进行确认了。

光头双手抱在胸前，靠着桌子，用一种审视挂在墙上的画框是否歪斜的目光，谨慎地注视着青豆。马尾依旧保持着刚才的姿势不动，视线也捕捉着青豆的身影。非常均匀地，不间断地。

然后光头看了一眼手表，确认时间。

"那么，我们走吧。"他说着，干咳了一声，仿佛走过湖面的行者①，步履慎重地横穿屋子，轻轻地敲了两下通往隔壁房间的门。不等回应便拉开门，随即轻轻鞠了一躬，走进去。青豆拎着健身包紧随其后，脚踏着地毯，确认呼吸没有出现紊乱。她的手指紧扣在想象中的手枪扳机上。不必担心，我镇定如常。但青豆还是害怕了。后背仿佛贴着一块冰，一块不会轻易融化的坚冰。我冷静而沉着，同时又在心底感到害怕。

光头男子说过，在这个世界上，有一个我们不能涉足、不该涉足的领域。青豆理解这话意味着什么。她自己就曾生活在以这样的领域为中心的世界里，不，也许现在依旧生活在同样的世界里，只是没有觉察。

青豆不出声地在口中反复念诵祈祷词，然后深深吸了一口气，下定决心，踏进隔壁的房间。

---

① 此处当指役行者，一名役小角，传说是日本飞鸟与奈良时代的阴阳师，曾每晚从流放地伊豆大岛走过海面，攀登富士山。

第8章 天吾
一会儿猫儿们就该来了

自那以后的一个多星期,天吾是在奇妙的静谧中度过的。那个姓安田的人某天夜里打来电话,宣告他的妻子已经丧失,再也不会拜访天吾了。过了一个小时,牛河打来电话,宣告天吾和深绘里两人一组,发挥了"思想犯罪"病原菌主要带菌者的作用。他们分别将隐含(只能认定是隐含)深刻意义的信息传达给了天吾,像身穿托加袍的罗马人站在广场正中的讲坛上,向感兴趣的市民发表宣言。而且两人都在讲完想讲的话后,单方面地将电话挂断了。

这两个是最后的来电,之后再也没有人和天吾联系。电话铃不响,信件也不来。没有人来敲门,更没有聪明的信鸽咕咕叫着振翅飞来。小松、戎野老师、深绘里,以及安田恭子,好像都不再有事向天吾传达了。

天吾似乎也对这些人失去了兴趣。不,不仅是对他们,他似乎对世上一切事物都丧失了兴趣。不论是《空气蛹》的销路,还是作者深绘里此刻在何处做什么,才子编辑小松策划的谋略前景如何,戎野老师那冷彻的计划是否顺利,媒体究竟刺探到了多少真相,充满谜团的教团"先驱"又显示出怎样的动向,这一切他都无所谓了。即使乘坐的小船要冲着瀑布下的深潭翻落,也无可奈何,任它下去吧。反正无论天吾如何挣扎,河水也不可能改变流向。

安田恭子的事自然令他揪心。尽管不知详情,但如果能帮得上忙,他准备不辞劳苦。但不管她此时面对的是何种问题,都在他力所能及的范围之外。实际上,他无能为力。

报纸也完全不读了。世界在和他毫不相干的地方运转。沉沉暮气如同只属于一个人的烟霞,环拥着他的身体。他讨厌看到《空气蛹》在书店里堆积如山的景象,索性连书店也不去了,只在补习学校和住所间直线往返。世间已进入暑假,补习学校有暑期培训课程,这个时期反而比平时忙碌。但对天吾而言,这倒是值得欢迎的事,至少他站在讲台上时,除了数学,不必思考任何问题。

也不写小说了。虽然在桌前坐下,插上文字处理机的开关,调出界面,他却无心在上面写字。想思考什么,脑海中就会浮现出与安田恭子的丈夫谈话的片断,要不就是与牛河谈话的片断,无法将意识集中到小说上。

我太太已经丧失了,无论以何种形式,都不可能再去拜访您了。
安田恭子的丈夫这样说道。

借用一个古典式的表达,也许该说,你们是把潘多拉的盒子打开了。你们两个虽是偶然邂逅,却是一对远远超出您想象的强大组合,有效地弥补了彼此的不足。

牛河这样说道。

两人的表达都极其暧昧。中心模糊,模棱两可。但他们试图表达的意思却有相通之处。天吾在连自己也不知情的情况下,发挥了某种力量,这又给了周围的世界现实的影响(恐怕是不太令人满意的影响)。他们想传达的好像就是这个意思。

天吾关掉文字处理机,坐在地板上,盯着电话看了一会儿。他需要更多的启示,希望得到更多拼图所需的小片。但谁也不给他这样的东西。爱心目前(或恒常地)是这个世界缺乏的东西之一。

他也想过给谁打个电话。打给小松,或者是戎野老师,再不就打给牛河。但他毫无打电话的心情。他们塞过来的莫名其妙、故弄玄虚的讯息,他已经厌烦透顶。他试图针对某个谜团寻找线索,得到的却是另外一个谜团。他不能永远玩这种没完没了的游戏。深绘里和天吾是一对强大的组合。既然他们这么说,就由他们说吧。天吾和深绘里,简直就像索尼和雪儿①一样。世上最强的二重唱组合。节奏永不停歇。

时光流逝。没过多久,天吾彻底厌烦了一直枯守家中静待事态变化。他把皮夹和文库本塞进衣袋,头上扣了顶棒球帽,戴上一副太阳镜走出家门,迈着坚定的步子来到车站,出示月票之后,乘上中央线快车。没有明确的目的地,只是看见电车驶入站台,就跳了上去。电车空荡荡的。这天,他一整天都没有任何安排。不管到哪儿去,不管干什么事(或是什么也不干),都是他的自由。上午十点,这是个无风而且阳光猛烈的夏日清晨。

他想,也许牛河说的"调查员"在尾随自己,便留心四周。在前往车站的途中,他猛然停下,迅速回头向后看,但没发现可疑的人影。在车站,他又故意走向别的站台,再假装忽然改变主意,掉头奔下台阶,却也没看见有人跟着他一起行动。典型的跟踪妄想症。根本就没人盯梢。天吾又不是什么重要人物,他们肯定也没那么多闲工夫。其实,究竟打算到哪儿去、去干什么,连他自己都稀里糊涂。从远处满怀好奇地观望着天吾之后的行动的人,不如说正是他自己。

---

① Sonny & Cher,美国流行音乐二重唱夫妇组合,自 1965 年起风靡全美。

他乘坐的电车驶过新宿，驶过四谷，驶过御茶水，然后抵达终点东京站。周围的乘客都下了车。他也和他们一样在那里下了车，先在椅子上坐下，重新思考接下去该怎样做。该去哪儿？天吾想，此刻我在东京站。整整一天没有任何安排，现在可以想去哪里就去哪里。看样子今天会很热，不如到海边去。他仰起脸，望着换乘指南。

这时，天吾明白了自己想做什么。

他不停地摇头。但无论怎样摇头，都不可能打消这念头。也许在高圆寺车站跳上中央线的上行列车时，在连自己也未觉察的情况下，心便做出了决定。他叹息一声站起来，走下站台的台阶，朝着总武线站台走去。他打听最早一班到千仓的列车发车时间，站员翻开时刻表帮他查找。十一点半有一趟开往馆山的临时特快，再换乘普通列车，两点多就可以到达千仓站。他买了东京与千仓之间的往返票和特快列车的对号车票，然后走进车站里的餐馆，要了一份咖喱饭和沙拉，饭后喝着淡咖啡消磨时间。

去见父亲让他心情沉重。天吾原本就对父亲没有好感，也不觉得父亲对自己怀有亲情，甚至不知父亲是否希望和自己见面。天吾念小学时断然拒绝随他去征收NHK视听费之后，两人一直关系冷淡。于是从某一刻起，天吾几乎不再接近父亲。除非万不得已，两人连话也不说。四年前，父亲从NHK退休，不久便进了千仓一家专门护理老年痴呆症患者的疗养院。他迄今为止只到那里探望过两次。父亲刚入院时，事务手续上出了点问题，天吾作为唯一的亲属不得不去处理。后来还有一次，也是有事务需要办理，只得赶过去。就这么两次。

那家疗养院占地很广，隔着一条公路面对着大海。原是某财阀的别墅，后来被一家人寿保险公司收购，用作福利设施，近年来又改建成主要护理老年痴呆症患者的疗养院。因此古意盎然的木结构建筑和崭新的钢筋混凝土三层楼混杂在一起，多少给人杂乱无章的印象。不过空气清新，除了涛声，始终十分安静。风和日丽的日子还可以在海边散步。庭院里种着气派的防风松林，医疗设备也一应俱全。

靠着健康保险、退职金、存款和养老金，天吾的父亲大概可以在这里安度余生了。多亏他幸运地被NHK录用为正式职员。尽管身后不能留下称得上财产的东西，他至少也可以自食其力。这对天吾来说实在值得庆幸。不管对方在生物学意义上是不是自己真正的父亲，天吾都不打算从他那里继承任何东西，也不准备特别给他什么。他们来自并不相干的地方，奔赴并不相干的去处，只是偶然在一起度过了人生中的几年。仅此而已。结局变成这样，固然令人遗憾，但天吾也一筹莫展。

然而，天吾明白，再次去探望父亲的时间已经到了。他极不情愿，如果可能，很想就这样向右转回家去。可是口袋里已经装着往返车票和特快票，事情已经这样了。

他站起身付了饭钱，站在站台上等着开往馆山的特快列车进站。再次仔细扫视附近，没看到可能是调查员的人影。周围全是拖家带口、笑容满面的游客，打算去海边小住、洗海水浴。他摘下太阳镜塞进口袋，重新戴好棒球帽。管他呢！他想，想监视就监视个够吧。我现在要到千叶县的海滨小镇，去见患了老年痴呆症的父亲。他说不定还记得儿子，也可能已经忘了。上次去见他时，他的记忆力已经相当模糊，现在只怕更加恶化了。都说老年痴呆症只会越来越重，不会恢复，就像只能一直向前的齿轮。这是天吾对老年痴呆症不多的了解之一。

列车驶出东京站后，他拿出随身带着的文库本阅读。这是一本以旅行为主题的短篇小说集。其中有一篇，写的是一位青年男子去了一座由猫儿统治的小城旅行的故事。题目叫作《猫城》。这是个充满幻想的故事，作者是一位没听过的德国作家。导读中介绍说，小说写于第一次世界大战和第二次世界大战之间。

那位青年背着一只包，独自游历山水。他没有特定的目的地。坐上火车出游，有哪个地方引起他的兴趣，便在那里下车，投宿旅馆，游览街市，爱待多久就待多久。待到尽兴，再继续坐火车旅行。这是他一贯的度假方式。

车窗外出现了一条美丽的河。沿着蜿蜒的河流，平缓的绿色山岗连绵一线，山麓有座玲珑的小镇，给人静谧的感觉。一架古旧的石桥横跨河面。这幅景致诱惑着他的心。在这儿说不定能吃上美味的鳟鱼。列车刚在车站停下，青年便背着包跳下车。没有别的旅客在此处下车。他刚下车，火车便扬长而去。

车站里没有站员。这里也许是个很清闲的车站。青年踱过石桥，走到镇里。小镇一片静寂，看不见一个人影。所有的店铺都紧闭着卷帘门，镇公所里也空无一人。唯一的宾馆里，服务台也没有人。他按响电铃，却没有一个人出来。看来是个无人小镇，要不然就是大家都躲起来睡午觉了。然而才上午十点半，睡午觉似乎太早了点。或许是出于某种理由，人们舍弃了这座小镇，远走他乡了。总之，在明天早晨之前不会再有火车，他只能在这里过夜。他漫无目的地四下散步，消磨时光。

然而，这里其实是一座猫儿的小城。黄昏降临时，许多猫儿便走过石桥，来到镇子里。各色花纹、各个品种的猫儿。它们要比普通猫儿大得多，可终究还是猫儿。青年看见这光景，心中一惊，慌忙爬到小镇中央的钟楼上躲起来。猫儿们轻车熟路，或是打开卷帘门，或是坐在镇公所的办公桌前，开始了各自的工作。没过多久，更多的猫儿同样越过石桥，来到镇里。猫儿们走进商店购物，去镇公所办理手续，在宾馆的餐厅用餐。它们在小酒馆里喝啤酒，唱着快活的猫歌。有的拉手风琴，有的和着琴声翩翩起舞。猫儿们夜间眼睛更好用，几乎不用照明，不过这天夜里，满月的银光笼罩小镇，青年在钟楼上将这些光景尽收眼底。将近天亮时，猫儿们关上店门，结束了各自的工作和事情，成群结队地走过石桥，回到原来的地方去了。

天亮了，猫儿们都走了，小镇又回到了无人状态，青年爬下钟楼，走进宾馆，自顾自地上床睡了一觉。肚子饿了，就吃宾馆厨房里剩下的面包和鱼。等到天开始暗下来，他再次爬上钟楼躲起来，彻夜观察猫儿们的行动，直到天亮。火车在上午和傍晚之前开来，停在站台上。乘坐上午的火车，可以向前旅行；而乘坐下午的火车，便能返回原来的地方。没有乘客在这个车站下车，也没有人从这个车站上车。但火车还是规规矩矩地在这儿停车，一分钟后再发车。只要愿意，他完全可以坐上火车，离开这座令人战栗的猫城。然而他没有这么做。他年轻，好奇心旺盛，又富于野心和冒险精神。他还想多看一看这座猫城奇异的景象。从何时起，又是为何，这里变成了猫城？这座猫城的结构又是怎么回事？猫儿们到底在这里做什么？如果可能，他希望弄清这些。亲眼目睹过这番奇景的，恐怕除了他再没有别人了。

第三天夜里，钟楼下的广场上发生了一场小小的骚动。

"你不觉得好像有人的气味吗？"一只猫儿说。

"这么一说，我真觉得这几天有一股怪味。"有猫儿抽动着鼻头赞同。"其实俺也感觉到啦。"又有谁附和着。

"可是奇怪呀，人是不可能到这儿来的。"有猫儿说。

"对，那是当然。人来不了这座猫城。"

"不过，的确有那帮家伙的气味呀。"

猫儿们分成几队，像自卫队一般，开始搜索小镇的每个角落。认真起来，猫儿们的鼻子灵敏极了。没用多少时间，它们便发现钟楼就是那股气味的来源。青年也听见了它们那柔软的爪子爬上台阶、步步逼近的声音。完蛋了，他想。猫儿们似乎因为人的气味极度兴奋，怒火中烧。它们个头很大，有锋锐的大爪子和尖利的白牙。而且这座小镇是人类不可涉足的场所。如果被抓住，不知会受到怎样的对待，不过，很难认为知道了它们的秘密，还会让他安然无恙地离开。

三只猫儿爬上了钟楼，使劲闻着气味。

"好怪啊。"其中一只微微抖动着长胡须，说，"明明有气味，却没人。"

"的确奇怪。"另一只说，"总之，这儿一个人也没有。再去别的地方找找。"

"可是，这太奇怪啦。"

于是，它们百思不解地离去了。猫儿们的脚步声顺着台阶向下，消失在夜晚的黑暗中。青年松了一口气，也莫名其妙。要知道，猫儿们和他是在极其狭窄的地方遇见的，就像人们常说的，差不多是鼻尖碰着鼻尖，不可能看漏。但不知为何，猫儿们似乎看不见他的身影。他把自己的手竖在眼前，看得清清楚楚，并没有变成透明的。真是不可思议。不管怎样，明早就去车站，得坐上午那趟火车离开小镇。留在这里太危险了。不可能一直有这样的好运气。

然而第二天，上午那趟列车没在小站停留，甚至没有减速，就从他的眼前呼啸而过。下午那趟火车也一样。他看见司机座上坐着司机，车窗里还有乘客们的脸，但火车丝毫没有表现出要停车的意思。正等车的青年的身影，甚至连同火车站，似乎根本没有映入人们的眼帘。下午那趟车的踪影消失后，周围陷入前所未有的静寂。黄昏开始降临。很快就要到猫儿们来临的时刻了。他明白他丧失了自己。他终于醒悟了：这里根本不是什么猫城。这里是他注定该消失的地方，是为他准备的、不在这个世界上的地方。而且，火车永远不会再在这个小站停车，把他带回原来的世界了。

天吾把这则短篇小说反复读了两遍。注定该消失的地方，这个说法唤起了他的兴趣。然后他合上书，漫不经心地眺望着窗外向后退去的临海工业带索然无味的风景。炼油厂的火焰，巨大的燃气储存罐，像远程炮般粗壮的巨大烟囱，行驶在公路上的重型卡车和油槽车。这是和"猫城"相去甚远的情景，但景象中也有梦幻般的东西。这里是从地下支撑着都市生活的冥界般的场所。

不久，天吾闭上眼睛，想象着安田恭子被囚禁在她注定该消失的地方的情形。在那里，火车不停，没有电话，也没有邮筒。白天，那里存在的是绝对的孤独，而和夜晚的黑暗一起存在的，是猫儿们执拗的搜索。这将永无休止地重复。他不知不觉好像在座位上睡着了。不长，却是很深的睡眠。醒来时出了一身汗。列车正在盛夏的南房总沿着海岸线疾驰。

在馆山下了特快，换乘普通列车前往千仓。一下到站台上，便飘来一阵令人怀念的海滨气息，走在街上的人个个晒得黝黑。他从车站前叫了辆出租车，赶往疗养院。在服务台前报上了自己和父亲的名字。

"您今天要来，有没有事先通知过我们？"坐在服务台后面的中年女护士硬邦邦地问。她身材矮小，戴着一副金属框眼镜，短发里混着一点白发，短短的无名指上戴着像是和眼镜配套的戒指。胸牌上写着"田村"。

"没有。今天早晨忽然想起来，就坐上电车来了。"天吾如实答道。

护士露出有些惊讶的表情看着天吾，然后说："探望病人时，按规定是要事先联系的。院方也有各种日程安排，就算病人自己，也可能有不方便的时候。"

"对不起。我不了解情况。"

"您上次是什么时候来的？"

"两年前。"

"两年前。"田村护士一只手握着圆珠笔，一边查阅访客名册一边说，"就是说，这两年中一次都没来过喽？"

"是的。"天吾回答。

"根据我们的记录，您应该是川奈先生唯一的亲人。"

"的确是。"

护士将名册放在桌子上，瞅了天吾一眼，没再说什么。那眼光并非在责难天吾，只是在确认什么。看来天吾绝不是特例。

"您父亲正在做分组康复治疗，再过三十分钟就会结束。然后，您就可以去探望他了。"

"我父亲情况如何？"

"就身体状态来说，他很健康，没有任何特别的问题。其他方面时好时坏。"护士说着，用食指轻轻按住太阳穴，"至于是怎样时好时坏的，请您亲眼确认吧。"

天吾道了谢，在玄关旁的休息室里打发时间。他坐在散发着旧时代气息的沙发上，从口袋里掏出文库本继续读下去。不时有挟着大海气息的风拂过，松树枝条发出清凉的声响。许多蝉儿紧搂着松枝，纵声鸣叫。虽然正值盛夏，可蝉儿们明白已经来日无多了。它们仿佛在怜惜所剩无几的短暂生命，叫声响彻四野。

不一会儿，戴眼镜的田村护士走来，告诉天吾康复治疗已经结束，可以探视病人了。

"我领您去病房。"她说。天吾从沙发上站起来，从挂在墙上的大镜子前走过，这时才想起自己的穿着相当随便。他在杰夫·贝克[①]访

[①] Geoffery Arnold Beck，英国三大摇滚吉他手之一，曾多次访日，距1984年最近的一次访日公演，应为在1980年的第4次。

日公演的T恤上，套了一件纽扣不全还褪了色的牛仔布衬衫，下穿一条膝盖上染了几点比萨酱的卡其布长裤，脚穿长年未洗的土黄色球鞋，头戴棒球帽。再怎么看，这身装扮也不像一个时隔两年赶来探望父亲的三十岁儿子。连礼物也没带，只是在口袋里塞了一册文库本，难怪护士面露惊讶的神色。

穿过庭院，走向父亲所在的那栋病房时，护士向天吾做了简单的说明。疗养院里共有三栋病房，根据病情发展的不同阶段，病人们分别入住不同的病房。天吾的父亲现在住在"中度"楼。病人大多先入住"轻度"楼，然后再搬入"中度"楼，最后住进"重度"楼。就像只能单向打开的房门，没有逆向的搬迁。"重度"楼之后，就没有地方可以搬了，除了火葬场以外。护士当然没有这么说，然而她暗示的去处很明白。

父亲的病房是两人一间，同室的病友出去上什么课了，不在。疗养院里开设各种康复课程，比如陶艺课、园艺课、体操课。只不过虽说是康复，但目的其实不是治愈，只是将病情的进展多少推迟一些，或仅仅是为了消磨时间。父亲坐在窗边的椅子上，从敞开的窗子向外眺望，双手放在膝头。身旁的桌子上摆着盆栽，开着几朵花瓣细小的黄花。地板用柔软的材料铺成，以防摔倒时受伤。这儿有两张简朴的木床，两张写字台，一个摆放替换衣物和杂物的橱柜。写字台两边各放着一个小小的书架。由于长年日晒，窗帘已经成了黄色。

天吾没能立刻认出来，这个坐在窗边的老人就是自己的父亲。他变小了一圈。不对，缩小了一圈或许才是正确的表达。头发剪短了，像下了霜的草坪，变得雪白。双颊瘦削，或许是这个缘故，眼窝显得比从前大了许多。额头上深深刻着三道皱纹。脑袋的形状似乎变得比以前扭曲了，也许是因为头发剪短了，那种扭曲才显得醒目。眉毛又长又密，而且从耳朵里也伸出白发来。又大又尖的耳朵如今显得更大，看上去就像蝙蝠的翅膀。只有鼻子还是从前的老样子，和耳朵形成鲜明的对比，圆圆的，还带着黑红色。嘴角松垮地下垂，似乎马上会有口水滴落下来。嘴巴微张，露出里面不整齐的牙齿。父亲坐在窗边一动不动的身姿，让天吾想起了凡·高晚年的自画像。

这个男人只是在他走进房间时，迅速瞟了他一眼，然后继续眺望着窗外的风景。远远望去，说他是人类，不如说更像和老鼠或松鼠相近的生物。不能说是很清洁的生物，但也有很难对付的智慧。但不容置疑，这就是天吾的父亲，或者该说是父亲的残骸。两年的岁月从他身上带走了许多东西，就像税务官从贫穷的家庭毫不留情地夺走了家产。天吾记忆中的父亲，总是在勤快地干活，是个坚强的男人。尽管和内省与想象力无缘，却有相应的伦理意识；虽然单纯，却有坚强的意志。而且坚忍耐劳，天吾从来没有听过他诉苦或抱怨。但此刻坐在眼前的人，不过是一具空壳、一间被剥夺了暖意的空屋。

"川奈先生。"护士对着天吾的父亲喊，字正腔圆，声音响亮，显然受过用这种声音跟病人说话的训练。"川奈先生，哎，打起精神来呀。您儿子来看您啦。"

父亲再次转过脸来。那双毫无神采的眼睛，让天吾想起了两个留在屋檐下的空空的燕子窝。

"您好吗？"天吾说。

"川奈先生，您儿子从东京赶来啦。"护士说。

父亲一言不发，只是直勾勾地盯着天吾的脸，像在阅读用外文写的无法理解的告示。

"六点半开始供应晚餐。"护士告诉天吾，"开饭前这段时间，您请随意。"

护士离去后，天吾犹豫了一下，走到父亲跟前，坐在他对面的椅子上。那是一把蒙着褪色布面的椅子，似乎已经用了很长时间，木头伤痕累累。父亲的目光追逐着他坐下。

"好吗?"天吾问。

"托您的福。"父亲十分客气地答道。

天吾不知道接下去该说些什么。他用手拨弄着牛仔布衬衫从上面数第三粒纽扣,看看窗外的防风林,又看看父亲的脸。

"您是从东京来的吗?"父亲问。看样子他想不起天吾是谁了。

"从东京来。"

"您是乘特快来的吧?"

"是的。"天吾回答,"先乘特快到馆山,再转普通客车来千仓。"

"您是来洗海水浴的吗?"父亲问。

天吾说:"我是天吾。川奈天吾。是你的儿子。"

"您住在东京什么地方?"父亲问。

"高圆寺。杉并区。"

父亲额头上的三道皱纹猛地加深了。"有好多人因为不愿付NHK的视听费而撒谎。"

"爸爸。"天吾唤道。他很久很久没说过这个词了。"我是天吾。是你的儿子。"

"我没有儿子。"父亲干脆地说。

"你没有儿子。"天吾机械地重复道。

父亲点点头。

"那么,我到底是什么?"天吾问。

"你什么都不是。"父亲说着,简洁地摇了两下头。

天吾倒吸一口气,一时无言以对。父亲也不再开口了。两人在沉默中各自探寻着思绪纠结不清的行踪。只有蝉儿毫不犹豫,依旧纵声鸣叫个不停。

天吾感觉,这人刚才说的只怕是实话。他的记忆可能遭到了破坏,意识处于混沌之中。但他脱口而出的只怕正是实话。天吾凭直觉明白了这一点。

"这是怎么回事?"天吾问。

"你什么都不是。"父亲用毫无感情的声音重复着同一句话,"从前什么都不是,现在什么都不是,以后大概也什么都不是。"

这就足够了,天吾想。

他很想站起来,走到车站,就这么回东京去。该听到的话已经听到了。但他没能站起来。和来到猫城的流浪青年一样,他怀有好奇心,想知道那背后更为深刻的理由,想听到更为明确的回答。其中当然隐藏着危险。但如果丧失这个机会,只怕将永远无法了解关于自己的秘密。它也许会彻底地湮没于混沌中。

天吾在脑海中组织着词语,再加以调整,而后毅然问出口来。从小时候起就多次差点脱口而出,但终于没问出口的疑问。

"就是说,你不是我生物学意义上的父亲,对不对?你我之间没有血缘关系,是不是?"

父亲一言不发,看着天吾的脸。他是否理解了问题的意义,从表情上看不出来。

"盗窃电波是违法行为。"父亲看着天吾的眼睛,说,"就和盗窃钱财一样。你说是不是?"

"大概是吧。"天吾暂且表示同意。

父亲似乎十分满意,连连点头。

"电波不是雨也不是雪,不是不花钱就会从天上掉下来的东西。"父亲说。

天吾紧闭嘴巴,看着父亲的手。父亲的双手整齐地放在膝头。右手在右膝上,左手在左膝上。那双手静止不动,又小又黑,望上去像是太阳一直晒进了骨子里。那是一双长年累月在室外劳作的手。

"母亲，并不是在我小的时候，病死的吧？"天吾缓慢地、一字一句地问。

父亲没有回答。他表情毫无变化，手一动也没动。那双眼睛仿佛在观察未曾见惯的东西，注视着天吾。

"母亲离开你出走了。她抛弃了你，丢下了我，大概是跟别的男人去了。不对吗？"

父亲点点头。"盗窃电波是不对的。不应该想干什么就干什么，干完了就逃之夭夭。"

这个人完全明白我的提问是什么意思，他只是不愿正面回答。天吾这样感觉。

"爸爸。"天吾唤道，"也许你其实不是我爸爸，不过我暂且这么称呼你，因为我不知道还有什么称呼。说老实话，我一直不喜欢你，更多的时候也许是恨你。这些你明白吗？可是，假如你不是我的亲生父亲，你我之间没有血缘关系，我就没有理由再恨你了。能不能对你产生好感，我不知道。不过我想，至少能比现在更理解你。我一直追求的是事情的真相。我是谁？我是从哪儿来的？我想知道的就是这些。但是谁都不告诉我。如果现在你在这里告诉我真相，我就不会再恨你讨厌你了。这对我来说也是值得庆幸的事，因为我可以不必再恨你讨厌你了。"

父亲一声不响，仍然用毫无神采的眼睛注视着天吾。但天吾觉得，那空空的燕子窝深处似乎有种微小的东西在闪烁。

"我什么都不是。"天吾说，"你说得对。我就像在漫漫黑夜里，被孤身一人抛进了大海，随波逐浪。我伸出手，身畔却杳无人迹。我高声呼叫，却没有任何回应。我无依无靠。勉强能算作亲属的，只有你一个人。但你明明掌握着关键秘密，却不肯向我透露一丝一毫。而且你的记忆在这座海滨小城里时好时坏，正明确地一天天恶化，有关我身世的真相也正在一点点消失。如果得不到真相的帮助，我就什么都不是，今后也仍然什么都不是。这其实就像你说的那样。"

"知识是宝贵的社会资产。"父亲语调呆板地说。但声音比先前小了一些，仿佛背后有人伸手把音量旋钮拧小了。"这些资产必须丰富积累、谨慎运用，还必须硕果累累地传给下一代。哪怕是为了这个目的，NHK也需要诸位缴纳视听费……"

天吾想，这个人口中念诵的，其实是一种符咒啊。一直以来，就是借着念诵这样的符咒，他才能保全自身。自己必须突破这顽固不堪的符咒，必须从那围墙深处拉出一个活生生的人来。

天吾打断了父亲的话："我妈妈是个什么样的人？她到哪儿去了？后来又怎么样了？"

父亲忽然沉默了。他已经不再念诵符咒。

天吾继续说道："我已经厌倦了嫌恶别人、憎恨别人的生活，厌倦了无法爱任何人的生活。我连一个朋友也没有，哪怕是一个。最重要的是，我甚至连自己都爱不起来。为什么不能爱自己呢？是因为无法爱别人。一个人需要爱某个人，并且被某个人所爱，通过这些来学习爱自己的方法。你明白我的意思吗？不会爱别人的人，不可能正确地爱自己。不，我不是说这些该怪你。仔细想想，或许你也是受害者之一。你大概也不知道该怎样爱自己，不是吗？"

父亲蜷缩在沉默中，双唇紧闭。天吾的话他到底理解了多少，从表情中看不出来。天吾也沉默着把身体深埋在椅子里。风从敞开的窗口吹进来，掀动着晒得变了色的窗帘，摇曳着盆栽细小的花瓣，再穿过洞开的房门吹向走廊。大海的气味比刚才更浓烈了。蝉鸣声里，可以听见松树的针叶彼此摩挲的柔和声响。

天吾用宁静的声音继续说下去："我常常看到幻象。从小到大，一遍又一遍，一直看到同一幕幻象。我觉得这大概不是幻象，而是对真实情景的记忆。我一岁半,母亲坐在我旁边。她和一个年轻男人抱在一起。但那个男人并不是你。我不知道他是谁,但不是你,只有这一点是肯定的。不知道是什么缘故,这情景牢牢地烙在我的眼睛里,从不会剥落。"

父亲一句话也不说。但他的眼睛明显在望着别的东西,某种不在此处的东西。然后两人继续保持沉默。天吾听着忽然加剧的风声。父亲的耳朵听到了什么,他不知道。

"能不能麻烦您读点什么给我听听?"父亲在长长的沉默后,语调客气地问,"我眼睛坏了,没办法看书。我不能长时间地用眼睛看字。书在那个书架上,您只管挑喜欢的吧。"

天吾无奈地从椅子上站起身,浏览了一番排列在书架上的书。大半是历史小说。全套《大菩萨岭》①,一卷不缺。然而要在父亲面前朗读这种用老掉牙的词语写的旧小说,天吾却怎么也提不起兴趣。

"如果可以的话,我想给你读一段关于猫城的故事,行不行?"天吾问,"这本书是我带来自己读的。"

"猫城的故事。"父亲说着,沉吟了片刻,"如果不麻烦的话,请您给我读一读。"

天吾瞄了一眼手表。"算不上麻烦。赶电车还得再过一段时间。只是这个故事有点怪,不知道你会不会喜欢。"

天吾从口袋里掏出文库本,开始朗读《猫城》。父亲仍坐在窗边的椅子上一动不动,侧耳倾听天吾朗读的故事。天吾用清晰易懂的声音缓缓读着文章,途中休息了两三次,喘口气。每一次他都观察父亲的脸,却看不见任何反应,也看不出他是否喜欢这个故事。故事全部读完时,父亲一动不动,紧闭双眼,看上去像是睡熟了。但他并未睡

---

①武侠小说,长达42卷,描写江户末期至明治年间剑客的故事。作者为中里介山。

着，只是深深地沉浸在故事世界中。他需要不少时间从那里脱身。天吾耐心地等待着。下午的阳光稍稍变弱，四周开始渗入黄昏的气息。来自大海的风不断摇曳着松枝。

"那个猫城里有没有电视机？"父亲首先从职业角度出发，这样询问。

"这是在二十世纪三十年代的德国写的故事，那时候还没有电视机。收音机倒是出现了。"

"我在满洲待过，那里没有收音机，也没有广播电台。报纸也老是不送来，看的是半个月前的报纸。连吃的东西都不太有，也没有女人。不时还有狼跑出来，简直是世界尽头。"

他沉默片刻，陷入了沉思。大概是在回忆年轻时作为"开拓移民"在满洲度过的艰难岁月。但这些记忆立刻浑浊起来，被虚无吞噬。从父亲的表情变化中可以读出这样的意识活动。

"那个猫城是猫儿们建造的小城吗？还是由从前的人建造，后来猫儿们再住进去的？"父亲对着窗玻璃，自言自语似的说。然而，这似乎是掷向天吾的提问。

"这个我不知道。"天吾答道，"好像是很久以前由人建造的。可能是因为某种理由，人没了，猫儿们就住进去了。比如说因为传染病，人都死光了，这一类的原因。"

父亲点点头。"只要产生空白，就得有什么东西来填补。大家都是这么做的。"

"大家都是这么做的？"

"完全正确。"父亲断言。

"你填补了什么空白呢？"

父亲露出严肃的表情。长眉毛垂下来，遮住了眼睛。他随即用含着嘲弄的声音说："这个你不明白。"

"我不明白。"天吾说。

父亲的鼻孔鼓胀起来,一侧的眉毛微微上挑。他感到不满时,往往会露出这样的表情。"不解释就弄不懂的事,就意味着怎么解释也弄不懂。"

天吾眯起眼睛,揣测对方的表情。父亲从来没有这样古怪而充满暗示地说过话。他总是只说具体的、实际的话。只在非说不可的时候,简短地说非说不可的话。这是他给谈话下的毫不动摇的定义。但他的脸上没有可揣测的表情。

"我明白了。总之,你填补了某个空白。"天吾说,"那么,你留下来的空白,又由谁填补呢?"

"由你。"父亲简洁地答道,并抬起食指有力地指向天吾,"这种事不是明摆着吗?别人制造的空白由我填补了。作为补偿,我制造的空白就由你去填补,就像轮值一样。"

"像猫儿们填补了无人小城一样。"

"对,像小城一样消失。"他说,然后呆望着自己伸出的食指,仿佛看见了一个不合时宜、莫名其妙的东西。

"像小城一样消失。"天吾重复父亲的话。

"生了你的女人,已经在哪里都不存在了。"

"在哪里都不存在。像小城一样消失。这么说,她已经死了?"

父亲没有回答这个问题。

天吾长叹一声。"那么,我父亲是谁?"

"是一片空白。你的母亲和空白交合,生下了你。是我填补了那个空白。"

"和空白交合?"

"是的。"

"然后你养育了我。是这样吗?"

"所以我不是说了吗?"父亲煞有介事地清了一声嗓子,就像向一个笨头笨脑的孩子解释浅显的道理,"不解释就弄不懂的事,就意味着怎么解释也弄不懂。"

"我是从空白中生出来的?"天吾问。

没有回答。

天吾在膝头上将手指交叉着合拢,再次从正面直视父亲的脸,心想:这个男人绝不是空空的残骸,也不是空荡的破屋,而是有着顽强狭隘的灵魂和阴郁的记忆,在这片海滨的土地上讷讷地苟延残喘的活人。他无奈地和体内徐徐扩张的空白共存。现在空白和记忆还在你争我夺,但无须多久,不管他自己是否希望,空白恐怕就会将记忆完全吞噬。这只是个时间问题。他今后要面对的空白,和生出我的是同一种空白吧?

在掠过松树梢头、接近黄昏的风声中,他似乎听见了遥远的海涛声。然而,可能只是错觉。

第9章　青豆
作为恩宠的代价送来的东西

青豆进去后，光头便绕到她身后迅速关上门。房间里漆黑一片。窗上拉着厚实的窗帘，室内的灯全部熄灭。从窗帘的缝隙间漏进一缕光线，反而起了凸显黑暗的作用。

就像踏进了正在放映的电影院或天象馆，眼睛需要一段时间适应黑暗。最先跃入眼帘的，是搁在一只矮桌上的电子钟的表盘。绿色数字显示着此时是晚上七点二十分。又花了些时间，她才明白有一张大床靠着对面的墙放着。电子钟就搁在枕边。与隔壁宽敞的房间相比，这儿略显狭窄，但比普通的宾馆客房大得多。

床上像小山一般，躺着一个黑黑的物体。弄清那不规则的轮廓线其实勾勒出了横躺在床上的人体，又花了一些时间。其间，那条轮廓线一动不动。从中窥探不出任何生命的征兆，也听不到呼吸的声音。钻入耳朵的，只有靠近天花板的空调送风口送出的微风声。但他并没有死去。光头的一举一动，都以那是一个活人为前提。

这个人身躯相当魁梧。大概是个男人。看不真切，他的脸好像没朝向这一面。他没有盖被子，而是一动不动地趴在整齐的床罩上，仿佛躲在洞穴深处避免体力消耗、正在疗伤的大型动物。

"时间到了。"光头对着那个影子呼唤。他的声音中带着此前没有的紧张。

不知那人是否听到了召唤声。床上那座黑暗的小山依然一动不动。光头立在门前,姿势不变,安静地等待。房间内十分安静,连有人在咽唾沫的声音都能听见。青豆随即发现,那个咽唾沫的人就是自己。她右手紧抓着健身包,和光头一样静待其变。电子钟上的数字变成了7：21,又变成7：22,再变成7：23。

不久,床上的轮廓线开始微微抖动,显现出变化。那极其细微的颤动最终演变为清晰的动作。此人刚才似乎睡熟了,或是深陷在类似睡眠的状态中。肌肉苏醒,上半身缓缓抬起,意识花时间重新构筑。影子在床上直起身,盘腿而坐。没错,是个男人,青豆想。

"时间到了。"光头再次重复。

那人沉重的呼气声传过来。那是从深深的井底攀升上来的、缓慢而粗重的吐气。随后又传来深深的吸气声,像是吹过林间的烈风,粗暴而凶险。这两种不同的声音交互反复,其中穿插着漫长的沉默,仿佛幕间休息。这富于节奏又蕴含着多种意义的反复让青豆心慌意乱。她觉得像踏入了一个从未耳闻目睹的疆域,比如深深的海沟的沟底,或是未知小行星的地表。一个勉强抵达,却休想全身而退的场所。

眼睛总也适应不了黑暗。视线可以抵达一定的距离,却怎么也无法继续向前。此刻青豆的眼睛只能看清那个人昏暗的剪影。至于他的脸朝哪一边,他在看什么,都无法知道。这个人身躯十分魁梧,双肩似乎随着呼吸无声但剧烈地上下起伏。她只能看清这些。他的呼吸不是普通的呼吸。那是动用全身进行的呼吸,具有特殊的目的和机能。可以想象他的肩胛骨和横膈膜在激烈地运动、扩张和收缩的情形。普通人无法如此剧烈地呼吸。这是经过长期严格训练才能掌握的特殊呼吸方法。

光头站在她旁边,保持着立正姿势,身体挺得笔直,下颌微收。他的呼吸和床上的男人正相反,又浅又快。他全神贯注地守望着,等待那一连串剧烈的深呼吸最终完成。那似乎是调整身体的日常活动之一。青豆也只能和光头一样,等候他做完。这大概是他醒来时必经的步骤。

不久,像巨大的机器结束了运转,呼吸渐渐停下。呼吸的间隔逐渐变长,最后,像是要把一切都挤出来似的,长长地吐出一口气。深深的沉默再次降临室内。

"时间到了。"光头第三次说。

男人缓缓地动了动头部。他像是朝着光头的方向。

"你可以下去了。"男人说。他的声音是明朗浑厚的男中音。决然,没有含混之处。他的身体像是完全清醒过来了。

光头在黑暗中浅浅鞠了一躬,像进来时一样毫无多余的动作,走出房间。房门关上,只剩下青豆和男人两个。

"这么暗,对不起。"男人说。这话大概是冲着青豆说的。

"我没关系。"青豆说。

"我需要把房间弄暗。"男人用柔和的声音说,"不过你不用担心。对你不会有害。"

青豆默默地点头,随即想起自己是在黑暗中,于是说:"明白。"声音似乎比平日僵硬,而且高亢。

然后男人在黑暗中注视了青豆一会儿。她感觉自己被强烈地注视着。那是准确而精密的视线。说是"注视",不如说"凝视"更贴切。这个男人似乎能将她的身体一览无余。她觉得像在转瞬间被他扒光了身上穿的一切,变得一丝不挂。那视线不仅停留在皮肤上,甚至触及她的肌肉、内脏和子宫。这个男人能在暗中视物!她想。他是在凝视着肉眼可见范围之外的东西。

"在黑暗中看东西,反而看得更清楚。"男人像是洞悉了青豆的内心,"不过如果在黑暗里待的时间太久,就难以返回光明的地上世界了。得把握适当的时机。"

然后他又观察了一番青豆的身姿。其中没有性欲的迹象,只是将她作为一个客体凝视着,像乘客从甲板上凝望着一旁逝去的海岛的形状。但那不是一般的乘客。他试图看透海岛的一切。长时间暴露在这种锐利无情的视线中,青豆深深感到自己的躯体是何等不足、何等不可靠。平时没有这样的感觉。除了乳房的大小,她反而为自己的躯体自豪。她天天打造它,保持它的美观。肌肉优美地遍布全身,没有一点赘肉。但在这个男人凝视下,她竟开始觉得自己的躯体像个寒酸陈旧的肉袋。

男人像是看穿了青豆内心的想法,停止了对她的凝视。她感觉那视线陡然丧失力量。就像用胶管浇水时,有人在建筑物的阴影中把水龙头关上了。

"这么指使你,实在不好意思——能不能请你把窗帘拉开一点?"男人静静地说,"这么暗,你大概也不方便。"

青豆把健身包放在地板上,走到窗前拉动窗边的细绳,把厚重的窗帘打开,再拉开内侧的白蕾丝窗帘。东京的夜景将光芒倾注进室内。东京塔上的彩灯、高速公路上的照明灯、游移的汽车的前灯、高楼大厦的窗灯、建筑顶上五颜六色的霓虹灯,它们交汇融合,形成大都市特有的光芒,照亮了宾馆的室内。光芒不太强烈,只能勉强看清室内放置的家具。这对青豆来说是令人怀念的光,是从她自己所属的世界送来的光。青豆再次感觉,自己是何等迫切地需要这样的光芒。但即便是这一点光,对男人的眼睛似乎也太强烈了。他盘腿坐在床上,用一双大手紧捂着脸,避开光芒。

"你要紧吗?"青豆问。

"不必担心。"男人答道。

"我把窗帘拉上一点吧?"

"这样就行。我视网膜有问题,要过一段时间才能适应光。过一会儿就正常了。能不能请你坐在那里等一下?"

视网膜有问题。青豆在脑中复述了一遍。视网膜有问题的人,大多面临失明的危险。但这个问题暂且与她无关。青豆必须处置的,并不是这人的视力问题。

男人双手掩面,让眼睛慢慢适应从窗外射入的光亮。其间,青豆在沙发上坐下,从正面望着他。这次轮到她仔细观察对方了。

这是个高大的男人。并不胖,只是大。身材高,身架宽,力气似乎也大。虽然事先听老夫人说过此人身材高大,但青豆没想到竟然是个这样的巨汉。然而宗教团体的教主不该是巨汉的理由并不存在。青豆想到那些十岁少女被这个巨汉强奸的情形,不由得扭歪了脸。她想象着这个男人赤身裸体,骑在纤细的少女身上的情景。少女们大概根本无法抗拒。不,即便是成年女子,只怕也很难抵抗。

男人穿着松紧收口的薄裤子,很像运动裤,上穿长袖衬衣。衬衣是素色的,略带丝绸般的光泽,肥肥大大,前面用纽扣扣住。男人把上面的两粒纽扣解开了。衬衣和运动裤看上去都是白色,或极淡的奶油色。虽不是睡衣,也是在室内休息时穿的宽松舒适的衣服,或是和南国的树荫很相称的装扮。赤裸的双足看上去就很大。石壁般的宽肩膀令人想起身经百战的格斗竞技选手。

"谢谢你到这里来。"等青豆的观察告一段落,男人开口了。

"这是我的工作。只要有需求,我什么地方都去。"青豆用排除了感情的声音说。但一边这么说,一边觉得自己简直像应召前来的妓女。大概是刚才被他锐利的视线在黑暗中剥得一丝不挂的缘故。

"我的事你知道多少？"男人仍然双手掩面，问青豆。

"是问关于你，我了解什么情况吗？"

"对。"

"我几乎一无所知。"青豆小心翼翼地挑着词儿说，"连你的名字都不知道。我只知道你在长野还是山梨主持一个宗教团体。你身体上有点毛病，说不定我能帮点忙。我就知道这些。"

男人简短地点了几下头，把手从脸上移开，脸朝向青豆。

男人头发很长，浓密的直发一直垂到肩头，里面混有许多白发。年龄大约在四十五岁到五十五岁之间。鼻子很大，占了脸的很大一部分。高高的鼻梁又直又挺，让人想起挂历照片里出现的阿尔卑斯山。山麓辽阔，充满威严。看到他的脸，首先跃入眼帘的就是那只鼻子。与之相对，一双眼睛深深凹陷。很难看清眼窝深处的那对瞳孔究竟在注视什么。整张脸与身躯相配，又宽又厚。胡须剃得干干净净，看不见斑痕和痣。他相貌端庄，洋溢着静谧而智慧的气息，但其中也存在某种特异的东西、不寻常的东西、无法掉以轻心的东西。这是一张一眼看去便令人畏缩不前的脸。鼻子也许大过了头，所以整张脸失去了正常的均衡，也许是这一点让看到的人心绪不宁。要不就是一双静待在眼窝深处、放射着古代冰河般光辉的眼睛的缘故。还可能归因于那两片好像立刻会吐出无法预料的话、笼罩着冷酷感的薄唇。

"别的呢？"男人问。

"别的我没有听说。只是有人告诉我，让我做好准备，来这里做肌肉舒展。肌肉和关节是我的专门领域。对方的处境和人品没必要知道得太多。"

就像妓女一样，青豆想。

"我明白你的话。"男人用浑厚的声音说，"但恐怕还应该说明一下我这个人。"

"请讲。"

"人们都叫我领袖,但我几乎从来不在公众前露面。就算在教团里,生活在同一块土地上,大部分信徒也不知道我是什么模样。"

青豆点点头。

"但现在我让你看清了自己的面目。总不能请你在一片黑暗中,或者一直蒙着双眼来治疗吧。还有礼节上的问题。"

"这不是治疗。"青豆用冷静的声音指出,"只是肌肉舒展而已。我没有实施医疗行为的许可。我所做的,是强行舒展平时不太使用或一般人很难用到的肌肉,防止身体机能下降。"

男人似乎微笑了一下。但可能是错觉,也许他只是抽搐了一下面部肌肉。

"我完全明白。我只是为了方便,才用了一下'治疗'这个词。你不必介意。我想说的是,你现在看到了人们一般看不到的东西。这件事希望你明白。"

"刚才在隔壁,他们已经提醒过我,今天这件事不能说出去。"青豆说着,指着通向隔壁房间的门,"但你不必担心。不管我在这里看到听到了什么,都不会泄露到外面。我在工作中接触过很多人的身体。也许你身份比较特殊,但对我来说,不过是众多肌肉有问题的人中的一个。我关心的仅仅是肌肉的部分。"

"我听说,你小时候是'证人会'的信徒。"

"当信徒并不是我选择的,是他们叫我当的。这两者差别很大。"

"的确,这两者的差别是很大。"男人说,"但人不可能摆脱小时候植入大脑的印象。"

"不管是好是坏。"青豆说。

"'证人会'的教义,和我所属的教团相差极大。以末世论为核心创设的宗教,要让我来说的话,或多或少都是骗人的东西。我认为所谓末世，不论在何种情况下，都不过是个人层面上的东西。先不管这些，'证人会'倒是个顽强得令人吃惊的教团。历史不算长，却经受了无数考验，还能扎实地不断扩大信徒人数。在这一点上，有好多东西值得我们学习。"

"那大概是因为太褊狭的缘故。狭小的东西，抵御外力时容易变得坚固。"

"你的话大概是对的。"男人说，然后顿了一顿，"不管怎么样，我们今天可不是为了讨论宗教来这里的。"

青豆不说话。

"我希望你能明白这个事实：我的身体里有许多特别的东西。"男人说。

青豆坐在椅子上，默默等着对方说下去。

"刚才我跟你说过，我的眼睛忍受不了强烈的光线。这个症状是在几年前出现的。在那之前并没有出过什么问题，但从某一刻起开始出现了。我不在公众前露面，主要是因为这个。一天中几乎所有的时间，我都在黑暗的房间里度过。"

"对于视力问题，我无能为力。"青豆说，"刚才就告诉过你，我的专长是肌肉方面。"

"我明白。我也找专家看过了。去看过几个有名的眼科医生，做过好多检查。但人人都说现在没办法。我的视网膜受过某种损伤，但原因不明。病情正在缓慢发展。如果任其发展下去，也许用不了多久就会失明。自然，正如你所说的，这个问题和肌肉无关。让我从上到下，按顺序把身体上存在的问题列举出来吧。至于你能帮我做什么，不能帮我做什么，这个问题待会儿再考虑。"

青豆点点头。

"我的肌肉常常会变得僵硬。"男人说，"硬得动弹不得，简直像岩石一样,这种情形会持续几个小时。在这种时候,我只能躺着不动。没有痛感,就是全身肌肉僵住不能动,连一根手指都动不了。凭借自己的意识能动得了的,最多只有眼球。这症状每个月发作一到两次。"

"发作前有没有什么征兆?"

"首先是抽筋。身体各个部位的肌肉不停抽动。这要持续十到二十分钟。然后,就像有人把开关关掉一样,肌肉完全僵死。所以在收到预告后的十到二十分钟内,我就找一个能躺下的地方躺下。像躲在港湾里避风的船,藏在那里,等待着瘫痪状态慢慢过去。身体虽然瘫痪,意识却十分清醒。不,甚至比平时更清醒。"

"没有肉体上的痛感吗?"

"所有的感觉统统消失。就是用针戳我,我也什么都感觉不到。"

"关于这种症状,你有没有找医生看过?"

"我一一走访过权威医院,看过好多医生。结果搞清楚的,只有我身患史无前例的怪病,靠现代医学知识根本无计可施,仅此而已。中医、正骨、推拿、针灸、按摩、温泉治疗……能想到的,我全试过了,都没有明显的效果。"

青豆微微皱眉。"我所做的,只是日常领域的激活身体机能。这么严重的病症,我根本无法对付。"

"我明白。我不过是在尝试各种可能性。即使你的方法不见效,责任也不在你。你只要照你平时做的那样,在我身上做一遍就行了。我想看看自己的身体会如何接受它。"

青豆脑海里浮现出这人庞大的躯体像冬眠的动物一般,一动不动地横躺在某个黑暗之处的光景。

"最近一次出现瘫痪状态,是在什么时候?"

"十天前。"男人答道,"还有一件事,有点难以启齿,不过我觉得最好还是告诉你。"

"不管是什么，你尽管说出来好了。"

"在这肌肉的假死状态持续期间，我始终处于勃起状态。"

青豆更深地皱眉。

"就是说，在好几个小时中，性器官一直坚挺着？"

"是的。"

"你却没有感觉？"

"没有感觉。"男人说，"也没有性欲。只是坚挺着，就像石头一样僵硬，和别处的肌肉相同。"

青豆微微摇头，努力让脸恢复原状。"在这一点上，我想我帮不上什么忙。这和我的专业领域相差太远了。"

"我也觉得难以启齿，你也许不愿意听，不过，我能不能再多说两句？"

"请你说吧。我会保守秘密的。"

"在这期间，我会和女人们交合。"

"女人们？"

"我身边有不止一个女人。每当我陷入这种状态，她们就会轮流骑到我不能动弹的身体上，和我性交。我没有任何感觉，也没有快感。但我仍然会射精。多次射精。"

青豆沉默不语。

男人继续说道："一共有三个女人，都是十几岁。为什么我身边会有这样的年轻女人，为什么她们非得和我性交不可，你也许会觉得奇怪。"

"难道是……宗教行为的一部分？"

男人仍旧盘腿坐在床上，大大地呼了一口气。"我这种瘫痪状态被认为是上天的恩宠，是一种神圣的状态。所以她们在这种状态到来时，就过来和我交合，希望怀上孩子，怀上我的继承人。"

青豆一言不发地看着男人。他没有开口。

"就是说，怀孕是她们的目的？在那种状况下怀上你的孩子？"青豆问。

"是的。"

"就是说，你在处于瘫痪状态的几小时内和三位女子交合，三次射精？"

"是的。"

青豆不得不意识到，自己被置于无比复杂的处境中。她马上就要杀掉这个人，送他到那个世界里去，他却在向她倾诉自身肉体上奇怪的秘密。

"我不太明白，这里面又有什么具体的问题？你每个月有一两次，全身肌肉会瘫痪。这时三个年轻的女朋友就会过来，和你性交。这从常识角度来考虑，的确是不寻常的事。可是……"

"不是女朋友。"男人插嘴道，"她们在我身边起着女巫的作用。和我交合，是她们的职责之一。"

"职责？"

"就是努力怀上继承人这件事。它作为任务被规定下来。"

"是谁这么规定的？"青豆问。

"说来话长。"男人说，"问题在于，我的肉体因此在确凿无疑地走向灭亡。"

"那么她们怀孕了吗？"

"还没有人怀孕。只怕不会有那个可能，因为她们没有月经。但她们还是在追求上天的恩宠带来的奇迹。"

"还没有人怀孕，因为她们没有月经。"青豆说，"而且你的肉体正在走向灭亡。"

"瘫痪持续的时间越来越长，次数也在增加。瘫痪症状开始于七年多前。一开始是两三个月一次,现在变成了一个月一到两次。瘫痪过去之后,身体都要经受剧烈的痛楚和疲惫的侵蚀。几乎整整一个星期,我都得生活在痛楚和疲惫之中。浑身疼痛,像被粗大的针戳刺。头痛欲裂,身体乏力。觉也睡不好。不管什么药,都不能缓解这样的疼痛。"

男人长叹一声,然后继续说道:"第二个星期和发作刚过去的第一个星期相比,要好多了,但疼痛并没有消失。一天中有好几次,剧烈的痛楚像巨浪一样汹涌而至。没办法正常呼吸,内脏不肯好好工作。活像一台没加润滑油的机器,浑身关节咔咔作响。自己的肉被吞噬,血被吸食。我可以清楚地感觉到这些。可是侵蚀我的既不是癌症,也不是寄生虫。我做过各种精密检查,却连一点问题都没找到。他们说我身体极其健康,从医学角度无法解释折磨我的东西是什么。这就是作为'恩宠'的代价,我收到的东西。"

这人也许的确处于崩溃的边缘,青豆想。几乎看不到憔悴的影子,他的肉体结实健壮,好像受过忍耐剧烈疼痛的训练。但青豆感觉到,他的肉体正在走向灭亡。这人病了,但不知道那是怎样一种病。不过,即使我不在这里下手,这个男人恐怕也会被惨烈的痛苦折磨,身体一点点地遭到破坏,不久便难以避免地迎来死亡。

"不可能阻止它的进展。"男人似乎看穿了青豆的想法,说,"我恐怕会被彻底侵蚀,身体被蚀成空洞,迎来痛苦不堪的死亡。而他们只会把丧失了利用价值的交通工具抛弃掉。"

"他们?"青豆说,"他们是谁?"

"就是侵蚀我肉体的东西。"男人说,"不提这个了。我现在希望减轻眼前现实的痛苦,哪怕只是一点点。即使是只治标不治本,对我来说也是必需的。这痛苦无法忍受。常常——不时地,它会深重得骇人,简直像径直和地球的核心相连。那是除了我,谁也无法理解的疼痛。它从我身上夺去了许多东西，同时作为回报，也给了我许多东西。特殊的疼痛给予我的东西是特别深厚的恩宠。不过，疼痛当然不会因此减轻，破坏也不会因此避免。"

然后是一段深深的沉默。

青豆总算开口了："我好像又在重复——我想，对于你面临的问题，从技术上来说我爱莫能助。尤其是，如果那是作为恩宠的代价送来的东西。"

领袖端正姿势，用眼窝深处那冰河般的小眼睛看着青豆，然后张开薄而长的嘴唇。

"不，肯定有你能做到的事情。唯有你才能做到的事情。"

"我倒希望是这样。"

"我心里明白。"男人说，"我知道许多事情。只要你没问题，我们就开始吧——开始做你一直做的事情。"

"我试试看。"青豆回答。那声音僵硬而空洞。试试我一直做的事情，青豆想。

第10章 天吾
提议遭到拒绝

六点前,天吾和父亲道别。在出租车赶来之前,两人在窗边相对而坐,一句话也不说。天吾沉浸在散漫的思绪中,父亲则表情严肃,一动不动地凝望着窗外的风景。太阳已经西斜,天空的淡蓝缓缓地向着更有深义的蓝色推移。

还有许多疑问。但不管问他什么,恐怕都不会有回应。看看父亲闭得紧紧的嘴唇便一目了然。父亲似乎下定决心,绝不再开口。所以天吾什么也不问了。就像父亲说的那样,如果不解释就弄不懂,再怎么解释也弄不懂。

非走不可的时刻到了,天吾开口说道:"你今天告诉了我好多事。虽然转弯抹角的不太好懂,但我想,你大概是以自己的方式说了实话。"

天吾看看父亲的脸,但对方的表情毫无变化。

他又说:"其实还有好多话想问你,只是我也知道,这些问题会给你带来痛苦。所以我只好根据你说出的话去推测别的。恐怕你不是我血脉相承的父亲。这就是我的推测。我不清楚具体情形,但大体上只能这么想。如果我想错了,你能不能告诉我,这想法不对呢?"

父亲不作回答。

天吾继续说道："如果这个推测猜中了，我会感到轻松些。但是，这并不是因为讨厌你。刚才我说过，是因为我没必要讨厌你了。我们好像没有血缘关系，你却把我当作儿子养大。在这件事上，我必须感谢你。很遗憾，我们作为父子相处得不太好，但那是另一个问题。"

父亲还是一言不发，望着窗外的风景。就像一个哨兵，生怕看漏了远方山峦上升起的蛮族的狼烟。天吾试着朝父亲注视的方向看去，却看不见狼烟之类的东西。那里只有浸染在苍茫暮色中的松林。

"我能为你做的事，非常抱歉，几乎一件也没有。除了为你祈祷，希望空白在你心中形成的过程不至于给你带来太多痛苦。以前，你肯定经历过足够的痛苦了。你大概曾经以你的方式，深深地爱过我母亲。我猜是这样。可是她却离你而去。我不知道对方是我生物学意义上的父亲，还是别的男人。你好像不打算把内情告诉我。但不管怎样，她抛下你出走了，留下幼小的我。你养育我，说不定也有这样的算计：只要和我在一起，她也许就有一天会回到你身边。但她最终没有回来。没有回你那儿，也没有回我这里。对你来说，这一定是很痛苦的，就像始终住在一个空无一人的小城里。但不管怎样，你在那座小城里把我养大成人了，像填补空白一样。"

父亲的表情没有变化。对方有没有理解自己的话，甚至有没有在听自己讲话，天吾都不知道。

"我的推测说不定错了。对你我双方来说，错了也许更好。但这样去想，许多事情就在我心中安顿下来了。几个疑问暂时有了解释。"

几只乌鸦啼叫着从天空飞过。天吾看了看手表，该离开了。他从椅子上站起来，走到父亲身旁，把手放在他肩上。

"再见，爸爸。过不了多久我还会再来。"

抓着门把手，最后回头望去，只见一行清泪从父亲眼中流下，天吾一惊。日光灯从天花板上照下来，那行泪水闪烁着微弱的银光。父亲大概是用尽了所剩无几的感情的力量，流出那眼泪的。泪水顺着面颊缓缓滑下，落在膝上。天吾拉开房门，就这样走出房间，乘出租车赶往车站，坐上了驶来的列车。

从馆山始发的上行特快列车，比来时更加拥挤和热闹。大半乘客是举家洗完海水浴回来的。望着他们，天吾想起了小学时代。像这样举家出游远行，他一次也没有体验过。盂兰盆节和新年放假时，父亲什么事也不干，只是躺在家里睡觉。这种时候，这个男人就像一台被扯掉了电源的肮脏电器。

坐下后，天吾想继续阅读文库本，发现刚才把那本书忘在了父亲的病房。他叹息一声，转念一想，这样也许更好。就算现在有书读，只怕也读不进脑子里去。此外，和放在他的手头相比，《猫城》是个更适合放在父亲房间里的故事。

窗外的风景，和来时顺序相反地移动着。依山势游走的暗淡寂寞的海岸线，不久变成了开阔的临海工业带。许多工厂夜间也继续开工。烟囱林立在夜晚的黑暗中，仿佛巨蛇吐出长长的芯子，喷吐着红色火焰。重型卡车强力的前灯将路面照得一片雪亮。更远处的大海像一片泥泞，看上去黑黢黢的。

回到家是在十点前。信箱空空的。打开房门一看，家里显得比平日更空荡。存在于此的，仍是他今天早晨留下的空白。脱下来扔在地板上的衬衣，关了电源的文字处理机，残存着他压出的凹陷的转椅，散布在桌子上的橡皮屑。他喝了两杯水，脱去衣服钻进了被子。睡眠立即袭来，而且是近来没有的深深的睡眠。

次日早晨，八点后醒来，天吾发现自己变成了一个新的人。这一觉睡得很舒服，手脚的肌肉柔韧，等待着结实的刺激。倦意无影无踪。就像小时候新学期开始，那种翻开崭新的课本时的感觉。虽然还不理解内容，但那里面有新知识的预兆。他走进洗手间刮了胡子，用毛巾将脸擦净，抹上须后水，再对着镜子重新审视自己的脸。然后他认定自己变成了一个新的人。

昨天发生的事情，从头到尾都像发生在梦中，无法认为那是现实中的事。虽然一切都十分鲜明，但那轮廓中可以一点点地看出非现实之处。乘列车去了一趟"猫城"，又回来了。幸运的是和小说的主人公不同，自己成功地乘上了回来的列车。而且在那个小城的经历，似乎给这个叫天吾的人带来了巨大的变化。

固然，天吾身处的现实没有发生任何改变。他百般无奈地行走在充满了困扰和谜团的危险之地。事态的发展完全出乎意料，无法预见接下去自己身上会发生什么。尽管如此，此刻他还是有种最终会渡过危难的感觉。

这下我总算站到出发点上了，天吾想。虽然没有弄清关键的事实，但从父亲说的话、表现出的态度中，一个可能是自己出生真相的东西隐约露出了轮廓。那段长期以来困扰着自己的"图像"，并非毫无意义的幻觉。他不知它在何种程度上反映了真实，但大概是母亲留给他的唯一的信息，好也罢坏也罢，都是构成他人生基础的东西。弄清了这些，天吾感到如释重负。之后，才实实在在地觉出自己此前的负担是何等沉重。

安稳得出奇的日子持续了大概两个星期。像漫长的台风眼一般的两个星期。天吾暑假期间每周在补习学校上四天课，其余时间便用来写小说。没有一个人联系他。深绘里失踪事件有什么进展？《空气蛹》是否仍在畅销？天吾不知道，而且也不想知道。世界就是世界，随它去吧。有事的话，对方肯定会主动找上门来。

八月逝去，九月来临。每天都像这样，永远平安无事该多好。天吾一边泡着早晨的咖啡，一边不出声地想。如果说出声，谁知道会不会被某个尖耳朵的恶魔听到。所以他无声地祈祷平安能持续下去。但事与愿违才是人世的常态。他不希望的是什么，世界似乎反而了如指掌。

这天上午十点过后，电话铃响了。让铃声响过七次后，天吾无奈地伸手拿起听筒。

"我现在可以去你那里吗。"对方压低了嗓音问。据天吾所知，能问出这样不带问号的疑问句的人，世上只有一个。在声音的背景里，能听见广播声和汽车的排气声。

"你现在在哪里？"天吾问。

"在一个叫丸商的商店门口。"

从他的住处到那家超市，连两百米都不到。她是从那里的公用电话打过来的。

天吾不由自主地环顾四周。"可是，你到我家来恐怕不好吧。我的住所说不定受到了监视，再说社会上都认定你失踪了。"

"住所说不定受到了监视。"深绘里把天吾的话原样重复了一遍。

"对。"天吾说，"我身边最近发生了许多怪事。我猜这些肯定和《空气蛹》有关。"

"是那些生气的人。"

"可能。他们好像在生你的气，顺便也有点生我的气了。因为我改写了《空气蛹》。"

"我不在乎。"深绘里说。

"你不在乎。"天吾把对方的话原样重复了一遍。这肯定是个会传染给别人的习惯。"不在乎什么?"

"就算房子受到监视也不怕。"

天吾一时无言以对。"但我也许在乎。"他终于说。

"我们俩最好在一起。"深绘里说,"两个人齐心协力。"

"索尼和雪儿。"天吾说,"最强的男女二重唱。"

"最强的什么。"

"没什么。我在自言自语。"

"我到你那里去。"

天吾正打算说话,另一端传来了挂断电话的声音。不管是谁,都在话才说到一半时,就自作主张地挂掉电话,简直就像拿砍刀斩断吊桥一样。

十分钟后,深绘里来了。她双手抱着超市的塑料购物袋,身穿蓝条纹长袖衬衫和紧身蓝牛仔裤。衬衫是男式的,胡乱晾晒后也没有熨烫,肩上还挎着个帆布包。为了遮住面孔戴了一副大大的太阳镜,但很难说起到了伪装效果,反而会引人注目。

"吃的东西应该多一点。"深绘里说,然后把塑料袋里的东西放进了冰箱。她买来的几乎全是已烹饪好的东西,放在微波炉里加热后就能吃。还有咸饼干和奶酪、苹果和番茄,以及罐头。

"微波炉在哪里。"她环视一圈狭窄的厨房,问。

"没有微波炉。"天吾回答。

深绘里皱起眉头想了一会儿,并没有发表感想。她似乎想象不出没有微波炉的世界是什么样子。

"我住在你这里。"深绘里像在通告一个客观事实。

"住到什么时候?"天吾问。

深绘里摇摇头。那意思是说不准。

"你那个藏身处怎么了？"

"有事发生时，我不想是一个人。"

"会发生什么事吗？"

深绘里没有回答。

"我还是得再啰唆一句，这里不安全。"天吾说，"好像有些人盯上了我。还没弄清那是什么人。"

"世上不存在安全的地方。"深绘里说，随后意味深长地眯起眼，手指轻轻地捏住耳垂。天吾不知道这个肢体语言表示什么意义。大概不表示任何意义。

"所以，在哪儿都一样。"天吾说。

"世上不存在安全的地方。"深绘里重复道。

"也许是这样。"天吾承认，"超过一定水平之后，危险的程度就没有什么差别了。不过先不管它，我马上得去上班了。"

"去补习学校上班。"

"对。"

"我待在这里。"深绘里说。

"你待在这里。"天吾重复道，"这样更好。别出去，谁来敲门也不要吭声。电话铃响了也不要接。"

深绘里默默地点头。

"对了，戎野老师怎么样了？"

"昨天'先驱'被搜查了。"

"就是说，因为你的案件，警方搜查了'先驱'总部？"天吾惊讶地问。

"你不看报纸吗。"

"我不看报纸。"天吾又一次重复道，"最近这段时间我没有心思看报纸，不了解详情。既然这样，教团可要遇上大麻烦了。"

深绘里点点头。

天吾长叹了一口气。"而且会比以前更生气吧,就像被人捅了窝的马蜂一样。"

深绘里眯起眼睛,沉默了片刻,大概是在想象从蜂窝里飞出来的、气得发疯的蜂群。

"可能。"深绘里小声说。

"那么,你父母的下落有线索了吗?"

深绘里摇摇头。关于这件事,还没有任何线索。

"总之,教团那帮家伙正气得发疯。"天吾说,"如果弄清失踪事件是个骗局,警察无疑也会对你发怒。顺便也会对我发怒吧,因为我明知真相,却窝藏了你。"

"正因为这样,我们更应该齐心协力。"深绘里说。

"你刚才是不是说了正因为这样?"

深绘里点点头。"是我用词不当吗。"她问。

天吾摇摇头。"不,我不是那个意思,只是觉得这个词的发音有一种新鲜感。"

"要是你觉得麻烦,我就去别的地方。"深绘里说。

"你待在这里没关系。"天吾无奈地说,"你又没有别的地方好去,不是吗?"

深绘里简短而明确地点点头。

天吾从冰箱里拿出大麦茶喝。"我不欢迎发火的马蜂,但你的忙,我总可以帮。"

深绘里盯着天吾的脸看了一会儿,然后说:"你看上去好像和以前不一样了。"

"怎么不一样?"

深绘里的嘴唇撇成奇怪的角度,随即恢复了原状。没办法解释。

"不用解释。"天吾说。如果不解释就弄不懂，再怎么解释也弄不懂。

天吾走出家门时，告诉深绘里："我给你打电话时，先等铃声响三下，然后挂掉。接着我会再打一次，这下你再接电话。明白吗？"

"知道了。"深绘里说，然后复述道，"你等铃声响三下就先挂掉，然后会再打一次，这时我再接电话。"听上去像是在一边翻译古代石碑的铭文，一边念出声来。

"这很重要，千万别忘了。"天吾说。

深绘里点了两下头。

天吾上完两节课，回到教员室里，收拾东西准备回家。前台的女子走来，告诉他：来了一个姓牛河的人要见你。她就像一个传递噩耗的善良的信使，歉然地说。天吾爽朗地笑着向她致谢，没有理由责怪信使。

牛河坐在玄关大厅旁的自助餐厅里，边喝牛奶咖啡边等天吾。牛奶咖啡怎么看都是和牛河不相配的饮料。而且，混在精力旺盛的学生中，牛河不寻常的外貌更引人注目。只有他所在的那片区域，重力、大气浓度和光线的折射度似乎都和别处不同。远远望去，他真像一则噩耗。正是休息时间，餐厅里十分拥挤，但牛河独占了一张可坐六人的桌子，却没有一个人肯过去和他拼桌。就像羚羊们躲避野狗一样，凭着自然的本能，学生们都躲着牛河。

天吾在吧台买了咖啡，端着坐到牛河对面。牛河好像刚吃完奶油面包，桌子上包装纸窝成一团，嘴角还粘着面包屑。奶油面包也是和他极不相配的食物。

"好久不见，川奈先生。"看到天吾，牛河微微抬了抬屁股，打着招呼，"不好意思啊，老这么不请自来。"

天吾也不寒暄，直奔主题："你肯定是来和我要答复的吧？就是对上次那个提议的答复。"

"呃，是这么回事。"牛河说，"简单地说的话。"

"牛河先生，今天能不能请你说得具体一点、坦率一点？作为支付给我那笔'资助金'的回报，你们到底想要我做什么？"

牛河小心地环视四周。但两人的周围一个人影也没有，餐厅里面，学生们的声音太吵闹，也不必担心两人的交谈被人偷听。

"好吧。我就来个超值大赠送，从实相告。"牛河俯身探向桌前，将嗓门压得低低地说，"钱嘛，不过只是个名目。况且也算不上什么大不了的金额。我的客户能向您提供的最重要的东西，是人身安全。直截了当地说，就是您不会受到伤害。这个我向您保证。"

"作为代价呢？"天吾问。

"作为代价，他们要求您做的，就是沉默和忘记。您参与了这次事件，但是在不了解意图和内情的情况下做的。您只是个奉命行事的小人物。关于这件事，他们不打算责怪您个人。所以，现在您只要把曾经发生的事统统忘掉就可以了。就当没发生过。您代写《空气蛹》的事不会散布到社会上去。您和那本书从前没有任何关系，今后也不会有。他们希望您这样做。这对您自己大概也是有利无害。"

"我不会受到伤害。就是说，"天吾说，"我之外的相关人士就会受到伤害？"

"这个嘛，呃，恐怕得看具体情况。"牛河好像很难启齿，"这可不是我说了算的，所以无法具体回答。不过我想多少需要一个对策吧？"

"而且你们拥有又长又强壮的手臂。"

"是的。上次我也跟您说过，非常长、非常有力的手臂。那么，您能给我怎样的答复呢？"

"从结论上来说，我不能领取你们的钱。"

牛河一言不发，手伸向眼镜，把它摘下来，从口袋里掏出手帕仔细地擦拭镜片，然后重新戴好。那模样好像在说，自己耳朵里听到的话，和视力之间或许有什么关系。

"就是说我们的提议，呃，遭到了拒绝，是吗？"

"是的。"

牛河从镜片后面，用观看奇形怪状的云般的目光望着天吾。"这又是为什么？依拙见看来，这绝对是一笔不错的买卖。"

"我们不管怎么说，也算是上了同一条船。我总不能只顾自己逃命啊。"天吾说。

"好奇怪。"牛河似乎感到不可思议，说，"我真弄不明白。嗨，我不是告诉过您吗？别人可是谁也不关心您。真的。您不过是得了几个小钱，被人家随便利用罢了，还得为了这个饱受牵连。太欺负人了！简直是把人当傻瓜！哪怕您大发脾气也是理所当然的。要是我，肯定也会大发雷霆。可是您还在袒护他们，说什么不能只顾自己逃命！又是船又是什么。我真弄不懂啊。您这是怎么了？"

"理由之一，是一个叫安田恭子的女人。"

牛河端起冷掉的牛奶咖啡，像很难喝似的啜了一口，然后问："安田恭子？"

"你们知道安田恭子的事。"天吾说。

牛河像是没明白天吾的话，好半天都半张着嘴巴。"哎呀，老实说，我根本不知道叫这个名字的女人。我发誓，我真的不知道。这人到底是谁？"

天吾不言不语地盯着牛河的脸看了半天，但什么也没读出来。

"是我认识的一个女人。"

"难道这个人和您有深交？"

天吾没有回答他的问题。"我想知道，你们到底对她干了什么？"

"干了什么？这怎么可能呢？什么也没干。"牛河说，"我说的可是真话。您瞧，我刚才告诉过您，我根本不知道这个人。对一个不认识的人，你怎么可能干什么！"

"可是你说过，你们雇佣了能干的调查员，对我进行过彻底的调查。你们甚至查明了我改写过深田绘里子的作品，对我的私生活也相当了解。所以，那位调查员知道我和安田恭子的关系，难道不是理所当然的吗？"

"是啊，我们的确雇了能干的调查员，他对您进行了细致的调查。弄不好他已经掌握了您和那位安田女士的关系，就像您说的那样。但是，就算有这样的讯息，也没送到我这里来。"

"我和这位叫安田恭子的女人交往过。"天吾说，"每个星期跟她见一次面。暗暗地，秘密地，因为她有家庭。可是，忽然有一天，她什么话也没说，就从我面前消失了。"

牛河用擦拭过镜片的手帕轻轻擦去鼻头的汗水。"所以您就认为，这位已婚女子的失踪，和我们有某种形式的关联。是吗？"

"也许是你们把她和我幽会的事告诉了她丈夫。"

牛河不知所措似的噘起嘴。"可是，我们到底为什么非干这种事不可？"

天吾攥紧了搁在膝头的双手。"上次你在电话里说的话，总让我放心不下。"

"我到底说了什么话？"

"超过一定的年龄之后，所谓人生，无非是一个不断丧失的过程而已。宝贵的东西，会像梳子豁了齿一样从手中滑落下去。你所爱的人会一个接着一个，从身旁悄然消逝。就是这样的内容。你还记得吧？"

"嗯，我当然记得。的确，上次我说过这些话。可是川奈先生，我那么说只不过是泛泛而论。我只是对上了年纪的悲凉与严峻坦陈自己的意见,根本不是针对那位安田什么女士说的。"

"可是在我听来,那就像对我的警告。"

牛河用力地连连摇头。"没有的事。哪里是什么警告,只是我的一点浅见。关于安田女士,我发誓,我真的一无所知。这位女士失踪了吗?"

天吾继续说道:"您还说过这样的话。说如果我不听从你们,可能会给周围的人带来不好的影响。"

"嗯,我的确说过这话。"

"这不也是警告吗?"

牛河将手帕收进上衣口袋,叹了一口气。"的确,听上去也许像警告,但那也只是泛泛之论呀。我说川奈先生,我对那位安田女士可是一无所知,甚至连名字都没听说过。我对诸位神明发誓。"

天吾再次观察牛河的脸。这家伙也许真对安田恭子一无所知。他脸上浮现的困惑,怎么看都像是真的。然而,就算他一无所知,也不等于他们什么都没干过。说不定只是这个家伙没被告知。

"川奈先生,也许是我多嘴——和有夫之妇发生关系,可是件危险的事。您是位年轻健康的单身男子。就是不去冒这个风险,单身的年轻姑娘不是也有很多嘛。"牛河说着,灵巧地用舌头把嘴角的面包屑舔去。

天吾默默地看着牛河。

牛河说:"当然,男女之情这东西,用道理是没办法讲清楚的。一夫一妻制也存在许多矛盾。我这话说到底还是一片好心——假如那位女子离您而去,您还是索性由她去的好。我想对您说,世上也有一类事,不知情反而更好。比如说您母亲的事也是这样。知道了真相,反倒会伤害您。而且,一旦知道了真相,就得对它承担起责任来。"

天吾皱起眉，一时间屏住呼吸。"关于我母亲，你是知道什么喽？"牛河轻轻舔了舔嘴唇。

"嗯，我略有所知。关于这件事，调查员做过十分细致的调查。如果您想知道，我们可以把关于您母亲的讯息全交给您。据我了解，您大概是在对母亲一无所知的状态下长大的。只不过，其中说不定也包括一些不算愉快的讯息。"

"牛河先生。"天吾说着，把椅子往后拖开，站起来，"你请回吧。我已经不想和你说话了。而且从今往后，请你再也别在我眼前露面了。不管我会受到什么伤害，也比跟你作交易要好。我不要什么资助金，也不要安全保障。我只有一个希望，就是再也不要见到你。"

牛河完全没有反应。他大概被人说过许多更厉害的话，眼睛深处甚至浮现出类似微笑的淡淡光芒。

"很好。"牛河说，"总之，能听到您的答复太好了。答复是不。提议遭到了拒绝。清晰易懂。我会如实向上面汇报，因为我只是个微不足道的跑腿的。何况也不一定因为答复是不，马上就会遇到危险。我只不过是告诉您，说不定会遇到。也可能会平安无事，要是那样就太好啦。不不，我不是说假话，是真心这么想的，因为我对您很有好感。但您大概不愿让我抱有好感吧。这个嘛，也是没办法的事。一个跑来说一通莫名其妙的话的莫名其妙的人。就连模样，您瞧，也不成体统。从来就不是那种招人喜爱的类型。可是我对您——您也许会觉得讨厌——倒是有好感。非常希望您能平平安安、早日成功。"

牛河说着，注视着自己的十根手指。那手指又粗又短。他把两手翻来覆去，然后站起来。

"我该告辞了。对了，我在您眼前露面，这应该是最后一次了。呃，我会尽量按照川奈先生的希望去努力。祝您好运。再见。"

牛河拿起放在一旁椅子上的旧皮包，消失在餐厅的人群中。他走过去时，路上的男生女生都自然地避让到两边，空出一条路，像村里的小孩逃避可怕的人贩子一样。

天吾用补习学校大厅里的公用电话，往自己家里打了个电话。他打算在铃声响过三次后便挂断，然而在响第二声时，深绘里就拿起了听筒。

"不是说好了，铃声先响三下，然后再拨一次吗？"天吾有气无力地说。

"我忘了。"深绘里无所谓似的回答。

"你说过要记住不忘的。"

"我重来一遍吗。"深绘里问。

"不，不用重来了。反正你已经接了电话。我不在家时，有没有发生什么特别的事？"

"没有电话来过，也没有人来过。"

"那就好。我下班了，现在往回赶。"

"刚才飞来一只好大的乌鸦，在窗外叫。"深绘里说。

"那只乌鸦每天一到傍晚就要来，你别管它，就像礼节性的访问。我大概七点前就可以到家了。"

"你最好快一点。"

"为什么？"天吾问。

"小小人在闹腾。"

"小小人在闹腾。"天吾把对方的话重复了一遍，"你是说在我家里闹腾吗？"

"不对。是在别的地方。"

"别的地方？"

"很远的地方。"

"可是你听得见。"

"我听得见。"

"那意味着什么呢?"天吾问。

"要发生 yibian 啦。"

"Yibian?"天吾说。他想了一会儿,才明白了那是"异变"两个字。"要发生什么样的异变?"

"我也不知道。"

"是小小人制造的异变吗?"

深绘里摇摇头。她摇头的感觉通过电话传过来,意思是不知道。"最好在开始打雷前回来。"

"打雷?"

"如果电车停运的话,我们就会分散。"

天吾回头望了望窗外。夏末的黄昏宁静平和,连一丝云也没有。"不像要打雷的样子。"

"表面上看不出来。"

"我会抓紧的。"天吾说。

"最好抓紧点。"深绘里说,随即挂断了电话。

天吾走出补习学校的正门,再次抬眼望了望傍晚晴朗的天空,然后步履匆匆地直奔代代木车站。刚才牛河说的话,在脑子里仿佛自动重放的磁带一般,一再反复。

我想对您说,世上也有一类事,不知情反而更好。比如说您母亲的事也是这样。知道了真相,反倒会伤害您。而且,一旦知道了真相,就得对它承担起责任来。

而且,小小人在某个地方闹腾。他们似乎和注定要发生的异变有关。现在天空晴朗,可事物只看外表是看不明白的。说不定会雷声轰鸣,大雨倾盆,电车停运。必须赶紧回家。深绘里的声音具有不可思议的说服力。

"我们必须齐心协力。"她说。

长长的手臂正从某个地方伸过来。我们必须齐心协力。谁让我们是世界上最强的男女二重唱呢。

节奏永远持续下去。

第11章 青豆
平衡本身就是善

青豆在房间内铺的地毯上,把带来的蓝色海绵瑜伽垫摊开铺好,然后让男人脱去上衣。男人下了床,脱掉衬衫。他的体格显得比穿着衬衫更魁梧,胸膛厚实,只见肌肉隆起,毫无松弛的赘肉。一看就是健康的肉体。

他听从青豆的指示,趴到瑜伽垫上。青豆先把指尖搭在他的手腕上,测了测脉搏。脉搏又深又长。

"您平常做什么运动吗?"青豆问。

"不做什么。只是做做呼吸。"

"只是做做呼吸?"

"和普通的呼吸有点不一样。"男人说。

"就是刚才您在黑暗中做的那种呼吸吗?动用全身的肌肉,反复地深呼吸?"

男人脸朝下趴着,微微点头。

青豆有点不理解。那的确是相当需要体力的剧烈呼吸,然而单凭呼吸,就能维持这样一具精悍强壮的肉体?

"下面我要开始做的，多少会伴随一些痛楚。"青豆用毫无起伏的声音说，"如果不痛，就不会有效果。不过痛的程度可以调节。所以，如果你感到痛，请不要强忍着，喊出声来好了。"

男人稍微顿了一下，说："如果还有我没体会过的痛楚，我倒想看看是什么样子。"从他的语气中可以听出一缕讽刺的意味。

"不论对什么人来说，痛楚都不是乐事。"

"不过，伴随着痛楚的疗法效果更佳，对吗？只要是有意义的痛楚，我就能忍受。"

青豆在淡淡的黑暗中浮出一个稍纵即逝的表情，接着说："明白了。我们看看情况再说吧。"

青豆照老样子，先从舒展肩胛骨开始。她的手触到男人的身体时，首先注意到了肌肉的柔韧。那是健康而优质的肌肉，和她平时在体育俱乐部里接触的都市人疲劳僵硬的肌肉，在构造上毕竟不同。但同时也有强烈的感觉：本来自然的流动却被某种东西阻断了，像河流被浮木与垃圾暂时堵塞一样。

青豆以手肘为杠杆，拧着男人的肩膀。起初是缓慢地，然后是认真地发力。她明白男人的身体感受到了痛楚，而且相当痛。无论是什么人，都难免要发出呻吟。但这人一声不吭，呼吸也没有紊乱，甚至连眉头都不皱一皱。好强的忍耐力啊，青豆想。她决定试一试这个人究竟能忍耐到何种程度，于是不客气地加了大力度，很快，肩胛骨的关节嘎巴一下，发出沉闷的声响。她有一种仿佛铁路道岔被扳过来的手感。男人的呼吸猛然中断，但随即又恢复原来的平静。

"肩胛骨周围严重淤塞。"青豆解释道，"但刚才淤塞已经消除了。流动正在恢复。"

她把手指插进了肩胛骨的里侧，一直插到手指的第二节。本来就非常柔软的肌肉，一旦排除了阻塞，立即恢复了正常状态。

"我觉得舒服多了。"男人小声说。

"应当伴随着相当的痛感。"

"没到不能忍耐的程度。"

"我也算是忍耐力很强的,但要是在我身上照样来一下,我恐怕会喊一声。"

"痛这东西,在很多情况下会因为别的痛感减轻和抵消。所谓感觉,说到底都是相对的。"

青豆把手伸向左侧肩胛骨,用指尖探寻肌肉,发现它和右侧几乎处于相同的状态。究竟能对应到什么程度,就来看一看。"接下去我们做左边。也许会和右边一样痛。"

"全交给你了。不必担心我。"

"那我不用手下留情喽?"

"完全不用。"

青豆遵循相同的顺序,矫正左侧肩胛骨周围的肌肉和关节。按照他所说的,手下没有留情。一旦决定,青豆便毫不犹豫地直取捷径。但男人的反应比右侧时更为冷静。他只是在喉咙深处发出一声含混的声音,像理所当然一样接纳了那种痛感。好啊,我倒要看看你能忍耐到哪一步,青豆暗想。

她循序渐进地舒缓男人浑身的肌肉。所有的要点都记在她脑中的一览表里,只要机械地依照顺序沿线路走下去即可,就像夜间拿着手电筒在大楼内巡逻的精干无畏的保安员。

每一片肌肉都或多或少被阻塞住了,像遭受过严重灾害袭击的土地。条条水路淤积阻塞,堤坝溃决。如果普通人遭遇相同的情况,大概连站都站不起来,呼吸也难以继续。是强健的肉体和坚强的意志支撑着这个男人。不管干过多少卑鄙下流的行径,他竟然能默默忍受如此剧烈的痛苦,为此,青豆不得不产生职业上的敬意。

她让这些肌肉逐一紧张起来,强迫它们扭动,将它们扭曲和伸长到极限。每一次,关节都发出沉闷的响声。她明白这是接近拷问的做法。迄今为止,她为许多体育选手做过肌肉舒展。那都是些和肉体的痛苦相伴为生的硬汉。但无论是多么强韧的男人,只要落在青豆的手上,一定会发出尖叫或类似尖叫的声音,其中甚至还有小便失禁的家伙,这个人却一声也不吭。真厉害。尽管如此,他的脖颈上还是渗出了汗水,可以推测他感受到的痛苦。她自己也出了薄薄的一层汗。

舒展身体内侧的肌肉,花去了将近三十分钟。这些结束后,青豆略微休息一下,用毛巾擦去了额头浮出的汗珠。

太奇怪了,青豆想。我来这里是为了杀这个家伙。包里放着尖利的特制细冰锥。只要将针尖对准这家伙脖子上特殊的一点,再将木柄轻轻一拍,就结束了。对方甚至不明白发生了什么,便会一命呜呼,迁移到另一个世界里去。从结果而言,他的肉体便从一切痛苦中获得了解放。但我却在这里全力以赴,努力为他减轻在这个现实世界感受到的痛苦。

大概因为这是布置给我的工作,青豆想。只要面前放着有待完成的工作,就得倾尽全力去完成。这是我的性格。如果把矫正有问题的肌肉当成工作交给我,我就会全力以赴。如果非得杀死某个人不可,而且有正当理由,我同样也会全力以赴。

然而,我不可能同时完成这两种行为。它们有彼此矛盾的目的,分别要求互不相容的方法,因此每次只能完成其中一种。总而言之,此刻我致力让这个家伙的肌肉恢复到正常状态。我集中精神、倾尽全力完成这项工作。其余的事,就等完成之后再考虑了。

同时,青豆也按捺不住好奇心。这人身上所染的不寻常的痼疾,因此严重受阻的健康优质的肌肉,足以忍耐他称为"恩宠代价"的剧痛的坚强意志和强健体魄，这些东西激发了她的好奇心。青豆期望亲眼看到自己能对这人做些什么？他的肉体又会产生何种反应？这是职业性的好奇心，也是她个人的好奇心。况且，现在把这个男人干掉的话，我必须立刻撤离。而工作结束得太早，隔壁那两个家伙必定起疑心。因为事先告诉过他们，做完一套舒展至少得花一个小时。

"我们做完了一半。下面做剩下的一半。能不能请你转过身，脸朝上躺着？"青豆说。

男人像被潮水冲上岸的大型水生动物一般，缓缓地翻过身，仰面向上。

"疼痛确实正在离我远去。"男人大大地吐出一口气，说，"我以前接受的治疗，都不像这样有效。"

"你的肌肉受到了损伤。"青豆说，"我不清楚原因，但是损伤相当严重。我们现在要让受损部分尽量恢复原状。这很不容易，还会伴随着疼痛。但还是可以做点什么。你的肌肉素质很好，你也能忍住痛苦。但说到底，这只是对症疗法，不可能彻底解决问题。只要搞不清楚病因，同样的情况还会反复发生。"

"我明白。什么都解决不了。同样的情况大概会一再反复，每一次都更加恶化。但就算是暂时的对症疗法，只要能多少减轻眼前的痛苦，就谢天谢地了。只怕你不会理解这是何等可贵。我甚至考虑过服用吗啡。但那是毒品，我不愿意用。长期服用毒品会破坏大脑功能。"

"我们接着做剩下的舒展。"青豆说，"老样子，我不用手下留情？"

"那还用说。"男人回答。

青豆排除杂念，埋头专心对付男人的肌肉。她的职业记忆中深深镌刻着人体肌肉的结构，这些肌肉分别发挥何种功能，连接哪些骨头，拥有什么特质，具备怎样的感觉。青豆依次检查这些肌肉和关节，摇动它们，让它们紧张起来。仿佛热爱工作的宗教审判所的审判官，将人体的每个痛点都仔细试验一番。

三十分钟过后,两人都出了一身汗,气喘吁吁,就像一对有过奇迹般浓烈的性行为的恋人。男人半天说不出话,青豆也无话可说。

"我不想夸大其词。"男人说,"不过,我觉得全身的零件好像都被更换了。"

青豆说:"今天晚上,情况也许会出现反复。半夜里肌肉可能剧烈地痉挛,发出哀鸣。但不必担心,明天早上就会恢复正常了。"

如果还有明天早上的话,她暗想。

男人盘腿坐在瑜伽垫上,深呼吸几次,像在检验身体状态,然后说:"你好像真的有特殊的才能。"

青豆用毛巾擦着脸,说:"我做的只不过是实际的事情。我在大学里学习了肌肉的构造和功能,并在实践中拓展了这些知识,对技术进行了许多细致的改良,编出一套自己的体系。我只是在做肉眼可见、合乎道理的事情。在其中,真理基本是能用肉眼看见的东西,是能证实的东西。当然,也伴随着一定的痛苦。"

男人睁开眼,颇有兴致地看着青豆。"你是这么看的。"

"你是指什么?"青豆问。

"你说,真理说到底是能用肉眼看见、能证实的东西。"

青豆微微地噘起嘴。"我并不是说一切真理都是如此,只是说,在我作为职业而涉足的领域中,情况是这样。当然,如果在所有的领域都是这样,事情也许会变得更简单易懂。"

"那不可能。"男人说。

"为什么?"

"世上绝大多数的人,并不渴求能证实的真理。在大多数情况下,真理这东西就像你说的那样,伴随着剧烈的痛苦。而几乎所有的人都不渴求伴随着痛苦的真理。人们需要那种美丽而愉快的故事，多少能让他们觉得自己的存在有重大的意义。正因如此，宗教才能成立。"

男人转了转头，继续说下去。

"如果学说 A 让他或她的存在显得意义重大，这对他们来说就是真理。如果学说 B 让他们的存在显得无力而渺小，它就是冒牌货。一清二楚。如果有人声称学说 B 是真理，人们大概就会憎恨他、无视他，在某些情况下还会攻击他。什么合乎逻辑，什么能够证实，这种事对他们没有任何意义。很多人都否定自己是无力而渺小的存在，力图排除这一意象，这样他们才能维持精神正常。"

"可是，人的肉体——所有的肉体都是——尽管存在着微小的差异，都是无力而渺小的。这不是不言自明的吗？"青豆说。

"对。"男人说，"虽然存在程度上的差异，但所有的肉体都是无力而渺小的。总之，不久就会崩溃消亡。这是不折不扣的真理。但是，人的精神呢？"

"对于精神，我尽量不去思考。"

"为什么？"

"因为没有必要。"

"为什么精神没有思考的必要？先不管这是否有实际作用，思考自己的精神，难道不是人类不可缺少的行为吗？"

"因为我有爱。"青豆爽快地说。

哎呀，我这是在干什么？青豆想，居然在和自己即将动手杀害的家伙谈论爱情。

像风拂过平静的水面，男人脸上溢满了微笑般的东西，表现出自然的、应当说是善意的感情。

"你是说，有了爱就足够？"男人问。

"是的。"

"你说的那个爱，是以某个特定的人为对象吧？"

"是的。"青豆说，"是针对一个具体的男人。"

"无力而渺小的肉体，和毫无阴影的绝对的爱……"他静静地说，然后稍微顿了一下，"看来你好像需要宗教啊。"

"也许不需要。"

"因为，你现在这种状态可以说就是一种宗教。"

"你刚才说过，所谓宗教不是提供真理，而是提供一种美丽的假设。你掌控的教团又怎么样？"

"说老实话，我并不认为自己做的事情是宗教行为。"男人说，"我做的事，只是倾听存在于那里的声音，再把它传达给人们罢了。那声音唯有我能听见，这是千真万确的事实。但是，我无法证明那声音所说的就是真理。我能做的，不过是把一些相伴而至的微薄恩宠转变为实体。"

青豆轻轻咬着嘴唇，放下毛巾。她很想问一声：比如说那是怎样的恩宠呢？但作罢了。这话说起来太长。她还有非完成不可的重要工作。

"能不能请你再翻过身，脸朝下？最后我们来舒展颈部肌肉。"青豆说。

男人再次将魁梧的身躯俯卧在瑜伽垫上，粗壮的后颈朝向青豆。

"总之，你拥有神奇的触感。"

"神奇的触感？"

"就是能发挥非凡力量的手指，能找到人体中特殊一点的敏锐感觉。这是一种特别的资质，只赋予极有限的少数人，并不能通过学习或训练获得。我也是，虽然种类不同，也获得了构造相同的东西。不过一切恩宠都是这样，人必须为获得的天赋支付某种代价。"

"我从来没有这样想过。"青豆说，"我只是通过学习、通过不断地训练自己，掌握了技术。并不是别人赋予我的。"

"我不打算和你争论。不过最好请你记住，赏赐的是神，收取的也是神。虽然你不知道自己曾被赋予，神却牢牢地记着曾经赋予过。他们什么都不忘记。要珍惜地使用被赋予的才能。"

青豆望着自己的十指，然后搭在男人的后颈上，将意识集中在指尖。赏赐的是神，收取的也是神。

"很快就要结束了。这是今天的最后一步。"她干涩地冲着男人的后背宣告。

远处好像传来了雷鸣。抬起脸看看外边，什么也看不见。那里只有黑暗的天空。但随即又听到了同样的声音，它空洞地传进宁静的房间。

"快要下雨了。"男人用不带感情的声音宣布。

青豆伸手摸向男人粗壮的后颈，寻找位于那里的特殊的一点，这需要特殊的注意力。她闭起眼睛，屏住呼吸，聆听那里的血液奔流。指尖试着从皮肤的弹力和体温的传递中获取详细的讯息。那是独一无二、非常微小的一点。有的人那一点很容易找到，也有的人很难。这位被称作领袖的男人显然属于后一种。如果打个比方，就像在漆黑一片的屋子里，一面留意不弄出声，一面摸索着找一枚硬币。尽管这样，青豆还是找到了，手指搭在那里，将那触感和准确的位置铭刻在脑中，像在地图上做记号。她被赋予了这特别的能力。

"请你保持这个姿势不动。"青豆对俯卧的男人说，随后把手伸进旁边的健身包，取出了装有小冰锥的小硬盒。

"脖子后面还剩下一处淤塞。"青豆用镇静的声音说，"这个地方，光靠我的手指是无能为力的。如果能排除这里的淤塞，疼痛就可以减轻许多。我想在这里简单地扎上一针。这是个很微妙的部位，不过以前我在这里扎过好多次,不会有错。你看行不行?"

男人深深地喘了一口气。"都交给你啦。只要能消除我感受到的痛苦,不管是什么,我都接受。"

她从小盒中取出冰锥,拔掉扎在前端的小软木片。针头一如既往,呈现出致死的尖锐。她左手拿针,右手食指摸索着刚才找到的一点。没错,就是这一点。她将针尖对准这里,大大地吸了口气。剩下的只是将右手像锤子一样朝着柄敲下,让极细的针尖冲着这一点的深处笔直沉落。一切就结束了。

然而,某种东西阻止了青豆。不知为何,她没能就此敲下举在空中的拳头。这样就结束了,青豆想。只要轻轻一击,我就可以把这家伙送到"那边"去了。然后若无其事地走出房间,改变容貌更换姓名,获得另一个人格。我能做到这些,没有恐惧,也没有良心的苛责。这个家伙犯下许多卑劣的罪行,无疑罪该万死。但不知为何,她没能这么做。让她的右手犹豫的,是难以把握却执拗的怀疑。

本能告诉她,事情进展得太顺利了。

没有任何逻辑可言,青豆只是明白,有种东西不对劲。裹着种种要素的力量在内心撞击冲突,彼此争斗。她的脸在微弱的黑暗中剧烈地扭曲。

"怎么了?"男人说,"我在等着呢,等着那最后一步。"

听到他这么说,青豆终于明白了自己犹豫不决的理由。这个家伙都知道!知道接下去我要对他做什么!

"你不必犹豫。"男人镇定地说,"那样很好。你追求的东西,恰恰也是我渴望的。"

雷声继续轰鸣,却看不见闪电。只有遥远的炮声般的声音在轰响。战场还远在彼方。男人继续说道:

"那才是完美的治疗。你非常细心地为我做了肌肉舒展。我对你的技术表示真诚的敬意。但就像你说的那样,那无非是对症疗法。我的痛苦已发展到除了断绝生命就无法消解的地步。只能走到地下室里,将电源总闸切断。你正要为我做这件事。"

左手握针,针尖对准后颈那特殊的一点,右手高举在空中。青豆保持着这个姿势,无法前进,也不能后退。

"假如我要阻止你想做的事,随时可以做到,易如反掌。"男人说,"你试着把右手放下来。"

青豆照他说的,试着放下右手。右手却纹丝不动,就像石像一般,手被冻僵在空中。

"尽管不是我希望的,我却具有这样的力量。好啦,现在你的右手可以动了。这样你又可以左右我的生命了。"

青豆发现自己的右手又活动自如了。她攥起拳头再松开,没有不适。大概是催眠术之类吧,那力量实在强大。

"我被赋予了这样的能力。但作为回报,他们将许多要求强加给我。他们的欲求就成了我的欲求。这种欲求极为强烈,不容违抗。"

"他们。"青豆说,"就是小小人吗?"

"原来你知道这个。那好,这样就容易说了。"

"我只知道名字。小小人究竟是什么,我并不知道。"

"准确地知道小小人是什么的人,只怕在哪儿都不会有。"男人说,"人们能知道的,只是他们的确存在这个事实。读过弗雷泽[①]的《金枝》吗?"

"没读过。"

"一本非常有趣的书。它告诉了我们各种各样的事实。在历史上

[①] J.G.Frazer(1854–1941),英国著名人类学家、宗教历史学家、民俗学家,代表作即为《金枝》。

的某个时期——那是远古时期的事——在世界上的许多地方，都规定王一旦任期终了就要被处死。任期为十年到十二年左右，一到任期结束时，人们便赶来，将他残忍地处死。对共同体来说，这是必要的。王也主动接受。处死的方法必须残忍而血腥。而且这样被杀，对为王者是极大的荣誉。为什么王非被处死不可？因为在那个时代，所谓王是代表人民'聆听声音之人'。这样的人主动成为联结他们和我们的通道。而经过一定时期后，将这个'聆听声音者'处死，对共同体而言是一项不可缺少的工作。这是为了维持在世间生活的人的意识和小小人发挥的力量之间的平衡。在古代世界里，所谓统治和聆听神的声音是同义的。当然，这样的制度不知何时遭到废止，王不再被处死，王位成为世俗的、世袭的东西。就这样，人们不再聆听声音了。"

青豆无意识地将举在空中的右手忽而张开忽而合拢，听着男人说话。

男人继续说："迄今为止，人们用各种各样的名字来称呼他们，而在大多数情况下，他们却没有名称。他们仅仅是存在着。小小人这个名称只是个方便的称呼罢了。当时我还很小的女儿管他们叫'小矮人'。是她把他们领来的。我把名称改成了'小小人'，因为这样更上口。"

"于是你就成了王。"

男人猛烈地从鼻孔吸入空气，在肺里存了一会儿，再缓缓吐出。"不是王，是成了'聆听声音之人'。"

"而且你现在渴求被残酷地处死。"

"不，不必是残酷地处死。现在是一九八四年，这里是大都市的中心。不需要太血腥，只要痛快地夺去性命就行。"

青豆摇摇头松弛全身肌肉。针尖依然对准后颈那一点，但要杀死这个男人的念头却怎么也涌不上来。

青豆说："到现在为止，你强奸了许多幼女，十岁上下的小女孩。"

"的确如此。"男人答道，"从一般的概念出发，要这样去理解，我也无可奈何。如果通过世俗的法律来看，我就是个罪犯，因为我和尚未成熟的女性进行肉体交合，尽管那不是我刻意追求的。"

青豆只是大口喘气，不知该如何让体内剧烈的感情对流镇定下来，她面孔扭曲，左手和右手似乎在希求不同的事物。

"希望你夺去我的性命。"男人说，"不管是哪一层意义上，我都不该继续活在这个世界上。为了保持世界的平衡，我是个应该被抹杀的人。"

"如果杀了你，以后会怎样呢？"

"小小人会失去聆听声音的人，因为我的继承人还不存在。"

"这种话怎么能令人信服？"青豆像是从唇间吐出了这几句话，"你也许只是个寻找冠冕堂皇的借口，将自己的肮脏行径正当化的性变态。根本不存在什么小小人，也不存在神的声音，更没有什么恩宠。说不定你只是一个世上要多少就有多少的、假冒先知和宗教家的卑劣骗子罢了。"

"那里有座台钟。"男人头也不抬地说，"就在右边的矮柜上。"

青豆向右望去，那里有一个高及腰部的曲面矮柜，放着一座大理石台钟，看上去显得相当沉重。

"你看着它，目光不要移开。"

青豆按照他说的，扭过头注视那座台钟。她感觉在自己的手指下，男人全身的肌肉就像石头一般，绷得紧紧的，充满了难以置信的巨大力量。然后，与这种力量呼应，台钟升起了大约五厘米，像犹豫不决般微微颤动，悬在空中，悬了大概有十秒。然后肌肉忽地丧失力量，台钟发出沉闷的声响，落在了矮柜上，就像忽然想起地球原来是有引力的。

男人花了好长时间，吐出疲惫的气息。

"哪怕是这么一件小事，也需要很大的力气。"他将体内所存的空气全部吐出之后，说，"几乎会减寿。不过，你看明白了吧，我至少不是个卑劣的骗子。"

青豆没有回答。男人做着深呼吸恢复体力。台钟像什么都不曾发生过似的，依旧在矮柜上铭刻着时间，只是位置稍微偏斜了。在秒针转动一圈之间，青豆始终注视着它。

"你拥有特别的能力。"青豆声音干涩地说。

"就像你看到的。"

"就像在《卡拉马佐夫兄弟》里，有魔鬼和基督的故事。"青豆说，"基督正在旷野里严格修炼，魔鬼要求他显示奇迹，要他将石头变成面包。但是基督拒绝了，因为奇迹是魔鬼的诱惑。"

"我知道。我也读过《卡拉马佐夫兄弟》。不错，就像你说的那样，这种花哨的卖弄解决不了任何问题。但我必须在有限的时间之内赢得你的认可，这才做给你看。"

青豆沉默不语。

"这个世界上没有绝对的善，也没有绝对的恶。"男人说，"善恶并不是一成不变的东西，而是不断改变所处的场所和立场。一个善，在下一瞬间也许就转换成了恶，反之亦然。陀思妥耶夫斯基在《卡拉马佐夫兄弟》中描写的，正是这样一个世界。重要的是，要维持转换不停的善与恶的平衡。一旦向某一方过度倾斜，就会难以维持现实中的道德。对了，平衡本身就是善。我为了保持平衡必须死去，便是基于这样的意义。"

"我感觉不到有杀你的必要。"青豆干脆地说，"也许你知道了，我来这里是打算杀你。我不能允许你这样的人活下去，准备无论如何都要把你从这个世界上抹杀。但现在我不打算这么做了。你目前处于异常的痛苦中，我能理解那痛苦的程度。你就该饱尝痛苦的折磨，体无完肤地死去。我不愿亲手赋予你宁静的死亡。"

男人脸朝下趴着，微微点头，说："如果你杀了我，我的人大概会对你穷追不舍。他们是一群疯狂的信徒，拥有强大而执拗的力量。如果没有了我，教团恐怕会失去向心力。但体系这东西一旦形成，就会拥有自己的生命。"

青豆听着男人趴着说话。

"我干了对不起你朋友的事。"男人说。

"我朋友？"

"就是那个戴着手铐的女友。她叫什么来着？"

静谧出其不意地降临在青豆的心中。那里已经不再有争执，只是笼罩着凝重的沉默。

"中野亚由美。"青豆说。

"真不幸。"

"那是你干的？"青豆冷冰冰地问，"是你杀了亚由美？"

"不，不是。不是我杀的。"

"但是你知道什么。亚由美是被谁杀害的？"

"调查员调查了这件事。"男人说，"是谁杀的没查出来。查清楚的，只是你那位女警官朋友在一家宾馆里，被什么人勒死了。"

青豆的右手再一次攥紧。"可是你说了，'我干了对不起你朋友的事'。"

"我是说，我没能阻止这件事。不管是谁杀了她，事物总是最脆弱的部分先受到攻击，就像狼总是挑选羊群中最弱的一头追逐。"

"你的意思是说，亚由美是我身上最脆弱的部分？"

男人没有回答。

青豆闭上双眼。"可是，为什么非得杀她不可？她是个非常好的人,也没有给别人带来危害。为什么?是因为我和这件事有牵连?那么,只要把我一个人毁灭不就行了吗?"

男人说:"他们毁不了你。"

"为什么?"青豆问,"为什么他们毁不了我?"

"因为你已经变成了一个特别的存在。"

"特别的存在。"青豆说,"怎样特别?"

"你以后就会发现的。"

"以后?"

"时机一到的话。"

青豆再次扭歪了脸。"我听不懂你的话。"

"到时候你就懂了。"

青豆摇摇头。"总而言之,他们现在无法攻击我,所以攻击我周围脆弱的部分。为了警告我,不让我夺取你的性命。"

男人沉默不言。那是肯定的沉默。

"太过分了。"青豆说着,又摇了摇头,"就算杀了她,很明显,现实也不会有丝毫改变。"

"不,他们不是杀人者,不会自己动手让什么人毁灭。杀死你朋友的,恐怕是她自身内部隐含的某种东西。或早或晚,同样的悲剧总要发生。她的人生蕴含着风险。他们不过是给了它刺激,像改动了定时器的时间。"

定时器的时间?

"她可不是电烤箱,是活生生的人啊!不管是不是蕴含着风险,对我来说都是宝贵的朋友。你们却简简单单地把她夺走了。无谓地,冷酷地。"

"你的愤怒合情合理。"男人说,"你冲着我发泄好了。"

青豆摇摇头。

"我就算在这里要了你的命，亚由美也不可能回来了。"

"但是这么做，起码可以向小小人报一箭之仇。就是可以报仇雪恨。他们现在还不希望我死去。如果我在此处死去，就会产生空白，至少是继承人出现之前的暂时的空白。这对他们是沉重的打击，对你也是有益的事。"

青豆说："有人说过，没有什么东西比复仇更昂贵，更无益。"

"温斯顿·丘吉尔。只是根据我的记忆，他是为了替大英帝国的预算不足辩解而说这番话的，其中并没有道义的缘由。"

"道义什么的我不管。就算我不下手，你也会被莫名其妙的东西掏空身体，饱受种种痛苦后死去。我毫无同情的理由。哪怕这个世界道义沦丧，土崩瓦解，那也怨不了我。"

男人再次长叹一声。"是啊。你的主张，我完全明白。那你看这样行不行？咱们来做一笔交易。假如你现在把我的命夺去，作为报答，我就救川奈天吾一命。我还有这样的力量。"

"天吾。"青豆身上的力气忽然消失了，"你连这个都知道。"

"关于你的情况，我无所不知。我不是告诉过你吗——我的意思是，几乎无所不知。"

"但是，你不可能连这个都看透，因为天吾君的名字从来没有从我的心里跨出去一步。"

"青豆小姐。"男人说，然后发出一声缥缈的叹息，"从心里一步都不跨出去的事物，在这个世界上不存在。而且，川奈天吾目前——也许该说是偶然吧——对我们来说，成了意义不小的存在。"

青豆无言以对。

男人说："但准确地说，这并不是单纯的偶然。你们两人的命运并不是自然地在此邂逅，而是命中注定地踏入了这个世界。一旦踏入，不管你们喜不喜欢，你们都将在这个世界中被分别赋予使命。"

"踏入了这个世界？"

"对，这个1Q84年里。"

"1Q84年？"青豆又一次将脸扭得乱七八糟。这不是我造出来的词吗？

"完全正确。是你造出来的词。"男人仿佛看穿了青豆的心思，说，"我只是借过来用一用。"

1Q84年。青豆用嘴唇做出这个词的形状。

"从心里一步都不跨出去的事物，在这个世界上不存在。"领袖用平静的声音重复道。

第12章　天吾
用手指数不完的东西

在开始下雨之前，天吾赶回了家。从车站到家的这段路，他飞快地走着。黄昏的天空中还看不见一片乌云，没有要下雨的兆头，也没有要打雷的迹象。环顾四周，拿着雨伞走路的人一个也没有。这是个爽朗的夏末黄昏，让人很想赶到棒球场去喝生啤酒。然而，他从刚才起决定先相信深绘里的话。与其不信，恐怕不如相信为好，天吾想。这并非出自逻辑，完全是根据经验。

瞄了一眼信箱，里面有一只没写发信人姓名的公务信封。天吾当场撕开信封，查看内容。是通知他的活期账户里汇入了一百六十二万七千五百三十四元。汇款者为"事务所绘里"。肯定是小松搞的皮包公司，也有可能是戎野老师。小松以前就告诉过天吾，"会把《空气蛹》的一部分版税寄给你当作酬金"。恐怕这就是那"一部分"。支付理由栏里肯定写着是什么"协助费""调查费"之类的。天吾再次确认了一遍金额，把汇款通知放回信封中，塞进口袋。

一百六十万元对天吾来说是相当大的金额（实际上，他生来从未得到过这样一笔巨款），但他并不喜悦，也不惊奇。眼下，金钱对天吾来说并非重要问题。他有一份说得过去的固定收入，靠着它过着毫不拮据的生活，至少眼下还没有对将来感到不安。但大家都争着要给他巨额钱款，真是个不可思议的世界。

但是，说起改写《空气蛹》这件事，他被卷入了这样的困境，酬金却只有一百六十万，未免觉得有点得不偿失。话虽如此，假如当面追问："那你说，多少才算是恰当的酬金？"天吾也不知该怎么回答。首先，连困境是否有恰当的价格，他都不知道。世上准有很多无法定价或无人报偿的困境。《空气蛹》好像还在畅销，今后也许还会有汇款进账。但汇进他账户的金额越是增加，越会发生更多问题。如果得到更多酬金，天吾参与《空气蛹》一事就越发无可置辩了。

他考虑明天一大早就把这一百六十多万寄还给小松。这么做可以起到某种回避责任的作用，心情大概也会舒畅一些。总之，拒绝接受酬金的事实会以具体形态留下来，然而他的道义责任却不会因此消失，他的行为也不会被视为正当。它能带给自己的，无非是"酌情轻判的余地"罢了。也可能适得其反，会让他的行为显得更可疑。人家会说：正因为心里有鬼，才把钱退回去。

想来想去，头开始疼。他决定不再为那一百六十万苦苦思索了。以后再慢慢想吧。钱又不是活物，这样放着也不可能长腿逃了。大概。

眼前的当务之急，是如何重建自己的人生。天吾顺着楼梯走上三楼，在心里琢磨。前往房总半岛南端探望父亲后，他大致确信此人不是亲生父亲，并因此站到了新的人生起跑线上。说不定这恰好是个良机，索性就这样和种种烦恼一刀两断，重建一个崭新的人生也不错。新的职场，新的地方，新的人际关系。就算还没有能称作自信的东西，却有种预感，觉得或许能度过比先前更有条理的人生。

但在此之前，还有事情得处理。他不能抛下深绘里、小松和戎野老师，自顾自地忽然逃走。当然，自己和他们之间并不存在情分，也没有什么道义责任。就像牛河说的，就这次事情而言，天吾始终是受累的一方。但无论怎么声称自己半是被强拉下水的，对背后的计谋一无所知，事实上也深陷到了这个地步，总不能说：接下去的事情和我不相干了，诸位请便吧。无论自己今后将去何处，总希望能有个结局，希望将身边清理干净。不然，他那个本应崭新的人生，恐怕刚起步便要蒙受污染。

"污染"这个词，让天吾想起了牛河。牛河啊，他叹息着想。牛河说过，他握有关于母亲的讯息，可以告诉天吾。

如果您想知道，我们可以把关于您母亲的讯息全交给您。据我了解，您大概是在对母亲一无所知的状态下长大的。只不过，其中说不定也包括一些不算愉快的讯息。

天吾甚至没有回答。他无论如何都不想从牛河口中听到关于母亲的消息。只要是从牛河口中说出的，不论那是什么，都会变成肮脏的消息。不对，不管从谁的口中，天吾都不愿听到那样的消息。如果要将有关母亲的讯息交给他，就不应是零星的消息，而必须是综合性的"启示"。它必须是辽阔而鲜明的，一瞬间就能纵览无遗，如同宇宙的景象一样。

这种戏剧性的启示，今后何时才会交给自己，天吾当然无从得知。这种东西或许永远不会降临。然而，需要有个能和长年以来迷惑着他、无理地困扰与凌虐他的"白日梦"那鲜明的意象抗衡，甚至凌驾于其上的东西降临。他必须掌握它，从而彻底地净化自己。零碎的消息起不了任何作用。

这就是攀登三层楼梯之际，徘徊在天吾脑中的思绪。

天吾站在家门前，从衣袋里掏出钥匙，插进锁孔转动。在打开门之前先敲三下，停一停，再敲两下，随后静静推开门。

深绘里坐在餐桌前，正在喝倒入高杯中的番茄汁。她身穿来时那身衣服：男式条纹衬衣配紧身蓝牛仔裤。但和早上看见她的时候相比，感觉很不一样。那是因为——天吾花了些时间才发现——她的头发束起向上梳着，所以耳朵和后颈露了出来。那里长着一对小巧的粉红耳朵，仿佛是刚造出来的，还用柔软的刷子刷上了一层粉。说它是为了聆听现实世界的声音，不如说纯粹是出于审美目的而造的。至少在天吾看来是如此。形状纤细优美的脖颈紧连其下，仿佛一棵尽情享受着阳光照耀生长的青菜，艳丽地闪着光泽。那纯洁无瑕的脖颈与朝露和瓢虫才相配。尽管是第一次看到她把头发梳上去，这幅景象却像奇迹般亲切而美丽。

天吾反手关上门，却久久地在门口呆立不动。她暴露无遗的耳朵和脖颈，几乎胜过其他女子一丝不挂的裸体，震撼着他的心灵，令他深感困惑。天吾半晌无言，像一个发现了尼罗河神秘源头的探险家，眯着眼睛望着深绘里，手依然还抓着门把手。

"我刚才洗了个澡。"她像想起了一件大事，对呆立在那里的天吾严肃地说，"用了你的香波和护发素。"

天吾点点头，喘了一口气，终于从门把手上松开手，上了锁。香波和护发素？他抬脚向前迈去，离开了门边。

"后来电话铃响过吗？"他问。

"一次也没响过。"深绘里答道，微微摇了摇头。

天吾走到窗边，把窗帘拉开一条缝向外望去。从三楼窗口看到的风景没有特别的变化，看不见可疑的人影，也没有停放可疑的汽车。一如平时，不起眼的住宅区、不起眼的景象展现在眼前。枝条弯曲的街树蒙着灰色的尘埃，道路护栏上处处凹陷，几辆锈迹斑斑的自行车被抛在路边。墙上悬着一幅警方的标语："酒后开车是通向人生毁灭的单行线。"（警方莫非有专门编写标语的部门？）一个似乎贼头贼脑的老人，牵着一条似乎蠢头蠢脑的杂种狗。一个蠢头蠢脑的女子，开着一辆土头土脑的小汽车。土头土脑的电线杆，贼头贼脑地在空中扯着电线。所谓世界就介于"充满悲惨"和"缺少欢乐"之间，由无数形状不同的小世界聚集而成。窗外的风景便昭示了这样的事实。

另一方面，这个世界上也存在像深绘里的耳朵和脖颈那样不容置疑的美景，很难草率地判断该相信哪一方。天吾就像一只心慌意乱的大狗，在喉咙深处发出一声呻吟，然后拉上窗帘，回到他自己那个小世界。

"戎野老师知道你来这里吗？"天吾问。

深绘里摇摇头。老师不知道。

"你不准备告诉他？"

深绘里摇摇头。"不能联系。"

"是因为联系很危险？"

"电话说不定有人偷听。信件有可能寄不到。"

"你在哪里，只有我一个人知道。"

深绘里点点头。

"换洗衣物之类，你带来了吗？"

"就一点点。"深绘里说着，看了一眼自己带来的帆布挎包。的确，那里面似乎装不下太多东西。

"不过我没关系。"少女说。

"既然你没关系，我就没关系。"天吾说。

天吾走到厨房里，烧了一壶开水，把红茶放进茶壶。

"和你好的女人会来这里吗。"深绘里问。

"她不会再来了。"天吾简短地回答。

深绘里默默地看着天吾的脸。

"暂时不会。"天吾补充道。

"是怪我吗。"深绘里问。

天吾摇摇头。"我也不知道是怪谁,但我猜不怪你。可能怪我,也可能有点怪她自己。"

"不过,反正她不会再来这里了。"

"是的。她不会再来了。大概是。你可以一直住在这里。"

深绘里自己想了一会儿。"她结婚了吗。"她问。

"对。结婚了,还有两个孩子。"

"那不是你的孩子。"

"当然不是我的孩子。在我遇到她之前,她就有孩子。"

"你喜欢她吗。"

"大概吧。"天吾答道。在一定的前提条件下,他对自己补充道。

"她也喜欢你吗。"

"大概吧。在某种程度上。"

"你们 xingjiao 吗。"

天吾用了一些时间,才明白这个词是指"性交"。这怎么想也不像深绘里说出来的词。

"当然。她不是为了玩大富翁游戏才每个星期过来的。"

"大富翁游戏。"她问。

"没什么。"天吾说。

"但是她再也不会来了。"

"至少人家是这么告诉我的,说大概不会再来这里了。"

"不是她自己告诉你的吗。"深绘里问。

"不是,不是她直接跟我说的,是她丈夫告诉我的。说她丧失了,不会再来我这里了。"

"丧失了。"

181

"这句话的具体意思,我也不明白。我问他,他又不肯告诉我。我有好多问题想问,回答却很少,就像不公平贸易一样。你喝红茶吗?"

深绘里点点头。天吾将沸水倒进茶壶,盖上盖子,等着时间流逝。

"没办法。"深绘里说。

"你是说回答很少呢?还是说她丧失了呢?"

深绘里没有回答。

天吾不再坚持,将红茶倒进两只茶杯。"要砂糖吗?"

"一小勺。"深绘里回答。

"要不要柠檬或牛奶?"

深绘里摇摇头。天吾舀了一勺砂糖倒进茶杯里,缓缓搅拌,然后放在少女面前。他自己端起什么都没放的红茶杯,坐在桌子对面。

"你喜欢性交。"深绘里问。

"喜欢跟女朋友性交?"天吾换成了普通的疑问句。

深绘里点点头。

"我想是喜欢。"天吾说,"跟自己有好感的异性性交,大多数人都喜欢这个。"

而且,他在心中想,她很擅长这个。就像哪个村子里都有个擅长灌溉的农夫,她擅长性交,喜欢尝试各种方法。

"她不来,你寂寞吗。"深绘里问。

"大概吧。"天吾回答,接着喝了口红茶。

"因为不能性交。"

"这也是一个原因。"

深绘里从正面盯着天吾的脸望了一会儿。她似乎在思考性交这件事。但不用说,她究竟在思考什么,谁也无法知道。

"肚子饿了吗?"天吾问。

深绘里点点头。"从早上起几乎没吃过东西。"

"我来做饭。"天吾说。他自己从早上起也几乎没吃过东西,觉得饥肠辘辘。还有一个理由:除了做饭,他暂时想不出该做什么。

天吾淘米,打开电饭煲的电源,在米饭煮好前做了裙带菜葱花味噌汤,烤了竹荚鱼干,从冰箱里拿出豆腐,用生姜泥做佐料,还磨了萝卜泥。将昨天剩下的蔬菜用铁锅热了热,再添上腌芜箐和梅干。身材魁梧的天吾忙前忙后,又小又窄的厨房越发显得狭窄,但他没有觉得不便。长期以来,他习惯了用手头的东西凑合着生活。

"对不起,我只会做这种简单的饭菜。"天吾说。

深绘里仔细观察着天吾在厨房里娴熟地忙碌,兴趣盎然地来回望着摆在桌上的劳动成果,说:"你很会做菜。"

"这么多年,我一直过着单身汉的日子。一个人两三下做好饭,一个人两三下吃完就好。习惯了。"

"你总是一个人吃饭。"

"是啊。难得像这样,和谁面对面坐着一起吃饭。我和那个女人倒是每个星期一次,一起在这里吃午饭。不过和别人一起吃晚饭,回想起来,真是好久没有过了。"

"紧张吗。"深绘里问。

天吾摇摇头。"不,不紧张。不过是一顿晚饭。只是觉得有点怪。"

"我一直是和好多人一起吃饭,因为从小就跟大家一起生活。到老师家后,也是和各种各样的人一起吃饭。老师家里总有客人来。"

深绘里一口气说出这么多句子来,还是第一次。

"不过在藏身处,你一直都是一个人吃饭吧?"

深绘里点点头。

"你一直躲着的藏身处,在什么地方?"天吾问。

"很远。是老师帮我准备的。"

"你一个人都吃些什么东西？"

"都是方便食品。袋装的。"深绘里答道，"像这样的饭菜好久没吃过了。"

深绘里用筷子不慌不忙地把竹荚鱼的肉从骨头上剥下来，送入口中，花时间慢慢咀嚼，像是无比美味。接着喝一口味噌汤，品尝滋味，判断着什么，然后把筷子放在桌上沉思起来。

将近九点，远处似乎响起微弱的雷鸣。把窗帘拉开一条缝向外一看，只见已经漆黑一片的天上，接连不断地流过形状不祥的云团。

"你说得对。云变得不稳定了。"天吾合上窗帘说。

"因为小小人在闹腾。"深绘里表情严肃地说。

"小小人一闹腾，天气就会发生异变？"

"要看情况。因为天气这东西，说到底是怎样理解的问题。"

"怎样理解的问题？"

深绘里摇摇头。"我不清楚。"

天吾也不清楚。他觉得天气说到底是一种独立的客观状况。不过这个问题再追究下去，恐怕也不会得出结论。他决定问别的。

"小小人是在对什么发火吗？"

"要出事了。"少女说。

"什么事？"

深绘里摇摇头。

"到时候就知道了。"

他们在洗碗池边洗餐具，擦干后放进碗橱，然后在桌边面对面坐下喝茶。天吾本来想喝啤酒，但他觉得今天最好少摄取酒精。总感觉四周的空气中飘漾着令人不安的气息，似乎该尽量保持清醒，以防万一。

"最好早点睡觉。"深绘里说,还像蒙克①的画中出现的那个在桥上呐喊的人一样,把双手抵在面颊上。但她没有喊叫,只是困了。

"好啊。你睡在床上。我像上次一样睡那个沙发。"天吾说,"你不用介意,我在哪里都能睡着。"

这是事实。天吾不管在什么地方都能立刻睡着。这甚至称得上才能。

深绘里只是点点头,没表示任何意见,盯着天吾的脸看了一会儿,然后飞快地摸摸那对刚造出来的美丽耳朵,仿佛要确认一下耳朵是否还好好地在那里。"能和你借睡衣吗。我的没带来。"

天吾从卧室衣橱的抽屉中拿出备用的睡衣,递给深绘里。是上次深绘里在这里留宿时,借给她穿过的同一套睡衣。蓝色棉布,没有花纹。那次洗过后,便叠好一直放着。天吾为慎重起见,凑近鼻子前闻了闻,没有任何气味。深绘里接过睡衣,走到卫生间换好,回到餐桌前。头发这时放了下来。睡衣的袖口和裤脚像上次一样挽了起来。

"还不到九点。"天吾看了一眼墙上的挂钟,说,"你总是这么早睡觉吗?"

深绘里摇摇头。"今天特别。"

"是因为小小人在外边闹腾吗?"

"说不清楚。我现在就是很困。"

"你真是睡眼朦胧的样子。"天吾承认。

"我上床后,你能读书或讲故事给我听吗。"深绘里问。

"好。"天吾说,"反正我也没别的事可做。"

这是个闷热的夜晚,深绘里上床后,仿佛要把外部世界与自己的

---

① Edvard Munch(1863–1944),挪威表现主义画家,下文所述画作为其代表作《呐喊》。

世界严密地隔开,把被子一直拉到脖子那里。钻进被子后,不知为何,她看上去就像个小孩子,不会超过十二岁。窗外传来的雷鸣比先前更响,看来开始在近处打雷了。每次打雷,玻璃窗就会颤抖,发出喀哒喀哒的声音。奇怪的是看不到闪电。雷声响彻漆黑的夜空,却毫无下雨的迹象。其中的确存在某种不平衡。

"他们在看着我们。"深绘里说。

"你是说小小人吗?"天吾问。

深绘里没有回答他的问题。

"他们知道我们在这里。"天吾说。

"当然知道。"深绘里说。

"他们想对我们干什么?"

"对我们什么也干不了。"

"那太好了。"天吾说。

"暂时。"

"暂时对我们还下不了手。"天吾有气无力地重复道,"但不知道能持续多久。"

"谁也不知道。"深绘里干脆地断言。

"可是,他们虽然没办法对付我们,却可以对我们周围的人下手?"天吾问。

"那很可能。"

"他们也许会伤害这些人。"

深绘里就像聆听海上幽灵唱歌的水手,认真地眯着眼睛,过了一会儿说:"那要看情况。"

"小小人也许就对我的女朋友动用了力量。为了警告我。"

深绘里从被窝中伸出手,搔了搔刚完工的耳朵。然后那只手又缩回了被窝。"小小人能做到的事是有限的。"

天吾咬了咬嘴唇，说："比如说，他们具体能做什么？"

深绘里打算发表什么意见，但念头一转又作罢了。那意见还没有说出口，就悄悄沉落到了原来的地方。那儿不知是什么地方，既深又暗。

"你说过，小小人拥有智慧和力量。"

深绘里点点头。

"但是他们也有局限。"

深绘里点点头。

"因为他们是住在森林里的人，一旦离开了森林，就不能很好地发挥能力。而且在这个世界上，存在某种能与他们的智慧和力量对抗的价值观之类的东西。是不是这样？"

深绘里没有回答，也许是因为问题太长了。

"你遇到过小小人？"天吾问。

深绘里漠然地注视着天吾的脸，似乎不能理解提问的用意。

"你有没有亲眼看到过他们的身影？"天吾又问了一遍。

"看到过。"深绘里答道。

"你看到过几个小小人？"

"不知道，因为那用手指是数不完的。"

"但是不止一个。"

"有时增加有时减少，但从来都不是一个人。"

"就像你在《空气蛹》里描写的那样。"

深绘里点点头。

天吾脱口而出，问了很久以来一直想问的问题："告诉我，《空气蛹》中到底有多少是真实的事？"

"真实又是什么意思。"深绘里不带问号地问。

天吾当然答不出来。

空中响起一声巨雷。玻璃窗微微颤抖，但还是没有闪电，也听不见雨声。天吾想起了以前看过的一部关于潜水艇的电影。深水炸弹一个接着一个爆炸，猛烈地摇撼着潜水艇。然而人们被关在黑暗的钢铁箱子里，什么都看不见，只能感觉到连续不断的声响和震动。

"读书或讲故事给我听，好吗。"深绘里问。

"好啊。"天吾说，"不过我想不出什么书适合朗读。要是《猫城》的故事也行，我倒可以讲给你听，虽然这本书不在我手上。"

"猫城。"

"一个由猫统治的小城的故事。"

"我想听。"

"睡觉前听这个故事，可能有点吓人。"

"没关系。不管什么故事我都能睡得着。"

天吾把椅子搬到床边，坐在上面，双手放在膝头，手指交叉着合拢，以雷鸣为背景音，开始讲述《猫城》的故事。他在特快列车中读过两次这个短篇小说，在父亲的病房里还朗读过一次，大致的情节已经记在脑子里。故事不算复杂精巧，文章也不算华丽优美，因此他并不介意适当地对故事做些改编。他将累赘处删除，再酌情加进一些小插曲，把这个故事说给深绘里听。

故事本来不长，讲完却花去了比预想更多的时间。因为深绘里一有疑问就提，每一次天吾都中断讲述，仔细回答每个问题，逐一说明小城的细节、猫儿们的行动、主人公的人品。如果那是书中没有写到的东西——几乎都是这样，他就酌情编造，就像改写《空气蛹》时一样。深绘里似乎完全沉浸在《猫城》的故事里，她的眼中已经没有了睡意，不时闭上眼睛在脑中浮想猫城的风景，然后再睁开眼，催促天吾讲下去。

当他说完故事,深绘里把眼睛瞪得大大的,笔直地凝视了他片刻,仿佛猫儿把瞳孔完全张开,凝视着黑暗中的物体。

"你到猫城去过了。"她像责难天吾似的说。

"我吗?"

"你到你的猫城去过了,而且坐电车回来了。"

"你这样觉得?"

深绘里把夏凉被一直拉到下巴,点点头。

"你说得没错。"天吾说,"我去过猫城,又坐电车回来了。"

"那你驱过邪吗。"她问。

"驱过邪?"天吾说。驱邪?"不,我想还没有。"

"不驱邪可不行。"

"比如说驱什么邪?"

深绘里没有回答。"去过猫城回来,就这么放着不管的话,准没好事。"

一声巨雷轰响,仿佛要把天空炸成两半。那声响愈来愈强烈。深绘里在被子里缩起身子。

"你过来和我一起睡。"深绘里说,"我们必须两个人一起到猫城去。"

"为什么?"

"小小人可能会找到入口。"

"是因为没有驱邪吗?"

"因为我们两个人是一体。"少女说。

第13章　青豆
如果没有你的爱

"1Q84年。"青豆说,"我现在生活的,是一个被称为1Q84的年份,这不是真正的1984年。是这样吗?"

"什么才是真正的世界,这是个极难回答的问题。"那个被称作领袖的男人依旧脸朝下趴着,说,"这归根结底是个形而上的命题。不过这里就是真正的世界。千真万确。在这个世界里体味的疼痛,就是真正的疼痛。这个世界带来的死亡,是真正的死亡。流淌的是真正的血。这里不是假冒的世界,也不是虚拟的世界,更不是形而上的世界。这些我可以保证。但这里不是你熟悉的1984年。"

"是像平行世界那样的东西?"

男人微微颤动肩膀,笑了。"你好像是科幻小说读得太多了。不,你错了。这里不是什么平行世界。不是说那边有一个1984年,这边有个分支1Q84年,它们并肩平行向前。1984年已经不复存在了。事到如今,对你,对我,说到时间就只有这个1Q84年了。"

"我们钻进了时间性里。"

"正是如此。我们钻进这里面了,或者说时间性钻进了我们的内心。而且据我理解，门是单向开的，没有归路。"

"是从首都高速公路的避难阶梯下来时，发生了这种情况？"

"首都高速公路？"

"在三轩茶屋附近。"青豆说。

"不管是在哪儿都无所谓。"男人说，"对你来说，是三轩茶屋。但具体的场所不成问题。说到底，在这里时间才是问题。就是说，时间的轨道在那里转换，世界被改成了1Q84年。"

青豆想象着几个小小人一起动手，扳动轨道转换器的情形。深夜，在苍白的月光下。

"而且在1Q84年，天上是浮着两个月亮吧？"她问。

"完全正确，浮着两个月亮。这是轨道已经转换的标志。根据它，人们就能把两个世界区别开来。不过，并不是这里所有的人都能看见两个月亮，恐怕绝大多数人都不注意这件事。换句话说，知道现在是1Q84年的人很有限。"

"这个世界中的很多人，都没注意到时间性已经改换了吗？"

"没错。对大多数人来说，这里是毫无奇异之处、一如既往的世界。我说'这是真正的世界'，就是出于这个理由。"

"轨道已经被转换了。"青豆说，"要是没有转换，我和你就不会在这里相遇了，是不是？"

"谁也说不准。这是个概率的问题。不过大概如此吧。"

"你说的是严正的事实呢，还是仅仅是假设？"

"问得好。不过要识别这两者极其困难。你瞧，老歌里不也是这么唱吗？Without your love , it's a honky-tonk parade."男人轻声哼着旋律，"如果没有你的爱，那不过是廉价酒馆的表演秀。知道这首歌吗？"

"《那只是个纸月亮》。"

"对。1984年也好1Q84年也好，在原理上构造都是相同的。如果你不相信那个世界，而且如果那里没有爱，那么一切都是假的。不管是在哪个世界里，不管是在怎样的世界里，区分假设与事实的那条线，大多数情况下都不会映入眼帘，只有用心灵的眼才能看见。"

"是谁让轨道转换的？"

"谁让轨道转换的？这也是个难回答的问题。原因与结果式的推理方法在这里是苍白无力的。"

"总之，我是被某种意志送进这个1Q84年的世界。"青豆说，"被某种并非我自身意志的东西。"

"是的。因为你乘坐的列车的铁轨被转换了，你就被送到这个世界来了。"

"小小人是不是与此有关？"

"这个世界里，有一种叫小小人的存在。至少在这个世界里他们被称作小小人。但是，他们不一定一直有形状、有名字。"

青豆咬着嘴唇想了一番，然后说："我觉得你的话自相矛盾。假定是小小人让轨道转换，把我送进了1Q84年。但是，如果我现在准备对你做的事是小小人不希望见到的，他们为什么还特意把我送到这里来？分明是把我除掉才符合他们的利益呀。"

"这不太容易解释。"男人用缺乏抑扬顿挫的声音说，"不过你脑子转得很快，我要说的话你大概能理解，哪怕是有点含糊。我前面说过，对我们生活的世界来说最重要的，是善与恶的比例维持平衡。称作小小人的东西，或者说其中存在的某种意志的确有强大的力量。但是，它们越是运用这种力量，与之抗衡的力量越会自动增强。就这样，世界保持着微妙的平衡。不论是在哪个世界，这个原理都不会改变。此刻将我们包含在内的1Q84年的世界可以说完全相同。当小小人开始发挥强大的力量，便会自动生成反小小人的力量。也许是那个对抗的力矩把你拉进1Q84年来了。"

庞大的躯体横卧在蓝色瑜伽垫上，仿佛被潮水打上岸边的巨鲸，男人深深地呼吸。

"继续借用刚才那个轨道的比喻，可以这样说：他们能让轨道转换，于是列车驶入了这边这条线路。这条叫1Q84年的线路。但是，他们不可能逐个挑选坐在车里的人。就是说，其中也许会坐着他们不希望的人。"

"不速之客。"青豆说。

"没错。"

雷声轰鸣。与刚才相比，声音要大得多。但没有闪电，只听见响声。奇怪，青豆想，雷落在这样近的地方，闪电却不亮，也不下雨。

"到这里为止的内容，你听懂了吗？"

"我在听。"她把针尖从后颈那一点移开，小心地朝向天空。现在得集中注意力，跟上对方的话。

"有光明的地方就必然有阴影，有阴影的地方就必然有光明。不存在没有阴影的光明，也不存在没有光明的阴影。卡尔·荣格[①]在一本书里说过这样的话：

"'阴影是邪恶的存在，与我们人类是积极的存在相仿。我们愈是努力成为善良、优秀而完美的人，阴影就愈加明显地表现出阴暗、邪恶、破坏性十足的意志。当人试图超越自身的容量变得完美，阴影就下了地狱变成魔鬼。因为在这个自然界里，人打算变得高于自己，与打算变得低于自己一样，是罪孽深重的事。'

"被叫作小小人的存在究竟是善是恶，我不知道。这在某种意义上是超越了我们的理解和定义的事物。我们从远古时代开始，就一直与他们生活在一起。早在善恶之类还不存在的时候，早在人类的意识

[①] Carl Gustav Jung（1875–1961），瑞士著名心理学家、精神分析学家。

还处于黎明期的时候。重要的是，不管他们是善还是恶，是光明还是阴影，每当他们的力量肆虐，就一定会有补偿作用产生。这一次，我成了小小人的代理人，几乎同时，我的女儿便成了类似反小小人作用的代理人的存在。就这样，平衡得到了维持。"

"你的女儿？"

"是的。首先将小小人领来的人是我女儿。她那时十岁，现在应该十七岁了。他们有一次从黑暗中现身，通过我的女儿来到这边的世界，并将我当成了代理人。我的女儿是 Perceiver，感知者，而我是 Receiver，接收者。我们好像是偶然具备这样的资质。总之，是他们找到了我们，而不是我们找到了他们。"

"所以你强奸了自己的女儿？"

"交合。"他说，"这个表达方式更接近真相。而且我与之交合的，说到底是作为观念的女儿。交合是一个多义词，要点在于我们二人合为一体，作为感知者和接受者。"

青豆摇摇头。"我无法理解你的话。你究竟是跟自己的女儿性交了，还是没有？"

"对这个问题的回答，是 Yes，也是 No。"

"阿翼的情况也一样吗？"

"一样。从原理上来说。"

"可是阿翼的子宫确实被破坏了。"

男人摇摇头。"你看到的不过是观念的形象，并非实体。"

交谈的速度过快，青豆跟不上了。她停顿了一下，调整呼吸，然后说："你是说，观念变成人的形象，抬腿逃了出来？"

"说得简单点的话。"

"我看到的阿翼不是实体？"

"所以她被回收了。"

"被回收？"青豆问。

"被回收并治愈，她在接受必要的治疗。"

"我不相信你的话。"青豆坚决地说。

"我没办法责怪你。"男人用不带感情色彩的声音说。

青豆一时无言以对，然后她提了一个别的问题："通过观念性、多义性地侵犯自己的女儿，你成了小小人的代理人。同时作为补偿，她离开了你，成了与你敌对的存在。你要主张的就是这个？"

"完全正确。她因此抛弃了自己的子体。"男人说，"不过这么说，你大概不明白吧？"

"子体？"青豆问。

"就像有生命的影子。而且，这还牵扯到另外一个人物。我的一个老朋友，一个值得信赖的家伙。我把女儿托付给了这个朋友。而就在不久前，你很熟悉的川奈天吾也被牵扯进来。天吾君和我的女儿被偶然拉到一起，结成了搭档。"

时间似乎唐突地停止了。青豆找不到合适的词语。她身体僵硬，一动不动地等待时间重新启动。

男人继续说："他们两人具有互补的资质。天吾君欠缺的，绘里子身上有；而绘里子欠缺的，天吾君身上有。他们相互补充，齐心协力完成了一项工作。而且其成果发挥了重大影响。我是说，在确立反小小人运动的语境里。"

"结成搭档？"

"他们俩不是恋爱关系，也不是肉体关系。你不必担心，假如你是在考虑这种事。绘里子和谁都不会恋爱。她是超越这种情况的存在。"

"他们俩共同完成的成果是什么，说得具体点的话？"

"要解释这个问题，就得搬出另一个比喻来。不妨说他们俩制作出了对抗病毒的抗体。如果把小小人的作用比作病毒，他们就是制作了相应的抗体散布出去。当然这是站在一方的角度进行的类比，如果是站在小小人的角度去看，恰恰相反，他们俩就是病毒携带者了。一切事物都像两面对照的镜子。"

"这就是你说的补偿行为？"

"正是。你爱的人和我女儿合作，完成了这项工作。也就是说，你和天吾君在这个世界里，是所谓的接踵而至。"

"但是你说过，这并不是偶然。换句话说，我是在某种有形意志的引导下来到这个世界的。是这样吗？"

"对。你是在有形意志的引导下，带着目的来到这个世界，来到这个1Q84年的世界。你和天吾君不管是以什么形式在这里产生联系，都绝不是偶然的产物。"

"那是怎样的意志？怎样的目的？"

"解释这些不是我的职责。对不起。"

"为什么你不能解释？"

"我不是不能解释那意义，但有些意义会在用语言进行解释的一刹那，便消失无踪。"

"那好，我问一个别的问题。"青豆说，"这个人为什么必须是我？"

"为什么必须是你，你好像还没弄明白。"

青豆用力摇了几下头。"我不明白，根本不明白。"

"很简单，因为你和天吾君强烈地相互吸引。"

青豆久久地沉默不语。她感到额上渗出了薄薄的汗水，面孔似乎被覆上了一层眼睛看不见的薄膜。

"相互吸引。"她说。

"相互地，非常强烈地。"

一种类似愤怒的感情毫无来由地涌上她的心头，其中甚至有轻微的想呕吐的兆头。"这种话，我无法相信。他根本不可能记得我。"

"不对，天吾君清楚地记得你存在于这个世界上，他在渴求着你。而且至今为止，除了你，他从来不曾爱过任何女人。"

青豆一时无言以对。其间，猛烈的雷声间隔很短地轰鸣着。雨终于落下来。硕大的雨点开始重重击打宾馆的玻璃窗。但这些声响几乎传不进青豆的耳鼓。

男人说："信还是不信，是你的自由。不过你最好还是相信，因为这是千真万确的事实。"

"分别以后，已经过去了二十年，难道他依然记着我吗？我们甚至都没有好好说过话。"

"在无人的小学教室里，你曾经紧紧握过天吾君的手。十岁的时候。你肯定鼓足了浑身的勇气才那样做。"

青豆剧烈地扭歪了脸。"你怎么会知道这件事？"

男人没有回答这个问题。"天吾从来没有忘记这件事。而且他一直在思念你，现在也仍然在思念你。你最好还是相信我的话。我知道各种各样的事。比如说你现在自慰时都是想着天吾的，在脑子里浮现出他的形象，是吧？"

青豆微微张开嘴巴，一句话也说不出，只能浅浅地喘气。

男人继续说道："这没有什么好害羞的，人性使然。他也做同样的事情，而那时他心里想的是你。现在依然如此。"

"为什么这种事情你……"

"为什么我会知道这种事情，是不是？这只要侧耳聆听就会明白。而聆听就是我的工作。"

她很想放声大笑，同时又想放声大哭，但都做不到。她在这两者间茫然呆立，无法将重心移向任何一边，一个字也说不出来。

"你不必害怕。"男人说。

"害怕?"

"你是在害怕,就像从前梵蒂冈的人害怕接受地动说一样。其实连他们也不是坚信天动说完美无缺,只是害怕接受地动说会带来的新局面。确切地说,天主教会至今仍未公开认可地动说。你也一样。你害怕不得不脱去长久以来一直穿着的坚硬的铠甲。"

青豆双手掩面,几度抽噎。其实她并不想这样,但抑制不住自己。她想挤出一个笑容,但没有成功。

"你们说来是被同一辆列车带进这个世界了。"男人用平静的声音说,"天吾君通过和我的女儿结成搭档,启动了反小小人的作用力。你则出于另外一种理由,要将我杀掉。换言之,你们各自在非常危险的场所,做着非常危险的事。"

"你的意思是,某种意志要求我们做这样的事?"

"大概吧。"

"究竟是为什么?"话一出口,青豆便意识到这是一句废话,是个不可能得到回答的问题。

"最欢迎的解决方式是你们俩在某处相遇,携手一起离开这个世界。"男人并不回答她的问题,说,"不过,这没有那么容易。"

"没那么容易。"青豆无意识地重复对方的话。

"十分遗憾。说得非常保守,是没那么容易做到。说得坦率一点,就是大概没有可能。你们要对付的,不管叫它是什么,都是一股凶猛的势力。"

"于是……"青豆干涩地说,清了清嗓子。她从慌乱中镇定下来。现在还不是该哭的时候,她想。"于是,你提出了建议。我给你没有痛苦的死,作为回报,你能向我提供某种东西,某种不同的选项。"

"你非常善解人意。"男人依旧趴在垫子上说,"完全正确。我的提议是与你和天吾君有关的选项。也许不令人愉快,但其中至少有选择的余地。"

"小小人害怕失去我。"男人说,"因为他们现在还需要我。作为他们的代理人,我是很有用的。要找到取代我的人并不容易,而且目前还没有找到继承人。要成为他们的代理人,必须满足各种困难的条件,我是罕见地能满足这些条件的人。他们害怕失去我。现在失去了我,就会产生暂时的空白。所以他们试图妨碍你,不让你夺走我的性命,想让我再多活一段时间。外边轰响的雷声就是他们愤怒的标志。但他们无法直接对你下手,只能向你发出愤怒的警告。出于相同的理由,大概是他们用了巧妙的方法,把你的朋友逼上了死路。如果置之不理,只怕他们还会用某种形式加害天吾君。"

"加害他?"

"天吾君写了一个故事,描述了小小人和他们的所作所为。是绘里子提供了情节,天吾君将它转换成有效的文章。这是他们两人的协同作业。这个故事起到了抗体的作用,对抗小小人带来的影响。这个故事成书出版,还成了畅销书。所以,尽管是暂时的,小小人却有许多可能性遭到了破坏,有些行动受到了限制。你大概听说过《空气蛹》这个书名吧?"

青豆点点头。"我在报纸上看到过这本书的报道,还有出版社的广告。书还没有读过。"

"实际上写《空气蛹》的是天吾,而且他目前在写自己的故事。他在那里,就是在有两个月亮的世界里,发现了自己的故事。是绘里子这个优秀的感知者,在他心里催生了这个作为抗体的故事。天吾君作为接受者,好像具备出众的能力。将你带到这里来的,换言之,让你乘上那趟列车的,说不定也是他这种才能。"

青豆在微弱的黑暗中严肃地皱起眉。她必须努力跟上话题。"就是说，我是由于天吾君讲故事的能力，借用你的话说是作为接受者的能力，被送到1Q84年这个另外的世界里来的？"

"至少我是如此推测的。"男人说。

青豆看看自己的手，手指被泪水润湿了。

"照此下去，天吾君很可能会被除掉。他现在对小小人来说，成了首要的危险人物。而且这里始终是个真实的世界，流淌的是真正的血，带来的是真正的死。死当然是永恒的。"

青豆咬着嘴唇。

"我希望你这么想。"男人说，"假如你在这里杀了我，把我从这个世界除去，小小人就没有理由再加害天吾君了。因为我这条通道消失的话，任凭天吾君和我女儿如何干扰这条通道，对他们都不再是威胁了。小小人会不再理睬他们两个，转而寻找另外的通道，成分不同的通道。这将成为他们的当务之急。你明白吧？"

"从道理上来说的话。"青豆说。

"另一方面，如果我被杀，我缔造的组织肯定不会放过你。要找到你可能得花些时间，因为你一定会改名换姓，变换住处，只怕还会整容。尽管这样，他们也总有一天会把你逼上绝路，严厉惩处。我们建立了这样一种严密、暴力、不会倒退的体系。这是一个选项。"

青豆把他的话在大脑中过了一遍。男人等待着这套逻辑渗进青豆的大脑。

男人继续说道："反过来，假如你没在这里杀掉我，就这么老老实实地回去了，而我活下来，那么小小人为了保护我这个代理人，就会竭尽全力除掉天吾君。他戴的护身符还不够强大。他们肯定会找出弱点，想方设法毁灭他，因为他们不能容忍抗体继续散布。但来自你的威胁不复存在，你受惩罚的理由也不存在了。这是另一个选项。"

"在这种情况下，天吾君就会死去，而我将活下去，在这个1Q84

年的世界里。"青豆对男人的话进行概括。

"恐怕是。"男人说。

"不过在一个没有天吾君的世界里,我也没有活着的意义了,因为我们永远失去了重逢的可能。"

"从你的观点来看,也许是这样。"

青豆紧咬着嘴唇,在脑海中想象这种情形。

"可是,这只是你的说法。"她指出,"你有什么根据或证明,能让我非相信你不可吗?"

男人摇摇头。"是的,根本没有根据和证明。我仅仅是这么说。不过我拥有的特殊能力,你刚才已经见到了。那座钟上可没拴绳子,而且还很重。你可以过去看一下。我说的话,你要么接受要么不接受。而且留给我们的时间已经没有多少了。"

青豆抬眼看了看矮橱上的座钟。表针快指向九点了。座钟的位置稍稍偏斜,朝向一个奇妙的角度。那是刚才浮上空中又掉落的缘故。

男人说:"在这个1Q84年里,目前好像不可能同时解救你们两人。选项只有两个。一个恐怕是你死去,而天吾君活下来。另一个恐怕是他死去,而你活下来。非此即彼。不是令人愉快的选项,我可是一开始就告诉过你。"

"但不存在别的选项。"

男人摇摇头。"目前,只能从这两个中选择一个。"

青豆将肺里的空气集中起来,缓缓呼出。

"我很同情你。"男人说,"假如你待在1984年,肯定不必被迫做这样的选择。但同时,你大概也无法知道天吾君始终在思念你。别的先不管,正因为你被带到了1Q84年,才可能知道这个事实:你们的心在某种意义上被联结在一起。"

青豆闭上眼睛。她想,我决不哭。还不是该哭的时候。

"天吾君真的在渴求我吗？你能断言这是事实吗？"青豆问。

"直到今天，天吾君除了你之外，从来没有真心爱过任何一个女人。这是不容置疑的事实。"

"可是，他从来没有寻找过我。"

"你不是也从没打算寻找他的下落吗？"

青豆闭上眼睛，在刹那间回顾漫长的岁月，宛如爬上高冈，站在悬崖上俯瞰眼底的海峡。她感到了大海的气息，听到了幽深的风声。

她说："看来我们应该早点鼓足勇气，相互寻找对方。这样的话，我们本可以在原来那个世界里成为一体。"

"当然可以这样假设。"男人说，"但在1984年的世界里，你肯定连想都不会这么想。就像这样，原因和结果是以扭曲的形式结合。任你如何将两个世界交叠，也不可能化解这种扭曲。"

泪水从青豆的眼中滴落下来。她为自己以前丧失的东西哭泣，还为自己即将丧失的东西哭泣。接着终于——究竟哭了多久？——到了再也无泪可流的时刻。仿佛感情撞上了看不见的高墙，眼泪在那里流尽了。

"好。"青豆说，"没有确凿的证据，什么都没有证明，细微之处无法理解。可是，看来我还是不得不接受你的建议。就照你要求的那样，我让你从这个世界消失，给你没有痛苦的速死，为了让天吾君活下去。"

"这么说，你愿意和我作交易？"

"是的。我愿意。"

"你恐怕会死。"男人说，"你会被逼入绝境，受到惩罚。那惩罚也许会很残酷。他们是一群疯狂的信徒。"

"没关系。"

"因为你有爱？"

青豆点点头。

"如果没有你的爱,那不过是廉价酒馆的表演秀。"男人说,"和歌词一样。"

"如果我杀了你,天吾君真的能活下去,是不是?"

男人片刻沉默不语,然后说:"天吾君会活下去。你可以相信我的话。这毫无疑问,可以用来交换我的生命。"

"还有我的生命。"青豆说。

"有些东西只能拿命来换。"男人说。

青豆双手紧紧地互握。"说实话,我本来是希望活着和天吾结为一体。"

不久,沉默降临在室内,连雷也停止了轰鸣。万籁俱寂。

"如果可能,很想让你们这样。"男人静静地说,"连我也这么想。可是很抱歉,这个选项不存在。无论是在1984年还是1Q84年都不存在,在各不相同的意义上。"

"在1984年,连我和天吾君走的路都没有交叉的可能。是这个意思吗?"

"对。你们永远不会有任何交集。思念着彼此,恐怕就这么孤独地老去了。"

"可是在1Q84年,至少我可以知道自己是为他而死。"

男人一言不发,粗重地呼吸。

"有件事希望你告诉我。"青豆说。

"只要是我能告诉你的。"男人仍旧趴着,说。

"天吾君会不会通过某种方式,得知我是为他而死?还是永远都不知道?"

男人思考了这个问题许久。"这得看你自己了。"

"看我自己。"青豆微微扭歪了脸,"什么意思?"

男人静静地摇摇头。"你必须通过严峻的考验。当你顺利过关，肯定就能看到事物应有的形态了。至于再多的信息，我也不能透露。实际上一直到死，谁也不清楚死究竟是怎么回事。"

青豆拿起毛巾，把脸上的泪水仔细地擦干，随即拿起地板上的细冰锥，再次检查那纤细的针尖有没有缺损，用右手的指尖探寻刚才找到的后颈那致命的一点。她早已将那位置深深刻在了脑中，一下就找到了。青豆用指尖轻轻按住那儿，测试手感，又一次确认自己的直觉。然后慢慢做了几次深呼吸，调整心脏的跳动，镇定心神。必须让脑中一片清澈。她暂时拂去对天吾的思念，将憎恨、愤懑、困惑和慈悲之心封存进别的场所。不许失败，必须将注意力集中于死本身，就像把光线的焦点鲜明地聚于一处。

"让我们把工作做完吧。"青豆平静地说，"我必须把你从这个世界除掉。"

"于是我就能摆脱所有加在身上的痛苦了。"

"所有的痛苦，小小人，改头换面的世界，形形色色的假设……还有爱。"

"还有爱。完全正确。"男人像自言自语似的说，"我也有曾经爱过的人。来吧，让我们做完各自的工作。青豆小姐，你大概是个才华出众的人。我看得出来。"

"你也是。"青豆答道。她的声音里，有一种带来死亡的不可思议的透明。"你恐怕也是个才华过人、出类拔萃的人。应该有个不必将你除去的世界。"

"那个世界已经不复存在。"这成了他说出的最后一句话。

那个世界已经不复存在。

青豆将锐利的针尖对准后颈那微妙的一点，集中注意力调准角度，然后右手握拳举向空中。她屏息凝神等待着信号。什么都不要思考，她想，我们完成各自的工作，仅此而已。没有任何思考的必要，也没有说明的必要，只需等待信号。那只拳头像岩石一般坚硬，缺乏感情。

没有闪电的落雷在窗外更激烈地轰鸣。雨点噼噼啪啪地击打着窗户。此时他们处于太古的洞窟之中，阴暗潮湿，天顶低矮，黑暗的野兽和精灵们包围在洞口。在她的周围，光明与阴影在极短的瞬间合二为一。无名的风瞬间吹过远方的海峡。这就是信号。随着这信号，青豆的拳头迅速而准确地落下。

一切都在无声中结束。野兽和精灵们深深地喘息着，解除了包围，退回丧失了心灵的森林深处。

第 14 章　天吾
递过来的礼物

"过来抱着我。"深绘里说,"我们两个必须一起去猫城。"

"抱着你？"天吾问。

"你不想抱着我吗。"深绘里不加问号地问。

"不不,那倒不是。只是……我不明白这是什么意思。"

"驱邪。"她用缺乏抑扬顿挫的声音宣告,"过来和我睡。你也换上睡衣,关掉电灯。"

天吾依照她说的,关掉了卧室天花板上的电灯,脱去衣服,拿出自己的睡衣换好。最近一次洗这套睡衣是什么时候来着？天吾一边换衣服一边想。他甚至想不起来。看来怕是许久以前了。值得庆幸,没有汗味。天吾本来不太出汗,体味也不算重。话虽如此,睡衣还是应该洗得更勤快些,他反省道。在这变幻不定的人生中,谁知道什么时候会发生什么事。勤洗睡衣也是应对的方法之一。

他上了床,怯生生地伸过手搂住深绘里。深绘里将头枕在天吾的右臂上,然后一动不动,仿佛即将冬眠的小动物,静静地躺着。她的身子暖暖的,柔软得像不设防一般,但不出汗。

雷鸣声愈来愈烈。此时已经下起雨来了。狂怒般的雨点横扫过来，不停地敲击玻璃窗。空气黏糊糊的，令人感到世界仿佛正朝着黑暗的末日一路狂奔。诺亚的大洪水暴发时说不定就是这种感觉。果真如此的话，在这样激烈的雷雨中，和各为雌雄一对的犀牛、狮子、巨蟒同乘在狭窄的方舟里，一定是件相当郁闷的事。彼此的生活习惯很不相同，沟通感情的手段也有限，体臭肯定也相当厉害。

一对这个词，让天吾想起了索尼和雪儿。要在诺亚方舟上装进索尼和雪儿，作为一对人的代表，或许说不上恰当的选择。即使算不上不恰当，也肯定还有更合适的样品组合。

天吾这样在床上搂着身穿自己睡衣的深绘里，总觉得心情有些怪。他简直觉得是搂着自己的一部分，就像搂着一个分享血肉、共有气息、意识密切相通的东西。

天吾想象着他们取代索尼和雪儿，被选为那一对，坐上了诺亚方舟的情形。但这似乎也不能说是合适的人类样品。首先，我们在床上这样搂在一起，怎么想都说不上合适。这样一想，天吾的心情难以平静。他改变思路，想象索尼和雪儿在方舟中和那对巨蟒和睦相处的情形。虽然是无聊之极的想象，但毕竟稍微舒缓了身体的紧张。

深绘里被天吾搂着，不言不语，不动弹身体，也不开口说话。天吾也不言不语。虽然躺在床上搂着深绘里，他却几乎毫无性欲。对天吾来说，所谓性欲基本位于交流方法的延长线上。因此在没有交流可能的地方寻求性欲，说不上是适合他的行为。他大体也明白，深绘里寻求的不是他的性欲。她向天吾寻求的是某种别的东西——虽然他不太清楚那是什么。

但先不论目的是什么，怀里搂着一个十七岁少女的身体，不是一件让人不快的事。不时地，她的耳朵碰上他的面颊，她呼出的温暖气息吹拂在他脖子上。和她那纤细苗条的身子相比，她的乳房大得令人怦然心动，十分坚实。在腹部偏上一点的地方可以感觉到那种紧致。她的皮肤发出美妙的香气。那是正在成长的肉体才会发出的特殊的生命的香气，像夏日挂着朝露盛开的花朵般的香气。还是个小学生的时候，在清早赶去做广播体操的路上，他常常闻到这种气息。

可不能勃起啊，天吾想。万一勃起的话，从位置来看，她肯定立刻会觉察。情况就有点尴尬了。即便不是被性欲驱使，有时也会勃起——该用何种语言和语境向一个十七岁的少女说明这样的事呢？值得庆幸的是，目前还没有勃起，连兆头都没有。天吾暗想，别再想香气了，得想想和性毫无关系的事。

他又想象了一番索尼和雪儿与巨蟒之间的交流。他们有没有共同的话题呢？如果有，那又是什么？他们会唱歌吗？不久，关于狂风暴雨中的方舟的想象力枯竭之后，他又在脑中进行三位数相乘的运算。他和年长的女朋友做爱时常干这事，这么做可以延缓射精的时间（她对射精的时间要求极其严格）。天吾不清楚这能否阻止勃起，但毕竟胜过空等，总得想想办法。

"翘起来也没关系。"深绘里似乎看穿了他的心思，说。

"没关系？"

"那不是坏事。"

"不是坏事。"天吾重复她的话。简直像个接受性教育的小学生，他暗忖。勃起并不是件可耻的事，也不是件坏事。不过，当然该选择适当的时间和地点。

"那么，驱邪已经开始了吗？"天吾为了转变话题，问。

深绘里没有回答。她那纤小美丽的耳朵似乎仍然试图在雷声轰鸣中听出什么。天吾心中明白，所以决定不再说话。他停止了三位数相乘的运算。既然深绘里觉得翘起来没关系，就由着它翘起来吧，天吾思忖。但不管怎样，他的阴茎毫无勃起的征兆。它正静静躺着呢。

"我喜欢你的鸡鸡。"年长的女朋友说,"无论是形状、颜色,还是大小。"

"我倒不怎么喜欢。"天吾说。

"为什么?"她像对待熟睡的宠物一样,将天吾那未勃起的阴茎托在手掌上,掂量着问。

"我说不清。"天吾答道,"大概因为这不是我自己选择的东西。"

"怪人。"她说,"怪想法。"

很久以前的事了。诺亚的大洪水暴发以前的事。大概是。

深绘里那宁静温暖的气息,带着一定的节奏吹向天吾的脖颈。天吾借着电子钟微弱的绿光,或是终于开始时时闪现的电光,看见了她的眼睛。她的耳朵仿佛是柔软的秘密洞窟。天吾想,如果这个少女是自己的恋人,自己大概会不知厌倦地一次又一次亲吻那里。跟她做爱,一边进入她的体内,一边亲吻那耳朵,用牙齿轻咬,用舌头轻舔,对它吹气,嗅它的芬芳。并非现在想这样做。这说到底是基于"如果她是自己的恋人"这种纯粹的假设,在伦理上没有令人惭愧的地方。恐怕。

但无论在伦理上有没有问题,天吾都不该想这样的事。他的阴茎像被人用手指捅了捅脊梁、从安然酣睡中醒来一般,打了声哈欠,缓缓抬起脑袋,慢慢增强了硬度。没过多久,便像游艇承受着西北方吹来的顺风扬起帆那样,毫无保留地勃起了。结果,天吾坚挺的阴茎不容分说地抵在深绘里的腰部。他在心底长叹一声。自从年长的女朋友消失后,他已经一个多月没有做爱了,大概是这个缘故。应该坚持做三位数乘法运算的。

"不用介意。"深绘里说,"翘起来是很自然的。"

"谢谢。"天吾说,"不过,小小人也许躲在什么地方看着呢。"

"看归看,他们什么也干不了。"

"那太好了。"天吾用不安的声音说,"可是一想到有人在看,我就惴惴不安。"

雷声似乎要将旧窗帘撕成两半一样,再度划过长空,激烈地摇撼着玻璃窗。它们好像真的打算把玻璃砸碎,也许不用太久,玻璃真会破碎。虽然铝合金的窗框相当牢固,但如此猛烈的摇撼持续不断,只怕难以坚持下去。大而硬的雨粒像猎鹿用的霰弹,噼噼啪啪地不停敲打窗子。

"雷从刚才起几乎没移动过。"天吾说,"一般没有持续这么长时间的雷。"

深绘里仰视着天花板。"暂时,他们哪里也不会去。"

"暂时是多长时间呢?"

深绘里没有回答。天吾带着得不到回答的疑问和走投无路的勃起,战战兢兢地继续搂着她。

"再到猫城去一次。"深绘里说,"我们必须睡着。"

"可是,睡得着吗?这样电闪雷鸣的,而且刚过九点。"天吾不安地说。

他在脑子里排列起算式来。那是关于一个又长又复杂的算式的设问,但已经知道解答了。如何经过最短的时间和途径抵达答案,才是赋予他的课题。他敏捷地开动脑筋。这是对大脑的奴役。即便如此,他的勃起还是没有消退,反而觉得硬度越来越强烈。

"能睡着。"深绘里说。

正如她所说,尽管被下个不停的暴雨和摇撼楼宇的雷鸣包围,天吾还是伴着不安的心和顽固的勃起,不知不觉陷入了睡眠。他还以为这种事不可能呢……

在睡着前，他想，一切都混混沌沌，得设法找到通向答案的最短途径。时间受到制约，发下的答题纸又太窄小。嘀嗒嘀嗒嘀嗒，时钟忠实地铭刻着时间。

回过神来，他已赤身裸体。深绘里也赤身裸体。完全赤裸，一丝不挂。她的乳房描绘出完美的半球形，无可非议的半球形。乳头不太大，还很柔软，正在静静摸索必将到来的完美形态。只有乳房很大，已经成熟，不知为何好像几乎不受重力的影响。两只乳头优美地朝向上方，仿佛追逐着阳光的藤蔓植物的嫩芽。其次，天吾注意到她没有阴毛。原本应该长阴毛的地方，只有光滑白皙的肌肤裸露无遗。肌肤的白皙越发强调了它的毫不设防。她两腿岔开，可以看见大腿根部的性器官，和耳朵一样，看上去就像刚完工一般。也许那真是刚完工的。刚完工的耳朵和刚完工的性器官很相似，天吾想。它们似乎向着空中，小心翼翼地在聆听什么，比如说在远方鸣响的微弱铃声。

天吾仰卧在床上，脸朝天花板。深绘里骑在他身上。他的勃起还在持续，雷声也在持续。雷声究竟要轰鸣到什么时候？雷声这样响个不停，天空现在难道不会被撕成碎片吗？补天之类的事，只怕谁也无法做到吧。

我刚才睡着了。天吾想起来。勃起状态不变，就这么睡着了。此时仍然硬硬地勃起着。在沉睡期间，勃起也会一直持续吗？还是在一度复原之后，又重新勃起了，就像"第二次某某内阁"一样？到底睡了多长时间？不不，别管这种事了。总而言之（无论中断过还是没中断过）勃起还在持续，看不出任何消退的迹象。索尼和雪儿、三位数乘法运算，还有那复杂的算式，都没起到让它消退的作用。

"没关系。"深绘里说。她张开双腿，将刚完工的性器官对准他的腹部，看不出觉得羞耻的样子。"翘起来不是坏事。"她说。

"身体不能动。"天吾说。这是实情。他努力想爬起来，却连一根手指都举不起来。身体有感觉，能感到深绘里的体重，也能感到自己坚挺地勃起着。但他的身体仿佛被什么东西固定住了，沉重而僵硬。

"你没必要动。"深绘里说。

"我有必要动。"天吾答道，"因为这是我的身体。"

深绘里一句话也没说。

自己的话是否像正式的声音那样振动了空气，天吾都心里没底。没有嘴角的肌肉按照他的意图运动、语言在那里成形的真实感。他想说的似乎大致传达给了深绘里。不过两人的交流中，有一种类似通过接触不良的长途电话交谈的含混。至少对不必聆听的话，深绘里可以不去听，天吾却做不到。

"不要担心。"深绘里说，并慢慢向下移动身体。这个动作的意思十分明显。她的眼睛里蕴藏着一种光芒，那光芒的色彩从未见过。

这样刚完工的纤小性器，很难想象他那成人的阴茎能插得进去。太大，又太硬，疼痛肯定不小。但回过神来，他已经完整地进入深绘里的身体，甚至没有丝毫的阻力。它插入时，深绘里连脸色都没有一丝变化，只是呼吸略有些紊乱，上下颤动的乳房的节奏出现了五六秒微妙的变化。除此之外，仿佛一切都很自然，很普通，就是日常生活的一部分。

深绘里深深地接纳了天吾，天吾深深地被深绘里接纳，两人就这样静止不动了。天吾仍然无法动弹，深绘里则闭着眼睛，在他身上像避雷针般将身体挺得笔直，停止了动作。嘴巴半张，能看见嘴唇在微微地动，仿佛微波荡漾。那似乎在空中摸索，要形成某种话语。但此外没有别的动作了。她似乎要保持这个姿势，迎接某种事态发生。

深深的无力感揪住了天吾。接下去即将有事发生，却不知道那是什么，更不能根据自身意志去控制。身体没有感觉，不能动弹，阴茎却依然有感觉。不对,那说是感觉,不如说更接近观念。总之它宣告他进入了深绘里体内,宣告勃起呈现着完美的形态。不戴避孕套行不行?天吾不安起来。万一怀孕就麻烦了。年长的女朋友对避孕极其严格,天吾也被弄得习惯了这种严格。

他拼命设法思考别的事情,但实际上什么也无法思考。他身处混沌中。在那混沌中,时间似乎是停止的。但时间不会停止。这种状态在原理上是不可能的,恐怕只是不均匀。长期看来,时间是确切无误地按照规定的速度向前推进。但如果只拿出一部分来看,也存在不均匀的可能性。身处时间这种局部的松弛之中,事物的顺序与概率便几乎没有任何价值。

"天吾君。"深绘里呼唤道。她这么喊他还是第一次。"天吾君。"她重复道,就像练习外语单词的发音。为什么忽然改用名字来呼唤我了?天吾觉得奇怪。随即,深绘里缓缓俯下身,凑近他的脸,将嘴唇贴在了他的嘴唇上。微张的嘴唇大大地张开,她柔软的舌头进入了天吾口中,发出好闻的香味。它执拗地探寻着不成词句的语言,以及上面刻着的密码。天吾的舌头也在无意中回应它的动作。仿佛两条年轻的蛇刚从冬眠中苏醒过来,凭借着彼此的气味,在春天的草原上相互缠绵,相互贪求。

然后深绘里伸出右手,攥住天吾的左手。她紧紧地、牢牢地包着天吾的手,纤小的指甲掐进了他的手心。随即,她结束了激烈的亲吻,抬起身子。"闭上眼睛。"

天吾按照她说的,闭上双眼。那里出现了一个深而微暗的空间,异常深邃,望去似乎一直通向地心。其中射入了令人想起薄暮时分的预兆的光线。在漫长的一日之后来访的和煦温馨的薄暮。能看见许多小碎片般的东西浮在光线里。或许是尘埃,也可能是花粉,还可能是别的东西。不一会儿,纵深徐徐缩短,光线变亮,周围的东西逐渐清晰起来。

回过神来，他十岁，在小学的教室里。这是真正的时间、真正的场所、真正的光线、真正的十岁的他。他真的能呼吸那里的空气，嗅着涂了清漆的木材和黑板擦上粉笔的气味。教室里只有他和那位少女两人，看不到其他孩子的身影。她敏捷而大胆地抓住了这个偶然的机会。或许她一直在等待这个机会。总之，少女站在那里，伸出右手，握住了天吾的左手。她的眼睛凝视着天吾的双眼。

口中焦渴难耐，所有的水分都消失了。这件事太突然，所以他不知该怎么做才好，该怎么说才好，只是呆立不动，听任少女握着他的手。随即在腰的内侧，感到一阵微弱却深刻的疼痛。这是从未体验过的疼痛，一种像远方传来的海涛声般的痛。同时，现实的声音也传入了耳中。从洞开的窗口飞进来的孩子们的呼喊声。足球被踢起来的声音。球棒击打垒球的声音。低年级女生在诉说什么的尖叫声。竖笛在生涩地练习合奏《夏日最后的玫瑰》。这是放学后。

天吾想用同样的力度去握少女的手，却使不出力气。固然是因为少女的手力量太强，但他的身体也不能随意地动。怎么回事？连一根手指都动不了，仿佛中了咒一样。

时间好像停止了，天吾想。他静静地呼吸，倾听自己的呼吸声。涛声在继续。等回过神来，所有现实的声音都消失了。而腰内侧的疼过渡为一种更有限的方式，其间混杂着独特的麻痹感。这种麻痹感变成了细细的粉末，混入鲜红炽热的血液，借着勤劳的心脏提供的风箱之力，沿着血管被忠实地送往全身，在胸中形成了一朵小而紧密的云。它改变呼吸的节奏，让心脏的跳动更加强劲。

天吾想，肯定有一天——还要再等些时间——我会理解这件事的意义和目的，所以，必须准确而清晰地将它保存在意识中。现在的他，还只是个擅长数学的十岁少年。新的门就在眼前，他却不知道那后面是什么在等待自己。他无力又无知，情感混乱，还很怯懦。连他自己都明白这些。少女也不指望此刻得到理解。她只是渴望将自己的情感明确地传递给天吾而已。它装在坚固的小盒子里，用清洁的包装纸包好，用细绳牢牢扎紧。她将这样一个礼物亲手递给了天吾。

少女无声地表示，这个礼物不必此刻在这里打开，等时机到来再打开就行。现在你只要收下它。

天吾想，她已经懂了许多事情，而他还不懂。在这新的领域中，是她掌握着主动权。这里有新的规则、目标和力学。天吾一无所知，她却无所不知。

终于，少女放开了握着天吾的右手，一句话也没说，甚至连头也没回，便疾步走出教室。天吾被独自留在宽敞的教室里，从洞开的窗户传来孩子们的声音。

就在下一个瞬间，天吾知道自己射精了。猛烈的射精持续了片刻。许多精液猛烈地喷射出来。到底射到哪儿去了？天吾用混乱的大脑思索。在放学后的小学教室里射精不合适，被人看见了会无比尴尬。但那里已经不是小学教室了。回过神来，天吾是在深绘里的体内，冲着她的子宫射精。他不想干这种事，却无法遏制。一切都发生在他力所能及的范围之外。

"不用担心。"稍后，深绘里用一如既往的平板声音说，"我不会怀孕，因为我没有月经。"

天吾睁开眼睛看着深绘里。她仍然骑在他身上，俯视着他。那对形状理想的乳房就在他眼前，它们重复着安定而规律的呼吸。

这就是到猫城去吗？天吾想问。所谓猫城，到底是怎样的地方？他尝试着问出口，然而口腔肌肉纹丝不动。

"这是必要的。"深绘里似乎看穿了天吾的心事，说。一如平素，这是一个简洁的回答，又什么回答都不是。

天吾再次闭上眼睛。他到那里去，射精，又返回这里。这是现实的射精，喷射出来的是现实的精液。既然深绘里说这是必要的，那么大概是吧。天吾的肉体依然麻痹，丧失了感觉。射精之后的倦怠感像一层薄膜般笼罩着他的躯体。

很长时间，深绘里保持着那样的姿势不变，如同吸食花蜜的虫儿，高效地将天吾的精液榨取到最后一滴。恰如字面上所说的，一滴不剩。然后静静地把天吾的阴茎拔出来，一言不发地下了床，到浴室去了。回过神来，雷已经停了。猛烈的骤雨不知何时也停歇了。顽固地盘踞在楼房上空的雷云消失得无影无踪。万籁俱寂，静得甚至让人觉得仿佛身处非现实中。仅仅能听到深绘里在浴室里淋浴的微弱水声。天吾仰望着天花板，等待肉体恢复本来的感觉。射精后勃起仍在持续，不过硬度似乎减弱了。

他的心有一部分仍然留在小学教室里。他的左手上鲜明地残留着少女手指的触感。虽然无法举起来查看，但右手的掌心里肯定留着红红的指甲印。心跳还保留着一点兴奋的印迹。胸中紧密的云朵已经消失，心脏附近虚构的部分却舒适地倾诉着轻微的疼痛。

青豆，天吾在心中念道。

他想，必须和青豆见面，必须找到她。这样明显的事情，为什么我至今没有想到呢？她把重要的礼物亲手递给了我，我为什么甚至都没有打开，就抛到一旁了？他打算摇头，但头依然无法摇动。肉体还没从麻痹状态中恢复过来。

不久，深绘里回到了卧室里。她裹着浴巾，在床角坐了一会儿。

"小小人已经不再闹腾了。"她说，像一个汇报前线战况的冷静精干的侦察兵，随后用手指在空中流畅地画了一个小小的圆。一个文艺复兴时期的意大利画家在教堂墙上画的漂亮而完美的圆。无始也无终的圆。那个圆在空中飘浮了一会儿。"已经结束了。"

说完,少女解开裹在身上的浴巾,光着身子,一丝不挂地在那里站了片刻,仿佛是在静止的空气中,让残存着湿气的身体静静地干燥。那是非常美丽的景象。光滑的乳房,没有阴毛的下腹。

然后深绘里弯腰拾起掉在地板上的睡衣,连内衣也不穿,便直接套到身上,扣好纽扣系上腰带。天吾在淡薄的黑暗中,茫然地望着这情景,简直像观察昆虫的蜕变过程。天吾的睡衣对她来说太肥大,但她已经习惯这种肥大。随后她滑进了被窝,在狭小的床上定下自己的位置,把头搭在了天吾肩上。他在自己裸露的肩上感觉出她纤小的耳朵的形状,在自己咽喉处感觉到她那温暖的呼吸。与之相伴,身体的麻痹感就像时间一到潮水便会退去般,一点点远去。

空中还残留着湿气,但已经不再是那种黏糊糊的、令人不快的潮湿感。窗外,虫儿开始鸣叫。勃起已经完全消退,他的阴茎似乎又开始安然酣睡。事物依照应有的顺序循环,似乎终于完成了一个周期,在空中画了一个完美的圆。动物们走下方舟,在熟悉的大地上四处散去,每一对都回归应去的场所。

"最好睡过去。"她说,"深深地。"

深深地睡去,天吾想。睡去再醒来,到了明天,那里究竟会出现一个怎样的世界?

"谁也不知道。"深绘里看穿了他的心事,说。

第15章 青豆
终于，妖怪登场了

青豆从壁橱里拿出预备的毛毯，盖住男人巨大的躯体，然后再次把手指搭在他的脖颈上，确认脉搏已完全消失。这位被称作"领袖"的人物已经迁移到另一个世界了。她不知道那是一个怎样的世界，但肯定不是1Q84年。并且，在这边的世界里，他已经变成了被称作"死者"的存在。连微弱的一声都没有发出，就像感到寒冷般，仅仅是身体微微一颤，这个男人便越过了分隔生死的界线，不流一滴血。此刻，他从一切痛苦中解放出来，趴在蓝色的瑜伽垫上，无声无息地死去了。她干的工作一如既往，迅速而精确。

青豆将针尖插在软木上，放进小硬盒里，再装入健身包，从塑料小包中取出赫克勒-科赫，塞进了运动裤腰间。保险已经打开，枪膛里上好了子弹。坚硬的金属抵在脊骨上的感觉让她安心。她走到窗边拉上窗帘，再次将室内弄暗。

然后她拿起健身包，向门口走去。抓着门把手回过头，又望了一眼趴在黑暗中的男人那庞大的身姿。完全像睡熟了，就像第一眼看到他时一样。知道他已经丧命的人，在这个世界上只有青豆一个。不对，小小人大概知道，所以他们停止了打雷。他们知道时到如今，再发出那种警告已是徒劳。他们挑选的代理人已经丧命了。

青豆开了门，扭过脸踏进明亮的房间，不出声地悄悄拉上门。光头正坐在沙发上喝咖啡。茶几上放着看来是让送餐部送来的咖啡壶和盛着三明治的大托盘。三明治少了一半。两只没用过的咖啡杯放在旁边。马尾像刚才一样，上身挺得笔直，坐在门口的洛可可风格椅子上。两个人好像都久久地保持着相同姿势，无声地度过了这段时间。房间内飘漾着这样的气氛。

见青豆走进来，光头将手中的咖啡杯放到茶碟上，静静起身。

"结束了。"青豆说，"他现在睡着了。费了好长时间。我猜他的肌肉一定负担很重，请让他多睡一会儿。"

"他睡着了？"

"睡得很沉。"青豆说。

光头直勾勾地盯着青豆的脸，一直看进她的眼睛深处，然后缓缓地扫视到脚尖，检查有无可疑之处。

"一般都是这样吗？"

"肌肉的紧张得到消除，有许多人会因此陷入沉睡状态，不是什么特殊情况。"

光头走到分隔客厅与卧室的门前，静静地旋动把手，将门推开一条小缝，向内窥探。青豆将右手放在运动裤腰间，以便万一出事时立刻能拔出手枪。光头观察了大概十秒钟，终于缩回脑袋，关上了门。

"要睡多长时间？"他问青豆，"总不能让他一直睡在地板上。"

"过两个小时左右，就该醒了。在那之前，请尽量让他保持那个姿势。"

光头看了一眼手表确认时间，然后轻轻点头。

"明白。暂时先让他这么睡着。"他说，"您需要洗个澡吗？"

"不需要。只是我得再换换衣服。"

"没问题。请您用洗手间好了。"

可能的话，青豆可不想换什么衣服，她巴不得尽早离开这个房间。但最好别让对方生疑。来的时候我换过一次衣服，回去时也应该再换一次。她走进浴室，脱下那套运动服，脱掉汗湿的内衣，用浴巾擦去身上的汗水，换上新内衣，再穿上原来的棉布裤子和白衬衫。手枪别在裤带下面，从外面看不出来。反复扭动身躯，确认动作没有不自然的地方。再用肥皂洗脸，用发刷梳头，然后对着洗脸台上的大镜子，从各种角度痛快地皱起脸。这是为了放松因紧张变得僵硬的肌肉。这样做过一通后，恢复了平常的脸。脸皱了太久，要花点时间才能想起平常是什么模样。但反复试验，就能稳定在那种程度上。青豆盯着镜子，仔细检查那张脸。没问题，她想。就是平常的脸，连微笑也能浮出来。手不发抖，视线也坚定。就是一贯那个冷酷的青豆。

然而，刚才光头可是直直地盯着从卧室里走出的她，也许他发现了泪痕。哭了很久，肯定留下了痕迹。这么一想，青豆不安起来。做肌肉舒展时干吗要哭呢？对方也许会感到奇怪，没准会怀疑发生了什么异样的事情。于是推开卧室的门，再次查看领袖的情况，发现他的心脏停止了跳动……

青豆把手伸向后腰，确认枪把的位置。必须镇定，她想，不能害怕。怯意会露在脸上，让对方产生怀疑。

她做好了最坏的打算，左手提着健身包，小心翼翼地走出浴室，右手随时都能伸向手枪。房间里并没有异样。光头抱着双臂，站在房间正中央，眯着眼睛正在沉思。马尾还是老样子，坐在门口的椅子上，冷静地观察着房间内部。他有一双轰炸机机枪射手般冷静的眼睛，性格孤独，习惯一直观察蓝天，眼睛都染成了蓝天的颜色。

"您累了吧？"光头说，"要不要来一杯咖啡？三明治也有。"

青豆说："谢谢。不用了。刚干完活肚子不饿。要过一个多小时，才会慢慢想吃东西。"

光头点点头，然后从上衣内袋取出一只厚厚的信封，在手中掂了掂分量，递给青豆。

光头说："失礼了，这里面应该比贵方告知的费用多放了一点。刚才也跟您说过，这件事请千万代为保密。"

"是保密费吗？"青豆开玩笑地说。

"是因为给您添了分外的麻烦。"光头面不改色地说。

"我会严守秘密的，这跟金额无关，是我工作的一部分，绝对不会泄露到外边。"青豆说着，把收下的信封顺手放进了健身包，"您需要收据吗？"

光头摇摇头。"不需要。这只是我们之间的事，您不必作为收入申报。"

青豆默默地点头。

"一定非常费力吧？"光头试探般地问。

"比平时费力。"她答。

"因为他不是一般人。"

"好像是那样。"

"无可替代的人。"他说，"而且长期饱受剧烈的肉体痛苦的折磨。可以说，他是一人承受了我们众人的痛苦。我们的愿望就是减轻他的痛苦，哪怕一点也好。"

"我不了解根本原因，所以说不清楚。"青豆斟词酌句地说，"不过，痛苦大概多少减轻了一点。"

光头点点头。"您看上去体力好像也消耗得厉害。"

"可能是吧。"她答道。

青豆与光头谈话时，马尾坐在门边，无言地观察着室内。他脑袋不动,只有眼睛在转动。表情不露出任何变化。不知两人的交谈是否进入了他的耳朵。孤独,沉默,小心谨慎到极点。在云缝间寻找敌方战斗机的机影,那起初只有芥子大小。

青豆犹豫了一下,问光头:"这话也许问得多余:喝咖啡、吃火腿三明治,不违反教团的戒律吗?"

光头扭过头,看了一眼茶几上放着的咖啡壶和装三明治的托盘,唇角露出微微的笑意。

"我们教团并没有什么严格的戒律。饮酒和抽烟是禁止的。性方面也有某种程度的禁忌。不过对于食物还是比较自由的。虽然平时只吃些简单的东西,但并不禁止咖啡和火腿三明治。"

青豆不表示意见,只是点点头。

"毕竟人员众多,一定的纪律还是必要的。但如果太注重一成不变的形式,可能就会迷失原来的目的。戒律和教义始终是权宜之计。重要的不是形式,而是里面的内容。"

"是那位领袖给框架赋予内容?"

"对。我们的耳朵听不见的东西,他能够听见。他是一个特殊的人。"光头再次盯着青豆的眼睛,然后说,"今天辛苦您了。正好雨也停了。"

"刚才雷声好凶。"青豆说。

"非常凶。"光头说。但他看上去似乎对雷雨没有兴趣。

青豆微微颔首,拎着健身包,走向门口。

"请等一下。"光头在身后喊住了她,声音尖厉。

青豆站在房间中央,扭头望去。她的心脏发出激烈干涩的跳动声,右手若无其事地抵在腰际。

"瑜伽垫。"那个年轻男子说,"你忘记把瑜伽垫带走了,还铺在卧室的地板上呢。"

青豆微微一笑。"他正睡在那上面，不能推开他硬拉出来。您不介意的话，就送给你们了。又不是什么贵重的东西，也用了很长时间。你们不要的话，就扔掉好了。"

光头略一沉吟，然后点点头。"谢谢您。"

青豆走到门口，马尾从椅子上站起来，为她开门，并轻轻颔首示意。此人自始至终一句话都没说，青豆想。她也颔首回应，从他的面前穿过。

但在那一瞬间，一个暴力的念头如同强烈的电流，划过青豆的肌肤。马尾忽然伸过手，要抓她的右臂。那本该是迅速而准确的动作，迅速得几乎能抓住空中的飞蝇。的确有这样一种鲜活的、转瞬即逝的感觉。青豆浑身肌肉变得僵硬，皮肤粒粒起粟，心脏停跳了一拍，呼吸滞涩，脊背上仿佛爬过一条冰虫，意识裸露在白热的光下。假如被这家伙抓住了右臂，我就无法伸手掏枪，如此一来，我绝无胜算。这家伙感觉到我做了手脚，直觉这间屋子里出了事。虽然不知道发生了什么，但肯定是非常不当的事。本能告诉他必须抓住这个女人，将她按倒在地板上，狠狠将体重压上去，先把她的肩关节卸下来再说。但说到底，那只是直觉而已，没有确证。万一只是误会，他将处于非常尴尬的境地。他犹豫不决，终于还是放弃了。作判断下指示的毕竟是光头，他没有那个资格。他拼命抑制住右手的冲动，卸去了右肩的力量。青豆清楚地感知到了马尾的内心在这一两秒内经历的一连串变化。

青豆走到铺着地毯的走廊里，头也不回地走向电梯，若无其事地穿过笔直的走廊。马尾好像把头伸出了门外，用目光追逐她的一举一动。青豆的后背上，始终能觉出他利刃一般锋锐的视线。全身的肌肉奇痒难熬，但她硬是没有回头。绝不能回头。绕过走廊拐角，浑身的紧张才松弛下来。但还不能掉以轻心，谁知道接下来会发生什么。她摁下电梯下行按钮，直到电梯抵达（等了近乎永远的时间才抵达），始终把手放在背后，握着手枪的把。万一马尾改变主意追上来，随时都能拔枪。必须在那强劲的手抓住自己之前，毫不犹豫地击毙对方，或是毫不犹豫地杀了自己。应该选择哪一个，青豆犹豫不决，也许到最后关头仍然会犹豫。

但没有人追上来。饭店的走廊依旧无比安静。电梯门丁零一声，缓缓打开，青豆跨进去，按下一层大堂按钮，等着门关闭，然后咬着嘴唇盯着楼层指示灯。她步出电梯，走过宽阔的大堂，坐进在门口候客的出租车。雨已经完全停了，车子却像刚从水中钻出来一样水滴淋漓。去新宿车站西口，青豆说。出租车起动，离开饭店，她大口吐出郁积在体内的闷气，然后闭上眼，让大脑变成一片空白。她暂时什么也不想。

强烈地想呕吐，觉得胃里的东西全涌到了喉咙口。她勉强把它们推回去，摁下按钮，打开一半车窗，将夜晚湿润的空气送入肺里，靠在座位上连做几次深呼吸。口中有一种不祥的气息，一种像是体内有某种东西开始腐烂的气味。

她忽然想起来，摸索着棉布裤子的口袋，找到了两片口香糖，用微微颤抖的手剥去包装纸，塞进口中慢慢地嚼。口中传来薄荷味。这令人怀念的香味总算抚慰了神经。随着下颚的嚅动，口中讨厌的气味一点点减弱。并非我体内真有什么东西腐烂了，不过是恐惧让我变得有些异常。

但总而言之，一切都结束了，青豆想，我已经再也没有必要杀人了。而且，我是对的。她告诉自己。那家伙罪无可赦，这只是应得的报应。更何况——尽管实属偶然——他本人渴求死亡。我按照他的愿望给了他平静的死亡。我没做错，只是有违法律。

但不论怎样努力说服自己，她都不能由衷地信服。她就在刚才亲手杀了一个非同一般的人。锋利的针尖无声无息地沉入那人后颈的感觉，她还记得清清楚楚。其中隐含着一种非同一般的手感，正是这东西搅得青豆心烦意乱。她摊开两只手掌，望了片刻。不对。和平常很不相同，但看不透是什么不同、怎样不同。

如果相信那人的话，她杀的就是一位先知，一位代言神的声音的人。但那个声音的主人并不是神，只怕是小小人。先知同时也是王，而王注定要遭到杀戮。就是说，她是命运派来的刺客。于是她动用暴力除掉这位王兼先知，从而保住了世界的善恶平衡。结果，她却不得不死去。但是，当时她做了一笔交易。通过杀害那人、并在事实上放弃自己的生命，天吾的生命便能得救。这就是交易的内容，如果相信那个人的话。

然而，青豆不得不相信他。他不是一个疯狂的信徒，况且濒临死亡的人常常不会说谎。最主要的是他的话具有说服力，像巨锚一样沉重的说服力。所有的船上都有一只与船的大小和重量相配的锚。青豆不得不承认，那家伙不管干过多少下流无耻的恶行，也的确是个令人联想起大船的人。

她避开司机的视线，拔出赫克勒－科赫，关上保险后放进了塑料小包。大约五百克牢靠的、能致死的重量从她身上除下了。

"刚才雷打得好厉害。雨也下得很猛。"司机说。

"雷？"青豆说。她觉得那似乎是很久以前的事了，但其实就发生在三十分钟前。这样说来的确打过雷。"是啊，好厉害的雷。"

"天气预报根本没提到这种事，还说是一整天都是晴天呢。"

她开动脑筋，总得说点什么，但想不出说什么好。脑子像变得迟钝了许多。"天气预报总是说不中。"她说。

司机从后视镜里瞟了青豆一眼。也许是她说话的腔调有点不自然。

他说:"道路漫水,听说水一直流到了地铁赤坂见附车站里,线路也被水淹了,因为雨集中在一片狭窄区域的缘故。银座线和丸之内线暂停运行。刚才广播里说的。"

由于暴雨的缘故,地铁停止了运行。这会不会给我的行动带来影响?必须抓紧时间思考。我前往新宿车站,从投币式寄存柜里取出旅行包和挎包,然后给Tamaru打电话接受指示。如果一定得从新宿乘坐丸之内线,事情就有些麻烦。用于逃生的时间只有两个小时。过了两个小时,他们发现领袖不醒,自然会觉得奇怪,恐怕要到隔壁去查看情况。发现那人已经断气,他们会立刻开始行动。

"丸之内线还没有恢复运行吗?"青豆问司机。

"这个嘛,不清楚。要不要打开收音机听听新闻?"

"呃,麻烦你了。"

据领袖说,是小小人带来了这场雷雨。他们在赤坂附近一带下了一场暴雨,造成了地铁停运。青豆摇摇头。其中也许隐藏着什么企图,事情不会那么顺利。

司机将收音机调到了NHK。正在播放音乐节目,是流行于二十世纪六十年代的日本歌手演唱的民谣专辑。青豆小时候曾在广播里听过这些歌,有着遥远的记忆,但她并不觉得怀念,胸中反而涌起了不快的情绪。这些歌让她回想起来的,都是些不堪回首的往事。她耐着性子听了一会儿,但无论怎么等,也没有关于地铁运行情况的消息。

"对不起,这就可以了。请你把收音机关上好吗?"青豆说,"反正到了新宿站看看情况再说。"

司机关掉收音机。"新宿站,肯定很挤。"他说。

新宿站果然如同司机说的那样拥挤不堪。由于在新宿站与国铁相接的丸之内线停运,客流有些混乱,人们东奔西窜。虽然过了下班回家的高峰时段，要在人群中挤出一条路来也不容易。

青豆好容易挤到投币式寄存柜前，取出挎包和黑色人造革旅行包。旅行包里装着从银行保险箱拿出来的现金。她从健身包里取出一些物品，分别装进挎包和旅行包——光头给的装有现金的信封、放着手枪的塑料小包、装冰锥的小盒子。没用了的耐克健身包则放进旁边的投币式寄存柜里，投入百元硬币，上了锁。她不打算再取走了，反正里面没有任何可以追查到她的东西。

她拎着旅行包在车站里走来走去，寻找公用电话。所有的公用电话前都拥挤不堪。人们排着长队，等着打电话告诉家人：由于列车停运，得晚点到家。青豆微微皱起眉。看来小小人不会那么简单地让我逃脱。按照领袖的说法，他们不能直接对我下手，但是能动用其他间接的手段攻击我的弱点，阻碍我的行动。

青豆放弃了排队等待，出车站后走了一会儿，走进一家映入眼帘的咖啡馆，叫了一杯冰咖啡。店里的粉红投币电话有人在打，但毕竟无人排队。她站在那位中年妇女身后，一直等着她那冗长的电话打完。中年妇女面露不快，一再斜眼瞟着青豆，说了五分多钟，终于无奈地挂断电话。

青豆把手头所有的硬币都塞进电话，按下心中记住的号码。铃声响过三次，录音磁带无机的声音宣告："现在外出。如有要事，请在信号声后留言。"

听到信号声后，青豆对着听筒说："哎，Tamaru 先生，如果你在，就接电话好吗？"

对方拿起了听筒。"在。"Tamaru 说。

"太好了。"青豆说。

Tamaru 似乎从她的声音里听出了不同于平时的急迫。"你不要紧吧？"他问。

"目前还行。"

"工作进展顺利吗？"

青豆说："睡熟了。熟得不能再熟了。"

"哦。"Tamaru说，似乎在心底长舒了一口气。这从他的声音中流露出来。对感情从不外露的Tamaru来说，这很罕见。"我会如实汇报。她一定会感到安心。"

"工作不太容易。"

"我知道。不过总算成功了。"

"总算。"青豆说，"这个电话安全吗？"

"用的是特殊线路。不必担心。"

"我已经从新宿站的寄存柜里把行李取出来了。接下来呢？"

"时间上有多少宽裕？"

"一个半小时。"青豆说。她简单地说明了事情经过。再过一个半小时，两个保镖就会去检查隔壁房间，到时候恐怕会发现领袖已经没有呼吸了。

"有一个半小时就足够。"Tamaru说。

"发现后，他们会立刻报警吗？"

"这可难说。昨天，教团总部刚受过警察的搜查。现阶段还只是调查情况，并没有发展到正式搜查的程度。如果这时教主死于非命，事情可能会变得相当麻烦。"

"这么说，他们可能不公开此事，自己处理？"

"那帮家伙完全干得出来。只要看了明天的报纸，就知道他们有没有向警察通报教主的死讯。我这个人不喜欢赌博。但要是非赌一样不可，我肯定把赌注下在他们不会报警上。"

"他们不会认为是自然死亡？"

"只看外表是判断不出的。除非进行细致的司法解剖，没人会知道是自然死亡还是杀人案件。但无论如何，那帮家伙肯定先要找你，因为你是最后一个见到活着的领袖的人。发现你已经退掉房子销声匿迹，那帮人当然会推断出一定不是自然死亡。"

"他们就会不遗余力地寻找我的行踪。"

"大概不会错。"Tamaru 说。

"我能成功躲过他们吗？"

"计划制订妥当了。是个周全的计划，只要按照它小心地、耐心地行动，一般不会被人发现。最糟糕的是胆怯。"

"我在努力。"青豆说。

"得坚持努力。而且得迅速行动，争取让时间成为自己的朋友。你为人谨慎，吃苦耐劳，只要像平时那样做就足够了。"

青豆说："赤坂附近下了暴雨，地铁停运了。"

"我知道。"Tamaru 说，"你不必担心，我们没打算利用地铁。你马上坐上出租车，到市内的藏身处去。"

"市内？不是说去很远的地方吗？"

"当然要去很远的地方。"Tamaru 缓慢而清晰地说，"但在那之前，还有一些准备要做。得改名换姓，还得改头换面。而且，这次的工作太辛苦，你的情绪也一定很亢奋。在这种时候慌张地采取行动，反而不会有好结果。你先在那个安全的地方避一段时间再说。没关系，有我们全力支援呢。"

"那是哪里呢？"

"高圆寺。"Tamaru 说。

高圆寺，青豆想着，用指尖轻轻叩了叩门牙。对高圆寺的地形可一点也不熟悉。

Tamaru 说了住址和公寓名称。一如往常，青豆不记下来，全都铭刻在心里。

"高圆寺南口。环七①附近。房间号码是三〇三。在大门口按下二八三一这个数字，自动门锁就会打开。"

Tamaru 停顿一会儿。青豆在脑子里复述三〇三和二八三一。

"钥匙用胶带粘在门前的脚垫背面。房间里，目前需要的生活用品一应俱全，这段时间完全可以不出门。由我跟你联系。铃声响过三次后我会挂断，过二十秒再拨。你尽量不要主动打电话来。"

"知道了。"青豆说。

"那帮家伙厉害吗？"Tamaru 问。

"旁边两个人好像功夫不错，还把我吓了一大跳。不过不是行家，和你比水平差得太远。"

"像我这样的人可不太多。"

"太多了怕也麻烦。"

"或许。"Tamaru 说。

青豆拎着行李走向车站旁的出租车候车点。那里也排成了一条长龙。看来地铁还没有恢复运行，只好耐着性子排队等待，因为没有选择的余地。

混在满脸焦虑的下班的人中间，她一边等着出租车，一边反复在脑中复述藏身处的地址、名称、房间号码、自动门锁的暗号和 Tamaru 的电话号码，像苦行僧端坐在山顶的岩石上念诵宝贵的真言。青豆原本对记忆力充满自信，这点信息不费力气就能记牢。但对现在的她来说，这几个数字就是救命稻草。忘记或弄错一个，只怕就难保全性命，必须牢牢记在心里。

她好容易坐进出租车时，离留下领袖的尸体离开那个房间，差不

---

① 即下文所说的环状七号线。

多过去了一个小时。到此为止，花去了预定时间的两倍。也许是小小人赢得了这段时间，让赤坂骤降暴雨，使地铁停运，扰乱交通，造成新宿站的混乱，导致出租车数量不足，延缓了青豆的行动。就这样慢慢勒紧她的神经，企图让她丧失冷静。不，这也可能是巧合，只是偶然形成了这样的局面。我只是被无中生有的小小人的身影吓坏了。

青豆把目的地告诉司机，深深靠在座位上，闭上眼睛。那穿着深色西装的两人组此时肯定在看着手表，等待教主醒来。青豆想象着他们的情形。光头一边喝着咖啡，一边默默思考。思考是他的职责。思考，然后判断。他也许会觉得诧异：领袖睡得过于宁静了。领袖总是无声无息地酣眠，连鼾声和鼻息都不发出。尽管如此，也总有些动静。那个女人说，总得熟睡两个小时。为了肌肉的恢复，至少要让他安静地休息这些时间。现在才过去一个小时。然而，有种东西撩拨着他的神经，也许最好去看一看。怎么办才好？他犹豫不定。

不过真正危险的还是马尾。离开房间时马尾显示的转瞬即逝的暴力迹象，青豆记忆犹新。一个寡言少语却有敏锐直觉的家伙，也许还擅长格斗技巧，比预想的似乎高超得多。青豆这点武术修行恐怕远远不是对手，连伸手摸枪的时间大概都别想有。所幸他不是行家。将直觉付诸行动之前，他的理性先起了作用。他习惯了听命于别人，和Tamaru不一样。如果是Tamaru，大概会先将对方撂倒，除去其战斗力，然后再思考。行动当先，相信直觉，逻辑判断放到以后再说。他知道瞬间的踌躇便会错过时机。

回忆起当时的情景，腋下渗出薄薄的汗水。她无言地摇摇头。我真幸运，至少逃过了被当场活捉的厄运。今后得加倍小心。就像Tamaru说的，谨慎为人、吃苦耐劳比什么都重要。危机就在放松警惕的那一瞬间造访。

出租车司机是个说话很客气的中年男子。他拿出地图，停下车，关上计价器，好心地帮忙查找门牌号码，找到了那座公寓。青豆道谢后下了车。这是一座别致的新建六层公寓，位于住宅区的正中。大门口没有人。青豆按下二八三一，解除自动锁打开自动门，坐着干净但狭窄的电梯上了三楼。走下电梯，先确认逃生梯的位置，然后拿到了用胶带粘在门前脚垫背面的钥匙，开门进屋。房门一打开，门口的照明就自动亮起。房间里发出新房特有的气味。摆设的家具和电器似乎全是崭新的，看不到使用过的形迹，恐怕是刚从纸箱里拿出来、解去塑料包装的吧。这些家具和电器看上去像是为了装饰公寓的样板间，由设计师成套买齐的东西，形式简单，注重功能，感觉不到生活的气息。

一进门，左边有一间餐厅兼客厅。有走廊，有卫生间和浴室，靠里有两个房间。一间卧室里放着大号双人床，被褥已经铺好。百叶窗关着。打开临街一侧的窗户，环状七号线上车来车往的声响便像遥远的海涛声，传了过来。关上窗子，便几乎听不到任何声音。客厅外有一个小小的阳台，可以俯瞰路对面的小公园。那里有秋千、滑梯、沙坑，还有公共厕所。高高的水银灯将四周照得通明，亮得几乎让人觉得不太自然。高大的榉树枝条纵横。房间虽在三楼，但周围没有高楼，不必介意别人的目光。

青豆想起刚离开的自由之丘的家。那是一座陈旧的建筑，说不上干净，不时还有蟑螂现身，墙壁也很单薄。很难说是令人留恋的住所，但此刻她却很怀念。待在这所没有一点污痕的新房子里，她觉得自己似乎变成了一个被剥夺了记忆与个性的匿名者。

拉开电冰箱，门袋里冰着四罐喜力啤酒。青豆开了一罐，喝了一口，打开二十一英寸的电视机，坐在前面看新闻。上面有关于打雷和暴雨的报道。赤坂见附车站内进水，丸之内线和银座线停运被当作头条新闻。漫溢的雨水顺着车站的台阶，如同瀑布般往下流淌。身穿雨衣的员工在车站入口堆放沙袋，那怎么看都太晚了。地铁依旧停止运行，修复不知得等到何时。电视记者伸出麦克风，采访无法回家的人们。也有人抱怨说"早晨天气预报还说今天一天都是晴天呢"。

新闻节目一直看到了最后，当然还没有报道"先驱"领袖死亡的消息。那两人组肯定还在隔壁房间里等着呢，接下去他们会知道真相。她从旅行包中取出小包，拿出赫克勒-科赫，放在餐桌上。摆在崭新的餐桌上的德制自动手枪，看上去异常粗俗沉默，而且通体乌黑。但靠着它，全无个性的屋子里似乎诞生了一个焦点。"有自动手枪的风景。"青豆嘟囔道，简直像一幅画的标题。总之，今后必须片刻不离地带着它了，必须时刻放在伸手可及的地方，不管是冲着别人开枪，还是冲着自己。

大冰箱里准备了足够的食品，万一有事时可以半个月不出门。里面有蔬菜和水果，一些立即可食的熟食。冷冻箱内各种肉类、鱼和面包冻得硬邦邦的，甚至还有冰淇淋。食品架上排列着袋装熟食、罐头和调味品，应有尽有。还有大米和面。矿泉水也绰绰有余。还准备了葡萄酒，红白各两瓶。不知是谁准备的，总之无微不至，暂时想不出有什么疏漏。

她感到有点饿了，于是取出卡芒贝尔干酪，切好和咸饼干一起吃。吃了一半干酪，又洗了一根西芹，蘸着蛋黄酱整个儿啃下去。

然后，她把卧室里的橱柜抽屉一个个拉开看。最上层放着睡衣和薄浴巾，崭新的，装在塑料袋里还没开封。准备得很周到。第二层抽屉里放着T恤和三双短袜、连裤袜、内衣。一律和家具的款式相配，白色、式样简洁，也都装在塑料袋里。恐怕和发给庇护所里的女人的一样，质地优良，却总感觉飘漾着"配给品"的气息。

洗手间里有洗发露、护发素，以及护肤霜、化妆水。她需要的东西一应俱全。青豆平时几乎从不化妆，需要的化妆品很少。还有牙刷、牙缝刷和牙膏。连发梳、棉棒、剃刀、小镊子、生理用品都准备好了，细致周到。卫生纸和面巾纸也储备充足。浴巾和洗脸毛巾叠得整整齐齐，堆放在小橱里。一切都整理得井井有条。

她拉开壁橱。说不定这里面会挂满和她的身材相符的连衣裙、和她的尺码相配的鞋子。如果都是阿玛尼和菲拉格慕，就更无可挑剔了。但事与愿违，壁橱里空空的。无论如何也不至于这样。他们心中明白到什么程度叫周到，从哪里开始叫过分。就像杰伊·盖茨比的图书室一样，真正的书应有尽有，但不会事先为你裁开书页。况且在此逗留期间，大概没有外出的必要。他们不会准备不必要的东西，但准备了很多衣架。

青豆从旅行包中拿出带来的衣服，一件件地确认没有皱褶之后，挂到衣架上。尽管她明白，其实让衣服放在包里原封不动，对逃亡中的她来说反而更方便。但这个世界上青豆最讨厌的，就是身穿满是褶皱的衣服。

我不可能成为一个冷静的职业犯罪者，青豆想。真是的。都这种时候了，居然还介意什么衣服的褶皱。于是她想起了以前与亚由美的对话。

"把现款藏在床垫子里，一旦情况危急，马上抓起来跳窗而逃。"

"对对对，就是那个。"亚由美说着，打了个响指，"岂不是跟《赌命鸳鸯》一样嘛。史蒂夫·麦奎恩的电影，钞票捆加霰弹枪。我就喜欢这种样子。"

这种生活好像不太好玩呀，青豆对着墙壁说。

随后，青豆走进浴室，脱去衣服洗了个淋浴。淋着热水，将身上讨厌的汗水冲去。走出浴室，坐在厨房吧台前，用毛巾擦拭潮湿的头发，喝了一口刚才没喝完的罐装啤酒。

今天一天内，几件事情确实有了进展，青豆想。齿轮发出咔嚓一声，向前进了一格。而一旦向前迈进，齿轮就不能倒退了。这就是世界的规则。

青豆拿起手枪，翻个个儿，把枪口向上塞进口中。齿尖触到的钢铁感觉又硬又冷，微微发出润滑油的气味。只要这样击穿脑袋就行了。推上击锤，扣动扳机，于是一切都结束了。没有左思右想的必要，也没有东逃西窜的必要。

青豆并不怕死。我死了，天吾君就能活下去。他今后将生活在1Q84年，生活在这有两个月亮的世界。但这里不包括我。在这个世界里，我不会和他相逢。无论世界如何重叠，我都不会遇到他。至少那位领袖是这么说的。

青豆再次缓缓扫视室内。简直就像样板间，她想。清洁，风格统一，必需品应有尽有，但缺乏个性，冷漠疏离。只是个纸糊的东西。如果我得死在这种地方，或许说不上是令人愉快的死法。但即使换成自己喜欢的舞台背景，这个世界上究竟存在令人愉快的死法这种东西吗？而且细细一想，我们生活的世界，归根结底不就像一个巨大的样板间？人们走进来坐下，喝茶，眺望窗外风景，时间一到便道谢，走出去。陈设在这里的家具只是应付了事的赝品。就连挂在窗前的月亮，也许都是个纸糊的假月亮。

可是我爱着天吾君，青豆心想，还小声地说出口。我爱天吾君。这可不是廉价酒馆的表演秀。1Q84年是个现实的世界，一刀就能割出血来。疼痛是真实的疼痛，恐怖是真实的恐怖。悬在天上的月亮并不是纸糊的月亮，而是一对真正的月亮。而且在这个世界里，我为了天吾君主动接受死亡。我不允许任何人说这是假的。

青豆抬头望了一眼挂在墙上的圆形的钟。是布朗公司造型简约的产品，与赫克勒－科赫十分相配。除了这座钟，这所屋子的墙上什么都没挂。时钟的针指向十点过后，这是那两人即将发现领袖尸体的时刻。

在大仓饭店优雅的高级套间的卧室里，一个男人断了气。体形庞大、不同寻常的男人。他已经迁移到了那边的世界。无论是谁，无论怎么做，也不可能将他拉回到这边的世界了。

终于，妖怪就要登场了。

第16章 天吾
就像一艘幽灵船

到了明天，那里会出现一个怎样的世界？
"谁也不知道。"深绘里说。

但天吾醒来的这个世界，与昨晚睡去时那个世界相比，看不出有什么变化。枕边的时钟指向六点刚过。窗外已经大亮，空气无比澄澈，光线从窗帘的缝隙间像楔子一般照进来。夏季似乎也终于即将结束。尖利的鸟鸣声清晰地传来，让人觉得昨日那猛烈的雷雨宛如幻梦，像是许久以前不知发生在何处的事。

醒来后先浮上天吾脑际的是，说不定深绘里已经在昨天夜里消失了踪影。但那位少女就在他身旁，像冬眠中的小动物，正睡得很沉。睡容美丽，细细的黑发垂在雪白的脸颊上，勾勒出复杂的纹样。耳朵藏在头发下面，看不见。鼻息轻轻传来。半晌，天吾望着天花板，倾听着那小小的风箱般的呼吸声。

他还清晰地记着昨夜射精的感觉。一想到自己真把精液射在了这位少女体内，他便感到头脑混乱。还是大量的精液。到了早晨，这就像那场雷雨一样，让人觉得似乎并非发生在现实中的事，简直像是梦中的体验。十多岁时，他多次体验过梦遗。做了非常真实的春梦，在梦中射精，然后醒来。发生的所有事情都是梦，只有射精是真实的。就感觉而言，这两件事十分相似。

但这不是梦遗。他确实射在了深绘里体内。她引导他的阴茎插入自己体内，有效地榨取了他的精液。他只是听任摆布。当时，他的身体完全麻痹，连一根手指都动不了。而且，他还以为自己是在小学教室里射精的。但不管怎样，深绘里说她没有月经，不必担心怀孕。他实在无法理解竟会发生这种事，然而真的发生过。在现实世界中，作为现实发生过。大概是这样。

他下了床，换好衣服，走到厨房里烧开水泡了咖啡。一边泡咖啡，一边试着理清思绪，就像理清抽屉里的东西一样。但他理不清，只是将几样东西调换了位置。在原来放橡皮的地方放了回形针，原来放回形针的地方放了转笔刀，原来放转笔刀的地方放了橡皮。只不过是从一种混乱形态改变为另外一种混乱形态。

喝了新鲜的咖啡，走进洗手间一边听调频广播的巴洛克音乐节目，一边刮胡子。泰勒曼①为各种独奏乐器创作的组曲。老一套的行动。在厨房里泡咖啡喝，边听收音机的"为您倾情呈献巴洛克音乐"边刮胡子。每天只有曲目会改变，昨天好像是拉莫②的键盘音乐。

解说人介绍道：

十八世纪前半叶在欧洲各地享有盛誉的作曲家泰勒曼，进入十九世纪之后，因过于多产受到了人们的轻侮。但这其实并非泰勒曼的过错。伴随着欧洲社会构成的变化，音乐的创作目的发生了很大改变，

---

① Georg Philipp Telemann（1681-1767），德国作曲家。
② Jean-Philippe Rameau（1683-1764），法国作曲家、音乐理论家。

导致了这种评价的逆转。

这就是新的世界吗？他心想。

再次环视四周的风景，仍然看不到能称为变化的东西。轻侮的人们现在还未现身。但无论如何，胡须必须得刮。不管世界是面目全非还是一成不变，反正不会有人来替他刮胡子，只能自己动手。

刮完胡子，烤好吐司抹上黄油吃，又喝了一杯咖啡。去卧室看看深绘里，她好像睡得酣沉甜美，身子一动不动，姿势始终没有变过。头发在面颊上描绘着相同的纹样，鼻息也像刚才一样安宁。

天吾今天没有安排，也没有补习学校的课。不会有人来访，也没有拜访别人的计划。今天一整天他是自由的，想干什么就能干什么。他坐在厨房的餐桌前，继续写他的小说，用钢笔将字填进稿纸里。一如往常，他很快进入了角色。意识频道被切换，其他的事物迅速从视野里消失了。

深绘里醒来，是在九点之前。她脱去睡衣，穿着天吾的T恤。杰夫·贝克访日公演的T恤，他去千仓探望父亲时穿过。一对乳房鲜明地凸起，不由分说地让天吾回想起昨夜射精的感觉，像一个年号会让人联想起历史事件一样。

调频广播里放着马塞尔·迪普雷[①]的风琴曲。天吾停下写作，为她做早餐。深绘里喝了伯爵红茶，在吐司上抹了果酱吃。她就像伦勃朗在描绘衣服的褶皱，仔细地花了很长时间，往吐司上涂抹果酱。

"你的书卖了多少？"天吾问。

"是《空气蛹》吗。"深绘里问。

---

① Marcel Dupré（1886–1971），法国风琴演奏家、作曲家。

"对。"

"不知道。"深绘里说,还轻轻地皱起眉头,"好多好多。"

对她来说,数字并不是重要的因素,天吾想。她那句"好多好多",让人联想起辽阔的原野上一望无际的三叶草。三叶草表示的始终是"多"这个概念,那数字谁也数不清。

"好多人都在读《空气蛹》。"天吾说。

深绘里不声不响,检查着涂抹的果酱。

"我得跟小松先生见一面,越早越好。"天吾隔着餐桌,望着深绘里的脸说。她的脸一如平日,没有浮现出任何表情。"你一定见过小松先生吧?"

"记者见面会的时候。"

"说话了吗?"

深绘里微微摇头,意思是几乎没说话。

他能清晰地想象出那幅场景。小松还是老样子,快嘴快舌滔滔不绝,说着些心中所想——也许其实没有想——的事情。而她几乎一言不发,也没好好地听对方说话。小松对此毫不在意。如果有人要求用具体实例说明"一对绝不相容的人物组合",只要举出深绘里和小松就行了。

天吾说:"很久没见到小松先生了,也没有电话来。他最近一定忙得不可开交。因为《空气蛹》成了畅销书,他忙得不亦乐乎。不过,已经到时候了,应该面对面坐下来,认真讨论一下各种问题。正好你也在,是个好机会。我们一起见见他,好不好?"

"三个人。"

"嗯。这样说话更容易些。"

深绘里略作思考,也许是略作想象,然后答道:"没关系,如果能做到的话。"

"如果能做到的话，"天吾在脑中复述。话里有一种预言般的余韵。

"你认为可能做不到吗？"天吾战战兢兢地问。

深绘里没有回答。

"如果可能，就跟他见一面。这样行不行？"

"见了面做什么。"

"见了面做什么？"天吾将提问重复了一遍，又说，"先把钱还给他。作为改写《空气蛹》的报酬，他向我的银行账户里汇进一笔巨款。但我不想接受这种东西。我并不是后悔改写了《空气蛹》。这项工作刺激了我，把我引向了好的方向。虽然自己说有点那个，但我觉得改写非常成功。事实上，外界评价也很高，书也十分畅销。我觉得接受这项工作本身没有错。但是，我没想到事情竟然闹得这样大。当然，接受这项工作的是我自己，为此承担责任也理所当然。但总而言之，我不打算收取报酬。"

深绘里微微耸了耸肩。

天吾说："的确如此。就算我这么做，事态恐怕也不会有丝毫改变。但我宁愿表明自己的立场。"

"对谁。"

"主要是对我自己。"天吾的声音有点低沉下来。

深绘里拿起果酱瓶子，好奇地看着。

"不过，也许太迟了。"天吾说。

深绘里未发一言。

一点过后，给小松的公司打电话时（上午小松从来不上班），接电话的女子说，小松这几天没来上班，但她不了解详情。要不就是知道什么，却似乎不打算告诉天吾。天吾请求她将电话转给一个熟识的男编辑，他用笔名为此人编辑的月刊杂志撰写短专栏。这位编辑比天吾大两三岁,又和他毕业于同一所大学,对他颇有好感。

"小松先生已经一个星期没来上班了。"这位编辑说,"第三天,他打过电话,说是身体不适要休息几天。自那以后就再也没来上班。出版部那群家伙伤透了脑筋。因为小松是《空气蛹》的责任编辑,那本书全由他一个人负责。他本来是分管杂志的,但根本不管什么部门,一个人大包大揽,什么人都不让碰。结果现在他一放手,别人根本接不上手。不过,既然他说身体不适,也没办法了。"

"身体怎么了?"

"那谁知道。他只是说身体不适,说完就把电话挂了,从此杳无音信。有事要问他,往他家里打电话,也打不通,一直是录音电话。真叫人犯难啊。"

"小松先生没有家属吗?"

"他是单身。有太太和一个儿子,不过很久以前就离婚了。他一句也不提,我们也不了解详情。只是大家都这么说。"

"一个星期都不来上班,却只打电话联系过一次,不管怎么说都有点奇怪。"

"但你也知道,他可不是个能用常识衡量的人啊。"

天吾握着听筒想了一下,说:"确实,谁也说不准这个人会干出什么事来。缺乏社会常识,还有点任性。但据我所知,他可不是个对工作不负责任的人。在《空气蛹》这样畅销的时候,再怎么身体不适,他也不太可能扔下工作不管,甚至都不和公司联系。还不至于这么不近人情吧。"

"你说得有道理。"那位编辑同意,"也许该到他家里去一趟,探视一下情况究竟怎样。因为牵涉到深绘里失踪,与'先驱'也有点纠纷,而她至今仍下落不明。弄不好是出了什么事。该不会是小松先生装病,把深绘里给藏起来了吧?"

天吾沉默不语。总不能告诉他，深绘里就在自己眼前，正在用棉棒掏耳朵吧。

"不光是这件事，还有那本书，也有些地方令人生疑。书卖得好当然是件好事，但有点想不通。不光是我，公司里还有许多人这么觉得……对了，天吾君找小松先生有事吗？"

"不，没什么事。只是有一阵子没跟他聊天，想看看他近况如何。"

"他这阵子真忙得够呛。说不定是太紧张的缘故。总之《空气蛹》是我们公司有史以来最大的畅销书，今年的奖金看来相当可观啊。天吾君看过那本书了吗？"

"当然，还是应征稿的时候就读过。"

"这么说还真是啊。你负责预读来稿。"

"写得好，很有趣。"

"是啊。内容的确很好，值得一读。"

天吾从他的话里听出了不祥的余韵。"但是有令人担心的地方吗？"

"这大概是做编辑的直觉吧。写得非常好，这一点千真万确。不过，有点好得过分了——对于一个十七岁的新手、一个小女孩来说。而且作者目前行踪不明，和责任编辑也联系不上。于是只有小说，就像一艘没有一个乘客的远古幽灵船，沿着畅销书的航道一帆风顺地笔直向前。"

天吾暧昧地支吾了一声。

对方继续说道："恐怖，神秘，故事写得太好了。这话不要外传哦——公司里甚至有人在背地里议论，说怕是小松先生对作品大动手脚，超出了情理。我想总不至于吧，不过万一是真的，我们就等于抱着一枚危险的炸弹。"

"也许只是好运连连呢。"

"就算是这样，也不可能永远走运。"那位编辑说。

天吾道谢后,挂断了电话。

天吾放下电话,告诉深绘里:"小松先生大约有一个星期没去公司上班了。打电话也联系不上。"

深绘里什么也没说。

"在我身边,很多人好像一个接一个地消失了。"天吾说。

深绘里还是什么也没说。

天吾忽然想起了人每天都要丧失四千万个表皮细胞的事实。它们丧失,剥落,化作肉眼看不见的细小尘埃,消失在空中。对这个世界而言,我们或许就像是它的表皮细胞。如果是这样,有人某一天忽然消失,也不是什么怪事。

"弄不好下次就轮到我了。"天吾说。

深绘里微微地摇头。"你不会消失。"

"为什么我不会消失?"天吾问。

"因为驱过邪。"

天吾思考了几秒,自然不会有结论。从一开始就明白——再怎么绞尽脑汁都是白费力气。尽管如此,却不能不努力思考。

"总之,现在无法马上见到小松先生。"天吾说,"也无法还他钱。"

"钱不是问题。"深绘里说。

"那到底什么才是问题呢?"天吾试着问了一句。

当然没有回答。

天吾按照昨晚的决心,开始搜寻青豆的下落。花上一天集中精力去找,肯定能得到一点线索。但他真正动手尝试之后,才明白这件事绝非想象中那样简单。他把深绘里留在家里,(反复叮嘱了许多次:"不管谁来了都不能开门!")赶到电话总局。那里有日本全国各地的电话号码簿可供阅览。他把东京二十三个区的电话号码簿从头到尾统统翻了一遍，寻找青豆这个姓。哪怕不是她本人，也肯定有亲戚住在什么地方。只要向他们打听青豆的行踪就行了。

然而，哪一本号码簿里都没有姓青豆的人。天吾将范围扩大到整个东京，仍然一个人也没找到。随后他又将搜索范围扩大到了整个关东。千叶县、神奈川县、埼玉县……至此，能量与时间都耗尽了。由于长时间盯着电话号码簿上细小的铅字看，眼睛深处生疼。

可以考虑几种可能性。

（一）她住在北海道的歌志内市郊外。

（二）她结了婚，随夫改姓"伊藤"。

（三）她为了保护隐私，没将姓名登在电话号码簿上。

（四）她在两年前的春天染上恶性流感死了。

此外还可以举出无数可能性。单靠电话号码簿终究不行。总不能把全日本的电话号码簿一本不剩地查阅一遍。查到北海道，只怕该到下个月了。得另外想办法。

天吾买了张电话卡，钻进电话局内的电话亭，给母校——市川市的那所小学打了个电话，声称是同窗会要联系老同学，请求查找青豆登记的地址。热情而且似乎闲得无聊的事务员替他查阅了毕业生名录。青豆是在五年级读到一半时转学的，所以不算毕业生，毕业生名录上没有她的名字，现住址也不明。不过当时的迁居地址可以查到，想知道吗？

想知道，天吾答道。

天吾用笔记下那个地址和电话号码。是东京足立区的某处地址，由"田崎孝司"转交。她当时好像离开了亲生父母，看来发生过什么事。天吾想，这个号码大概没什么用，不过还是试着拨打了一下。果然不出所料，该号码已经废弃不用，毕竟是二十年前的事了。打给查号台，报上地址和田崎孝司这个名字，却得知无人用这个姓名登记过电话号码。

然后，天吾又查找"证人会"总部的电话号码。但无论他怎样查找，电话号码簿上都没有刊登他们的联系地址，也没有刊登"洪水之前""证人会"或其他类似的名字。在按行业分类的电话号码簿的"宗教团体"类别下，也没有找到。天吾经过一番苦战后，得出了"他们大概不希望任何人和自己联系"的结论。

仔细一想，这也是怪事。他们随心所欲地想何时来访就何时来，不管你是在烤舒芙蕾，在做焊接，在洗头发，还是在训练小白鼠，甚至是在思考二次函数，他们毫不体恤，照样按门铃或敲门，笑嘻嘻地劝诱："咱们一起来学《圣经》好吗？"他们可以只管找上门来，但别人（恐怕只要不做信徒）就不能自由地去找他们，连问个简单的问题都不行。要说不方便，也真够不方便的。

然而，即使查到电话号码，打通了电话，他们如此壁垒森严，也很难想象他们会答应我的请求，将个别信徒的信息热心地提供给我。在他们看来，恐怕大有戒备森严的必要。由于他们那极端而古怪的教义，由于他们对信仰的冥顽不灵，世间有许多人嫌恶和疏远他们。曾经引发过一些社会问题，结果受到过近似迫害的待遇。在绝不算善意的外部世界面前保护自己的共同体，也许成了他们的习性。

总之，搜寻青豆的途径暂时受阻。此外还剩下什么搜寻手段，天吾一下子也想不出来。青豆是个非常少见的姓氏，听过一次就不会忘记。但他试图追踪一个这个姓氏的人的行踪，却立刻四处碰壁。

说不定直接向"证人会"信徒打听反而省事。规规矩矩地向他们的总部咨询，也许徒然招致怀疑，什么也打听不到。天吾觉得，如果询问普通信徒，他们很可能会热情地告诉自己。然而，他连一个"证人会"的信徒都不认识。而且仔细一想，这近十年来，他一次都没有受到过"证人会"信徒的访问。为什么希望他们来的时候总也不来，不希望他们来的时候偏偏不期而至？

还有一个办法，在报纸上登个寻人启事。"青豆：盼尽快联系。川奈。"愚蠢的文字。加上天吾觉得，就算亲眼看到了这则启事，青豆也不会特意和自己联系，只会落得被她提防的下场。川奈也不是个寻常的姓，但天吾绝不认为青豆还记得自己的名字。川奈——这人是谁？反正她是不会和我联系的。本来嘛，哪有人会看什么寻人启事？

还剩下一个办法，去找家大点的侦探事务所。他们肯定习惯做这种寻人业务，拥有各种手段和人脉。也许只需要一点线索，转眼就能把人找到。收费大概也不会太贵。不过，这最好还是留作最后的手段吧，天吾想，先自己动手寻找。他觉得应该再动动脑筋，看看自己能做点什么。

天空已经微微暗下来，他回到家时，深绘里正坐在地板上，一个人听着唱片。是年长的女朋友留下的老爵士乐唱片。屋里地板上散落着艾灵顿公爵、贝尼·古德曼、比莉·荷莉黛等人的唱片袋。当时转盘上旋转着的，是路易·阿姆斯特朗演唱的《Chantez-les Bas》，一支印象深刻的歌。一听到它，天吾就想起了年长的女朋友。在两次做爱之间，两人经常听这盘唱片。在这支曲子最后的部分，演奏长号的特朗米·杨兴奋之极，忘记了按照事先商量的结束独奏，把最后的主题乐段多演奏了八小节。"听听，就是这个部分。"她说明。唱片放完一面后，赤身裸体地爬下床，走到隔壁房间给密纹唱片翻面，是天吾的任务。他充满怀念地忆起这段往事。他当然从未指望过这种关系能天长地久，但也从未设想过会以如此唐突的方式结束。

看着深绘里认真地听着安田恭子留下的唱片，他觉得不可思议。她眉头紧锁、聚精会神，似乎要在那旧时代的音乐中听出某种音乐之外的东西，或是定睛凝视，要从那声响中看出某种影子。

"你喜欢这张唱片吗？"

"我听了好几遍。"深绘里说，"不要紧吧。"

"当然不要紧。不过你一个人有没有觉得无聊？"

深绘里轻轻地摇头。"有事要想。"

关于两人昨夜在雷雨声中发生的事，天吾想问问深绘里。为什么做了那样的事？他并不认为深绘里对自己抱有性欲，因此那肯定是和性欲无关的行为。果真如此的话，那究竟意味着什么？

但如果当面问这种事，很难得到像样的回答。而且在九月一个极为和平宁静的夜晚，直接搬出这种话题来，天吾也觉得不合适。这按理说是在黑暗的时刻与场所，在狂烈的雷鸣包围之中偷偷进行的勾当。在日常场景中提出，含义恐怕就会变质。

"你没有月经？"天吾试着从别的角度提问。先从可以用 Yes 或 No 回答的问题开始。

"没有。"深绘里简洁地回答。

"生来一次都没有过？"

"一次都没有。"

"也许我不该多嘴，但你已经十七岁了，从来没有月经，这可不是正常的事。"

深绘里微微耸了耸肩。

"你为这件事去看过医生吗？"

深绘里摇摇头。"去也没用。"

"怎么会没用呢？"

深绘里没有回答，就像根本没听见天吾的提问。也许，她的耳朵里有一个区分问题恰当还是不恰当的阀门，像半鱼人的鳃盖一般，根据需要忽而开启忽而闭合。

"小小人是不是也和这事有关？"天吾问。

仍然没有回答。

天吾叹了口气。他再也找不到可以提问的问题，好弄清昨夜发生的事情了。细窄模糊的道路到此中断，前面是幽深的森林。他看看脚下，环顾四周，仰头看天。如果是吉利亚克人，也许没有路仍然能继续前行。但天吾不行。

"我在找一个人。"天吾开口说道，"一个女人。"

对着深绘里提起这种话题没有什么意义。这不用说。不过天吾很想和谁谈谈这件事。和谁都行，他想把自己对青豆的思念说出声来。似乎不这么做，青豆又会远离自己一点。

"已经二十年没见过面了。最后一次见到她，是在十岁的时候。她和我同岁。我们是小学时的同班同学。我用了各种办法去查，还是没搞清她的行踪。"

唱片放完了。深绘里把唱片从转盘上拿起来，眯起眼睛嗅了好几次塑料的气味，然后小心翼翼地放进纸袋，注意不让指纹印到唱片上，再把纸袋装进唱片袋。简直像把睡熟的小猫搬到睡床上去，充满了慈爱。

"你想见到那个人。"深绘里抽去了问号问。

"因为对我来说，她是个具有重大意义的人。"天吾说，趁寻找后续的话语之际，在桌面上把双手的指头交拢，"说实话，是今天才开始找她的。"

深绘里脸上浮出不解的神情。

"是今天才开始。"她说。

"那么重要的人，为什么直到今天为止，一次都不去找她呢？"天吾代替深绘里问道，"问得好。"

深绘里默默地看着天吾。

天吾把脑中的思绪整理一番，然后说："我大概走了一段很长的弯路。那个叫青豆的女孩，该怎么说呢？长期以来始终不变地在我的内心深处，对我这个人起了重要的镇石的作用。尽管如此，因为它的位置太靠近中心，我反而没能好好把握它的意义。"

深绘里笔直地凝视着天吾。这位少女是否多少理解了他的话，从表情中无法判断。不过这无所谓。天吾一半是说给自己听的。

"我终于明白了。她不是概念，不是象征，也不是比喻，而是一个现实的存在，拥有温暖的肉体和跃动的灵魂。而且这温暖和跃动，本该是我不会迷失的东西。可弄懂这样理所当然的事情，我居然花了二十年的时间！我这个人思考问题算时间花得多的，但就算这样，花得也太多了。说不定已经太晚，但我无论如何都想找到她，哪怕现在为时已晚。"

深绘里跪坐在地板上，挺直了身体。在杰夫·贝克的公演T恤下，乳房的形状又鲜明地浮现出来。

"青豆。"深绘里说。

"对。青色的青豆子的豆。很少见的姓。"

"你想见到她。"深绘里抽去问号，问。

"当然想。"天吾说。

深绘里咬着下唇，沉默着想了片刻，然后抬起脸，深思熟虑似的说："她也许就在附近。"

第17章　青豆
把老鼠掏出来

早晨七点的电视新闻大幅报道了地铁赤坂见附车站进水的情形，但只字未提"先驱"领袖死于大仓饭店高级套间的消息。NHK的新闻播完后，她调转频道，又看了好几家电视台的新闻。但所有节目都没向世界宣告那个巨汉毫无痛苦地死去的事。

那帮家伙把尸体藏起来了，青豆皱起了眉。Tamaru事先就预言过，这很有可能。但青豆还是难以相信这种事居然真的发生了。他们大概是用了什么方法，从大仓的高级套间里把领袖的尸体抬出去，装进汽车运走了。那样一个巨汉，尸体一定非常沉重。饭店里又有很多客人和员工，还有众多监视镜头在各个角落严密监视。怎么才能把尸体搬到饭店的地下停车库，却丝毫不被人注意呢？

总之，他们肯定是连夜把领袖的遗体运往山梨县山中的教团总部去了，然后协商如何处理它。至少不会再向警方正式通报他的死亡了。一旦隐瞒不报，接下去就只能隐瞒到底。

大概是那场猛烈的局部雷雨，以及由雷雨引发的混乱，让他们的行动变得容易了。总之，他们避免了将此事公之于众。凑巧的是，领袖几乎从来不在人前露面，其存在与行动都深裹在迷雾中。即使他忽然消失，暂时也不会引起人们的注意。他死了——或是被人杀了——这个事实被严格保密，只有一小撮人知道。

今后他们将用何种方式填补领袖的死亡造成的空白，青豆当然无法知道。但他们必定想尽一切办法，确保组织的存续。就像那个人说过的，即使领导人不在了，体系还将继续存在和运转下去。谁将继承领袖的位置？但这是和青豆毫不相干的问题。她接受的任务是杀掉那位领袖，而不是粉碎一个宗教团体。

她想象那两个身穿深色西装的保镖。光头和马尾。他们回到教团后，会不会因为领袖就在眼前轻易被杀，而被追究责任呢？青豆想象着他们俩被赋予使命：追杀她——或者活捉她。"不管怎样都得找到她！不然就别回来了！"有人这样命令他们。很有可能。他们曾近距离地看到过青豆的脸，武功很高，心中又燃烧着复仇的怒火，可谓追杀者的绝佳人选。况且教团的干部必须弄清青豆背后藏着什么人。

她早餐吃了一个苹果，几乎没有食欲。手上仍然残留着将冰锥扎进男人后颈时的感觉。右手握刀削着苹果皮，她感到了体内轻微的颤抖，迄今为止从未感到过的颤抖。不管是杀了什么人，只要睡上一夜，那记忆便会基本消散。当然，剥夺一个人的生命绝非令人心情舒畅的事，但对方反正都是不配活在世上的家伙。与其将对方作为一个人怜悯，倒是会先生出憎恶之情。但这次不同。如果只看客观事实，那男人的所作所为也许违背人伦。但他在多种意义上却是个非同一般的人物。他的非同一般，至少在某些部分，令人觉得似乎超越了善与恶的标准。而剥夺他的性命也是件非同一般的事。它留下了各种奇怪的手感。非同一般的手感。

他留下的，便是"约定"。青豆经过一番思考后，得出了这样的结论。是"约定"的分量作为证明留在她手上。青豆理解了这一点。

这个证明也许永远不会从她手上消失。

上午九点过后，电话铃响了。Tamaru 来的电话。铃声响了三次后断掉，继而在二十秒后再次响起。

"那帮家伙果然没有报警。"Tamaru 说，"电视新闻没有播，报纸上也没有登。"

"不过他真的死了。"

"我当然知道。领袖肯定已经死了。有几个迹象。他们已经离开饭店。半夜里有几个人被召集到市内的教团支部，大概是为了不为人知地处理尸体。那帮家伙干这种事非常熟练。还有一辆烟色玻璃的 S 级奔驰和一辆车窗涂成黑色的丰田海狮在凌晨一点驶出饭店的车库。两辆车都是山梨牌照，大概在天亮前已经抵达'先驱'总部。他们前天曾经受到警方搜查，但不是正式的搜查，而且警察们工作完毕就回去了。教团里有一个正规的焚烧厂，尸体扔进去的话，连一块骨头都不会剩下，整个人变成一缕青烟。"

"好吓人啊。"

"是啊，一帮令人毛骨悚然的家伙。领袖虽然死了，组织本身大概暂时会继续活动下去。就像一条蛇，头虽然被斩掉了，身子照样还会动。尽管没了头，却知道该向哪里爬。今后将会怎样说不清楚，也许过段时间就会死掉，但也可能长出新的头。"

"那个家伙不同寻常。"

Tamaru 没有表示意见。

"和以前的完全不一样。"青豆说。

Tamaru 估量着青豆话中的余韵，然后说："和以前的不一样，这我也想象得出。不过，我们应当考虑从今以后的事情。应该现实一点。不然，就没办法活下去。"

青豆想说句什么，但没说出来。她的体内仍然残留着颤抖。

"夫人想跟你说话。"Tamaru 说，"你行吗？"

"当然。"青豆答。

老夫人接过了电话，从她的声音里可以听出安心感。

"我非常感谢你。无法用语言表达。这次的工作你做得太完美了。"

"谢谢。但我恐怕再也做不了第二次了。"青豆说。

"我明白。让你为难了。你能安全回来，我非常高兴。我不会再请求你做这样的事了。到此结束。已经为你准备好安身之处。一切都不必担心，就在现在的地方等着。我们在这期间为你做好迎接新生活的准备。"

青豆表示了谢意。

"现在缺什么东西吗？如果需要什么请告诉我。我马上让 Tamaru 去准备。"

"不缺什么。看上去是应有尽有。"

老夫人轻咳一声。"我想跟你说，有一点请你牢牢记住：我们的行为是正义的。我们惩罚了那个家伙犯下的罪行，预防了今后可能发生的罪恶，阻止了出现更多的牺牲者。你不必介意什么。"

"他也说了同样的话。"

"他？"

"'先驱'的领袖。我昨晚处理掉的人。"

老夫人沉默了五秒左右，然后说："他知道了？"

"对。那家伙知道我是前去处理他的。他明明知道，却接纳了我。他其实是在盼望死亡的降临。他的身体受到严重损伤，正在缓慢但不可避免地走向死亡。我只是将时间提前了一些，让他被剧烈痛苦折磨的身体安息了。"

老夫人听到这话，似乎非常震惊，再次有片刻说不出话来。这在她而言，是相当罕见的情况。

"那个人……"老夫人寻觅着词句，"对于自己的所作所为，主动盼望着接受惩罚？"

"他盼望的，是尽早结束充满痛苦的人生。"

"并且做好心理准备，让你杀死了他。"

"正是这样。"

至于领袖与她达成的交易，青豆绝口未提。为了让天吾在这个世上活下去，自己必须去死——这是那家伙与青豆两人缔结的密约，不能告诉别人。

青豆说："那个家伙干的事违背伦常，的确怪异，应该说是死有余辜。但是，他是一个非同寻常的人。至少他身上具有某种特殊的东西。这一点千真万确。"

"某种特殊的东西。"老夫人说。

"我解释不清。"青豆说，"那是一种特殊的能力和资质，同时又是苛酷的重负。就是它，从内部腐蚀了他的肉体。"

"是那种特殊的什么，使他走向怪异行为的吗？"

"也许是。"

"总之，你平息了这一切。"

"是的。"青豆用干涩的声音答道。

青豆左手拿着听筒，将依然残留着死的感觉的右手摊开，望着手掌。和少女们进行多义性的交合究竟是怎么回事？青豆理解不了，自然也无法向老夫人解释。

"和以前一样，在外表上很像自然死亡，不过他们大概不会视为自然死亡吧。从事件的推移来看，他们肯定会认定我和领袖的死有某种关系。正像您知道的，他们至今没有向警方通报他的死亡。"

"不管他们今后采取什么行动，我们都会全力保护你。"老夫人说，

"他们有他们的组织，但我们也有强大的人脉和雄厚的资金。而且你又是个非常谨慎聪明的人。我们不会让他们得逞。"

"还没找到阿翼吗？"青豆问。

"还没弄清她的下落。我猜，可能是在教团里，因为她没有其他地方可去。眼下还没找到把那孩子夺回来的办法。但由于领袖的死亡，教团会处于混乱状态。利用这种混乱，说不定能把那孩子救出来。那孩子无论如何都必须得到保护。"

领袖说，在那间庇护所里的阿翼并非实体。她不过是观念的一种形态，而且被回收了。然而这种话却不能在这里告诉老夫人。这究竟意味着什么，其实连青豆也没弄明白。但她还记得被举起来的大理石钟。那一幕的确发生在眼前。

青豆说："我得在这个藏身处躲避多久？"

"大概要四天到一周。然后你就会得到新的名字和环境，迁移到远处去。你在那里安身后，为了你的安全考虑，我们必须暂时中断接触。会有一段时间见不到你。考虑到我的年龄，说不定会再也见不到你了。也许我本不该请你加入这种麻烦的事情。我好几次这么想。那样的话，我也许就不会失去你了……"

老夫人声音哽咽。青豆默默等着她说下去。

"……但是，我不后悔。恐怕一切都像是宿命，不得不把你卷进来。我没有别的选择，有一种巨大的力量在起作用，是它一直推动着我前行。弄成这种局面，我觉得很对不起你。"

"但是，正因为这样，我们分享了某种东西。某种不可能和其他人分享的、非常重要的东西。在别处无法获得的东西。"

"没错。"老夫人说。

"与您分享它，对我来说是必要的。"

"谢谢你。你能这么说，我多少得到了些安慰。"

不能再见到老夫人，对青豆来说也是很痛苦的事。她是青豆手中极少的纽带之一——好不容易将她与外界连接起来的纽带。

"多多保重。"青豆说。

"你更要多多保重。"老夫人说，"祝你幸福。"

"如果可能的话。"青豆回答。幸福是离青豆最遥远的事物之一。

Tamaru接过了电话。

"到目前为止，还没有用过那个吧？"

"还没用。"

"最好不要用。"

"我尽量照你的希望去努力。"青豆说。

稍微停顿了片刻，Tamaru又说：

"上次告诉过你，我是在北海道深山的孤儿院里长大的，对吧？"

"跟父母离散，从桦太撤退回国，被送进了那里。"

"那座孤儿院里有一个比我小两岁的孩子，是和黑人的混血儿。我猜是和三泽一带基地里的大兵生的。不知道母亲是谁。不是妓女就是吧女，总之差不多吧。一生下来就被母亲抛弃，送到那里去了。他块头比我大，脑子却不太机灵，当然经常受到周围那帮家伙的欺负。肤色也不一样嘛。这种事你能理解吗？"

"嗯。"

"我也不是日本人，一来二去就变成了他的保护人般的角色。说来我们境遇差不多。一个是从桦太撤回来的朝鲜人，一个是黑人和妓女生的混血儿。社会等级的最底层。不过我反倒因此变得顽强了，但那小子却顽强不起来。我要是不管他的话，他必死无疑。那种环境下，你要么是脑筋好用反应快，要么是身体壮实能打架，不然就活不下去。"

青豆默默听着他说下去。

"你不管让那小子干什么，他都干不好。没有一件事能做得像样，连衣服纽扣也不会扣，自己的屁股都擦不干净。但是，只有雕刻雕得好极了。只要有几把雕刻刀和木头，一眨眼他就能雕出漂亮的木雕。还不需要草稿。脑子里浮出一个形象，就这样准确而立体地雕出来，非常细腻、逼真。那是一种天才，了不起。"

"学者症候群。"青豆说。

"是啊，没错。我也是后来才知道这个的。所谓的学者症候群。有这类天赋不寻常的人。可是，当时谁都不知道还有这种说法。人们认为他是弱智，是个尽管脑子反应迟钝，手却很巧的会雕刻的孩子。但不知为何他只雕老鼠。他可以把老鼠雕得惟妙惟肖，怎么看都跟活的一样。可是除了老鼠，他什么都不雕。大家都让他雕别的动物，马和熊之类的，为此还特意带他到动物园里去看。可是他对别的动物没表现出丝毫兴趣。于是大家心灰意冷，由着他雕老鼠去了。就是说随他去了。那小子雕了各种形状、大小和姿态的老鼠。要说奇怪，可真有些奇怪。因为孤儿院里根本没有什么老鼠。那儿很冷，而且到处都找不到食物。那座孤儿院连老鼠都觉得太穷了。为什么那小子对老鼠如此执着，没人能理解……总而言之，他雕的老鼠成为小小的话题，还上了地方报纸，甚至有几个人表示愿意出钱买。于是孤儿院的院长，一个天主教的神甫，把那些木雕老鼠放到了民间工艺品店里，卖给游客，赚了一小笔钱。当然那些钱一个子儿也不会用到我们身上。不知道怎么用的，大概是孤儿院的上层随便花在什么上面了吧。就给了那小子几把雕刻刀和木头，让他在工艺室里没完没了地雕刻老鼠。不过，免除了累人的田间劳动，只要一个人雕刻老鼠就行了，单看这一点，也该说是万幸。"

"那个人后来怎么样了？"

"这个嘛，我也不知道后来怎样了。我十四岁时逃离了孤儿院，此后一直是孤身一人活下来。我马上坐上渡船来到了本土，之后再也没有踏上北海道半步。我最后一次看到那小子时，他还弯着腰坐在工作台前，孜孜不倦地雕老鼠呢。这种时候，你说什么话他都听不见。所以我连一声再见也没说。如果他还没死，只怕还在某个地方继续雕刻老鼠吧，因为除此之外他什么都不会干。"

青豆沉默不言，等着他说下去。

"我到现在还常常想起他。孤儿院的生活很悲惨。食物不足，经常饿肚子。冬天冻得要死，劳动异常严酷。大孩子欺负小孩子，厉害得要命。可是，他似乎不觉得那里的生活艰苦。只要手拿雕刻刀，独自雕刻着老鼠，好像就心满意足了。如果拿走他的雕刻刀，他就会发疯。除了这一点，他非常听话，不给任何人添麻烦，只管默默地雕老鼠。手上拿着一块木头看半天，里面藏着一只怎样的老鼠、做出怎样的姿态，那小子都能看出来。要看出眉目来得花不少时间，可一旦看出来了，接下去就只剩挥舞着雕刻刀把那只老鼠从木头里掏出来了。那小子经常这么说：'把老鼠掏出来。'而被掏出来的老鼠，真的就像会动一样。就是说，那小子一直在不断地解放被囚禁在木头里的虚构的老鼠。"

"而你保护了这位少年。"

"是啊。并不是我主动要那样做，而是被放在了那样的角色上。那就是我的位置。一旦接受了某个位置，不管发生了什么，都得守住它。这是球场上的规则，所以我遵守了规则。比如说，假如有人把那小子的雕刻刀抢走，我就上前把他打倒。对方是个大孩子也好，比我有力气也好，不只一个人也好，这种事我都不管，反正就是把他打倒。当然有时会反被人家打倒，有过好多次。可是，这不是输赢的问题。不管是把人家打倒，还是被人家打倒，我肯定把雕刻刀夺回来。这件事更重要。你明白吗？"

"我想我明白。"青豆说,"不过说到底,你还是抛弃了那孩子。"

"因为我必须一个人活下去,不能永远守在身边看着他。我没有那个余裕。这是理所当然的。"

青豆再次摊开右手,凝视着它。

"我好几次看见你手里拿着个木雕小老鼠。是那孩子雕的吧?"

"是啊。没错。他给了我一个小的。我逃出孤儿院时,把它带出来了。现在还在我身边。"

"我说 Tamaru 先生,你干吗现在和我说这些?我觉得,你可是绝不会毫无意义地谈论自己的类型。"

"我想说的事情之一,就是我至今还常常想起他。"Tamaru 答道,"倒不是说盼望再次见到他。我并不想和他再见面。时至今日,见了面也无话可说。只是,呃,他全神贯注地把老鼠从木头里'掏出来'的情景,还异常鲜明地留在我的脑海里。这对我来说,成了非常重要的风景。它教给了我什么东西,或者说试图教给我什么东西。人要活下去,就需要这种东西。很难用语言解释清楚,但这是有意义的风景。在某种程度上,我们可以说就是为了巧妙地说明那个东西而活着。我是这么想的。"

"你是说,那就像我们活着的根据?"

"也许。"

"我也有这样的风景。"

"应该好好珍视它。"

"我会珍视的。"青豆答道。

"我想说的另外一件事,就是会尽我所能来保护你。如果有必须打倒的对手,不管是谁,我都会上前把他打倒。这和输赢无关,我不会弃你于不顾。"

"谢谢你。"

数秒平静的沉默。

"这几天不要走出那个房间。记住，走出一步，外边就是原始森林。知道了吗？"

"知道了。"青豆答道。

于是电话挂断了。放下听筒后，青豆才发现，自己刚才把它攥得那么紧。

青豆想，Tamaru 想传达给我的信息，恐怕就是告诉我，我如今已是他们所属的家族中不可缺少的一员，而那纽带一旦形成，就没有什么东西能割断。说起来，我们是由一种虚拟的血缘关系彼此相连。青豆感谢 Tamaru，因为他传达了这样的信息。他大概觉得，对青豆来说，目前正是痛苦的时期。把她当作了家族的一员，他才会一点点把自己的秘密告诉她。

然而，想到这种密切的关联通过暴力的形式才能成立，青豆便觉得痛苦难忍。违反法律，连杀数人，这次自己又遭人追杀，说不定还会死于非命，身处这种特异状态之中，我们才能心心相通。如果没有杀人这一行为介入其中，究竟是否可能建立这种关系？如果不是站在非法的立场，究竟能否缔结信赖的纽带？只怕会很难。

一边喝着茶，一边看电视新闻。关于赤坂见附车站进水的报道已经不见了。一夜过去，水退了，地铁恢复正常运行，这种事情便成了往事。而"先驱"领袖的死亡仍旧没有被世人获知。知道这一事实的，只是一小撮人而已。青豆想象着那个巨汉的尸体被高温焚烧炉火化的情形。Tamaru 说，会连一片骨头也不剩。恩宠也好痛苦也好，统统无关，一切都化作一缕轻烟，融入初秋的天空里。青豆的脑海里，浮现出了那缕轻烟与天空。

有一条畅销书《空气蛹》的作者——一位十七岁少女失踪的消息。

深绘里，即深田绘里子已有两个多月行踪不明。警方收到监护人的搜寻请求，对她的下落进行了慎重的调查，目前还未查明真相。播音员如此宣告。电视上播放了书店里《空气蛹》如山堆积的图像，书店墙上贴着印有这位美丽少女肖像的海报。年轻的女店员对着电视台的麦克风说："书现在畅销势头惊人。我自己也买来读过。小说充满丰富的想象，非常有趣。我希望能早点找到深绘里的下落。"

这段新闻并没有特别提及深田绘里子和宗教法人"先驱"的关系。一旦涉及宗教团体，媒体就会高度警惕。

总之，深田绘里子下落不明。她十岁时被生父强奸。如果原样接受他的说法，就是他们多义性地交合了，并通过这个行为，把小小人导入了他的内部。他是怎么说的？对，是感知者和接收者。深田绘里子是"感知者"，她父亲是"接受者"。于是这个男人开始听见特别的声音。他成为小小人的代理人，成了"先驱"这一宗教团体的教主般的存在。然后她离开了教团，并且开始负责"反小小人"运动，与天吾结成搭档，写了一本叫《空气蛹》的小说，成了畅销书。而现在，她由于某种理由去向不明，警方正在搜寻她的下落。

而我在昨晚，将教团"先驱"的领袖——深田绘里子的父亲，使用特制的冰锥杀害了。教团的人把他的尸体运出饭店，偷偷地"处理"了。青豆无法想象深田绘里子得知父亲的死讯后，会如何接受此事。尽管那是他本人希望的死，是没有痛苦的堪称慈悲的死，我也毕竟是亲手结束了一个人的生命。人的生命虽然本质上是孤独的，却不是孤立的。它总是在某个地方与别的生命相连。对于这一点，只怕我也要以某种形式承担责任。

天吾也与这一系列事件密切相关。把我们联系起来的，是深田父女。感知者和接收者。天吾如今在哪里？在做什么？他是否与深田绘里子的失踪有关？他们俩此刻还是结伴行动吗？电视新闻当然只字未提天吾的命运。他才是《空气蛹》实质上的作者一事，眼下似乎还无人知道。然而，我知道。

我们之间看来好像在一点点缩短距离。天吾君和我出于某种缘由，被送进了这个世界，如同被巨大的旋涡吸进来一般，向着对方靠拢。恐怕那是致死的旋涡。不过根据那位领袖的暗示，在不会致死的地方，我们本来没有理由邂逅，就像暴力制造出某种纯粹的联系一样。

她深深地呼吸了一下，然后把手伸向赫克勒－科赫，确认它坚硬的触感，把枪口塞进自己的口中，想象手指扣动扳机的情形。

一只大乌鸦飞上了阳台，落在栏杆上，响亮地发出几声短促的啼叫。半晌，青豆和乌鸦隔着玻璃窗相互观察对方。乌鸦转动着面颊两旁又大又亮的眼睛，窥探着屋子里青豆的举动，看样子是在揣摩她拿的手枪的意义。乌鸦是脑子很聪明的动物，它们理解那个铁块有重要意义。不知为何，它们明白这一点。

然后，乌鸦像来时一样，唐突地展开翅膀飞走了，似乎在说：该看的已经看到了。乌鸦飞走后，青豆起身关掉电视，然后叹息一声，并祈祷着，但愿那只乌鸦不是小小人派来的间谍。

青豆在客厅的地毯上做老一套的舒展运动。她花了一个小时，折磨着肌肉，和适当的痛楚一起度过了这段时间。将全身的肌肉一一召唤前来，严加盘问。这些肌肉的名字、职责和性质，都细致地镌刻在青豆的大脑中。她什么都不放过。流了许多汗，呼吸器官和心脏全力开动，意识的频道更替。青豆侧耳倾听血液流动，聆听内脏发出的无声信息。面部肌肉如同变脸表演一般剧烈扭动，同时在咀嚼这些信息。

然后她洗了个澡，将汗水冲去。站在体重计上，确认没有太大的变化。再站在镜子前，确认乳房的大小和阴毛的形状未变，接着剧烈地扭歪脸庞。这是每天早晨必行的仪式。

走出洗手间,青豆换上了一套适宜活动的运动衣。为了消磨时间,把屋子里的物品再次盘点了一遍。首先从厨房开始,这里准备了什么食品、配备了什么餐具和炊具,她逐一记在脑中。这样的食品储备该按怎样的顺序烹制食用,也制订了大体的计划。根据她的估计,就算不出房门一步,也起码十天不会饿肚子。如果有意节约着吃,大概可以坚持两周。竟准备了这么多食物。

接下来详细地查看了杂货储备。卫生纸、面巾纸、洗涤剂、垃圾袋。不缺任何东西,一切都细致地买齐了。大概有女人参与准备工作吧,从中可以看出经验丰富的主妇式的周全与细心。一个三十岁的健康单身女子在这里短期生活,需要什么,需要多少,细微之处都经过细密的计算。这不是男人能做到的。观察力敏锐的细心的男同性恋也许可以。

卧室放卧具的壁橱里,床单、毛毯、被套和预备的枕头一应俱全。每一样都发出崭新的卧具气味。当然,全部是白色、没有花纹的,彻底排除了装饰性。在这里,趣味与个性被视为没有必要的东西。

客厅里放着电视机、录像机和小型立体音响,还有唱机和磁带录音机。窗子正对面的墙边,有一排高及腰际的木制装饰橱,弯腰拉开橱门一看,里面放着约二十本书。不知是什么人如此体贴,让青豆在此潜伏期间不会太无聊。果然周到。都是些精装本的新书,没有翻阅过的形迹。她粗略地看了看书名,主要是最近成为谈资的热门新书。大概是从大型书店堆放的新书中挑选出来的,但还是可以看出某种选择的标准。虽然还没到爱好的程度,标准却是有的。小说与非虚构类大致各一半。这些选择中,《空气蛹》也包含在内。

青豆微微点头,将那本书拿在手里,坐到客厅的沙发上。那儿洒着柔和的阳光。书不厚，很轻，铅字也大。她望着封面，看着印在上面的深绘里这个作者姓名，放在手上掂了掂分量，阅读腰封上的广告词，接着又嗅了嗅书的气味。上面散发着新书特有的气味。天吾的名字尽管没有印在这本书上，其中却包含了他的存在。印刷在这里的文章，是透过天吾的身体成形的。她镇定情绪之后，翻开了第一页。

茶杯和赫克勒－科赫，就放在她伸手可及的地方。

第18章　天吾
沉默而孤独的卫星

"那个人也许就在这附近。"深绘里咬着下唇，认真地思考了片刻后，这么说。

天吾重新交拢放在桌上的双手，注视着深绘里的眼睛。"在这附近？就是说，她在高圆寺？"

"从这里走路就可以到达的地方。"

天吾很想追问一句，你为什么会知道这种事呢？但就算问了这种问题，她恐怕也不会回答。这结果连天吾也能猜到。她只需要用 Yes 或 No 就能回答的实质性问题。

"就是说，在这附近找的话，就能遇到青豆吗？"天吾问。

深绘里摇摇头。"只是走来走去，还见不到。"

"她就在从这里走路便能到达的地方，不过，只是走来走去地找她，还是找不到。是这样吗？"

"因为她躲起来了。"

"躲起来了？"

"就像受伤的猫儿一样。"

天吾的脑海中浮现出青豆蜷曲着身体，躲在某处散发着霉味的屋檐下的情景。"为什么？她在躲谁？"他问。

理所当然，没有回答。

"既然得躲起来，就说明她现在是处于危急状态？"天吾问。

"危急状态。"深绘里重复着天吾的话，还露出了面对着苦药的小孩子般的表情。大概是不喜欢这个词的余音吧。

"比如说被什么人追杀之类。"天吾说。

深绘里稍稍歪了歪脑袋，意思是搞不清楚。"但是她不会一直待在这一带。"

"时间有限。"

"有限。"

"不过，她就像受伤的猫儿一样，一动不动地躲藏着，所以不会在外边悠闲地散步。"

"不会这么做。"这位美丽的少女断然地说。

"这么说，我必须去找某个特殊的地方。"

深绘里点头赞同。

"那是怎样的特殊地方呢？"天吾问。

不用说，没有回答。

"关于她，有没有几件能回忆起来的事。"过了一会儿，深绘里问，"说不定有用处。"

"有用处。"天吾说，"假如能回想起关于她的什么来，说不定能得到和她藏身之处有关的线索，是不是？"

她没有回答，只是微微耸了耸肩。其中包含着肯定的意味。

"谢谢你。"天吾致谢道。

深绘里像心满意足的猫儿，轻轻地点头。

天吾在厨房里准备晚餐。深绘里在唱片架上认真地挑选唱片。唱片并不算多,但挑选花去了她很多时间。左思右想,她拿起一张滚石乐队的旧唱片放在转盘上,落下了唱针。那是一张读高中时向谁借来的唱片,不知为何一直忘记还了,好久没有听过了。

天吾一边听着《妈妈的小帮手》和《简女士》,一面用火腿、蘑菇和糙米做了炒饭,烧了豆腐裙带菜味噌汤,把花椰菜煮了煮,浇上事先做好备用的咖喱,还用四季豆和洋葱做了个蔬菜沙拉。天吾并不觉得做菜痛苦。他习惯一面做菜一面思考关于日常的问题,关于数学的问题,关于小说,甚至是关于形而上的命题。站在厨房里动手操作,反而比什么都不做能更好、更有条理地思考问题。但无论怎么思考,也想象不出深绘里说的"特殊的地方"是怎样的地方。在本来就没有秩序的场所硬要加上秩序,只能是徒劳无功,能抵达的地方有限。

两人在餐桌前对面而坐,吃着晚饭,并没有堪称交谈的对话。他们就像迎来了倦怠期的夫妇,默默地将饭菜送入口中,各自想着不同的心事。也可能什么都没想。尤其是在深绘里身上,很难辨别这两者的不同。吃完晚饭,天吾喝咖啡,深绘里从冰箱里拿出布丁吃。她不管吃什么,表情都没有变化,看上去似乎脑中只考虑咀嚼的问题。

天吾坐在餐桌前,按照深绘里的暗示,努力回想着青豆的事。

关于她,有没有几件能回忆起来的事。说不定有用处。

但天吾没能集中精神想起什么。滚石乐队的唱片换了一张。《小红公鸡》,米克·贾格尔[①]醉心于芝加哥蓝调时期的演唱。不错,但并非为沉思者或苦苦挖掘记忆者着想而创作的音乐。滚石乐队几乎没有这样的热心。他想,应该找个安静的地方独自待上一会儿。

"我到外边走走。"天吾说。

---

① Mick Jagger,英国摇滚巨匠、滚石乐队主唱。

深绘里拿着滚石乐队的唱片袋，无所谓似的点点头。

"不管谁来了也别开门哦。"天吾叮嘱道。

天吾穿着藏青长袖T恤、熨痕完全消失的米黄卡其裤、运动鞋，朝着车站方向走去，走进车站前一家名叫"麦头"的小店，点了生啤。这是一家供应酒和简单食物的小酒馆。店面不大，来二十多个客人就要挤爆了。以前他到这家店来过好几次。快到深夜时分会涌进大批年轻客人，非常热闹，但七点到八点之间客人比较少，静静的，感觉很舒适。很适合一个人坐在角落里，边喝啤酒边读书。椅子坐上去也很惬意。这个店名来历不明，意义也不明。其实可以问问店员，但天吾不善于和素不相识的人聊天。加上就算不知道店名来历，也没什么不便，反正这是一家叫"麦头"的环境舒适的小酒馆。

值得庆幸，店内没放音乐。天吾坐在靠窗的桌子前，喝着嘉士伯生啤，嚼着小钵子里的花色坚果，心里想着青豆的事。回忆青豆的身姿，就意味着他自己要回归十岁的少年时代，也意味着再次体验人生中的一个转折点。十岁时，他被青豆握了手，然后拒绝了跟父亲去收NHK视听费。不久后，他体验了明确的勃起和初次射精。这对天吾来说，成了人生的一个转机。当然，即便不被青豆握手，这个转折或迟或早也会到来。但青豆激励了他，促成了这样的变化，就像在背后推了他一把。

他摊开左手，久久地望着手掌。那位十岁少女握了这只手，大大地改变了我内心的某些东西。无法条理地说明为什么会发生这样的事，不过当时两个人以极其自然的方式相互理解，并接纳了对方。几乎是奇迹一般完全而彻底。这种事情在人生中不可能发生许多次。不但如此，在有些人身上也许连一次都不会发生。只是在那一刻，天吾未能充分理解它有何等重要的意义。不，不仅是在那一刻，直到最近为止，他都未能真正理解其中蕴含的意义。他仅仅是漠然地将那位少女的形象一直拥在心中。

她三十岁了，如今外貌可能也大为不同了。也许个子长高了，胸部隆起了，发型自然也改变了。如果已经脱离了"证人会"，或许还会化点妆，说不定现在穿的是精致昂贵的衣服。天吾想象不出身穿全套CK西装、足蹬高跟鞋英姿飒爽地走在大街上的青豆，会是什么模样。但这种事也极有可能。人注定要成长，所谓成长，就是完成变化。或许她此刻就在这家店里，我却没有注意到。

他一面举杯喝啤酒，一面重新环顾四周。她就在这附近，在走路可以到达的距离之内。深绘里这么说。于是天吾全部相信她的话。既然她说是这样，大概就是吧。

但店内除了天吾，只有一对像是大学生的青年男女并肩坐在吧台前，正在交头接耳，起劲地说着悄悄话。望着他们，天吾感到了许久不曾有过的深深的寂寞。在这个世界上，自己是孤独的，和谁都没有关联。

天吾轻轻闭上眼睛，集中注意力，再次在脑海中浮想小学教室里的情景。昨夜，在激烈的雷雨中与深绘里交合时，他也同样闭着眼睛造访过那个地方。那是如此真实，非常具象。由于这个缘故，他的记忆似乎被刷新为更鲜明的东西，宛如蒙在上面的灰尘被夜雨冲刷得干干净净。

不安、期待与怯意，散落在空空的教室的每一处，仿佛怯懦的小动物，偷偷地潜藏在每一样东西里。算式未擦干净的黑板，折断变短的粉笔，晒得褪色的廉价窗帘，插在讲台的花瓶里的花（花的名字想不起来），用图钉钉在墙上的孩子们的画，挂在讲台背后的世界地图，地板蜡的气味，摇曳的窗帘，窗外传来的欢笑声——那里的情景，天吾能细细地在脑中再现。那里蕴含的预兆、企图和谜语，他能一个个用眼睛去追寻。

在被青豆握住手的那几十秒之间,天吾看到了许多东西,就像照相机那样,准确地将这些图像记录在了视网膜上。这成了支撑他度过充满痛苦的少年时期的基本场景之一。这场景常常伴随着她指尖强烈的触感。她的右手永恒不变地给了在苦恼与挣扎中长大成人的天吾勇气。没关系,你有我呢。那只手告诉他。

你不孤独。

深绘里说,她一动不动地躲起来了,就像一只受伤的猫儿。

细想起来,命运真是不可捉摸。深绘里也躲在这里,不会走出天吾的房间一步。在东京的这个角落,有两位女子同样隐匿行踪,在逃避着什么。两人都是和天吾密切相关的女子。其中是否有共通的因素呢?或者不过是偶然的巧合?

自然不会有回答。只是漫无目标地发出疑问罢了。太多的疑问,太少的回答。每次都是这样。

啤酒喝完了。年轻的店员走过来,问他想不想要点别的。天吾稍一犹豫,要了波本威士忌加冰块,并加了一份花色坚果。波本,本店只有"四玫瑰"的,行吗?行,天吾说,什么都行。接着继续想青豆。从店堂后面的厨房里,传来了烤比萨的美妙香味。

青豆究竟在躲避谁呢?弄不好是在躲避司法当局的追缉,天吾想。但他想象不出她会是个罪犯。她到底犯了什么罪?不对,那绝不会是警察。不论是什么人、什么东西在追逐青豆,肯定都和法律毫无关系。

天吾忽然想,说不定那和追逐深绘里的是同一种东西?小小人?但为什么小小人非得追逐青豆不可?

不过,假如真是他们在追逐青豆,其中的关键人物也许就是我。天吾当然无法理解,为何自己非得变成这种左右事态发展的关键人物不可。但如果有一个将深绘里和青豆这两位女子联系起来的因素,那只可能是天吾。也许是在连自己都毫不知情的情况下，我行使了某种力量，将青豆拉到了附近。

某种力量？

他望着自己的双手。搞不懂啊。我什么地方拥有这样的力量？

加冰的四玫瑰送了上来，还有新的花色坚果小钵。他喝了一口四玫瑰，拿了几粒坚果放在手里，像摇骰子般轻轻摇了几下。

总之，青豆就在这座小城里的某个地方，在从这里走路就能到达的距离之内。深绘里这么说，而且我相信。如果问我为什么，我难以回答，但反正相信。然而，怎样才能把藏身于某处的青豆找出来？寻找一个过着正常社会生活的人都不容易，更何况她是有意地隐匿行踪，当然是难上加难了。拿着扩音器，四处呼唤她的名字行不行呢？只怕这么做了，她也不可能大摇大摆地走出来。只会引起四周的注意，让她暴露在更多的危险中。

肯定还有什么应该回忆起来的事，天吾想。

"关于她，有没有几件能回想起来的事。说不定有用处。"深绘里说。但在她说出这句话之前，天吾心中就一直有种感觉：关于青豆，是不是还有一两件重要的事实，自己没回忆起来。那就像钻进鞋子里的小石子，不时让他觉得难受。尽管漠然，却十分真实。

天吾像擦净黑板一样，让意识焕然一新，尝试着再次发掘记忆。关于青豆，关于自己，关于两人周围的东西，好像渔夫拉网一般，掠过柔软的泥底，按顺序精心地一件件回忆。但再怎么说，毕竟是二十年前发生的事，当时的情景无论记得多么鲜明，能具体回忆起来的东西还是有限。

尽管如此，天吾必须找出当时存在的某种东西，以及自己迄今为止漏掉的某种东西。而且就在此时此地。不然，很可能就找不到躲在这座小城里的青豆了。如果相信深绘里的话，那么时间有限，还有什么东西在追逐她。

他试着回忆视线。青豆在那里看到了什么？而自己又看到了什么？沿着时间的流逝和视线的移动来回忆。

那位少女握着天吾的手，直直地看着他的脸。她一瞬都不曾将视线移开。天吾一开始没有理解她行为的意义，望着对方的眼睛要求解释。他想，这里面肯定有什么误解，或者有什么错误。但其中既没有误解，也没有错误。他弄明白的，是那位少女的眼睛惊人地清澈明亮。他以前从未见过这样一双毫无杂质、清澈明亮的眼睛。那就像清亮又深不见底的清泉。长时间地盯着看，自己似乎会被吸进去。所以他把视线移向一旁，仿佛逃避对方的眼睛。他不得不移开视线。

他先是看着脚下的木地板，再看看空无一人的教室门口，然后微微扭头向窗外望去。其间，青豆的视线没有动摇。她凝视着天吾望着窗外的眼睛。他的皮肤火辣辣地感觉到她的视线。而她的手指以不变的力度紧握着天吾的左手。那握力没有一丝动摇，也没有犹豫。她没有任何需要害怕的东西，还通过指尖要将这种心情传达给天吾。

因为刚做完扫除，为了换气，窗户大开着，白色窗帘在风中微微摇曳。那后面是辽阔的天空。已然进入十二月，但不太冷。高远的天上漂着云朵。残留着秋日韵味的白云仿佛刚用刷子刷过。此外还有什么？有个东西悬浮在云朵下面。太阳？不，不是。那不是太阳。

天吾屏住呼吸，把手指贴在太阳穴上，试图窥探记忆的更深处，顺着那条好像随时都可能断掉的意识的细线探寻。

对了，那里有一个月亮。

虽然离黄昏还有一段时间，那里却忽忽悠悠地浮着一个月亮。一个四分之三大的月亮。天吾感到惊讶。天还这么亮，居然能看到这么大这么清楚的月亮！他还记得这件事。那无感觉的灰色岩块，像被一根看不见的线吊着,似乎无聊地飘浮在低空。其中漂漾着一种人工的氛围。一眼看去像个人造的假月亮,似乎是演戏用的小布景。但那自然是真实的月亮。当然,谁会有那闲工夫,特意在真实的天上挂个假月亮呢?

陡然回过神来,青豆已经不再看天吾的眼睛了,她的视线朝向和天吾相同的方向。青豆也和他一样,凝望着浮在那里的白昼的月亮。她仍然紧握着天吾的手,表情非常严肃。天吾再次看着她的双眼。她的眼睛已经不像刚才那样清澈。那只是一种转瞬即逝的特别的清澈明亮。不过,这次他在其中看见了一个坚固的结晶,既光润,又蕴含着霜一般的冷酷。那究竟意味着什么?天吾没有弄清。

不久,少女仿佛明确地下了决心,唐突地放开了手,猛然转身背对天吾,一言不发地快步走出教室。一次都不曾回顾,将天吾抛在深深的空白中。

天吾睁开眼睛放松注意力,深深呼了口气,喝了一口波本威士忌,体味着它穿过喉咙、沿着食道向下流去的感觉,然后又吸了口气,再呼出。青豆的身姿已经不见了。她转过身走出教室,从他的人生中消失了身影。

自那以来,二十年岁月流逝。

是月亮,天吾想。

我当时看见了月亮。青豆也看见了同一个月亮。浮在下午三点半依然十分明亮的天上的灰色岩块。沉默而孤独的卫星。两人并肩而立,望着那个月亮。但是,那究竟意味着什么?难道月亮会领我去青豆所在的地方吗?

天吾忽然想,也许青豆当时悄悄把某个心愿托付给了月亮。她和月亮之间也许缔结了某种密约。在她投向月亮的视线中,倾注着让人这样想的惊人的真挚。

当时青豆究竟把什么托付给了月亮，天吾当然不得而知。但他大概可以想象月亮给了她什么。那也许是纯粹的孤独与静谧。那是月亮能给人类的最好的东西了。

天吾付了钱，走出"麦头"，抬眼望了望天，没看到月亮。是晴天，月亮肯定出来了，但在四周被楼房包围的路上看不到月亮的身影。他把双手插进裤袋里，从一条街走到另一条街，寻找月亮。他想找一个视野开阔的地方，可是在高圆寺，这样的地方不容易找。这里地势平坦，要找个斜坡都得费一番力气，连稍微高点的地方也没有一个。倒是可以爬到能眺望四方的楼顶上，可周围又看不到合适的建筑能爬上楼顶。

漫无目标地瞎逛时，天吾忽然想起附近有个儿童公园。散步时曾经过那里。公园不大，不过记得那里有一座滑梯。爬上去，看天时大概多少能看得开阔一些。尽管不算很高，但总比待在地面上望得远。他朝着公园方向走去。手表时针指着将近八点。

公园里空无一人，正中高高地立着一根水银灯，灯光照着公园的每个角落。有一棵巨大的榉树，树叶仍然十分繁密。还有些低矮的花木，有饮水处、长椅、秋千，还有滑梯。也有一处公厕，但黄昏时分就有区政府的职员来关门上锁，也许是为了将流浪者拒之门外。白天，年轻的母亲们带着还没上幼儿园的孩子来到这里，让他们玩耍，自己热闹地聊着闲话。天吾多次看过这样的光景。但天一黑下来，就几乎无人造访了。

天吾爬上滑梯，站在上面仰望夜空。公园北面新建了一座六层公寓。以前没有，大概是最近刚建好。那幢楼就像一道墙，堵住了北面的天空。但其他方向都是低矮的楼房。天吾环视了一周，在西南方找到了月亮。月亮悬浮在一座两层的旧房子上方，是四分之三大。天吾想，和二十年前的月亮一样。一样的大小，一样的形状。大概是偶然的巧合。

但初秋的夜空浮着的月亮异常明亮，有这个季节特有的内省的暖意，和十二月下午三点半的天上挂着的月亮感觉很不相同。那宁静而自然的光芒疗治与抚慰着人心，如同清澈的溪水流淌、温柔的树叶低语，能够疗治与抚慰人心一样。

天吾站在滑梯顶上，久久地仰望着那个月亮。从环状七号线方向，传来各种型号的轮胎声混合而成的怒涛般的声响。这声响忽然让天吾想起父亲所在的千叶海滨的疗养所。

都市世俗文明的光亮，一如往常地抹去了星星的身影。虽然是晴朗之夜，却只能零散地、淡淡地看见几颗分外明亮的星。尽管如此，月亮倒可以看得清清楚楚。月亮对照明、噪音和被污染的空气不发一句牢骚，规规矩矩地浮在那里。凝目望去，能认出那些巨大的环形山和大峡谷制造的奇妙阴影。天吾专注地望着月光，心中从远古时代传承下来的记忆般的东西被唤醒了。远在人类获得火、工具和语言之前，月亮就始终不变地是人们的朋友。它作为天赐的灯火，不时照亮黑暗的世界，缓解了人们的恐惧。它的圆缺给了人们时间观念。纵然在黑暗已从绝大部分地域驱逐的现在，对月亮这种无偿的慈悲的感谢之情，似乎依然牢牢烙印在人类的遗传因子里——作为一种温暖的集体记忆。

仔细一想，像这样仔细地眺望月亮，真是好久没有了。天吾想。上一次抬头看月亮，是什么时候的事情了？在都市里匆匆度日，不知不觉就变得只顾看着脚下生活了，甚至连抬眼瞄瞄夜空都忘到了脑后。

接着，天吾发现离开那个月亮一点的角落里，还浮着另外一个月亮。一开始他还以为是眼睛的错觉，要不就是光线制造出来的幻影。

但无论看多少次，那里都有第二个轮廓鲜明的月亮。他一时哑口无言，微张着嘴巴，只顾恍惚地盯着那个方向。自己究竟看到了什么？无法让意识平静下来，轮廓与实体难以叠为一体，就像观念与语言不能结合时一样。

另一个月亮？

闭上眼睛，用两只手掌呼哧呼哧地搓着面颊的肌肉。我到底是怎么了？没喝多少酒呀！天吾想。他静静地吸了口气，再静静地吐出去，确认意识处于清醒状态。我是谁？此刻身在何处？在做什么？他闭上眼睛，在黑暗中重新进行确认。一九八四年九月，川奈天吾，杉并区高圆寺的儿童公园，正在抬头看着浮在夜空的月亮。没错。

然后静静地睁开眼，再次抬头看天。平心静气、仔仔细细地看。然而，那里还是浮着两个月亮。

不是错觉。月亮有两个。天吾久久地紧握右拳。

月亮依旧沉默，但已不再孤独。

第19章 青豆
当子体醒来时

《空气蛹》尽管采取了奇幻小说的形式，却基本是一部很容易读的小说。它是用模仿十岁少女讲述的口语文体写成的，没有艰深的语言，没有牵强的逻辑，也没有冗长的说明，更没有过分讲究的表达。故事自始至终由少女讲述。她的语言很容易听懂，十分简洁，在很多时候是悦耳的，但几乎不作任何说明。她仅仅依照次序把自己亲眼所见的东西讲述下去，不会停下脚步进行思考："现在究竟发生了什么？""这是什么意思？"她缓缓地，但步调适度地向前迈进。读者借助少女的视线，极其自然地随着她的步履前行。等忽然回过神来，他们已经进入另一个世界。一个并非此地的世界。一个小小人制作着空气蛹的世界。

读了最初的十几页，青豆首先对文体产生了强烈印象。如果是天吾创作出这种文体的，他的确有写文章的才能。青豆所知的天吾首先是以数学天才闻名，被称作神童。连大人们都很难解答的数学题，他解起来也毫不费力。其他科目的成绩尽管比不上数学，但也非常优秀。他无论做什么事情，别的孩子都望尘莫及。身材也高大，体育更是无所不能。但她不记得他的文章写得有多好。大概当时这种才能躲在了数学的阴影里，不太引人注目吧。

也许天吾只是把深绘里的口吻原样转换成了文章。他自己的独创性也许和文体毫不相关。但青豆觉得恐怕不仅如此。他的文章乍看上去简单且不设防，可是细读下来，便会明白其实经过周到的计算与调整。绝无写得过头的地方，而必须提及的又面面俱到。形容性的表达被尽量压缩，却又描写准确、色彩丰富。最重要的是，从他的文章中可以感觉到一种出色的音调。即便不念出声来，读者也能从中听出深远的声韵。这绝非一个十七岁的少女信笔写出的文章。

青豆在确认这一点之后，细心地继续读下去。

主人公是一个十岁少女。她属于一个地处深山中的小小的"集体"。她的父母也都在这个"集体"里过着共同生活。没有兄弟姐妹。少女在出生后不久便被带到了这个地方，所以对外面的世界几乎一无所知。一家三口忙于各自的日常事务，很少有机会不慌不忙地见面聊天，但很和睦。白天，少女去当地的小学念书，父母下地干农活。只要时间宽裕，孩子们也帮忙干些农活。

生活在"集体"里的大人，十分厌恶外部世界的现状。他们一有机会就要说，自己居住的这个世界，是一个浮在资本主义汪洋大海中的美丽孤岛，一个堡垒。少女不知道资本主义——有时也用物质主义这个词——是什么东西，只是从人们提到这个词时能听出来的轻蔑口吻判断，好像那是一种与自然和正义相悖的扭曲状态。人们教导少女，为了保持肉体和思想的纯洁，千万不能与外边的世界有关系。不然，心灵就会受到污染。

"集体"由五十多个比较年轻的男女构成，大体分成两个集团。一个是以革命为目标的集团，另一个是以和平为目标的集团。她的父母说起来应该属于后者。父亲是所有人当中年龄最大的一个，自从"集体"诞生以来，一直发挥着核心作用。

一个十岁的少女当然不可能条理地说明这两者对立的构造，也不太明白革命与和平的区别。她只有一种模糊的印象，觉得革命是形状有点尖的思想，和平则是形状有点圆乎乎的思想。思想有各自的形状和色彩，并且像月亮一样，有时圆有时缺。她能理解的，无非只是这种程度。

"集体"是如何形成的，少女并不知情。只是听说近十年前，在她出生后不久，社会上发生了大动荡，人们抛弃了都市生活，迁移到了与世隔绝的深山中。关于都市，她知道得不多。她没乘过电车，没坐过电梯，连三层以上的高楼也没见过，有太多不明白的事情。她能理解的，只是自己身边举目可见伸手可及的事物。

尽管如此，少女低柔的视线和毫无雕饰的口吻，还是生动自然地描绘出了"集体"这个小小共同体的缘起和风景，以及生活在那里的人们的状态和思想。

住在那里的人们思想上尽管有分歧，却有着同甘共苦的激情。他们拥有相同的思想，都认为远离资本主义生活是好事。尽管思想的形状和色彩不尽吻合，但人们清楚，如果不并肩携手，自己就无法生存下去。生活是拮据的。人们每日劳作从不休息，栽种蔬菜，和附近的邻人们以物易物，多余的产品就拿去卖，尽量避免使用大工业批量生产的产品，在自然中营建自己的生活。他们必须使用的电器产品，肯定是从废品堆积场里捡来、自己动手修好的。他们穿的衣服也几乎全是人家捐赠的旧衣物。

也有人无法适应这种纯粹但未免严酷的生活，离开"集体"。同时也有人听到关于他们的传闻，前来加入。与离去的相比，新加入者的人数居多，因此"集体"的人口渐渐增加。这是一个良好的趋势。

他们居住的是个遭到废弃的村庄，有许多废弃的房屋，只要稍加修理就可以居住，还有许多可耕作的农田。劳动力增加自然大受欢迎。

这里有八到十个孩子，大多是在"集体"里出生的，年龄最大的就是小说的主人公——这位少女。孩子们在当地的小学上学。他们一起走着上学放学。孩子们不能不去当地的小学念书，因为这是法律规定。而且"集体"的创始人们认为，与当地居民维持良好的关系，对共同体的生存来说必不可缺。另一方面，本地的孩子们却觉得"集体"的孩子不可理喻，所以疏远他们，要不就欺负他们。因此"集体"的孩子们大都凑在一起共同行动。他们这样保护自己免受物理性的伤害，也免受心灵的污染。

另外，"集体"里开设了自己的学校，人们轮流教孩子学习。其中许多人都受过很高的教育，拥有教师资格的人也不少，这对他们来说不是难事。他们编写了自己的教科书，教孩子基本的读写和算术，还教化学、物理、生理学、生物学的基本知识，解说世界的构成。世界上有资本主义和共产主义两大制度，互相敌视对方。然而双方都隐含深刻的问题，大体上说世界正朝着不好的方向发展。共产主义原本是拥有崇高理想的了不起的思想，可惜被自私的政治家中途扭曲为错误的形态。他们给少女看过一位"自私的政治家"的照片。这个长着大鼻子、留着黑胡须的男人，让她想起了魔王。

"集体"里没有电视，收音机也是在特殊的场合才允许使用。报纸杂志也受到限制。所谓必要的新闻，会在"集会所"吃晚饭时口头传达。人群用欢呼声或不赞成的冷哼声回应每一条新闻。与欢呼声相比，冷哼声的次数要多得多。这在少女而言，便是唯一的关于媒体的体验。少女出生以来从没看过电影，也没读过漫画。只有听古典音乐是许可的。"集会所"里放着立体音响设备。还有许多唱片，大概是谁成批带来的吧。自由时间里，可以在那里听勃拉姆斯的交响乐、舒曼的钢琴曲、巴赫的键盘音乐与宗教音乐。这对少女来说是宝贵的娱乐，也几乎是唯一的娱乐。

然而有一天，少女受到了处罚。她在那个星期接到命令，早上和晚上要照看几只山羊，但赶着做学校的习题和其他功课，稀里糊涂地忘了。第二天早晨，人们发现最老的一只眼睛看不见的山羊已经全身冰凉，死了。她得接受惩罚，离开"集体"，被隔离十天。

人们认为那只山羊具有特殊意义。但它已经非常老了，疾病——虽然不知道是什么疾病——的魔爪攫噬着它瘦弱的躯体。有谁照看它也好，不照看也好，那只山羊绝不可能康复，死亡只是个时间问题。但少女的罪责并不能因此减轻。不仅是山羊的死，玩忽职守也被视为大问题。隔离在"集体"中是最严重的惩罚之一。

少女和眼睛看不见的死山羊一起，被关进了一间又小又旧、四壁用极厚的泥土造成的仓房里。这间土仓被称作"反省室"，违反了"集体"规定的人都被勒令在这里反省罪过。接受隔离惩罚期间，谁都不和她说话。少女必须在完全的沉默中忍耐十天。有人送来最低限度的水和食物，但土仓中又暗又冷，湿漉漉的，还散发着死山羊的气味。门从外边上了锁，一个角落里放着便桶。墙壁高处有个小窗，阳光或月光从那里射进来。如果没有云，还能看见几颗星星。除此之外就没有光亮了。她躺在木地板上铺的床垫上，裹着两条旧毛毯，瑟瑟发抖地度过夜晚。虽然已是四月，山里的夜晚还是很冷。四周暗下来之后，死山羊的眼睛在星光的照射下闪闪发光，让少女害怕，怎么也无法入睡。

到了第三天夜里，山羊的嘴巴大大地张开了。嘴巴是从里侧被推开的，然后，很小很小的人儿从那里陆陆续续钻出来。一共六个人。刚钻出来身高只有十厘米左右。可一站在地上，他们简直就像雨后疯长的蘑菇，迅速变大，但也不过六十多厘米。他们自称是"小小人"。

就像《白雪公主和七个小矮人》，少女想。小时候，父亲给她念过这个故事。不过，比他们少一个。

"如果你觉得七个人好，我们也可以来七个。"一个声音低沉的小小人说。看来他们能读懂少女的心事。然后重新数一遍，他们不再是六个人，而是成了七个。但少女并没有觉得这件事有多奇怪。小小人从山羊的嘴巴里钻出来时，世界的规则已经更改了。从那以后，不论发生什么事情都不奇怪。

"你们为什么从死山羊的嘴巴里出来啊。"少女问。她发现自己的声音很奇怪，说话方式也和平日不同。大概是一连三天没和人说过话的缘故。

"因为山羊的嘴巴是通道。"一个声音沙哑的小小人答道，"我们也是，在出来以前，没发现那是只死山羊。"

一个嗓子尖利的小小人说："我们根本不在乎。不管它是山羊、鲸鱼，还是豌豆，只要是通道就行。"

"是你造好了通道。所以我们试了一下，心想它究竟通到哪儿去呢？"那个声音低沉的小小人说。

"是我造好了通道。"少女说，听上去还是不像自己的声音。

"你为我们做了件好事。"一个声音很轻的小小人说。

好几个人发出声音表示同意。

"咱们来做空气蛹玩吧。"一个男高音小小人提议道。

"既然已经到这里了。"一个男中音说。

"空气蛹。"少女问。

"从空气中抽取丝，用它来造家，越做越大哦。"那个声音低的说。

"那是谁的家。"少女问。

"到时候就知道了。"那个低音的说。

"嗬嗬——"别的小小人齐声起哄。

"我也帮你们一起做好不好。"少女问。

"那还用说。"那个哑嗓子说。

"你为我们做了件好事。咱们一起织吧。"那个男高音小小人说。

从空气中抽丝,只要做惯了,也不是什么难事。少女的手很巧,马上就熟练地掌握了技巧。仔细看的话,空气里飘浮着各色各样的丝。只要想看,就看得见它们。

"对对,就是这样。这样就可以啦。"那个声音很轻的小小人说。

"你是个很聪明的女孩,学得很快。"那个尖嗓子说。他们都穿着同样的衣服,长着同样的脸,只有声音明显不同。

小小人穿的衣服,是到处可见的普通衣服。这个说法太奇怪,但没有别的办法形容。一旦移开视线,就根本想不起他们穿的是什么衣服。他们的脸也可以这么形容,模样不好也不坏,是随处可见的样子。一旦移开视线,就根本想不起他们的脸长什么样。头发也一样,不长也不短,只是头发而已。而且他们没有气味。

黎明降临,公鸡高啼,东方的天空变亮时,七个小小人停下工作,各自伸了伸懒腰,然后把做了一半的白色空气蛹——和一只小兔子差不多大——藏到了房间的角落里。大概是为了不让送饭人看见。

"到早上了。"声音很轻的小小人说。

"一夜过去了。"低音的说。

少女想,既然各种声部的人都有,干脆组织个合唱队好了。

"我们没有歌。"男高音小小人说。

"嗬嗬——"负责起哄的小小人嚷道。

小小人们和来时一样,缩小到身高十厘米左右,排着队钻进死山羊的嘴里去了。

"今晚我们还会来。"声音很轻的小小人在山羊的嘴巴闭上之前,从里面对少女轻声说,"我们的事情不能告诉任何人哦。"

"要是把我们的事情告诉了别人,就会发生很不好的事哦。"哑嗓子又叮咛了一句。

"嚯嚯——"负责起哄的嚷道。

"我不告诉任何人。"少女说。

就算告诉了别人,恐怕也没人会相信。由于说出心中的想法,少女曾经多次被周围的大人斥责。他们常说她区分不了现实和想象。她的思想的形状与色彩,似乎和其他人很不一样。少女不明白自己哪儿不对。不过,总之小小人的事最好不对别人说。

小小人消失、山羊再次合上嘴巴后,少女在他们藏空气蛹的地方找了好久,怎么也找不到。藏得非常巧妙。如此狭小的空间里,居然怎么也找不到。到底藏到哪儿去了?

然后,少女裹着毛毯睡了。那是许久没有的安详的睡眠。连梦也不做,中间也没有醒过,睡得无比香甜。

整个白天,山羊一直死着,躯体僵硬,浑浊的眼睛像玻璃球。然而一到日暮,黑暗降临土仓,它的眼睛便在星光的照射下闪闪发光。仿佛在那光芒的引导下,山羊的嘴巴大大地张开,小小人便从那里走出来。这次从一开始就是七个人。

"咱们接着昨天的做吧。"声音沙哑的小小人说。

其余六个人分别发出赞同的声音。

七个小小人和少女围着蛹坐成一圈,继续开始工作,从空气中抽取白色的丝,用它制作蛹。他们几乎不说话,只是默默地努力干活。专心地动手干活时,连夜间的寒气都不在乎了。时间在不知不觉中过去,不觉得无聊,也不感到困倦。蛹一点一点却显而易见地大起来。

"要做多大。"少女在黎明即将到来时问。她想知道,自己被关在这个土仓的十天内,能不能完成这项工作。

"尽量做得大一些。"尖嗓子的小小人答道。

"到了一定程度,就会自然地裂开。"男高音似乎很开心地说。

"就会有东西出来。"男中音用有力的声音说。

"什么东西。"少女问。

"会出来什么呢?"声音很轻的小小人说。

"出来就知道啦。"低音小小人说。

"嗬嗬——"负责起哄的小小人嚷道。

"嗬嗬——"其余六个小小人齐声附和。

小说的文体里,漂漾着一种奇异而独特的阴暗感。青豆发现了这一点,微微皱起了眉。这是个富于梦幻色彩的童话般的故事,它的脚下却流淌着肉眼看不见的宽阔暗流。从那朴素简洁的语言中,青豆能听出不祥的余韵。隐含于其中的,是暗示某种疾病即将到来般的阴郁。那是从核心静静腐蚀人的精神的致死的疾病。而将这种疾病带来的,是合唱队般的七个小小人。这里明确地含有某种不健全的东西,青豆想。尽管如此,从他们的声音中,青豆还是能听出像宿命般接近自己的东西。

青豆从书中抬起头,想起了领袖在临死前提到小小人的话。

"我们从远古时代开始,就一直与他们生活在一起。早在善恶之类还不存在的时候,早在人类的意识还处于黎明期的时候。"

青豆继续阅读这个故事。

小小人和少女继续干活,几天后,空气蛹已经变得像一只大型犬那么大了。

"明天惩罚就会结束,我要从这里出去了。"天快亮时,少女对小小人说。

七个小小人默默听着她说话。

"所以不能和你们一起做空气蛹了。"

"那太遗憾了。"男高音小小人用万分遗憾的声音这么说。

"有你在,帮了我们许多忙啊。"男中音小小人说。

尖嗓子的小小人说道:"不过,蛹差不多做好了,再添上一点点就够啦。"

小小人排成一行,用测量尺寸般的眼光,眺望着做了这么多天的空气蛹。

"还差一点点。"哑嗓子的小小人像领唱单调的船歌般说。

"嗨嗨——"负责起哄的嚷道。

"嗨嗨——"其余六个附和道。

十天的隔离惩罚结束,少女回到了"集体"中,再次开始清规戒律繁多的团体生活,没有了一人独处的时间,当然不能和小小人一起制作空气蛹了。她每晚入睡前,就会想象围坐在一起、将空气蛹不断做大的七个小小人。无法再想象别的事情了,她甚至觉得,那只空气蛹真的钻进了自己的脑袋。

空气蛹里面到底放着什么?时机到来,空气蛹砰然绽裂时,会有什么东西从中出现?少女一心想知道。不能亲眼目睹这个场景,她无比遗憾。自己为制作空气蛹出了那么多力,应该有资格见证这个场面。她甚至认真想过能不能再犯什么错被隔离惩罚,被送回土仓里去。但就算这样费尽苦心,小小人也可能不会再出现在那个土仓了。死山羊也被运走,不知埋到哪儿去了。它的眼睛再也不会在星光下闪闪发光了。

小说叙述了少女在共同体内的日常生活。比如规定的日程,规定的劳动。作为年龄最大的孩子,她要管束年龄小的孩子,照顾他们。还有俭朴的伙食、临睡前父母读给她听的故事、一有空闲便听的古典音乐、没有污染的生活。

小小人来访问她的梦境。他们能在自己喜欢的时间钻进别人的梦境里。空气蛹快要裂开了,不来看看吗?他们邀请少女:天黑后,别让其他人看见,拿着蜡烛到土仓里来。

少女抑制不住好奇心,下了床,拿着准备好的蜡烛蹑手蹑脚地来到土仓。那里一个人也没有,只有空气蛹静静放在地板上。它比最后一次看到时又大了一圈,全长大概一百三十或一百四十厘米。轮廓勾勒出美丽的曲线,正中央形成漂亮的凹陷,那是小的时候没有的。看来小小人在那之后拼命干活来着,而且蛹已经开始绽裂,纵向裂开了一条缝。少女弯下腰,从那儿往里看。

少女发现,在蛹内的是她自己。她望着自己光着身子躺在蛹内的身姿。她在那里面的分身仰卧着,闭着眼睛,似乎没有意识,也没有呼吸,像个偶人。

"躺在那里的,是你的子体。"声音沙哑的小小人说,还咳嗽了一声。

回头一看,七个小小人不知何时排成扇形站在了那里。

"子体。"少女无意识地重复道。

"而你被称作母体。"低音的说。

"母体和子体。"少女重复道。

"子体担任母体的代理人。"声音尖利的小小人说。

"我分成两个人吗。"少女问。

"不是。"男中音小小人说,"并不是你分成两个。你从头到脚都是原来的你。不必担心。说起来,子体只是母体心灵的影子,只是变得有了具体形状。"

"这个人什么时候醒来呢。"

"马上。时间一到的话。"

"这个子体作为我心灵的影子,要干什么呢。"少女问。

"充当 Perceiver。"声音很轻的小小人说。

"Perceiver。"少女说。

"就是感知者。"哑嗓子说。

"把感知到的东西传达给接受者。"尖嗓子说。

"就是说,子体将成为我们的通道。"男中音小小人说。

"代替山羊吗。"少女问。

"说到底,死山羊只是临时通道罢了。"低音小小人说,"要连接我们的地盘和这里,必须有一个活的子体作为感知者。"

"母体干什么呢。"少女问。

"母体待在子体身边。"尖嗓子说。

"子体什么时候醒来。"少女问。

"两天后。要不就是三天后。"男高音说。

"两者必居其一。"声音很轻的小小人说。

"你要好好照顾子体。"男中音说,"因为是你的子体。"

"没有母体的照顾,子体是不完全的,很难活得长。"尖嗓子说。

"失去子体的话,母体就会失去心灵的影子。"男中音说。

"失去心灵影子的母体会怎么样。"少女问。

他们相互对视,谁也不回答这个问题。

"子体醒来的时候,天上的月亮会变成两个。"尖嗓子说。

"两个月亮会映出心灵的影子。"男中音说。

"月亮会变成两个。"少女无意识地重复道。

"那就是标志哦。你可要注意看天。"声音很轻的悄悄说。

"注意看天。"声音很轻的再次叮咛道,"数数有几个月亮。"

"嘀嘀——"负责起哄的嚷道。

"嘀嘀——"其余六个人附和道。

少女决定出逃。

其中含有错误的东西、不对的东西，含有严重扭曲的东西。那是违背自然的。少女明白。不知道小小人想要什么，但自己在空气蛹中的身影让少女战栗。她无法和自己活生生的分身一起生活，必须从这里逃出去，越快越好。趁着子体还没有醒来，趁着浮在天上的月亮还没有变成两个。

"集体"中禁止个人持有现金，但父亲偷偷给了她一张万元钞票和一些零钱。"收好了，不要让别人看见。"父亲对少女说，还交给她一张写有地址和电话号码的纸条，"万一必须从这里逃出去，就用这钱买票，坐火车到这个地方去。"

父亲大概是感觉将来"集体"中可能发生什么不妙的事。少女没有犹豫，迅速地行动，没有时间和父母告别。

少女从埋在地下的瓶子里取出万元纸币、零钱和纸条。在小学上课时，假称身体不适要去医务室，溜出了教室，就这样逃出校外，乘上驶来的公共汽车赶到车站，在窗口递上一万日元，买了张去高尾的车票，再接过零钱。买票、找零钱、坐火车都是平生第一次。但父亲详细地告诉过她方法。她脑中牢牢记得该怎样行动。

她按照写在纸条上的指示，在中央线高尾站下车，从公用电话往给她的号码打了电话。接电话的人是父亲的老朋友——一位日本画画家，比父亲大十多岁，和女儿两人住在高尾山附近的山里。他的夫人不久前刚去世。女儿名叫阿桃，比少女小一岁。他一接到电话，就立刻赶来车站，热情地接纳了从"集体"里逃出来的少女。

被画家收养后的第二天，少女从房间的窗户仰望天空，发现月亮增加到了两个。在平常那个月亮旁边，第二个相对小一些的月亮像一粒即将干瘪的豆子般浮在那里。子体醒来了，少女想。两个月亮映出心灵的影子。少女心灵震颤。世界完成了变化。于是，有什么事情将要发生。

父母那里没有来过联系。在"集体"中，人们也许没注意到少女的出逃。因为少女的分身——子体留在了那里，看上去一样，一般人分不清。但她的父母肯定明白，子体并非少女本人，只是她的分身。也明白那是替身，女儿的实体已经逃离了"集体"这个共同体，连去向也只有唯一的一处。但父母一次也不来联系。这也许是来自他们的无声的讯息：就这么逃命去吧，不要回来。

她有时去上学，有时不上。外面的新世界和少女生长的"集体"差别太大。规则不同，目的不同，使用的语言也不一样。因此怎么也交不上朋友，习惯不了学校生活。

然而念中学时，她和一个男孩子很要好。他的名字叫阿彻。阿彻长得又瘦又小，脸像猴子那样有几条深深的皱纹。似乎小时候生过什么重病，从不参加剧烈运动，脊椎也有些弯曲。课间休息时总是远离大家，一个人看书。他也没有朋友。他长得太小、太丑。少女午休时坐到他旁边，和他说话，询问他看的书。他把正在看的书读出声给她听。少女喜欢他的声音。那声音小小的，有点沙哑，但她能听得清清楚楚。用这声音念的故事让少女听得入神。阿彻像读诗一样，将散文朗读得很美。于是午休时间她总是和他一起度过，静静地听他读故事。

但没过多久，她就失去了阿彻。小小人从她身边夺走了他。

一天夜里，阿彻房间里出现了空气蛹。在阿彻熟睡时，小小人把那个蛹一天天做大。他们每天夜里在梦境中把这一幕展现给少女看。

但少女无法阻止他们的工作。于是蛹变得足够大，纵向裂开，像少女那时的情形一样。不过那蛹里是三条大黑蛇。三条蛇紧紧地缠绕在一起，谁也——只怕它们自己也——无法把它们解开。它们看上去就像个三头怪物，滑溜溜黏糊糊，永远纠缠不清。因为得不到自由，蛇烦躁不已。它们没命地挣扎，企图挣开对方的纠缠，但越是挣扎事态越是恶化。小小人把这个生物展示给少女看。阿彻却一无所知，就在一旁呼呼大睡。这是只有少女才能看见的场面。

几天后，男孩子忽然发病，被送进了远方的疗养所。没有公布那是什么病。总之，阿彻恐怕再也不会回到学校了。她失去了他。

少女悟出了，这是来自小小人的信息。他们似乎无法对身为母体的少女直接下手，但能加害她周围的人，毁灭他们。他们不是对什么人都能这样。证据就是他们无法对那位充当监护人的日本画画家和他女儿阿桃下手。他们选择最软弱的部分当作牺牲品，从少年意识的深处引诱出三条黑蛇，把它们从沉睡中唤醒。通过毁灭少年，小小人向少女发出警告，想方设法要把她带回子体身边。事情变成这样，说来都该怪你。他们对她说。

少女再次变得孤独。她不再上学了。和谁交好，就意味着给谁带去危险。她明白，这就是生活在两个月亮之下的意义。

少女于是下了决心，开始做自己的空气蛹。她会做。小小人说，他们是沿着通道从自己的地盘过来的。既然如此，自己应该也可以沿着通道逆向行进，到他们的地盘去。到了那里，应该就能破解秘密，弄清自己为什么会在这里、母体和子体意味着什么，或许还能解救已经失去的阿彻。少女开始制作通道。只要从空气中抽丝织成蛹就行，很花时间，但只要有时间就能办到。

然而，她仍然不时感到迷茫。混乱会来困扰她。我真是母体吗？

我会不会在某个地方和子体调换了?她越想越没有信心。该怎样证明我是自己的实体?

故事在她正要打开那条通道的大门时象征性地结束。那扇大门后面会有什么故事发生,小说没有写。大概还没发生吧。

子体,青豆想。领袖在临死前提到过这个词。他说,女儿为了发动反小小人运动,抛弃了自己的子体出逃了。这也许是真实的。看见两个月亮的,并非只有自己一个。

先不谈这些,青豆似乎能理解这部小说受到人们欢迎、得到广泛阅读的理由。当然,作者是个十七岁美少女的事,大概也起了一定的作用。但仅凭这一点不可能催生出畅销书。生动准确的描写无疑成了这部小说的魅力。读者透过少女的视线,能亲临其境般看到围绕着少女的世界。虽然这个故事描绘了一个处于特殊环境中的少女的非现实体验,却蕴含着唤起人们自然共鸣的东西。大概是潜意识里的某些东西被唤醒了。所以小说能引人入胜,让读者不知不觉地读下去。

这样的艺术性,也许多半来自天吾的贡献,但不能光顾着赞叹。青豆必须把焦点对准小小人出场的部分,仔细阅读这个故事。这对她来说,是关系到生死的极现实的故事。就像说明书一样。她要从中获取必要的知识和秘诀,尽量详细地领会自己被卷入的这个世界的意义。

《空气蛹》并非世人所想的那样,是一个十七岁的少女在头脑中虚构出来的奇幻小说。虽然各种名称被改换了,但其中描写的事物大半是这位少女的亲身体验,是不折不扣的现实——青豆如此坚信。深绘里把她经历过的事件尽量准确地记录下来,是为了把那隐藏的秘密公之于世,是为了让众多的人知道小小人的存在,知道他们的所作所为。

少女抛弃的子体，恐怕成了小小人的通道，将他们引向了领袖，也就是少女的父亲，让那个男人变成了Receiver，亦即接受者。并且把成了无用之物的"黎明"逼上了自取灭亡的血腥绝境，让剩下的"先驱"变成了狡黠、激进并具有排他性的宗教团体。这对小小人来说，也许是最舒适自在的环境。

深绘里的子体，在没有母体的情况下能安然无恙地存活下去吗？小小人说过，没有母体，子体要长期存活十分困难。而对母体来说，失去了心灵的影子活着，又是怎么回事呢？

在少女出逃后，经小小人之手，按照同样的程序，在"先驱"中恐怕又有好几个子体被制造出来。他们的目的肯定是让自己来往的通道更加宽广安定，就像增加公路的车道一样。这样，好几个子体成了小小人的Perceiver——感知者，发挥着女巫的作用。阿翼也是其中之一。如果与领袖发生性关系的不是少女们的实体（母体），而是她们的分身（子体），就可以理解领袖所说的"多义性交合"了。阿翼目光异常呆滞、毫无深度，几乎不会开口说话，也都能解释了。至于阿翼的子体为何溜出教团，又是怎样溜出去的，还不清楚内情。但总之，她大概是被放进空气蛹中，回收到母体身边去了。狗被血淋淋地杀害，则是来自小小人的警告，和阿彻的情况相同。

子体们企图怀上领袖的孩子，但并非实体的她们没有月经。尽管如此，根据领袖的说法，她们仍然迫切地盼望怀孕。为什么呢？

青豆摇摇头。还有许多弄不明白的事。

青豆很想立刻把这件事告诉老夫人。那个家伙强奸的，说不定仅仅是少女们的影子。说不定我们并没有必要杀死那个家伙。

然而，这种事情只怕怎样解释也很难让人信服。青豆也能理解这样的心情。老夫人，不，只要是头脑正常的人，不管是谁，当你对他说起什么小小人、母体、子体、空气蛹，宣称这些都是事实，他肯定都不会立刻接受。因为对头脑正常的人来说，这些东西只是小说里编造出来的。就像不能相信《爱丽丝梦游仙境》里的扑克皇后、揣着怀表的兔子是真实存在一样。

但青豆在现实中亲眼目睹了挂在天上的新旧两个月亮。她确实在这两个月亮的照耀下生活，并切身感受到了那扭曲的引力，还在饭店阴暗的套间里亲手杀掉了那个被称作领袖的人物。将磨得尖利无比的细针扎进他后颈那一点时不祥的手感，仍然明确地残留在掌中，至今还令她不寒而栗。在那之前，她亲眼目睹了领袖让沉重的座钟向上升了大概五厘米。那既不是错觉，也不是魔术，而是只能全盘接受的冷酷的事实。

就这样，小小人实质上掌控了"先驱"这个共同体。青豆不知道他们最终要通过这种掌控达到什么目的。那或许是超越了善恶的东西。然而《空气蛹》的主人公——那位少女，直观地认识到那是不正确的东西，试着进行反击。她抛弃自己的子体，逃离了共同体。借用领袖的说法，就是为了保持世界的平衡，她试图发动"反小小人运动"。她沿着小小人往来的通道回溯，试图闯入他们的地盘。故事就是她的交通工具，天吾则成了她的搭档，帮助她写出了这个故事。天吾当时肯定不理解自己做的事有什么意义，或许现在仍然不理解。

总之，《空气蛹》的故事是个重大线索。

一切都始于这个故事。

可是，我究竟在这个故事中充当什么角色？

从听着雅纳切克的《小交响曲》，走下拥堵的首都高速公路的避难阶梯那个时间点起，我就被拽进这天上浮着大小两个月亮的世界、这个充满了谜团的"1Q84年"里来了。这意味着什么呢？

她闭上眼睛，沉思起来。

我大概是被拉进了由深绘里和天吾建立的"反小小人运动"的通道里了。是这个运动把我送到这一侧来的。青豆这么想。除了这个想不到别的，不是吗？于是我在这个故事中担任了绝不算小的角色。不，大概可以说是重要人物之一。

青豆环视四周。就是说，我是在天吾写出的故事里。在某种意义上，我就在他的体内。她想到了这一点。我可以说就在那神殿中。

从前，曾在电视上看过一部老科幻片。片名忘了。故事是说科学家们把自己的身体缩小得只有在显微镜下才能看见，坐在（同样也被缩小的）潜艇一样的东西里，进入患者的血管中，顺着血管进入大脑，实施一般情况下无法实施的手术。现在的情形也许和那样有点相似。我在天吾的血液中，在他的体内循环。我一面和企图排除入侵的异物（就是我）袭来的白血球激战，一面扑向目标——病根。而我在大仓饭店的套间里杀了"领袖"，恐怕就等于成功地"摘除"了病根。

这么一想，青豆多少觉得心中温暖起来。我完成了赋予自己的使命。这无疑是困难无比的使命，还确实让我恐惧了一次。然而我在雷声轰鸣中冷静地、滴水不漏地完成了工作——也许是在天吾的关注下。她为这件事深感骄傲。

如果继续使用血液这个比喻，那么我作为已完成使命的废物，不久将被静脉回收，很快就该被排出体外了。这是身体系统的规则，无法逃脱这种命运。但这样不也没关系吗？青豆想。我此刻就在天吾君里面，被他的体温拥裹，由他的心跳引导。听从他的逻辑、他的规则，也许还有他的文字的引领。多么美妙的事！在他的里面，被他这样包含着！

青豆坐在地板上，闭上眼睛，鼻子凑近书页，吸着上面的气味。纸的气味，油墨的气味。她静静地委身于自然的流动，侧耳倾听天吾的心跳。

这就是天国，她想。

我已做好赴死的准备，随时随地。

第20章 天吾
海象和发疯的帽子店老板

没错。月亮有两个。

一个是自古就有的原来的月亮，还有一个是小得多的绿月亮。和原来的月亮相比，它有些走形，亮度也差很多。看上去就像一个不受欢迎、又穷又丑的远亲家的孩子。但它显然在那里，难以否认。这不是梦幻，也不是错觉。它作为一个具备实体与轮廓的天体，的确浮在那里。不是飞机，不是飞船，不是人造卫星，也不是谁开玩笑做的纸糊的小道具，不容置疑地是岩块。仿佛一个深思熟虑后的句号，或是一粒宿命赋予的黑痣，它默默无言、不动不摇，在夜空的一处确定了自己的位置。

天吾挑衅般久久盯着那个新月亮，不肯移开视线，眼睛几乎一眨不眨。但无论如何凝视，它都纹丝不动，始终沉默寡言，心如铁石，死守在天空的一角。

天吾松开紧握成拳的右手，几乎是无意识地微微摇头。这么一来，不是和《空气蛹》一样了吗？他想。天上浮着两个月亮的世界。子体降生时，月亮就会变成两个。

"那就是标志哦。你可要注意看天。"小小人对少女说。

写这段文章的是天吾。听从小松的劝告,他尽量详细具体地描写了这个新月亮。这是他最着力描写的地方。而且新月亮的形状,几乎完全是天吾自己想出来的。

小松说:"天吾君,你这么想想,只浮着一个月亮的天空,读者们已经看过太多次。可是天上并排浮现出两个月亮,这光景他们肯定没有亲眼看过。当你把一种几乎所有的读者都从未见过的东西写进小说里,详细而准确的描写就必不可缺。"

非常中肯的意见。

天吾依然仰望着天空,再次短促地摇摇头。那个新加入的月亮,大小和形状和他一时兴起所写的一样,甚至连比喻的文字也毫无区别。

岂有此理,天吾想。怎样的现实竟会去模仿比喻?"岂有此理。"他试着说出口来,却没能顺畅地发出声音。他的喉咙就像刚跑完长跑,焦渴欲裂。无论怎么思考,这都是岂有此理的怪事。那可是个虚构的世界啊!是个现实中并不存在的世界。是由深绘里每天晚上讲给阿蓟听,再由自己加工成文的幻想故事的世界。

难道——天吾询问自己——这里是小说中的世界?难道说,我由于某种机缘脱离了现实世界,进入《空气蛹》的世界里了?就像掉进了兔子洞中的爱丽丝。还是现实世界按照《空气蛹》故事的模样,进行过彻底的改造了?原先有过的那个世界,那个只有一个月亮的熟悉的世界,是不是已经不复存在了?而小小人的力量是不是与之密切相关呢?

他环顾四周,找寻答案。然而映入眼帘的是普通的都市住宅区风景。奇异之处、不寻常之处,一样也看不到。扑克皇后、海象,还有发疯的帽子店老板统统无影无踪。围绕着他的,是无人的沙坑和秋千、倾洒着无机光芒的水银灯、枝条纵横的榉树、上了锁的公厕、六层楼的公寓(只有四家亮着灯火)、区政府的告示牌、画着可口可乐标志的红色自动售货机、违章停车的老式绿色大众高尔夫、电线杆和电线、远方可见的原色霓虹灯，只有这些东西。老一套的噪音，老一套的光亮。天吾在高圆寺这一带生活了七年。倒不是喜欢定居在这里，偶然在离车站不太远处找到了租金便宜的房子，便搬了过来。上班方便，又懒得搬家，就这么一直住下来。只有风景倒是看习惯了，哪里有了变化马上就能发现。

到底是从什么时候开始，月亮的数目增加了？天吾无法判断。也许好几年前月亮就变成了两个，而他始终没有留意。同样看漏了的东西此外还有许多。他懒得读报，也不看电视。众人皆知、只有他不知的事情，多得不计其数。也可能是刚才出了什么事，导致月亮变成了两个。最好问问旁边的人："对不起，向您打听一件有点奇怪的事，说不定您知道，月亮是从什么时候开始变成了两个？"但天吾的四周一个人也没有，甚至连一只猫都看不到。

不，并非一个人也没有。有谁就在附近，拿着铁锤往墙上钉钉子。咚咚咚咚，传来不间断的响声。相当硬的墙和相当硬的钉子。这种时候到底是谁在钉钉子？天吾觉得奇怪，抬眼四望，根本看不到哪儿有这样的墙，也看不见钉钉子的人的身影。

过了一会儿，他才明白原来是自己的心脏发出的声音。他的心脏受到肾上腺素的刺激，将剧增的血液送往体内各处，发出刺耳的响声。

两个月亮的景象，带给天吾轻微的晕眩，就像猛然站起时偶尔会感到的那样，仿佛神经的均衡受到了损伤。他在滑梯顶坐下，靠在扶手上，闭上眼睛忍耐。有一种感觉，似乎周围的引力正在发生微妙的变化。某地在涨潮，而别的地方在落潮。人们在 insane 和 lunatic[①]之

[①]第一部中提到的 insane 是指精神失常者，lunatic 是指英国的传说中被月光诱惑而精神失常者。

间,面无表情地来来往往。

在这晕眩状态中,天吾猛然想起,自己已经很长时间没有遭到母亲的幻象袭扰了。还是婴儿的他熟睡着,身穿白衬裙的母亲在身旁让年轻男子吸吮乳头的图像,他很久没有看到了,甚至忘记了自己曾被这种幻象困扰多年。最后一次看到这种幻象,是在什么时候?想不起来了,不过,大概是开始动笔写新小说的时候。不知是什么缘故,母亲的亡灵好像是以那个时期为界,不再在他的身畔徘徊了。

但取而代之,此刻天吾坐在高圆寺儿童公园的滑梯上,眺望着浮在天上的一对月亮。莫名其妙的新世界如同汹涌逼来的暗流,无声无息地包围在他的四周。天吾想,大概是一个新的纷扰,驱逐了一个旧的纷扰。一个熟悉的旧谜团,换成了一个鲜活的新谜团。但他并不是带着嘲笑的意味这样想,也没有涌出有异议的念头。这个此刻就在眼前的新世界,不管由来如何,自己恐怕都必须默默接受,绝无选择的余地。即使是在那个从前有过的世界里,也没有选择的余地。别的不说,他问自己,就算有异议,究竟又该向谁诉说呢?

心脏依然继续发出干燥坚硬的声音。晕眩感却一点点变得淡薄。天吾聆听着心跳声,头靠在滑梯扶手上,仰望着浮在高圆寺上空的两个月亮。极其怪诞的风景。加入了新月亮的新世界。一切都是不确定的,一切都是多义性的。但是,只有一件事可以断言,天吾想。今后不管在自己身上发生什么事,自己恐怕都不会把这两个月亮并排浮着的景象,视为司空见惯、理所当然的事。大概永远不会。

青豆那时和月亮缔结的究竟是什么密约呢?天吾寻思,并回忆起了眺望着白昼的月亮时,青豆那无比真挚的目光。当时她究竟把什么东西托付给了月亮?

而今后我会发生怎样的变化?
. . . .

在放学后的教室里被青豆握住手时，十岁的天吾一直在苦苦思索这个问题。那个站在巨大门扉前的怯生生的少年，现在仍在苦苦思索相同的问题。同样的不安，同样的怯意，同样的震颤。更巨大的新门扉。并且在他的面前也浮着月亮，只不过数量增加到了两个。

青豆在哪儿？

他再次从滑梯上环顾四周。但他希望找到的东西，却哪儿也看不到。他在眼前摊开左手，试图从中找到某种暗示。但手掌上一如既往，只刻印着几条深深的皱纹。在水银灯缺乏深度的灯光下，那看上去就像残存在火星表面的水路的痕迹。但这些水路不会告诉他任何东西。那只大手向他显示的，不过是他从十岁以来走过了漫长的人生路，终于抵达此地，抵达高圆寺小小的儿童公园的滑梯上。而在那天空上，并排浮着两个月亮。

青豆在哪里？天吾再次问自己。她究竟在哪里藏身呢？

"那个人也许就在这附近。"深绘里说，"从这里走路就可以到达的地方。"

应当就在附近的青豆，能看到这两个月亮吗？

肯定也能看到，天吾想。当然毫无根据，他却坚信不疑，坚定得不可思议。他此刻目睹的东西，她肯定也能看见。天吾握紧左手，连连敲打滑梯，直到手背感到疼痛。

所以，我们必须相逢，就在从这里走着就能到达的某个地方，天吾想。青豆大概被谁追逐，像负伤的猫儿般藏身匿迹，而且可以用来寻找她的时间有限。然而那究竟是哪儿，天吾一无所知。

"嘀嘀——"负责起哄的嚷道。

"嘀嘀——"其余六个人附和道。

第 21 章 青豆
我该怎么办？

这天夜里，青豆打算去看月亮，便穿着一身灰色运动衣，趿拉着拖鞋走到了阳台上，手中端着可可杯子。居然想喝可可了，这可是许久没有过的事。橱柜里放着范·豪尔顿罐装可可粉，望着它，忽然就想喝了。晴朗无云的西南方天空清楚地浮着两个月亮，一大一小。她想叹气，却没有叹出声来，只是在喉咙深处低低地发出一声叹息。从空气蛹里生出了子体，月亮随即变成两个，而 1984 年变成了 1Q84 年。旧的世界一去不返，再也不可能回来。

青豆坐在阳台的园艺椅上，喝了一小口热可可，眯起眼望着那两个月亮，努力追忆旧的世界。但如今她能回忆起来的，只有那棵摆在房间角落里的橡皮树盆栽。现在它在什么地方？Tamaru 会像在电话里承诺的那样，照看那棵树吗？没关系，不必担心，青豆告诉自己。Tamaru 是个信守诺言的男人。如果需要，他也许会毫不犹豫地杀了你。但即使如此，他也肯定把你托付的橡皮树一直照顾到最后。

但我为什么如此惦念那棵橡皮树？

直到扔下它、离开那个家，青豆根本没在意过什么橡皮树。那真是棵毫不起眼的橡皮树。色泽也差，望上去就显得无精打采。是大减价，价格标签上写着一千八百元，可拿到收银台去，一句话还没说，对方就主动降到了一千五。要是跟她讨价还价，也许会更便宜，肯定是很长时间无人问津吧。抱着那盆树回家的路上，她始终在后悔一时冲动买下了这种东西。是棵外观很不起眼的橡皮树，枝幅太大，不好拿。但无论怎么说，它毕竟是有生命的东西。

手中捧着个有生命的东西，有生以来还是头一次。宠物也好盆栽植物也好，她从来没有买过，也没人送过她，更没在路上捡到过。对她来说，这是第一次和有生命的东西共同生活。

在老夫人家的客厅里看见在夜市上买给阿翼的小红金鱼，青豆也很想要那样的金鱼。非常强烈地想要，甚至无法从金鱼身上移开视线。
・・・・・・・
为什么会忽然想要这种东西？说不定是羡慕阿翼。有人在夜市上买东西送给自己——这样的经历青豆连一次都没有，甚至从来没有人带她逛过夜市。她的父母身为"证人会"的热心信徒，无限忠诚于《圣经》的教诲，对一切世俗的节庆活动嗤之以鼻，避之不及。

所以青豆决定自己到自由之丘车站附近的折扣店去买金鱼。既然没人买金鱼和金鱼缸送给自己，就只能去给自己买。这样不是也很好吗？她想。我已经是三十岁的人了，一个人住在自己的房间里，在银行的保险箱中像砖块般垒着成捆的钞票。买两条金鱼之类的事，不必顾忌谁。

但到了宠物柜台，青豆亲眼看到在水槽里轻飘飘地掀动着蕾丝般的鳍游来游去的金鱼，却不敢买了。金鱼很小，而且看上去像是缺乏自我和省察的没有思想的鱼，但无论怎么说，它毕竟是个完整的生命体。将一个生存于世的生命花钱买来据为己有，在她看来似乎不合适。这让她想起自己小时候的情景。被囚禁在狭小的玻璃缸里、哪儿也去不了的无奈的存在。看上去，金鱼似乎觉得这种状态无所谓，实际上也许真无所谓，真的哪儿都不想去。但青豆怎样都难以释怀。

在老夫人家的客厅里看到金鱼时，她根本没感觉到这一点。鱼儿仿佛非常优雅、非常愉快地在玻璃缸里游弋。夏日的光线在水中摇曳。于是她觉得，和金鱼一起生活似乎是个美好的想法，肯定会给她的生活带来几分温馨。但在站前折扣店的宠物柜台，金鱼的身姿却让她感到窒息。青豆望了一会儿水槽里的小鱼，紧紧闭拢嘴唇。不行。我根本养不了金鱼。

就在这时，商店角落里的橡皮树跃入眼帘。它被挤到了最不醒目的地方，像一个遭人遗弃的孤儿般瑟缩在那里。至少在青豆看来是这样。那棵树没有光泽，形状也失衡不正。但她甚至没有好好考虑便买了下来。不是因为喜欢才买的，而是不得不买。说老实话，买回去放在家里，除了偶尔浇水时，几乎没看过它一眼。

可一旦将它丢在身后，想到以后再也看不到它了，青豆不知为何对那棵橡皮树牵挂不已。像平常心情混乱、很想大吼几声时那样，她狠狠地皱起了脸。面部每一块肌肉都被拉到接近极限。于是她面目全非，像变了一个人。青豆将脸皱到了不能再皱的程度，再从各个角度扭曲，然后总算恢复了原状。

为什么我如此挂念那棵橡皮树？

总之，Tamaru肯定会郑重其事地照料那棵橡皮树，要比我更细心、更负责。他习惯照料和爱护有生命的东西，和我不同。他对待狗就像对待自己的分身一样。连老夫人家里的树，他也是一有空就满院转悠，仔细地检查。在孤儿院的时候，他曾挺身而出，保护比自己弱小的笨手笨脚的孩子。这种事我根本做不到，青豆想，我没有时间去承担别人的生命。仅仅是承受自己的生命之重、承受自己那份孤独，就已经竭尽全力了。

孤独这个词，让青豆想起了亚由美。

亚由美被某个来历不明的家伙用手铐铐在床上强暴，又用浴袍腰带勒死。据青豆所知，凶手至今还未落网。亚由美有亲属，又有同事，但她孤独无依，孤独得甚至只能落得如此可怜的死法。而我却没能回应她的诉求。她肯定对我有所诉求，毫无疑问。但我也有必须守护的秘密与孤独，怎样也无法和亚由美分享的秘密与孤独。亚由美为什么偏要向我这种人寻求心灵交流呢？这世上难道不是有很多人吗？

一闭上眼，那棵留在空空的房间里的橡皮树，便会浮上脑际。

为什么我如此挂念那棵橡皮树？

然后，青豆哭了一阵。到底是怎么回事？她微微地摇头，心想，这阵子哭得太多了。她根本不想哭，干吗要为那棵呆头呆脑的橡皮树流泪？但泪水却抑制不住。她哭得双肩乱颤。我已经一无所有了，连一棵寒酸的橡皮树都没有。只要是有点价值的东西都纷纷湮灭。一切都离我远去，除了对天吾温暖的记忆。

我不能再哭了，她对自己说，我现在是待在天吾的体内呢，就像《神奇旅程》里的科学家一样——是的，那部电影叫《神奇旅程》。想起了片名，青豆多少平静下来，停止哭泣。即使泪流成河也无济于事。必须恢复成那个冷静而坚强的青豆。

是谁期盼这样？

是我期盼这样。

然后她环顾四方。天上依然浮着两个月亮。

"那就是标志哦。你可要注意看天。"一个小小人说，是那个声音很轻的小小人。

"嗬嗬——"负责起哄的嚷道。

这时青豆忽然发现，此刻像这样抬头望月的人，并非只有自己一个。隔着马路，能看见对面的儿童公园里有一个年轻男子。他坐在滑梯顶，正盯着和她相同的方向。这个男人和我一样，看见了两个月亮。青豆凭直觉明白了这一点。不会有错。他和我看着同样的东西。他能看得见。这个世界里有两个月亮，但那位领袖说，并不是所有生活在这里的人都能看见它们。

但那个高大的年轻男子无疑正看着这对浮在天上的月亮。我敢打赌，赌什么都行。我心里明白。他坐在那里，正望着黄色大月亮和生了一层苔藓般的变形的绿色小月亮。而且他似乎在冥思苦想，思索着两个月亮并排存在的意义。这个男人难道也是身不由己地漂流到这1Q84年的人之一？也许正为无法理解这个世界的意义而困惑。肯定是这样，所以他才不得不在夜里爬上滑梯，孤单地一个人凝望月亮，在脑海里罗列出所有的可能、所有的假设，细致地进行验证。

不对，也许不是这么回事。那个男人也许是到这里搜寻我的，是"先驱"派来的追杀者。

一瞬间，心跳猛然加速，耳中发出叮的一声耳鸣。青豆的右手不由自主地摸向插在腰带下的自动手枪。她紧紧地握住那坚硬的枪柄。

但无论怎么看，从那位男子身上都感觉不到那种紧迫的气息，也看不出暴力的迹象。他独自坐在滑梯顶，脑袋倚在扶手上，直勾勾地盯着两个浮在天上的月亮，沉湎于漫长的思索。青豆在三楼阳台上，他在下面。青豆坐在园艺椅上，从不透明的塑料遮板和金属扶手的缝隙间，俯视着那个男人。就算对方抬头向这边望，肯定也看不见青豆。加上他一心只顾看天，可能有人在暗中窥望自己的念头，似乎根本不会掠过他的脑际。

青豆稳定情绪，静静吐出积淀在胸中的浊气，然后放松手指上的力气，松开抓着枪把的手，继续保持相同的姿势观察那个男人。从她的位置望过去,只能看见他的侧影。公园的水银灯从高处将他的身姿照得雪亮。这是个身材很高的男人,肩幅也很宽。看起来硬硬的头发剪得很短,身穿长袖T恤,袖子一直卷到肘部。相貌说不上英俊,却很精悍,给人好感。脑袋形状也不差,等再上点年纪,头发变稀一些,肯定会更好看。

随即,青豆恍然大悟。

那是天吾。

这不可能,青豆想。她简短但坚决地连连摇头。这肯定是荒唐的错觉。无论如何事情也不可能这样凑巧。她不能正常呼吸,身体系统出现紊乱,意志与行为无法相连。想再仔细看看那个男人,但不知为何眼睛无法聚焦。仿佛由于某种外力,左右两眼的视力忽然变得迥然相异。她下意识地狠狠扭着脸。

我该怎么办?

她从园艺椅上站起身,毫无意义地东张西望,然后想起了客厅的装饰橱里有尼康的小型双筒望远镜,便去取。拿着双筒望远镜匆忙赶回阳台上,冲着滑梯望去。年轻男子还在那里,姿势和刚才一样,侧面朝着这边仰望天空。她用颤抖的手调节望远镜的焦距,将他的侧脸拉近,屏息凝神。没错,那是天吾。纵然二十年岁月流逝,青豆却明白那就是天吾,绝不是别人。

青豆最惊讶的,是天吾的外貌从十岁以来几乎没有变化,仿佛一个十岁少年就这样变成了三十岁。倒不是说他满脸稚气。身材当然变得远为高大,脖颈粗壮,面容充满成熟感,表情中也显现出深度。放在膝头的手大而有力,和二十年前她在小学教室里握过的手很不一样。尽管如此,那具躯体酿出的氛围却和十岁时的天吾完全一样。强壮厚实的身躯给她自然的暖意和深深的安心。青豆渴望把面颊贴上那副胸膛。非常强烈地渴望。这让她很高兴。而且他坐在儿童公园的滑梯上,仰望着天空,热心地凝视她看着的东西,两个月亮。对,我们能看见同样的东西。

我该怎么办?

青豆不知所措。她把望远镜放在膝头,使劲攥紧了双手。指甲甚至都陷进了肉里,留下难以消失的印痕。攥紧的双拳瑟瑟发抖。

我该怎么办?

她倾听着自己急促的呼吸。她的身体似乎不知何时从正中分裂成了两半。一半试图积极地接受天吾就在眼前的事实。另一半则拒绝接受,试图把它赶到某个看不见的角落,让她相信这种事根本没有发生。这两种方向相反的力量在她体内激烈争斗。双方都极力把她朝各自的目标拉拽。仿佛周身的肌肉被扯碎,关节快要散架,骨头将成为粉尘。

青豆很想就这样冲进公园,爬上滑梯,向坐在那里的天吾诉说。可是,说什么好呢?她不知道如何运用嘴部的肌肉。尽管这样,她恐怕还是会竭力挤出什么话来。我是青豆,二十年前在市川的小学教室里握过你的手。你还记得我吗?

这样说行吗?

肯定还有更好的说法。

另外一个她却命令:"别动!就这么躲在阳台上!"你已经无计可施了,不是吗?你昨夜和那位领袖谈妥了交易。你要放弃自己的生命来拯救天吾,让他在这个世界上活下去。这就是交易的内容。契约已经签订。你同意将领袖送到那个世界去,并奉上自己的生命。现在你在这里和天吾见面叙旧,那又能怎样呢?而且,万一他根本不记得你,或只记得你是个"专做吓人祈祷的不体面的女孩",你打算怎么办?要是那样,你会怀着怎样的心情去死?

这么一想,她就全身僵硬,开始瑟瑟发抖。她无法抑制这种颤抖。

就像患重感冒时打寒战一样，似乎一直冻到心底。她用两臂抱紧自己的身体，在这严寒面前颤抖不已。但她的眼睛一刻也没有离开坐在滑梯上望着天空的天吾。似乎一旦移开视线，天吾就会立即消失得无影无踪。

她渴望被天吾搂在怀中，渴望让他那双大手抚摸自己的身体，渴望用全身感受他的温暖，渴望他抚摸周身每一个部位，温暖它们。我想让你帮我驱走身体深处的寒气，然后进入我的体内，尽情地搅动，像用勺子搅拌可可一样，缓缓地直抵深处。如果你为我做了这些，纵然当场死去，我也心中无憾。真的。

不，真是这样吗？青豆想。假如这样，也许我就不想死了。也许我会盼望永远和他在一起。赴死的决心就像被朝阳直射的露珠，痛快地蒸发，转瞬即逝。或许我想把他杀死。或许会用赫克勒－科赫先把他射杀，再把自己的脑浆打出来。完全无法预测会发生什么情况，自己能做出什么蠢事。

我该怎么办？

该怎么办，她无力判断。呼吸变得急促，种种思绪纷至沓来，交替出现，理不出头绪。什么才是对的，什么又是错的？她明白的只有一件事：渴望现在就被他粗壮的双臂拥入怀中。至于以后的事，哪里还顾得上？上帝也好魔鬼也好，就让他们随意安排吧。

青豆下定决心。她冲进洗手间，用毛巾拭去脸上的泪痕，对着镜子迅速地理理头发。整张脸一塌糊涂。眼睛红红的，充血了。身上的衣服也糟糕透顶。一套褪了色的运动衣，腰带下面插了一把九毫米自动手枪，在后腰上形成一个古怪的包。绝不是适合去见二十年来朝思暮想的人的装扮。为什么没穿得稍微像样一点？但事到如今已无可奈何,没有时间再换衣服。她赤着脚蹬上运动鞋,门也没锁,就快步奔下公寓的逃生梯,然后横穿马路,冲进没有人影的公园,跑到了滑梯前。可是,天吾已经踪影全无。沐浴着水银灯那人工灯光的滑梯上空无一人,比月亮的背面还要昏暗还要阴冷,空空荡荡。

那会不会是错觉?

不会,不会是错觉,她上气不接下气地想。就在刚才,天吾还在这里。绝对没错。她爬上滑梯,站在顶上环视四周。到处不见一个人影。然而,他肯定还没有走远。就在几分钟前他还在这里。顶多四五分钟,不会再多。这么一点距离,如果跑着追的话,现在还可以赶上。

但青豆改变了主意。她几乎是竭尽全力才拦住了自己。不,不行,不能这么做。我甚至不知道他是朝哪个方向走的。在深夜的高圆寺街头漫无目标地狂奔,寻找天吾的行踪,这种事我不愿意做。这不是我该采取的行动。当我在阳台上犹豫着难以决定的时候,天吾走下滑梯离开,不知去向了。想起来,这就是上天赐予我的命运。我踌躇了,犹豫不决,一时丧失了判断力,天吾在此时悄然离去。这就是发生在我身上的事。

就结果而言,这样也好。青豆告诉自己。也许这样才是最正确的。至少我和天吾重逢过。我隔着一条马路看到了他,还因为可能被他拥入怀中而颤抖。虽说只有几分钟,我毕竟也全身心地体味过那种激烈的喜悦和期待。她闭上眼睛,紧攥着滑梯的扶手,咬住嘴唇。

青豆用相同的姿势在滑梯上坐下,仰望西南的天空。那里浮着一大一小两个月亮。然后朝公寓三楼的阳台看去,房间里亮着灯。就在刚才,她还在那个房间的阳台上凝望坐在这里的天吾。那个阳台上,似乎还残留与漂漾着她深深的犹豫。

1Q84 年,是这个世界被赋予的名称。我在大概半年前进入这个世界,而现在正准备出去。并非自愿地进来,却是自愿地打算出去。

我离去之后，天吾仍会留在这里。不知道对天吾来说，这究竟会成为怎样的世界。我无法亲眼目睹。不过这无所谓。我将为他而死。我不能为自己而活，这种可能性从一开始就被剥夺了。可是，我却能为他而死，这样就够了。我可以微笑着去死。

这不是谎言。

青豆拼命想感受天吾在滑梯上残留的气息，哪怕一点也好，但没有留下一丝温度。带着秋日预感的夜风穿过榉树的枝叶间，力图将那里的一切痕迹都抹去。尽管如此，青豆依然久久地坐在那里，仰望两个并排浮着的月亮，沐浴着那缺乏情感的奇妙光芒。由形形色色的声响混合而成的都市噪音变成了合奏低音，团团环绕着她。她想起在首都高速的避难阶梯上结巢的小蜘蛛。那只蜘蛛还活着吗？还在结它的巢吗？

她微微一笑。

我已经准备好了。

她这样想。

不过在此之前，有个地方我必须去拜访一次。

第 22 章　天吾
只要天上浮着两个月亮

爬下滑梯，走出儿童公园，天吾漫无目的地走在街头。他徘徊在大街小巷，几乎没注意自己行走在什么地方。一边走，一边努力让脑中杂乱无章的思绪现出稍微明确的轮廓。但无论怎样努力，他都无法进行完整的思考，因为他在滑梯上一次思考了太多的问题。关于变成两个的月亮，关于血缘关系，关于新人生的起点，关于伴随着晕眩、极富真实感的白日梦，关于深绘里和《空气蛹》，以及就潜伏在附近的青豆。他的大脑由于过多的思绪混乱不堪，精神的紧绷几乎接近极限。如果可能，很想就这样上床呼呼大睡。至于后面的问题，留到明天早晨醒来后再思考吧。反正无论怎么思索，也很难抵达有意义的地点。

天吾回到家时，深绘里正坐在他的写字台前，拿着一把小折刀削铅笔。天吾总是在铅笔筒里插着十来支铅笔，现在增加到了大概二十支。她把铅笔削得非常漂亮，令人感叹。天吾还从未见过削得如此漂亮的铅笔。笔尖像缝衣针一般，又尖又细。

"来过电话。"她一边用手指确认笔头有多尖细，一边说，"从千仓打来的。"

"不是说好了你不接电话吗？"

"因为这个电话很重要。"

她大概是从铃声判断出电话是否重要的。

"什么事？"天吾问。

"没说是什么事。"

"那是从千仓的疗养所打来的电话吧？"

"要你打电话。"

"是要我给他们回电话？"

"再晚也没关系，一定要今天打。"

天吾叹息一声。"我不知道他们的号码。"

"我知道。"

她记住了电话号码。天吾把号码写在便条簿上，然后看了一眼时钟。八点半。

"电话是什么时候打来的？"

"就刚才。"

天吾走到厨房里，喝了一杯水。手撑在洗碗池边沿，闭上眼睛，确认了大脑像普通人一样在工作，便走到电话前拨通那个号码。说不定是父亲去世了。至少这肯定是与生死有关的事。要不是事关重大，他们不会在夜里打电话来。

接电话的是位女子。天吾报上自己的名字，说：刚才接到过你们的来电，现在回电话。

"您是川奈先生的儿子吗？"

"是的。"天吾回答。

"上次在这边和您见过面。"那位女子说。

脑海里浮现出一位戴金属框眼镜的中年护士的脸，想不起名字。

他简单地问候了两句。"听说您刚才来过电话？"

"哎，是的。我现在把电话转给主治医生，请您直接和他说。"

天吾把听筒紧贴在耳朵上，等着电话转接过去。对方一直没人接。《牧场是我家》那单调的旋律流淌了很长时间，长得近似永远。天吾闭上眼睛，回忆起房总海岸那座疗养所的风光。层层叠叠的茂密松林。来自海上穿过林间的风。永无休止地汹涌而至的太平洋波涛。看不到来探病的客人的闲散大厅。轮床推过走廊时轮子发出的声音。晒得褪色的窗帘。熨得笔挺的护士服。食堂里供应的淡而无味的咖啡。

终于，医生接了电话。

"哎呀，劳您久等，对不起。刚才接到了其他病房的紧急呼叫。"

"您不必客气。"天吾说，然后努力回忆着主治医生的面孔。但细细一想，自己其实从未见过这位大夫。大脑还没有恢复工作状态。"请问，是我父亲出了什么事吗？"

医生稍微停顿了一下，答道："并不是今天出了什么特别的事，一段时期以来，您父亲一直状态欠佳。这话很难启齿——您父亲目前处于昏睡状态。"

"昏睡状态。"天吾说。

"他始终在昏睡。"

"就是说，他没有意识，是不是？"

"对。"

天吾开动脑筋。必须让脑子工作起来。"我父亲是因为生病陷入昏睡状态的吗？"

"准确说来，并不是这样。"医生似乎感到很为难。

天吾静静等待下文。

"在电话里很难解释清楚，不过他也没有特别严重的地方。比如说癌症、肺炎之类，并没有患这种明确的疾病。从医学的见地来说，没发现能明确识别的病症。只是——还不清楚是什么原因——在您父亲身上，维持生命的自然力量的水位显然在不断降低。但原因不明，所以找不到治疗方法。在继续打点滴，也一直补给营养，但说到底这只是治标，不是治本的办法。"

"我可以坦率地问问您吗？"天吾说。

"当然可以。"医生答道。

"是不是说，我父亲来日无多了？"

"如果目前这种状况持续下去，那种可能性很高。"

"是因为衰老的缘故吗？"

医生在电话里发出含糊不清的声音："您父亲只有六十多岁，还没到衰老的年龄。而且身体基本健康，除了老年痴呆症，也没发现什么慢性疾病。定期举行的体力测验结果也非常好，值得一提的问题连一个都没发现。"

医生沉默了一下，然后继续说道：

"不过……是啊，根据这几天的情况来看，就像您说的那样，也许有很像衰老的地方。身体机能整体下降，想活下去的意志变得淡薄。这通常是过了八十五岁才会出现的症状。到了这种年纪，有时会看到这样的例子：有人会觉得继续活下去很累，从而放弃维持生命的努力。但是，相同的情况怎么会在才六十多岁的川奈先生身上出现，我还不太明白。"

天吾咬着嘴唇，思索了片刻。

"我父亲是什么时候开始昏睡的？"他问。

"三天前。"医生回答。

"三天中，一次也没睁开过眼睛吗？"

"一次也没有。"

"而且生命体征越来越弱？"

医生说："并不急剧。刚才我也告诉过您，生命力的水位正一点点地，但明确无误地下降，就像列车一点点减速，最终会完全停止。"

"还有多少时间？"

"我没法准确地告诉您。但如果照目前的状态持续下去，最坏的情况也许只有一个星期。"医生说。

天吾把电话换了一只手，再次咬了咬嘴唇。

"明天，我会过去。"天吾说，"就是你们不来电话，我也打算近期去一次。你们来电话通知我真是太好了，非常感谢。"

医生似乎松了一口气。"这样就好。我觉得最好尽早见见面。恐怕你们没办法交谈，但您能来，您父亲一定会很高兴。"

"可是我父亲没有意识，是不是？"

"没有意识。"

"有疼痛感吗？"

"目前没有疼痛。恐怕没有。这是不幸中的大幸。他只是在熟睡。"

"谢谢您了。"天吾道谢。

"川奈先生。"医生说，"您父亲，该怎么说呢，是一个非常省心的人。他从不给任何人添麻烦。"

"他一直是这样的人。"天吾答道，然后再次向医生致谢，挂断了电话。

天吾热了咖啡，坐在深绘里对面的桌前喝着。

"明天你要出去吗。"深绘里问他。

天吾点点头。"明天，我得乘火车再到猫城去一趟。"

"去猫城。"深绘里面无表情地说。

"你在这里等着吗。"天吾问。和深绘里一起生活，他也习惯了不用问号提问。

"我在这里等着。"

"我一个人到猫城去。"天吾又喝了一口咖啡,然后忽然想起来,问她:"你要喝点什么吗。"

"如果有白葡萄酒的话。"

天吾拉开冰箱门,看看有没有冰镇的白葡萄酒。在靠里的地方,看到了前一阵子大减价时买的霞多丽①,商标上画着一头野猪。他打开软木塞,把酒倒进葡萄酒杯里,放到深绘里面前。然后略一踌躇,也给自己倒了一杯。的确,与咖啡相比,此刻的心情倒是更想喝葡萄酒。葡萄酒冰得稍有些过,口味有点偏甜,但酒精让天吾的情绪多少稳定下来。

"你明天要到猫城去。"少女重复道。

"一大早乘电车去。"天吾说。

啜饮着白葡萄酒,天吾想起来,自己曾在这位隔着桌子相对而坐的十七岁美少女的体内射过精。分明是昨夜的事,却感到好像已经是久远的往事,甚至觉得那像是历史上的陈迹。但当时的感觉还清晰地留在心中。

"月亮的数目增加了。"天吾缓缓地转动酒杯,告白般说,"刚才我看了看天,月亮变成了两个。一个大大的黄月亮,还有一个小小的绿月亮。也许以前就是这样了,只是我没注意到。刚才,我才终于知道。"

月亮的数目增加,深绘里并没有表示特别的感想。听到这个消息,甚至不见她表现出惊讶。她的表情毫无变化,连耸耸肩都没有。看样子这对她来说,根本算不上奇异的新闻。

"本来不用特意提出来——天上挂着两个月亮,和《空气蛹》里描绘的世界一样。"天吾说,"而且新月亮的形状也完全像我描写的那个样子,大小和颜色都一样。"

---

① Chardonnay,葡萄品种之一,亦指以此为原料酿造的白葡萄酒。

深绘里沉默不语。对于不必回答的提问,她从不作答。

"怎么会发生这样的事?怎么可能发生这样的事?"

依然没有回答。

天吾断然提出一个坦率的问题:"是不是说,我们进入了《空气蛹》描绘的世界?"

深绘里仔细检查了一会儿指甲的形状,然后说:"因为我们一起写了那本书。"

天吾把酒杯放在桌子上,问深绘里:"我和你一起写了《空气蛹》,并出版了这部书。是我们共同完成的。而且这本书变成了畅销书,有关小小人、母体和子体的信息被散播到了世间。结果,我们一起进入了这个被改换一新的世界,是这样吗?"

"你现在是接受者。"

"我现在是接受者。"天吾重复道,"的确,我在《空气蛹》里描写过接受者。可是,我其实不太明白那到底是什么。具体地说,接受者究竟起了什么作用?"

深绘里微微地摇头,意思是说,无法解释。

不解释就弄不懂的事,就意味着即使解释也弄不懂。父亲曾经说过。

"我们最好待在一起。"深绘里说,"直到找到那个人。"

天吾片刻无言,看着深绘里的脸,力图读出她脸上表达的是什么。但一如既往,那里没浮现出任何表情。于是他下意识地转过脸,将视线投向窗外。可是看不到月亮,只看见电线杆和纠缠在一起的丑陋电线。

天吾问:"要做接受者,是不是需要什么特殊的资质?"

深绘里微微点了点头,意思是需要。

"但《空气蛹》本来是你的故事,是你从无到有打造出来的故事,是从你内心产生出来的故事。我只不过是偶然接受委托，对文章进行了增删与润色，我只是个手艺人。"

"因为我们一起写了那本书。"深绘里重复着和刚才相同的话。

天吾下意识地用手指按住太阳穴。"你是说，从那个时候开始，我就不知不觉地扮演起了接受者的角色？"

"在那之前就开始了。"深绘里说，并用右手食指指着自己，再指着天吾，"我是感知者，你是接受者。"

"Perceiver 和 Receiver。"天吾改用英文重说了一遍，"就是说，由你来感知，而由我来接受。是这样吗？"

深绘里短促地点点头。

天吾微微扭歪了脸。"就是说，你知道我是接受者，或者说知道我具备接受者的资质，才把改写《空气蛹》的工作交给了我。把你感知的东西通过我变成了书的形式，是不是？"

没有回答。

天吾把扭歪的脸恢复原状，看着深绘里说："虽然还不能确定具体的时间点，但大概就是在那前后，我进入了这有两个月亮的世界。只是我一直没注意到罢了。从来没在半夜里抬头看过天，也没有留意月亮的数目已经增加。一定是这样吧？"

深绘里只是一味地沉默。那沉默就像细细的粉末，悄然飘浮在空中。那是来自特殊空间的成群的飞蛾刚撒播的细粉。天吾看了片刻那些细粉在空中描绘的形状。他觉得自己简直变成了前天的晚报。信息每日都在更新，唯独他一无所知。

"原因和结果好像搅在一起，成了一团乱麻。"天吾又打起精神，说，"不知前后顺序，但总而言之，我们已经进入了新的世界。"

深绘里抬起脸，注视着天吾的眼睛。也许是心理作用，天吾觉得在她的瞳孔中依稀看见了温柔的光芒。

"总之,原来的世界已经不复存在了。"

深绘里微微耸了耸肩。"我们在这里活下去。"

"在有两个月亮的世界里吗?"

深绘里没有回答。这位十七岁的美少女双唇紧紧地抿成一条线,直视着天吾的眼睛,和青豆在放学后的教室里注视着十岁的天吾的眼睛时一样。全神贯注,强劲而深邃。在深绘里这样的视线中,天吾觉得自己快要变成石头了。变成石头,然后再径直变成一个新月亮,一个奇形怪状的小月亮。过了一会儿,深绘里终于放缓视线,举起右手,指尖轻轻地贴上太阳穴,仿佛要读出内心的秘密思绪。

"你在找人吗。"少女问。

"对。"

"可是没找到。"

"没找到。"天吾说。

没找到青豆,但他发现了月亮变成两个的事实。那是他根据深绘里的启示挖掘记忆的底层,在想看月亮时发现的。

少女稍微放缓了视线,端起葡萄酒杯,把酒在口中含了一会儿,像吸食露水的虫子一样珍惜地咽下去。

天吾说:"你说她躲起来了。如果是这样,不可能那么容易找到。"

"用不着担心。"少女说。

"我用不着担心。"天吾只是重复对方的话。

深绘里用力地点头。

"就是说,我能找到她?"

"那个人会找到你。"少女用宁静的声音说。那声音仿佛从柔软的草原上拂过的风。

"在这高圆寺的街头。"

深绘里歪了歪脑袋,意思是不知道。

"在某个地方。"她说。

"在这个世界的某个地方。"天吾说。

深绘里微微点头。"只要天上浮着两个月亮。"

"看样子只能相信你的话了。"想了片刻,天吾无奈地说。

"我感知你接受。"深绘里深思熟虑似的说。

"你感知,我接受。"天吾换了人称,重复道。

深绘里点点头。

所以我们才会交合吗?天吾想这么问深绘里。在昨夜猛烈的雷雨中,那究竟意味着什么?但他没有问。这只怕是个不合适的问题,反正不会得到回答。他知道。

不解释就弄不懂的事,就意味着即使解释也弄不懂。父亲曾经说过。

"你感知,我接受。"天吾又一次重复道,"就像改写《空气蛹》一样。"

深绘里摇摇头,然后将头发向后掠去,露出一只小巧美丽的耳朵,仿佛竖起信号发射机的天线。

"不一样。"深绘里说,"你变了。"

"我变了。"天吾重复道。

深绘里点点头。

"我怎么变了?"

深绘里久久地凝视端在手里的葡萄酒杯,仿佛可以看见什么重要的东西。

"到了猫城就知道了。"

那位美丽的少女说,然后啜了一口白葡萄酒,耳朵依旧暴露无遗。

第23章　青豆
请让老虎为您的车加油

早晨六点，青豆醒来了。这是个美丽而晴朗的早晨。她用电咖啡壶煮咖啡，烤吐司吃，还煮了只鸡蛋。看电视新闻，确认仍然没有报道"先驱"领袖死亡的消息。没有向警察通报，也没有向世人公布，他们也许偷偷地将尸骸处理了。这么做也没关系，算不了什么大事。死掉的人再怎么处理，也只是死人罢了。终究不可能复活。

八点钟冲了个澡，对着洗手间的镜子仔细梳头，淡淡地涂上一层若有若无的口红。套上连裤袜，穿上挂在壁橱里的丝质衬衣，又穿上那套时尚的"岛田顺子"西服。摇摆扭动了几次身躯，让装有胸垫和钢圈的胸罩贴合身体，一边想：要是乳房再大一点就好了。同样的念头，迄今为止至少站在镜子前想过七万两千次。不过没关系。不管思考什么、思考几遍，这反正是我的自由。就算已经有七万两千次，又有何不可？至少我活在世上的时候，总得我行我素，愿意想什么就想什么，愿意何时想就何时想，愿意想几遍就想几遍，不管别人怎么说！然后，她穿上了查尔斯·卓丹高跟鞋。

青豆站在门口等身大的穿衣镜前，确认这身装扮无懈可击。她对着镜子微微耸起一边肩膀，心想，这模样是不是有点像《天罗地网》里的费·唐娜薇？她在这部电影中扮演一位冷酷的保险公司调查员，像一把冰冷的快刀，冷静而性感，与正式的西装很相配。当然青豆长得并不像唐娜薇，但气质有些相似，至少是不无相似之处。那是一流专家才会散发的特别的气质，何况挎包里还藏着一把又硬又冷的自动手枪。

她戴上小巧的雷朋太阳镜，走出房间，随即走进公寓对面的儿童公园，站在昨夜天吾坐过的滑梯前，在脑中再现当时的情景。大约十二个小时前，真实的天吾曾经就在这里——与我所在之处仅隔着一条马路的地方。他一个人静静坐在这里，久久地仰望月亮，和她所望的相同的两个月亮。

能这样与天吾相逢，在青豆看来几乎是奇迹。这也是一种启示。是某种东西将天吾带到了她面前。而且这件事似乎大大改变了她身体的构成。从早晨醒来开始，青豆就一直感到浑身嘎嘎作响。他在我的面前出现，又离去了。我没能和他交谈，也没能触摸他的肌肤。但就在那短暂的时间内，他改变了我身上许多东西。就像用勺子搅拌可可一样，他狠狠地搅拌了我的心灵、我的肉体，直至内脏，直至子宫。

青豆在那里伫立了大概五分钟，一只手放在滑梯扶手上，轻轻地皱眉，用高跟鞋细细的后跟踢着地面，确认心灵与肉体被搅拌的情况，体味那感觉。然后下了决心，走到大街上叫了出租车。

"先去用贺，再去首都高速三号线池尻出口前。"她告诉司机。

理所当然，司机有点不知所措。

"这位客人，您最后到底是要去哪儿？"他问，那声音说起来属于无忧无虑那种。

"池尻出口。暂时是这样。"

"要是那样,从这里直接去池尻要近得多呢。如果从用贺走,您这个圈子兜得就大啦。再加上早上这个时间段,三号线上行道肯定堵得严严实实,根本没法动弹。这肯定不会错,就像今天是星期三一样正确。"

"堵车也没关系。不管今天是星期四还是星期五,就算是天皇诞辰也没关系。反正请你从用贺上首都高速。时间有的是。"

司机的年龄大概在三十到三十五岁之间,瘦削白皙,细长脸,看上去像小心谨慎的食草动物。和复活节岛上的石像一样,下颚向前突出。他透过后视镜观察着青豆的面孔,试图从表情上读出来:背后的家伙,只是个大咧咧的傻瓜呢,还是个怀着复杂隐情的普通人。但这种事没法简单地看明白,尤其是只凭一块小小后视镜的话。

青豆从挎包里摸出钱包,取出一张看上去像刚印好的崭新的一万元纸币,递到司机鼻子前。

"不要找零。也不要收据。"青豆简洁地说,"所以请你不必多说,就照我说的做好了。先开到用贺,从那里开上首都高速,到池尻去。就算堵车,这点钱也该够了吧。"

"当然足够了。"司机依然满腹狐疑,说,"不过这位客人,您难道是和'首高'①有什么过节?"

青豆把那张万元纸币像飘带一样摇晃着。"要是你不去,我就下去叫别的出租车。去还是不去,请你早点决定。"

大概有十秒钟,司机皱起眉头望着那张万元纸币,然后下了决心接过去,对着光查看,确认是真币之后,放进了工作用的皮包里。

"明白了。咱们走吧,首高三号线。不过说真的,那车可堵得让人心烦。而且用贺和池尻之间没有出口,还没有公共厕所。所以,如

---

① 首都高速公路的简称。

果您想上厕所,请现在先去吧。"

"没问题。请你现在就开车吧。"

司机从住宅区弯曲的道路穿出去,开上了环状八号线,沿着这条拥堵的道路驶向用贺。一路上,两人一言不发。司机始终在听收音机里的新闻节目。青豆则沉湎于自己的思绪。快到首高入口时,司机拧小了收音机的音量,问青豆:

"我也许问得多余——这位客人,您是做什么特殊工作的吗?"

"保险公司调查员。"青豆毫不迟疑地答道。

"保险公司调查员。"司机仿佛在品味从未吃过的菜肴,在嘴巴里谨慎地将这个词重复了一遍。

"正在做保险金诈骗案的取证工作。"青豆说。

"哦。"司机钦佩地说,"那个保险金诈骗和首高三号线是有什么关系?"

"有。"

"简直像那部电影一样。"

"哪部电影?"

"从前的老片子。史蒂夫·麦奎恩演的。呃,名字我忘掉了。"

"《天罗地网》。"青豆说。

"对对对,就是它。费·唐娜薇演的保险公司调查员,失窃保险的专家。那个麦奎恩是个富豪,他犯罪是出于业余爱好。这部电影很好看。我是念高中时看的,很喜欢里面的音乐,精彩得很。"

"米歇尔·雷格兰[①]。"

司机轻声哼唱了起首的四小节,随后将目光投向后视镜,再次仔

---

① Michel Legrand,法国作曲家、钢琴家、电影演员、导演。

细观察青豆映在那里的面孔。

"这位客人，还别说，您的气质真有点像当年的费·唐娜薇。"

"谢谢你。"青豆说，为了掩饰浮上嘴角的微笑，多少得费点劲。

首都高速公路三号线上行车道果然像司机预言的那样，拥挤之极。从入口开上去行驶了还不到一百米，就开始堵车。堵得如此完美，让人简直想把它收进堵车样本集里。然而，这恰恰是青豆的希望。相同的服装、相同的道路、相同的拥堵。出租车的收音机没有播放雅纳切克的《小交响曲》，这一点令人遗憾。车内音响的音质不如丰田皇冠皇家沙龙高档，这也令人遗憾。不过，人不该想要得太多。

出租车被夹在卡车中间，慢吞吞地向前爬行，久久地停止不动，然后像忽然想起来了，又往前挪动一点。旁边车道上冷冻卡车的年轻司机，趁着停车一直在起劲地看漫画。坐在奶油色丰田花冠 Mark Ⅱ 里的中年夫妇，满脸不高兴地看着前方，彼此一句话也不说。大概是无话可说吧。可能就是说了什么才变成这样。青豆深深靠在坐椅上沉思，出租车司机则听着广播。

好不容易开到了竖着"驹泽"标牌的地方，像蜗牛爬行般驶向三轩茶屋。青豆不时抬起脸眺望窗外的风景。这可是最后一次看这座城市了，我将去遥远的地方。尽管这样想着，却怎么也生不出怜爱东京这座城市的情感。高速公路沿线的建筑座座都丑陋不堪，被汽车废气染上一层薄薄的黑色，到处竖着花哨的广告牌。看着这种景象，便觉得心情郁闷。人们为什么一定要建造出如此令人郁闷的地方？我并不要求世界每个角落都美丽悦目，但也不一定要弄得如此丑陋呀。

终于，一个眼熟的场所总算进入了青豆的视野。就是当时那个走下出租车的地方。那位似乎有难言之隐的中年司机，告诉青豆那儿有个避难阶梯。公路前方可以看见埃索石油的巨大广告牌，一只老虎满面笑容,手握着加油管。和当时是同一块广告牌。

请让老虎为您的车加油。

青豆忽然感到喉咙干渴。她咳嗽一声,把手伸进挎包,掏出柠檬味止咳糖含了一块,再把糖盒放回包里。顺便紧紧攥住赫克勒－科赫的枪把,在手中确认了硬度与重量。这样就行,青豆想。然后,汽车又向前略微爬行了一点。

"开到左车道上。"青豆对司机说。

"可是右车道上的车流不是还在动吗?"司机温和地抗议,"而且池尻的出口是在右边,现在变道开到左车道,待会儿可就麻烦了。"

青豆没有理睬他的抗议。"不要紧。开到左车道上去。"

"既然您坚持要这样……"司机认输似的说。

他从车窗伸出手,向后方的冷冻卡车打手势,确认对方看到之后,硬着头皮挤进了左车道。又开了大概五十米,所有车辆一起停下。

"我要在这里下车,把车门打开。"

"下车?"出租车司机十分惊诧,问,"您是说,要在这里下车?"

"对。就在这里下车。我在这里有事要办。"

"可是这位客人,这里可是首高的正中央。太危险啦。况且您就算下了车,也是哪儿都去不了。"

"那里就有避难阶梯,不要紧。"

"避难阶梯?"司机摇摇头,"那东西究竟有没有,我可不知道。不过公司要是知道我在这种地方让您下车了,就得吃不了兜着走,还得挨首高管理公司的骂。请您饶了我吧。"

"可是,我有事得办,无论如何要在这里下车。"青豆说着,从钱包里又拿出一张万元纸币,用手指弹了一下,递给司机,"让你为难了,对不起。这是辛苦费。请别再多说,让我在这里下去好了。拜托!"

司机没有收下这一万块。他无奈地拉动手边的操纵杆,打开了后座左侧的自动车门。

"我不要钱。刚才您付的那些足够了。但您千万得小心。首高没有路肩，人走在这种地方，就算是堵车时也太危险了。"

"谢谢你。"青豆说。她下了车，咚咚地敲击副驾驶席一侧的车窗，让他摇下玻璃，然后将身子探进去，把万元纸币塞到了司机手里。

"没关系。请你收下。不必介意，我钱多得都要剩下了。"

司机来回望着那张纸币和青豆的面庞。

青豆说："如果因为我受到警察或公司的盘问，你就说，是我拿枪逼你做的，就说你是迫不得已。这样他们就没法找你的麻烦了。"

司机似乎没听懂她的话。钱多得要剩下了？拿枪逼迫？但他还是收下了万元钞票。大概是害怕万一拒绝，不知会有什么麻烦。

和上次一样，青豆从护壁和左车道的车辆之间穿过，朝着涩谷方向走去。距离大概是五十米。人们坐在车里，用难以置信的眼神注视着她。但青豆全不在意，就像站在巴黎时装周舞台上的模特儿，脊背挺得笔直，大步向前走。风摇荡着她的头发。对面空荡荡的车道上，大型车辆高速驶过，震得地面颤动。埃索广告牌越来越大，终于，青豆来到了那个眼熟的紧急停车处。

周边的景致和上次来时相比并没有变化。有一道铁栅栏，旁边有一个黄色小亭，里面是紧急电话。

这里就是1Q84年的起点，青豆想。

通过这个避难阶梯，走到下面的二四六号公路上时，我的世界就被调换了。所以，现在我要从这个阶梯再次走下去试试。上次从这儿下去是在四月初，我穿着米色风衣。如今是九月初，穿风衣太热。但除了风衣，我现在身穿和当时一样的衣服，就是在涩谷酒店里杀掉那个从事石油工作的坏蛋时穿的衣服。岛田顺子的西服套装加上卓丹高跟鞋。白衬衣。连裤袜和加钢圈的白胸罩。我把迷你裙向上卷起来，爬越铁栅栏，从这里走下了阶梯。

我要再做一次相同的事情。这完全是出自好奇心。我只是想知道，身穿和当时相同的服装、前往相同的场所、做相同的事情，结果会发生什么。我并不期盼获救。死，我并不觉得恐怖。大限来临时，我不会踌躇，能面带微笑从容地去死。但青豆不愿对事情的前因后果还一无所知，就这么稀里糊涂地死去，而是想尝试自己能尝试的一切。如果不行，那就死心好了。可是直到最后一刻，都要尽我所能。这就是我的生活方式。

青豆从铁栅栏探出上半身，寻找避难阶梯。但那里没有避难阶梯。无论看多少遍，结果都一样。避难阶梯消失了。

青豆咬着嘴唇，扭歪了脸。

地点并没有弄错。的确是这个紧急停车处。周围的风景也完全一样，埃索的广告牌竖在眼前。在1984年的世界里，避难阶梯就在这个位置。像那个奇怪的司机所说的，她轻易地找到那个阶梯，并翻越栅栏，从阶梯走了下去。但在1Q84年的世界里，避难阶梯已经不复存在。

出口被封起来了。

青豆将扭曲的脸恢复原状，小心地环视四周，再次仰望埃索广告牌。老虎也手握加油管，尾巴高高地竖起，斜眼看向这边，开心地微笑。仿佛幸福到了极点，绝不可能有比这更满足的事了。

这是当然的事，青豆想。

是的。我从一开始就知道这种事了。在大仓饭店的套间，死在青豆手下之前，领袖曾清楚地说过：从1Q84年返回1984年的道路不存在，进入这个世界的门是单向开放的。

尽管如此，青豆还是非得用双眼确认这个事实不可。这就是她的天性。于是她确认了这个事实。剧终。证毕。Q.E.D.^①

青豆靠在铁栅栏上，仰望着天空。天气无可挑剔。深蓝的背景下飘着几丝直而细长的云。天空一望无际，简直不像都市的天空，然而看不见月亮。月亮到哪里去了？得了，随它去。月亮是月亮，我是我。我们有各自的活法、各自的日程。

如果是费·唐娜薇，此时大概会掏出细长的香烟来，从容地用打火机点燃，优雅地眯起眼睛。但青豆不抽烟，没带香烟也没带打火机。她包里装的只有柠檬味的止咳糖，外加一把精钢制造的九毫米自动手枪，以及扎进过好几个男人后颈的特制冰锥。哪一样和香烟相比都更致命一些。

青豆将视线投向拥堵不前的车列。人们在各自的汽车里兴冲冲地望着她。亲眼目睹普通市民走在首都高速公路上可不是常有的机会。如果还是个妙龄女子，就更是如此了。更何况她身着迷你裙，足蹬纤细的高跟鞋，戴着墨绿太阳镜，嘴角还挂着微笑。不看的人反而肯定有毛病。

道路上停的大半是大型货运卡车。形形色色的货物从各种地方运往东京。司机们大概彻夜不眠地驾车，此时又被卷入了早上这宿命般的堵车。他们无聊、腻烦而且疲倦，盼望早点洗澡、刮胡子、上床睡觉。这是他们唯一的愿望。这些人像在观赏未曾见惯的珍奇动物，只是呆呆地望着青豆。他们疲倦得过了头，懒得和任何事物产生纠葛。

在这众多的送货卡车中有一台银色梅塞德斯奔驰，简直像一只优美的羚羊误入了粗俗的犀牛群一般。像是刚到货的新车，美丽的车身

---

①拉丁文 quod erat demonstrandum 的缩写，表示证明完毕。

映着初升的朝阳，毂盖也和车身的色调相配。驾驶席的玻璃窗摇了下去，一位装扮得体的中年妇女在盯着这边看，戴着纪梵希太阳镜。可以看见搁在方向盘上的手，戒指闪闪发光。

她看上去好像很和蔼，而且似乎在为青豆担忧。高速公路上，一个穿戴高雅的年轻女子究竟在干什么？出了什么事？她诧异不已，似乎准备向青豆呼喊。如果请她帮忙，她也许会载自己一程。

青豆摘下雷朋眼镜，装进了上衣的胸袋。在鲜艳的朝阳的照耀下眯着眼睛，用手指揉了一阵鼻翼两侧留下的镜架痕迹。舌尖舔了舔发干的嘴唇，有一缕口红的味道。她抬眼望望晴朗的天空，然后为慎重起见，再次看看脚下。

她打开挎包，不慌不忙地摸出赫克勒－科赫，将挎包扑通一下扔在脚边，解放了双手。左手打开手枪保险，拉动套筒，子弹上膛。这一连串动作迅速而准确，清脆的声音在四周回响。她在手中轻轻一摇，掂了掂枪的分量。枪体自重为四百八十克，再加上七发子弹的重量。没问题，子弹已经上膛。她能感觉出重量的差异。

青豆抿成一条直线的嘴角上，依然挂着微笑。人们观望着青豆这一连串举动。看到她从包中掏出手枪，也没有一个人震惊，至少是没将震惊表现在脸上。也许是没想到那是一把真枪。不过，这可是把真枪哦，青豆在心中念道。

随后，青豆将枪柄朝上，把枪口塞进口中。枪口对准了大脑，对准了意识寄身的灰色迷宫。

不必思索，祈祷词自动脱口而出。就这样将枪口塞在口中，她飞速地念诵一遍。念的是什么，恐怕谁也听不清。不过没关系，只要上帝听明白就行。自己口中念诵的祈祷词，青豆幼时几乎理解不了。但这一串词句却一直渗到了她灵魂深处。在学校里吃午饭前一定得念诵。独自一人孤单却大声地念，毫不介意周围的人好奇的目光和嘲笑。重要的是，上帝在注视着你。谁都不可能逃脱这目光。

老大哥在注视着你。

　　我们在天上的尊主，愿人都尊你的名为圣，愿你的国降临。愿你免我们的罪。愿你为我们谦卑的进步赐福。阿门。

容貌秀丽、握着崭新的梅塞德斯奔驰方向盘的中年女子，仍然在目不转睛地盯着青豆的脸。她——一如周围的人们——似乎未能准确地理解青豆手中那把手枪的意义。如果她理解了，肯定会将视线从我身上移开，青豆想。如果她亲眼目睹了脑浆飞溅的景象，今天的午餐和晚餐怕是无法下咽了。所以听我的话，没错，请把眼睛转过去，青豆对着她无声地劝告。我可不是在刷牙，而是将一把叫赫克勒－科赫的德国造自动手枪塞进了嘴巴。连祈祷都做完了。这意思你一定明白吧。

这是来自我的忠告。重要忠告。转过脸去，什么都别看，开着你那辆刚出厂的银色梅塞德斯奔驰径直回家。赶回你那宝贝丈夫和宝贝孩子正在等你的漂亮的家，继续过你那安稳的生活。这可不是像你这样的人该看的场景。这可是货真价实、外形丑陋的手枪。七颗丑陋的九毫米子弹装填在里面。而且契诃夫也说过，一旦枪在故事里登场，就必须在某个场景开火才行。这就是故事这种东西的意义。

但那位中年女子怎么也不肯从青豆身上移开视线。青豆无奈地微微摇头。对不起，我不能再等下去了。时间已到。演出就要开场了。

请让老虎为您的车加油。

"嗬嗬——"负责起哄的小小人嚷道。

"嗬嗬——"剩下的六个人附和道。

"天吾君。"青豆喃喃地说，然后手指搭上扳机，加重了力道。

第 24 章　天吾
趁着暖意尚存

上午，天吾乘上从东京站发车的特快列车，前往馆山。在馆山换乘站停靠的慢车，到达千仓。这是个晴美的早晨。无风，海面上也几乎没有波澜。夏季早已远去，在短袖 T 恤上套一件棉质薄西装正好合适。没有了来洗海水浴的客人，海滨小镇出乎意料地闲寂，不见人影。天吾想，真像变成了猫城一样。

在车站前简单地对付了一顿午饭，然后坐上了出租车，一点过后抵达疗养所。在前台，上次那位中年女护士接待了他，也就是昨夜接电话那位女子——田村护士。她记住了天吾的相貌，比第一次态度要和气些，甚至还露出了微笑。天吾这次穿着相对整洁一些，大概也有一定的影响。

她先领天吾去了食堂，送上一杯咖啡。"请在这里稍等一下。大夫一会儿就过来。"她说。大概十分钟后，主治医生用毛巾擦着手走了过来。坚硬的头发里开始掺进白丝，年龄大约在五十岁前后。好像正在干什么活，没穿白大褂。上穿灰色长袖运动衫，下穿配套的运动裤和慢跑鞋。体格魁梧，看上去不像在疗养所里工作的医生，倒像一个怎样奋斗也无法从乙级联赛升上去的大学体育部教练。

医生的话与昨夜在电话里谈的基本相同。遗憾的是，目前从医学的角度来说已经几乎没办法了，医生充满遗憾似的说。从表情和用词来看，他的心情似乎是真诚的。

"除了请亲生儿子呼唤他，鼓励他，激发起他生存下去的愿望，已经没有其他办法了。"

"我说的话，我父亲能听见吗？"天吾问。

医生喝着温吞的日本茶，面露不快。"说老实话，我也不清楚。您父亲处于昏睡状态。喊他，他也没有丝毫身体上的反应。可是，就算处于很深的昏睡状态，有人也能听见周围的说话声，甚至还能理解话的内容。"

"但只看外表是无法区别的吧？"

"无法区别。"

"我在这里待到傍晚六点半左右。"天吾说，"我会一直待在父亲身边，尽可能地呼唤他。"

"如果有什么反应，请跟我说一声。"医生说，"我就在附近。"

一位年轻的护士把天吾领到他父亲所在的病房。她戴着写有"安达"的姓名牌。父亲被移到了新楼的单人间。这幢楼房用来安置病情较重的患者。就是说，齿轮又向前推进了一格，前面再也没有可以移送的地方了。那是一间狭窄、细长而冷漠的病房，病床便占去了将近一半的空间。窗外蔓延着起防风作用的松林。望上去，茂密的松林有如一堵巨大的屏风，将这家疗养所与充满活力的现实世界隔开。护士出去后，天吾便和朝天仰卧、沉沉熟睡的父亲独处了。他在床边的凳子上坐下，望着父亲的面庞。

病床的枕边放有悬挂点滴的支架，塑料袋中的液体顺着细管送入手臂的血管。尿道里也插着排泄用的细管，但看上去排尿量似乎少得可怜。父亲与上个月见面时相比，仿佛又缩小了一圈。瘦骨嶙峋的双颊和下巴上长了大概两天分量的白胡须。原本就是个眼窝深陷的人，如今陷得比从前更深了。甚至让人怀疑是否该用工具从那深坑中将眼球拉出来。双眼的眼睑在那深坑中，犹如卷帘门被放下来一般闭紧。嘴巴微微张开。听不见呼吸声，但是将耳朵凑近，能觉察到空气微弱的颤动。生命在这里得到最低限度的维持。

天吾觉得，昨夜医生在电话里那句"就像列车一点点减速，最终会完全停止"，说得无比确切。父亲这趟列车正在徐徐减速，等待惯性用尽，静静地停在空无一物的旷野中。唯一的慰藉就是列车上已经没有一位乘客。即使就此停下，也不会有人投诉。

我得和他说点什么，天吾想。然而，他不知该说些什么、怎么说、用什么声音说。尽管想说，脑袋里却怎么也涌现不出有意义的话来。

"爸爸。"他暂且私语般小声唤道。然而，下面却没有话了。

他从凳子上站起来，走到窗边，眺望庭院里精心修剪过的草坪，以及松林上方无际的天空。巨大的天线上落着一只乌鸦，浑身沐浴着阳光，仿佛在深思般睥睨着四周。病床枕边放着一台带时钟的半导体收音机，但哪种功能父亲都不再需要了。

"我是天吾，刚从东京来。听得见我的声音吗？"他站在窗前，俯视着父亲呼唤道。毫无反应。他发出的声音让空气短暂地振动着，然后被不留痕迹地吸入牢牢据守在房间里的空白。

这个人将要死去，天吾想，只要看看他深陷的眼睛就很清楚了。他已经决心结束生命，于是闭上眼睛，进入了深深的睡眠。任凭如何呼唤他，如何鼓励他，都不可能推翻他的决心。从医学角度来看，他还活着。但对这个人来说，人生已经终结。他的内心已没有付出努力去延长生命的理由与意志。天吾能做到的，无非是尊重父亲的希望，让他就这样宁静而安详地死去。这个人的面容非常平静，此时似乎感受不到任何痛苦。正如医生在电话里说的，这是唯一的慰藉。

但天吾还是必须对父亲说点什么。一是因为这是和医生的约定。医生像亲人一般照料父亲。而且，其中还有——他想不出恰当的表达——礼节的问题。已有好多年，天吾都不曾和父亲促膝长谈，甚至平时都没有好好说过话。最后一次像样地交谈，恐怕还是在中学时代。从那以后，天吾几乎不再回家，万不得已有事回家时，也尽量避免和父亲照面。

但这个人现在陷入了深深的昏睡状态，正在天吾的眼前悄然死去。他实际上向天吾坦白了自己不是真正的父亲，从而卸去了肩头的重负，看上去总有些放心的神色。我们都卸下了自己肩头的重负，在最后关头。

尽管或许没有血缘关系，这个人却将天吾作为户籍上的亲生儿子收养，一直将他养育到能自食其力。他有恩于我。迄今为止自己是如何生活、如何思考的，都有义务都向他汇报一番，天吾想。不对，不是义务。这说到底是礼节问题。至于说的话对方能否听见、能否起什么作用，都无关紧要。

天吾再次坐到病床边的凳子上，开始讲述自己迄今为止度过的人生。从考入高中、离开家庭、住进柔道部宿舍的生活讲起。从那时起，他与父亲的生活几乎失去了交集，两人变得各行其道，互不干预。这样巨大的空白，也许该尽量填补才好。

但关于天吾的高中生活，实在没什么值得多提。他考进了千叶县内一所以柔道著称的私立高中。其实要考上水平更高的学校，他也全然不费力气，但这所高中提供的条件最优越。学费全免，还为他准备了供应一日三餐的宿舍。天吾成了这所学校柔道部的主力选手，利用训练的空闲学习功课（不必刻苦用功，他就能轻易地在这所学校里保持顶尖成绩),一放假,就和柔道部的伙伴们去干体力活,打工挣点零花钱。要做的事情多得做不完,每天从早到晚忙得不可开交。关于三年的高中生活,除了忙,没什么值得一提。没有特别开心的事,也没结交知心朋友。学校里还有许多规定,让他根本喜欢不起来。和柔道部的伙伴们也只是在场面上敷衍,基本不投机。说老实话,对于柔道竞技,天吾从来没有全身心投入过。只是为了自食其力,必须在柔道上取得好成绩,才专心地训练,以不辜负周围人的期待。这说是体育,不如说是谋生的权宜之计,甚至不妨称为工作。他期盼赶快毕业离开这个鬼地方,希望能过上更像样的生活。他就是在这样的盼望中度过了高中三年时光。

然而在考进大学后,他仍然继续练柔道。生活基本和高中时代相同。只要继续练柔道,就能住进学生宿舍,就不必担心睡觉的地方和吃的东西了(当然是最低水准)。虽然拿到了奖学金,但单凭它根本活不下去,有必要继续练下去。不用说,专业当然是数学。学习上也相应地努力了,所以在大学里成绩也很好,导师甚至还建议他报考研究生院。但随着逐年升级,到了三四年级,天吾对作为学问的数学迅速失去了热情。当然,他一如既往地喜欢数学。但要将研究它作为职业,他却怎么也提不起劲来。像柔道一样,作为业余选手当然实力非凡,却没有为之付出一生的意图与资质。连他自己都知道这一点。

对数学的兴趣变得淡薄,大学毕业又迫在眉睫,再也没有继续练柔道的理由了。如此一来,今后做什么、走什么路,天吾茫然不知。他的人生仿佛丧失了核心。原本就没有核心,但之前总有人对他寄予期待、提出要求。为了回应这些,他的人生也算是忙碌。一旦这些要求与期待消失,竟然没留下一样值得一提的东西。没有了人生目标,连一个好朋友也没有。他像被遗弃在风暴逝去后的静谧中,无法在任何事物上集中精神。

在大学期间交往过几个女朋友,也有过性经验。天吾在一般意义上不算英俊,不是社交型的性格,谈吐又算不上风趣。口袋里的钱总是不够用,穿着也不体面。却像某种植物会用气味招引飞蛾一般,他会自然地吸引某种女子,而且相当强烈。

二十岁时(和开始对数学失去兴趣的时间基本相同),他发现了这个事实。什么都不用做,身边就肯定会有对他感兴趣、主动接近的女子。她们渴望被他粗壮的手臂拥入怀中,至少不拒绝这样的对待。起初他不太理解这种情况,有些惶惑和茫然,不久便掌握了其中的奥秘,娴熟地运用自己这种能力。自那以来,天吾几乎没有缺过女人。但他对这些女人从未有过积极的爱情,只是和她们交往、保持肉体关系而已,不过是填补彼此的空白。要说奇怪也真奇怪,那些被他吸引的女人,连一次也没有强烈地吸引过他。

天吾把这些经历说给没有意识的父亲听。起初是字斟句酌,渐渐是滔滔不绝,最后还颇带热情。关于性的问题,他也尽量诚实地说了。时到如今,还有什么好害羞的?天吾想。父亲姿态完全不变,仰天躺着,继续沉沉的睡眠,连呼吸都没有变化。

三点前,护士来更换装点滴的塑料袋,并把尿袋换成新的,测量了体温。这是位体格健壮的三十四五岁的护士,胸也大。她的姓名牌上写着"大村",头发束得紧紧的,上面插着一支圆珠笔。

"有没有什么特别的情况?"她一面用那支圆珠笔往纸夹中的表格里填写数字,一面询问天吾。

"一样也没有。一直在睡觉。"天吾答道。

"如果有什么事,请按那个按钮。"她指着吊在枕边的呼救开关说,把圆珠笔又插回头发中。

"知道了。"

护士离去后没过多久，传来短促的敲门声，戴眼镜的田村护士在门口露出脸。

"您要不要吃饭？食堂就有吃的东西。"

"谢谢。我现在还不饿。"天吾答道。

"您父亲情况如何？"

天吾点点头。"我一直在跟他说话，也不知道他能不能听见。"

"跟他说话是好事。"她说，还像鼓励似的微微一笑，"没关系。您父亲一定听得见。"

她轻轻地关上了门。狭窄的病房里，又剩下了天吾和父亲两个人。

天吾继续说下去。

大学毕业后，他在东京市内的补习学校工作，教授数学。他已经不再是前途美好的数学神童，也不再是众人寄望的柔道选手，只是一个补习学校的老师。但这让他很高兴。他终于可以喘一口气了，因为他有生以来头一次可以不必顾忌任何人，一个人自由自在地生活。

不久，他开始写小说。写了几部作品，投稿应征出版社的新人奖。后来结识了一个姓小松的特立独行的编辑，劝他重写一个叫深绘里（深田绘里子）的十七岁少女写的《空气蛹》。深绘里虽然写了一个故事，却没有写文章的能力，于是天吾接受了这个任务。他圆满地完成了这项工作，作品获得了文艺杂志新人奖，出了书，成了大畅销书。由于《空气蛹》引起太多话题，以致评审委员们敬而远之，最终未能获取芥川奖，但借用小松直率的表达就是"那东西我还不要呢"，书就是如此畅销。

自己的话有没有传入父亲耳中，天吾没有自信。即便传入了耳中，也不知道父亲是否理解这些话。没有反应，也没有感觉。就算父亲理解了，也无法知道他是否对这些感兴趣。也许他只是觉得"好烦人啊"。也许他在想，别人的人生和我有什么关系，快让我安静地睡觉！但天吾只能不断说出浮上脑际的话语。在这狭窄的病房里面对面，也没别的事可做。

父亲依旧纹丝不动。他的双眼被牢牢封闭在那黑暗的深坑底部，望去仿佛在静静地等待降雪，将深坑填成白色。

"现在还不能说进展顺利，但可能的话，我想当作家。不是改写别人的作品，而是按照自己的心意，去写自己喜欢的东西。我觉得写文章，尤其是写小说和我的性格相符。有自己想做的事情可做，真是令人高兴。我心里终于生出了这样的东西。虽然我写的东西还没有冠上姓名印成铅字，但过不了多久就该有点结果了吧。自己说有点那个，但作为一个写作的人，我的能力绝对不差。也有编辑给我一定的好评。对此，我并不担心。"

也许该加上一句：我好像具备接受者的资质，竟被真的拉进了自己虚构的世界。但不能在这里讲这种复杂的话题。这又是另一件事了。他决定改变话题。

"我觉得，对我来说更迫切的问题，是迄今为止我没能认真地爱上谁。有生以来，我从没有无条件地爱过一个人，从没有产生过为了谁可以抛舍一切的心情。连一次都没有。"

天吾一边这么说，一边想，眼前这位外表寒酸的老人，在一生中是否真心爱过什么人？或许他真心爱过天吾的母亲，才会明知没有血缘关系，却把幼小的天吾当作自己的孩子养大成人。如果是这样，可以说他在精神上度过了远比天吾充实的人生。

"只不过，该说有一个例外吧，有一个女孩子我始终难忘。在市川小学三年级和四年级时和我同班。对，那是二十年前的事了。那个女孩深深吸引了我。我一直在思念她，现在仍然思念。我其实几乎没和她说过话。她中途转学了，此后我再也没见过她。但最近发生了一件事，让我开始想寻找她的下落。我终于明白自己需要她。我很想见到她，和她好好说点什么，但没有找到她。我本该早点寻找她，那样也许就简单多了。"

天吾沉默了片刻，等待刚才述说的事情在父亲脑中安顿下来。不如说，等待它们在自己的脑中安顿下来。然后他继续说道：

"是的，对待这种事情时，我非常胆小。比如说，没去查阅自己的户籍记录也是出于同样的理由。母亲是否真的去世了，想调查的话很容易。只要去市政府查一下记录，马上就一清二楚了。实际上有好几次，我想去查查看，甚至已经到了市政府。但我怎么也无法办理申请查阅的手续，因为我害怕别人把事实摆在眼前，害怕自己动手揭露这个事实。所以我在等待有一天，这事实会自然地澄清。"

天吾长叹一声。

"这事先不谈。那个女孩，我本该早一点就开始找她。这个弯绕得太远了。不过，我怎么也无法开始行动。该怎么说呢，一涉及内心的问题，我就是个胆小鬼。这才是致命的问题。"

天吾从凳子上站起身，走到窗前眺望松林。风停了。海涛声也听不到了。一只大猫走过院子。看它肚子下垂的模样，似乎是怀孕了。猫躺在树根下摊开双脚，开始舔肚皮。

他靠在窗前，对着父亲说：

"但与此无关，我的人生最近终于发生了变化。我觉得是这样。老实说，我长期以来一直恨着爸爸你。从小我就以为，自己不该待在这样悲惨狭隘的地方，应该拥有一个更为幸福的环境，觉得自己遭受这样的待遇太不公平。同班同学好像都生活在幸福和满足中。能力和资质都远比我差的家伙，却好像过得比我快乐得多。那时我真心期望，如果你不是我的父亲该多好。我总在想象这是个错误，你不是我的亲生父亲，我们肯定没有血缘关系。"

天吾再次将视线投向窗外，看着那只猫。猫根本不知道有人在看自己，专心地舔着隆起的肚皮。天吾看着猫，继续说下去。

"现在我已经不这么想了，不再这么思考了。我觉得正处于与自己相称的环境，拥有一个与自己相称的父亲。这不是假话。说实在的，我从前是个无聊的人，是个没有价值的人。在某种意义上，是我自己毁了自己。如今我彻底明白了。小时候，我的确是个数学神童。连自己都觉得那是了不起的才华。大家都对我另眼相待，奉承我。可是说到底，那是没有发展前途的才华。它只是在那里。我从小就身材高大、擅长柔道，在县运动会上取得过好成绩。可是，如果进入更广阔的世界看看，比我强大的柔道选手比比皆是。在大学里，我甚至没能当选参加全国比赛的代表。我受到打击，有段时期都不知自己算什么。不过，这是理所当然的，因为我其实什么都不算。"

天吾打开自己带来的矿泉水瓶盖，喝了一口，又坐在凳子上。

"上次我也告诉过你，我感谢你。我想，我不是你的亲生儿子。几乎是这样确信。我感谢你把没有血缘关系的我养大成人。一个男人要养育一个小孩，绝不是件容易的事。你带着我到处去收NHK的视听费，我现在想起来还觉得难过，觉得心痛，其中只有让我厌恶的记忆。不过，你肯定没想到其他和我交流的手段。该怎么说呢，这对你来说，是你能做到最好的事了。那是你和社会唯一的交集。你一定是想让我看看那现场。到了现在，我也能理解这一点了。当然也有带着孩子去对收费有利的算计，但肯定不是只为了这个。"

天吾稍稍顿了一顿，让自己的话渗入父亲脑中，并趁机归纳自己的思绪。

"小时候我当然不懂这些。我只觉得害羞，觉得痛苦。星期天，别的同学都在开开心心地玩耍，我却得去收费。星期天的到来让我无比憎恶，但如今能在某种程度上理解了。我不能说你做得对。我的心灵受到了伤害。这样做对一个小孩子来说太苛刻。但这都是过去的事了，你不必介意。而且，正因为这样，我觉得自己多少变得顽强了。要在这个世上生存，绝不是容易的事。我是亲自学到了这一点。"

天吾摊开双手，望了一会儿手心。

"以后我会努力生活下去。我觉得也许会比从前活得更好，少走不必要的弯路。爸爸你今后想做什么，我不知道。也许你想静静地一直睡在这里，再也不睁开眼。要是你愿意，就这么做吧。如果你希望这样，我不能阻拦你，只能让你熟睡下去。不过那个归那个，我还是想把这些告诉你。对你说说迄今为止我做过的事、此时此刻我正在考虑的事。也许你并不想听这些。那么，就算给你添麻烦了，对不起。但总而言之，我没有更多的话要说了。我觉得该和你说的话基本说完了。不会再打搅你了。你就好好地睡吧，想睡多久就睡多久。"

五点过后，头发上插着圆珠笔的大村护士来检查点滴。这次没有量体温。

"有什么变化没有？"

"没有特别的变化。一直在睡。"天吾答道。

护士点点头。"过一会儿大夫就要来了。川奈先生，您今天在这里待到几点钟？"

天吾看了一眼手表。"我坐傍晚七点的火车，大概可以待到六点半。"

护士填写完表格后，又把圆珠笔插回头发里。

"从中午过后，我就一直对着他说话，不过他好像什么都听不见。"天吾说。

护士答道："我在接受护理教育时，学过这样一句话：明朗的话语能让人的鼓膜产生明朗的振动。明朗的话语拥有明朗的频率。不管对方是否理解内容,鼓膜都会产生明朗的振动。所受的教育要求我们,不管患者能不能听得到,都要大声而明朗地对他们说话。因为不管理论上会怎样,这么做肯定有效果。从经验来看,我相信这个说法。"

天吾想了一下这件事。"谢谢你。"他说。大村护士轻轻点头,步履轻快地走出病房。

之后,天吾和父亲沉默良久。他已经没有更多的话可说,但沉默不是令人舒适的东西。午后的光线渐渐变弱,黄昏的感觉飘漾在四周。最后的阳光在房间内悄然移动。

天上有两个月亮的事,我有没有告诉父亲?天吾忽然想到了这件事。好像还没有说过,他现在生活在天上浮着两个月亮的世界里。"无论怎么看,那景象都奇怪极了。"他很想告诉父亲,但又觉得,此刻在这里搬出这种话题也毫无意义。不管天上有几个月亮,对父亲来说都是无所谓的事。这是自己今后得一个人去面对的问题。

而且,在这个世界里(或者说在那个世界里),无论月亮是只有一个,还是有两个,甚至是有三个,归根结底,叫天吾的人却只有一个。这又有什么区别呢?不管走到哪里,天吾都只能是天吾,还是那个面对自己特有的问题、拥有自己特有的资质的人。对了,问题的关键并不在月亮,而在他自己。

大约三十分钟后,大村护士又来了。她的头发上不知何故没有插圆珠笔。圆珠笔到哪儿去了?他不知为何很惦念这件事。有两位男职员推着轮床一起来。两人都是矮胖身材,肤色浅黑,一句话也不说。看上去像外国人。

"川奈先生,我们得把您父亲送到检查室去。您在这里等着吗?"护士说。

天吾看看手表。"有什么不对劲吗？"

护士摇摇头。"不，不是那个意思。只是这个房间里没有检查要用的机器，我们把他送到那边去检查。并不是什么特殊情况。检查完后，大夫还有话要和您说。"

"知道了。我在这里等着。"

"食堂里有热茶。您还是休息一会儿吧。"

"谢谢你。"天吾说。

两位男子将父亲瘦削的身体抱起，连同身上插着的点滴管一起移到轮床上。他们俩把点滴支架和轮床一起推到走廊上，动作娴熟，始终一言不发。

"时间不会太久。"护士说。

但父亲很久没有回来。从窗口射进的光线越来越弱，天吾却没有打开室内的灯。他觉得，如果开了灯，这里存在的某种重要的东西似乎就会受损。

病床上有父亲的身体留下的凹陷。他应该没有多少体重了，但还是留下了一个清晰的形状。望着那处凹陷，天吾渐渐感到被独自遗弃在了这个世界上。他甚至觉得，一旦天黑，黎明就再也不会到来了。

天吾坐在凳子上，被染成了暮霭来临之前的色彩，保持着同样的姿势久久沉湎于遐思。然后他忽然想到，自己其实什么都没思考，只是陷于无望的空白。他缓缓地从凳子上站起来，走到卫生间小便，用冷水洗脸，拿手帕拭干，对着镜子照了照自己的脸。想起护士的话，到下面的食堂里喝了热乎乎的日本茶。

大约消磨了二十分钟，回到病房时，父亲还没被送回来。但在病床上留下的凹陷里，放着一个他从未见过的白色物体。

那东西全长有一百四十或一百五十厘米，勾勒出美丽光滑的曲线。

一眼看去，形状很像花生壳，表面蒙着一层柔软的东西，类似短短的羽毛。那羽毛还发出微弱但均匀的滑润光辉。在黑暗时时加深的室内，混杂着淡青色的光隐约包围着那个物体。它悄悄地横躺在病床上，仿佛在填补父亲留在身后的短暂的私人空间。天吾在门口站住，手搁在门把手上，盯着那奇怪的物体看了片刻。他翕动嘴唇，却没说出话来。

这究竟是什么东西？天吾呆立在那里，眯起眼睛询问自己。为什么这种东西会放在这里取代父亲呢？很显然，这不是医生或护士拿来的。它周围飘漾着一种偏离了现实相位的特殊空气。

随后，天吾恍然大悟：是空气蛹。

天吾这是第一次亲眼目睹空气蛹。在小说《空气蛹》中，他用文字详细地描述过它，但没有见过实物，也不认为它是真实的存在。眼前出现的，正是和他在心中想象、在笔下描写的完全一致的空气蛹。仿佛胃被人用金属夹钳夹了，一种强烈的似曾相识的感觉袭上心头。天吾不管不顾地走进屋里，关上门。最好别让人看见。随后把积在口中的唾液咽下去，喉咙深处发出不自然的响声。

天吾慢慢凑近床边，隔着大概一米的距离，小心翼翼地观察那只空气蛹。他在动笔描绘"空气蛹"的形状之前，曾用铅笔画过一张简单的速写，将自己心中的意象转化为视觉形态，再转换成文章。在改写《空气蛹》的整个过程中，他始终将这幅画用图钉钉在桌子前的墙上。在形状上，它与其说是蛹，不如说更接近茧。但对深绘里来说（对天吾也一样），却是只能用"空气蛹"这个名字称呼的东西。

当时，天吾自己创作并添加了许多空气蛹的外观特征，比如说中间凹下去的优美曲线，两端柔软的装饰性圆瘤。这些都是他想象出来的。在深绘里原创的"故事"里根本没有提及。对深绘里来说，空气蛹说到底就是空气蛹，就像介于具象和概念之间的东西，几乎从未感到有用语言形容它的必要。天吾只得自己动脑设计它的具体形状。而他此刻看到的这个空气蛹，真在中间有凹下去的曲线，两端还有美丽的圆瘤。

这和我在素描里画的、在文章里写的空气蛹一模一样，天吾想。和那两个浮在天上的月亮情形相同，他在文章里描绘的形状，不知为何连细节都原样化作了现实。原因与结果错综纠结。

四肢有一种奇妙的感觉，仿佛神经被扭曲了，皮肤生出颗颗疙瘩。身边这个世界究竟到何处为止是现实，从何处起又是虚构？他无法分辨。到何处为止是深绘里的东西，从何处起是天吾的东西？还有，从何处起又是"我们"的东西呢？

蛹的最上端有一条纵向绽开的笔直裂口。空气蛹眼看就要裂成两半。那里生出一条大约两厘米宽的空隙。只要弯下腰，就能看清里面有什么东西。但天吾没有这么做的勇气。他坐在病床边的凳子上，肩膀轻轻地上下起伏着调整呼吸，注视着空气蛹。白蛹发出微弱的光，在那里一动不动。它就像一道布置下来的数学题，静静地等待着天吾走近。

蛹里到底有什么东西？

它会向他展示什么东西？

在小说《空气蛹》中，主人公——那位少女，在里面看到了自己的分身，就是子体。于是少女扔下子体，独自一人逃出了共同体。可是在天吾的空气蛹里（天吾凭直觉判断，这大概是他自己的空气蛹），到底装着什么？这究竟是善的东西还是恶的东西？是要引导他的东西，还是要妨害他的东西？而且，到底是谁把这个空气蛹送到这里来的呢？

天吾十分清楚，自己被要求采取行动，却怎么也鼓不起勇气站起来窥探空气蛹的内部。他在害怕。装在空气蛹中的东西也许会伤害自己，也许会极大地改变自己的人生。这样一想，天吾便有如一个无路可逃的人，身体僵在小小的凳子上。在他面前的，是那种让他不敢调查父母户籍、不敢寻找青豆下落的怯懦。他不想知道为自己准备的空气蛹中装着什么东西。如果不知道就能过关，他想就这样蒙混过去。如果可能，他很想立刻走出这个房间，头也不回地坐上车溜回东京，然后闭上眼睛，塞住耳朵，躲进自己小小的世界。

但天吾也明白绝无可能。如果不看一眼那里面的东西就溜走，我肯定会后悔一辈子。如果不敢正视那个东西，我恐怕永远不会原谅自己。

天吾久久地僵坐在凳子上，不知所措，既不能前行，又不能后退。他在膝头合拢双手，凝视着放在床上的空气蛹，时不时逃避般将目光投向窗外。太阳已经下山，微弱的黑暗缓缓罩住松林。依然没有风，也听不见涛声，安静得不可思议。而随着房间越来越黑暗，那个白色物体发出的光变得越深、越鲜明。天吾觉得那东西自身仿佛是活的，有一种安详的生命之光，有固有的体温和秘密的声响。

天吾终于下定决心，从凳子上站起来，向着病床弯下身。不能就这样逃跑。不能永远像一个胆怯的小孩子，总是不敢正视眼前的东西。只有了解真相能给人正义的力量，不论那是怎样的真相。

空气蛹的裂口像刚才一样，还在那里。和刚才相比，没变大也没变小。眯上眼睛从裂缝向里窥探，没看见有什么东西。里面很暗，中间仿佛遮了一层薄膜。天吾调整呼吸，确认指尖没有颤抖，然后将手指伸进那宽度约为两厘米的裂口，像打开两扇对开的门一样，缓缓地向左右两侧推开。没遇到什么阻碍，也没有发出声音，它很容易就开了，简直像正等着他的手指来打开。

现在，空气蛹自身发出的光芒像雪光一般，柔柔地照亮了内部。虽然不能说是充足的光亮，也能辨认出装在里面的东西。

天吾在里面发现的，是一位美丽的十岁少女。

少女在熟睡，穿着睡衣般不带装饰的朴素白连衣裙，两只小手叠放在平平的胸脯上。天吾一眼就认出了她。少女面容纤瘦，嘴唇抿成一条线，就像拿直尺画出来的一样。形状好看的光洁额头上，垂着剪得齐齐的刘海。小巧的鼻子朝着天，仿佛在寻觅什么，鼻翼两侧的颧骨微微向旁边挺。眼睑此刻合着，不过一旦睁开，会出现怎样一双眼睛，他一清二楚。不可能不清楚，这二十年间，他心里时时刻刻装着这位少女的面容。

青豆，天吾叫出声来。

少女沉在深深的睡眠中。似乎是深沉的自然睡眠，连呼吸都极其微弱。她的心脏也只是轻微地鼓动着，虚幻得传不到人的耳朵里，甚至连抬起眼睑的力量都没有。那个时刻还没有到来。她的意识不在这里，而被放在遥远的某处。尽管如此，天吾口中说出的两个字，还是微微振动了她的鼓膜。那是她的名字。

青豆在遥远的地方听见了这呼唤。天吾君，她在心中念道，还清晰地唤出声来。但这句话却不会掀动躺在空气蛹中的少女的嘴唇，也不会传入天吾的耳朵。

天吾就像被取走了灵魂的人，只是重复着浅浅的呼吸，毫不厌倦地凝视着少女的脸庞。少女的脸看上去非常安宁，从中看不到丝毫悲哀、痛苦和不安的影子。小巧的薄唇仿佛随时可能轻轻开启，说出什么有意义的话来。那眼睛似乎随时可能睁开。天吾由衷地祈祷能够如此。他当然不知道准确的祈祷词，但他的心在空中织出了无形的祈祷。然而少女没有从深睡中醒来的迹象。

青豆，天吾试着又呼唤了一声。

有好多事必须告诉青豆，还有必须对她倾诉的满怀深情。日久天长，他始终怀着这份深情活到今天。但此时此刻他能做的，只有呼唤她的名字。

青豆，他呼唤道。

随后，他决然地伸出手，触摸了躺在空气蛹中的少女的手，将自己成人的大手叠放在那上面。这只小手曾紧紧握过十岁的天吾的手。这只手勇敢地追求他，给他鼓励。睡在淡淡光芒里的少女，手上有着不折不扣的生命的暖意。天吾想，是青豆来到这里传递她的暖意的。这就是她在二十年前，在那间教室里递给我那只盒子的意义。他终于能解开包装，亲眼看见内容。

青豆，天吾呼唤着，我一定要找到你。

空气蛹逐渐失去光芒，被吸入黄昏的黑暗中消失，在少女青豆的身姿同样消失之后，在他无法判断这是否在现实中发生过之后，天吾的手指上仍然留着那只小手的触感和亲密的暖意。

它大概永远不会消失，天吾在开往东京的特快列车中想。迄今为止的二十年间，天吾和记忆中那位少女的手留下的感觉一起活下来，今后肯定也能和这新的暖意一起活下去。

沿着依山势游走的海岸线，特快列车描画出一条长长的弯道，这时，看见了并排浮在天上的两个月亮。在静静的海面上，它们醒目地浮着。黄色的大月亮和绿色的小月亮，轮廓无比鲜明，距离感却难以捉摸。在这月光的照耀下，海面上的细浪宛如点点碎玻璃，闪着神秘的光。两个月亮追随着弯道在车窗外缓慢地移动，将那细细的碎片作为无声的暗示留在身后，不久便从视野中消失了。

月亮消失之后，暖意再度回到胸中。那就像出现在旅人眼前的小小灯火，尽管微弱，却是传递约定的可靠的暖意。

天吾闭上眼睛想，今后就得生活在这个世界里了。这个世界拥有何种结构，根据何种原理运作，他还一无所知。今后因此会发生什么，也无从预测。但那样也没关系。不必害怕。不管前方等待的是什么，他大概都会在这有两个月亮的世界里顽强地活下去，找到前进的路。只要不忘却这份暖意，只要不丧失这颗心。

他久久地闭目不动，然后睁开眼，凝望着窗外初秋之夜的黑暗。已经看不见海了。

我要找到青豆，天吾重新下定决心。不管会发生什么，不管那里是怎样的世界，不管她是谁。

图书在版编目(CIP)数据

1Q84. BOOK2：7月-9月／(日)村上春树著；施小炜译. -- 2版. -- 海口：南海出版公司，2018.6
ISBN 978-7-5442-9290-0

Ⅰ.①1… Ⅱ.①村…②施… Ⅲ.①长篇小说-日本-现代 Ⅳ.①I313.45

中国版本图书馆CIP数据核字(2018)第074318号

1Q84 BOOK 2（7月-9月）
〔日〕村上春树 著
施小炜 译

出　　版	南海出版公司　(0898)66568511
	海口市海秀中路51号星华大厦五楼　邮编 570206
发　　行	新经典发行有限公司
	电话(010)68423599　邮箱 editor@readinglife.com
经　　销	新华书店
责任编辑	翟明明　张　苓
装帧设计	韩　笑
内文制作	田晓波
印　　刷	北京盛通印刷股份有限公司
开　　本	850毫米×1168毫米　1/32
印　　张	11.25
字　　数	280千
版　　次	2010年5月第1版　2018年6月第2版
印　　次	2024年11月第60次印刷
书　　号	ISBN 978-7-5442-9290-0
定　　价	49.60元

版权所有，侵权必究
如有印装质量问题，请发邮件至 zhiliang@readinglife.com

著作权合同登记号　图字：30-2009-230

1Q84 Book 2 by Haruki Murakami
Copyright © 2009 Haruki Murakami
Originally published in Japan by SHINCHOSHA Publishing Co., Ltd., Tokyo.
Chinese (in simplified character only) translation rights
arranged with Haruki Murakami, Japan.
through BARDON CHINESE CREATIVE AGENCY LIMITED, Hong Kong.
All rights reserved